Passion ennemie

———

Te reverrai-je un jour?

SUZANNE BROCKMANN

Passion ennemie

éditions Harlequin

Titre original : IDENTITY: UNKNOWN

Traduction française de FLORENCE BERTRAND

HARLEQUIN®
est une marque déposée par le Groupe Harlequin

BLACK ROSE®
est une marque déposée par Harlequin S.A.

Photos de couverture
Paysage : © RICHARD OLSENIUS / GETTY IMAGES
Couple : © S. HAMMID / ZEFA / CORBIS

Si vous achetez ce livre privé de tout ou partie de sa couverture, nous vous signalons qu'il est en vente irrégulière. Il est considéré comme « invendu » et l'éditeur comme l'auteur n'ont reçu aucun paiement pour ce livre « détérioré ».

Toute représentation ou reproduction, par quelque procédé que ce soit, constituerait une contrefaçon sanctionnée par les articles 425 et suivants du Code pénal.

© 1999, Suzanne Brockmann. © 2009, Harlequin S.A.
83-85, boulevard Vincent-Auriol 75646 PARIS CEDEX 13.
Service Lectrices — Tél. : 01 45 82 47 47
www.harlequin.fr
ISBN 978-2-2808-5102-2 — ISSN 1950-2753

1

— Debout mon frère ! Comment ça va ? Allez, ouvrez les yeux ! C'est le matin, et ici, au refuge, le matin, on se lève.

Il ne répondit pas, luttant désespérément pour repousser le trio infernal que formaient la douleur atroce, la lumière criarde et cette voix incroyablement insistante. Il essaya de se détourner, de se blottir plus profondément contre le matelas inconfortable, mais des mains le secouèrent — gentiment d'abord, puis plus fort.

— Ecoutez, mon vieux. Je sais qu'il est tôt, mais nous devons changer ces lits et les ranger. Nous servirons un petit déjeuner dans quelques minutes, et puis il y aura une réunion des Alcooliques Anonymes. Pourquoi ne pas y aller ? Ça vous fera peut-être du bien d'écouter, même si l'idée de boire un café vous retourne l'estomac.

Les Alcooliques Anonymes. Etait-ce donc l'abus d'alcool qui lui donnait l'impression d'avoir été renversé par un char d'assaut ? Il chercha à identifier le goût amer qu'il avait dans la bouche, mais en fut incapable. Il ouvrit les yeux de nouveau, et eut une nouvelle fois la sensation que son crâne allait éclater.

Serrant les dents, il se força à regarder le visage qui lui souriait, celui d'un homme aux traits burinés.

— C'est bien, mon frère. Vous vous souvenez de moi ? Jarell ? C'est moi qui vous ai mis au lit hier soir. Allons, je vous emmène à la salle de bains. Vous en avez bien besoin.

— Où suis-je ?

Sa voix rauque semblait étrangement inconnue à ses propres oreilles.

— Au refuge des sans-abri de la Première Avenue.

La douleur lancinante s'accompagnait à présent d'une intense perplexité. Non sans mal, il se redressa.

— La Première Avenue… ?

— Hmm…

Jarell fit la moue.

— J'ai l'impression que vous avez pris une cuite encore plus phénoménale que je ne le croyais. Vous êtes à Wyatt City, mon ami. Au Nouveau-Mexique. Ça vous dit quelque chose ?

Il voulut secouer la tête, mais la souffrance redoubla. Il s'efforça de rester immobile, la tête entre les mains.

— Non.

Il parlait très bas, espérant inciter Jarell à l'imiter.

— Comment suis-je arrivé ici ?

— Deux personnes vous ont amené hier soir, répondit Jarell d'une voix aussi sonore qu'avant. Apparemment, ils vous avaient trouvé endormi dans une flaque d'eau, à quelques rues d'ici. J'ai regardé dans vos poches, mais je n'ai pas trouvé de portefeuille. On vous avait déjà dévalisé. Ce qui m'étonne, c'est qu'ils n'aient pas pris vos bottes de cow-boy. En revanche, ils ont pris le temps de vous donner des coups de pied.

Il porta la main à sa tempe. Ses cheveux étaient poisseux, collés à son crâne par des croûtes de sang et de boue.

— Allez vous laver, mon vieux. On va vous remettre sur pied. Un nouveau jour se lève, et ici, au refuge, le passé n'est pas le futur. A partir de maintenant, vous pouvez reconstruire votre vie.

Jarell sourit gaiement.

— Revenez me voir après la douche, Mish. Je vous donnerai de quoi satisfaire à la fois votre estomac et votre âme.

Laissant derrière lui le rire jovial de Jarell, il s'éloigna et poussa d'une main tremblante la porte de la salle de bains réservée aux hommes. Tous les lavabos étaient pris. Les jambes flageolantes, il s'adossa au mur carrelé pour attendre son tour.

La pièce était emplie d'hommes, mais aucun d'entre eux ne parlait. Ils se déplaçaient avec des gestes lents, hésitants, prenant soin d'éviter le regard des autres.

Il aperçut son reflet dans une glace. Avec ses vêtements sales et déchirés et ses cheveux en bataille, il leur ressemblait étrangement. Une grosse tache de sang, d'une lugubre couleur foncée, s'étalait sur son T-shirt maculé de boue.

Un lavabo se libéra. Il s'en approcha et s'empara d'une savonnette pour se frictionner les mains et les bras avant de se laver le visage. Il en avait bien besoin.

Que diable lui était-il arrivé ?

Il avait l'impression qu'une vrille s'enfonçait dans sa tempe. Il inclina prudemment la tête et se pencha vers la glace, essayant de mieux voir l'entaille au-dessus de son oreille droite.

La plaie était presque entièrement cachée par ses épais cheveux bruns et…

Il se figea brusquement, fixant les traits que lui renvoyait la glace. Il tourna la tête à droite, puis à gauche. Le reflet bougea en même temps que lui. C'était bel et bien le sien.

Mais c'était celui d'un inconnu.

Il avait un visage mince, aux pommettes hautes, au menton décidé couvert d'une barbe naissante, à l'exception d'un endroit nu délimité par une cicatrice irrégulière. Ses lèvres étaient minces et sévères, et les yeux qui le regardaient fiévreusement n'étaient ni tout à fait verts ni tout à fait marron. De minuscules rides les entouraient, suggérant qu'il avait passé une bonne partie de son temps au soleil.

Il s'aspergea la figure, puis regarda de nouveau le miroir. Le même inconnu lui faisait face.

Il ferma les yeux, cherchant à se remémorer des traits plus familiers.

En vain.

Une bouffée de vertige le submergea, le forçant à s'agripper au lavabo. Il baissa la tête, gardant les yeux clos, attendant que le malaise se dissipe.

Comment avait-il échoué ici ? A Wyatt City, au Nouveau-Mexique. C'était une petite ville, une bourgade, au sud de l'Etat. Ce n'était pas là qu'il habitait… n'est-ce pas ? Il devait être venu travailler sur… quoi ?

Il ne s'en souvenait pas.

Peut-être était-il encore ivre. Il avait entendu parler de

Passion ennemie

gens qui buvaient tant qu'ils en oubliaient tout. Peut-être était-il dans ce cas. S'il dormait encore un peu, sa mémoire lui reviendrait complètement.

Le problème, c'était qu'il ne se souvenait pas même de s'être enivré.

Son crâne lui faisait affreusement mal. Il mourait d'envie de se rouler en boule et de dormir jusqu'à ce que cesse ce martèlement de douleur.

Il s'appuya sur le lavabo et s'efforça de nettoyer l'entaille qu'il avait à la tempe. L'eau tiède le picota, lui arrachant une grimace, mais il persista. Quand il fut sûr que la plaie était propre, il s'essuya à l'aide de serviettes en papier, serrant les dents au contact de la matière rugueuse sur sa chair à vif.

Il était trop tard pour songer à des points de suture. Une croûte avait déjà commencé à se former. Il aurait sans doute une cicatrice, à moins, peut-être, de faire un pansement. Il aurait besoin de sa trousse de premier secours et...

Il se dévisagea dans la glace. Sa trousse de premier secours. A sa connaissance, il n'était pas médecin. Comment aurait-il pu être médecin? Et pourtant...

La porte de la salle de bains s'ouvrit à la volée. Instinctivement, il pivota sur ses talons, tendant la main sous son blouson à la recherche de...

Etourdi, il s'appuya de nouveau au lavabo. Il ne portait pas de blouson, rien que ce T-shirt en piteux état. Et il devait se souvenir de ne pas faire de gestes trop brusques, sinon il allait finir par perdre connaissance.

— On vient de nous apporter un carton de T-shirts et de jeans propres, annonça un des bénévoles d'une voix forte. Prenez ce qu'il vous faut, mais pas davantage, s'il vous plaît, et laissez-en pour les suivants.

Il leva les yeux vers la glace. Le T-shirt taché qu'il portait avait dû être blanc. Il le fit passer par-dessus sa tête, évitant précautionneusement de toucher sa plaie.

— Mettez vos vêtements sales dans ce panier, indiqua le bénévole. S'il y a une étiquette à votre nom, on vous les rendra. Quelle taille faites-vous ?

— M.

C'était un soulagement que de pouvoir enfin répondre à une question.

— Il vous faut un jean ?

Il baissa les yeux sur son pantalon noir déchiré.

— Oui, s'il vous plaît. Du 42, si vous avez.

Cela aussi, il le savait.

— C'est vous que Jarell a surnommé Mish ? Drôle de nom, Mish, pas vrai ?

Mish ? C'était son nom ?

Il secoua la tête, s'efforçant de s'éclaircir les idées.

Sous le choc, il dut se rendre à l'évidence. Il avait oublié jusqu'à son propre nom.

— Celui-ci devrait faire l'affaire, lui dit le bénévole en lui tendant un jean.

Il le prit, fermant brièvement les yeux de sorte que la pièce cesse de tourner autour de lui, et essayant de retrouver son calme. Son nom lui reviendrait. Après une bonne nuit de sommeil, tout lui reviendrait.

Il se le répéta plusieurs fois, comme pour s'en convaincre. Tout allait s'arranger. Il fallait seulement qu'il trouve un endroit où se reposer.

Passion ennemie

Il se dirigea vers un coin de la pièce, à l'écart des lavabos et des cabines, et fit mine de retirer une de ses bottes.

Aussitôt, il se figea.

Il portait une arme. Un calibre 22.

Dans sa botte.

Le revolver était légèrement plus grand que sa paume, noir, d'aspect dangereux. Il y avait autre chose aussi, dans sa botte, un objet qui pressait contre sa cheville.

Le jean sous le bras, il entra dans une des cabines, refermant soigneusement la porte derrière lui. Puis il ôta la botte et regarda à l'intérieur. Le revolver était toujours là, accompagné d'une énorme liasse de billets — de gros billets. Des coupures de cent dollars, entourées d'une épaisse bande élastique.

Il fit un rapide calcul.

Il avait plus de cinq mille dollars sur lui.

Il y avait autre chose encore. Un bout de papier. Des mots étaient écrits dessus, mais sa vue se brouilla, rendant les lettres floues.

De plus en plus troublé, il retira son autre botte, mais il n'y avait rien dedans. Une rapide inspection de ses poches ne révéla rien de plus.

Le dos appuyé à la cloison métallique, il changea de pantalon, luttant pour conserver son équilibre.

Enfin, il se rechaussa, sachant instinctivement où placer l'arme de sorte qu'elle ne le gêne pas. Il s'en aperçut, et cela ne fit qu'ajouter à son désarroi. Comment pouvait-il savoir cela, alors qu'il ne connaissait pas son propre nom ?

Il remit également l'essentiel de l'argent et le bout de papier dans sa botte, laissant quelques centaines de dollars dans la poche avant de son jean.

En sortant de la cabine, il se trouva nez à nez avec son reflet.

Même lavé et vêtu proprement, il songea que la plupart des gens traverseraient sans doute la rue pour l'éviter. Il était toujours d'une pâleur effrayante, accentuée par sa barbe naissante. Le T-shirt noir dont il avait hérité collait à son corps, soulignant les muscles de son torse et de ses bras. Il ressemblait à un soldat, au corps mince et dur.

Que faisait-il dans la vie ? Il ne s'en souvenait toujours pas. A en juger par le calibre 22 qu'il portait sur lui, il pouvait sans doute exclure instituteur de la liste des possibilités.

Il poussa la porte de la salle de bains, évitant la pièce où on servait le petit déjeuner. Au contraire, il se dirigea droit vers la sortie.

En passant devant l'urne destinée aux dons, il y glissa un billet de cent dollars.

— M. Whitlow ! Attendez !

Rebecca Keyes se rua vers Silver, l'enfourcha et enfonça les talons dans les flancs du cheval. Silver s'élança en avant, à la poursuite de la limousine d'un blanc étincelant qui démarrait dans l'allée du ranch.

— M. Whitlow !

Elle glissa deux doigts dans sa bouche, émit un sifflement perçant, et enfin le véhicule ralentit.

Elle tira sur les rênes de Silver, s'arrêtant à côté de la voiture ridiculement longue. Une vitre s'abaissa dans un

Passion ennemie

léger bourdonnement, laissant voir le visage rougeaud de Justin Whitlow.

Il paraissait mécontent.

— Je suis désolée, monsieur, dit Rebecca, hors d'haleine, depuis son perchoir. Hazel vient de me dire que vous allez être absent pendant un mois et je... je regrette que vous ne m'en ayez pas informée plus tôt. Nous avons besoin de discuter de divers problèmes qui ne peuvent attendre un mois entier.

— Si c'est encore pour me raconter des salades à propos des salaires...

— Non, monsieur...

— Tant mieux.

— ... parce que ce ne sont pas des salades. C'est un souci réel ici, au Lazy Eight. Nous ne payons pas assez bien nos garçons d'écurie, et c'est la raison pour laquelle ils ne restent pas. Vous savez que nous venons de perdre Rafe McKinnon ?

Whitlow coinça une cigarette entre ses lèvres, louchant vers elle tout en l'allumant.

— Engagez quelqu'un d'autre.

— C'est ce que je n'arrête pas de faire, répliqua-t-elle avec une frustration à peine contenue.

Elle prit une profonde inspiration et s'efforça de rester calme.

— Si vous donniez à Rafe deux ou trois dollars supplémentaires de l'heure...

— Il demanderait une autre augmentation l'an prochain !

— Qu'il aurait sans doute méritée ! Franchement, M. Whitlow, je ne sais pas où je vais trouver un autre garçon d'écurie comme Rafe. C'était un bon employé. Compétent, fiable, intelligent...

— Mais évidemment trop qualifié pour ce travail, coupa Whitlow. Je lui souhaite bonne chance. Nous n'avons pas besoin d'embaucher des génies, Rebecca. Et faut-il vraiment qu'un homme soit fiable pour...

— ... mettre du fumier dans les écuries n'est qu'une partie de leur travail, riposta vertement Rebecca.

Elle prit une profonde inspiration, cherchant une nouvelle fois à se maîtriser. Elle n'était jamais sortie vainqueur d'une joute verbale avec son employeur, et s'énerver n'était pas le meilleur moyen d'y parvenir.

— M. Whitlow, je ne sais pas comment vous vous attendez à ce que le Lazy Eight acquière la réputation de ranch de premier ordre si vous persistez à verser des salaires de misère à vos employés.

— A piètre travail, piètre récompense, commenta Whitlow.

— Précisément, rétorqua Rebecca.

Mais son patron se contenta d'expulser une bouffée de fumée hors du véhicule.

— N'oubliez pas cette soirée à Santa Fe la semaine prochaine, ordonna-t-il tandis que la vitre, avec un léger chuintement, commençait à remonter. Et pour l'amour du ciel, tâchez d'être féminine. N'y allez pas en jean comme la dernière fois !

— M. Whitlow...

La vitre s'était refermée. Elle avait été congédiée. Silver s'écarta pour laisser place à la limousine qui redémarrait tandis que Rebecca étouffait un juron.

A piètre travail, piètre récompense, en effet. Whitlow

ne croyait pas si bien dire. Il était persuadé que les emplois physiques étaient dénués d'importance et méritaient de bas salaires. En réalité, si ces tâches n'étaient pas effectuées correctement, c'était le ranch tout entier qui en pâtissait. Et si le propriétaire s'obstinait à mal rémunérer ses employés, la qualité du travail qu'il obtiendrait en retour serait mauvaise elle aussi. Les employés partiraient — comme Rafe McKinnon venait de le faire, Tom Morgan la semaine précédente, et Bob Sharp un mois auparavant.

Becca avait parfois l'impression qu'elle consacrait tout son temps à des corvées administratives. Trop souvent, elle était assise dans son bureau, occupée à conduire des entretiens d'embauche par téléphone pour pourvoir les postes régulièrement laissés vacants.

Ce n'était pas ainsi qu'elle avait envisagé ses journées au Lazy Eight. Lorsqu'elle avait postulé, c'était parce que cet emploi lui offrait une occasion idéale de combiner son talent pour la gestion et son amour de la vie en plein air.

Elle adorait monter à cheval. Elle adorait le soleil du Nouveau-Mexique, les nuages qui couraient dans le ciel au-dessus des plaines, les couleurs rouge et ocre du paysage, le vert délicat des montagnes.

Mais Justin Whitlow l'exaspérait. D'ailleurs, comment osait-il affirmer qu'une femme ne pouvait être féminine en pantalon ? Que voulait-il qu'elle porte pour plaire à ses amis et à ses associés ? Une tenue sexy, avec des paillettes ? Comme si elle pouvait se permettre d'acheter des robes pareilles avec son maigre salaire !

Oui, elle adorait cet endroit. Mais si rien ne changeait, elle finirait, elle aussi, par aller voir ailleurs.

Passion ennemie

C'était une nuit sans lune. Allongé sur le ventre, il prit le temps de réaccoutumer ses yeux à l'obscurité, plus intense à l'intérieur du périmètre de sécurité.

Il respirait au rythme des sons de la nuit — les stridulations des criquets, le coassement des grenouilles, les arbres qui chuchotaient dans la brise.

Lentement, il s'approcha de la maison qui s'élevait sur la colline, rampant silencieusement sur le sol, faisant en sorte de rester invisible.

Au bout d'un moment, il s'arrêta, sentant l'odeur de la cigarette avant d'en distinguer le bout rougeoyant. L'homme était seul. Assez loin de la maison.

Il épaula son fusil, et vérifia rapidement qu'il était chargé avant de regarder dans la lunette. Il reconnut l'homme d'après les photos qu'il avait vues. Doucement, il pressa la gâchette et…

Le claquement étouffé de la déflagration lui transperça les tympans.

Les yeux écarquillés, il se redressa en sursaut, aussitôt conscient d'avoir rêvé. Le seul bruit qu'il entendait était celui de sa respiration haletante.

Mais la pièce était inconnue, et il sentit une bouffée de panique l'envahir. Où diable était-il à présent ?

En tout cas, il ne se trouvait pas au refuge où il s'était réveillé la veille.

Son regard se posa sur le décor impersonnel, les tableaux mièvres accrochés au mur, et la mémoire lui revint. Un motel. Il y avait loué une chambre après avoir quitté le refuge, quand la douleur lui martelait le crâne, et qu'il n'avait qu'une idée en tête : s'effondrer dans un lit et dormir.

Il avait payé en espèces et signé au nom de M. Smith.

Les lourds rideaux étaient tirés, ne laissant entrer qu'un minuscule rayon de lumière matinale. Les mains encore tremblantes, il repoussa les couvertures et les draps moites de sa propre sueur. Son crâne était encore douloureux, mais il n'avait plus envie de hurler au moindre mouvement.

Il se souvenait, presque mot pour mot, de la brève conversation qu'il avait eue avec le réceptionniste de l'hôtel. Il se souvenait de l'odeur agréable du café. Il se souvenait du nom de l'employé — Ron — qui figurait sur le badge qu'il portait sur sa poitrine. Il se souvenait du temps infini qu'il avait fallu à Ron pour trouver la clé de la chambre 246. Il se souvenait d'avoir gravi péniblement les marches, une par une, soutenu par la certitude que l'obscurité apaisante et un lit confortable l'attendaient.

Il se souvenait aussi du rêve qu'il venait de faire, et refusait de penser à ce qu'il pouvait signifier.

Il se leva et alla augmenter d'un cran le thermostat de la climatisation. Le bourdonnement s'intensifia, en même temps qu'une vague d'air frais se répandait dans la pièce.

Lentement, il s'assit sur le bord du lit.

Il se souvenait du visage amical de Jarell, de sa voix forte et gaie.

Fermant les yeux, il s'efforça de détendre ses muscles noués, et attendit que reviennent les souvenirs de la nuit où il avait été amené au refuge.

Mais rien ne vint.

Passion ennemie

Il n'y avait que… le vide. Comme si, avant d'arriver au refuge, il n'avait pas existé.

Un nouveau voile de sueur couvrait son corps en dépit de la fraîcheur de l'air conditionné. Il avait récupéré à présent — qu'il ait abusé d'alcool ou simplement souffert du coup qu'il avait reçu à la tête. En fait, il avait dormi pendant plus de vingt-quatre heures.

Alors pourquoi diable ne pouvait-il se souvenir de son nom ?

Hé, Mish !

Il se leva, titubant légèrement dans sa hâte pour s'approcher de la glace. Il appuya sur l'interrupteur et…

Il se souvenait du visage qui lui faisait face. Il s'en souvenait — mais seulement parce qu'il l'avait vu la veille, au refuge. Avant cela, il n'y avait…

Rien.

Mish. C'était ainsi que Jarell l'avait appelé. Comme la veille, il eut vaguement l'impression que ce nom lui était familier. L'avait-il dit à Jarell lors de son arrivée ?

Drôle de nom, Mish. Mais pour l'instant, il n'en avait pas d'autre.

Il s'aspergea la figure d'eau froide, puis joignit les mains sous le robinet et but une longue gorgée.

Qu'était-il censé faire maintenant ? Aller trouver la police ?

Non. C'était hors de question. Il ne pouvait pas faire cela. Il ne pourrait expliquer la présence du calibre 22 et de l'énorme liasse de billets qu'il portait dans sa botte. L'instinct lui soufflait qu'il ne devait rien dire à la police, qu'il ne pouvait révéler à personne la raison de sa présence à Wyatt City.

Passion ennemie

D'ailleurs, il en aurait été bien incapable, même s'il l'avait voulu. Il ne savait pas pourquoi il était là.

Devait-il se rendre à l'hôpital ?

Il tourna la tête avec précaution, écartant ses cheveux pour inspecter la plaie au-dessus de son oreille. Maintenant que la douleur ne lui brouillait plus les idées, il comprit avec un choc que l'éraflure avait été causée par une balle. On avait tiré sur lui, et il avait failli mourir.

Il ne pouvait pas aller à l'hôpital non plus. Les médecins seraient contraints de signaler sa blessure à la police.

Il se sécha le visage et les mains à l'aide d'une petite serviette blanche, et retourna dans la chambre. Ses bottes étaient posées sur le sol à côté du lit, là où il les avait laissées la veille. Il versa le contenu de la botte droite sur les draps froissés, alluma la lumière et soupesa le revolver.

Il tenait parfaitement dans sa main, comme un objet familier. Sans savoir pourquoi, il eut la certitude troublante qu'il serait capable de manier cette arme avec une précision mortelle s'il avait besoin de le faire.

Cette arme, et d'autres aussi.

Son rêve lui revint à la mémoire, et il reposa le revolver sur le lit.

Il retira l'élastique qui entourait les billets, libérant le bout de papier qui était attaché avec. C'était une feuille de fax, une matière glissante et brillante, difficile à lire. Il la ramassa et l'inclina vers la lampe.

— Ranch du Lazy Eight, lut-il lentement.

Ce nom ne lui disait rien du tout. Suivaient une adresse dans le nord de l'Etat et des instructions pour s'y rendre. A en juger par celles-ci, l'endroit devait se trouver à environ quatre heures de Santa Fe. Les mots étaient tous dactylographiés, hormis un message griffonné au bas de la page, en grosses lettres rondes.

A bientôt, signé *Rebecca Keyes*.

Mish décrocha le téléphone et composa le numéro de la réception.

— Bonjour, dit-il lorsque l'employé répondit. Y a-t-il une gare routière en ville ?

— Bien sûr. Les bus Greyhound partent du coin de la rue.

— Pouvez-vous me donner leur numéro ?

Il le mémorisa et mit fin à la communication, puis décrocha de nouveau.

Il partait pour Santa Fe.

2

Becca aidait Belinda et Dwayne à accueillir des vacanciers quand elle l'aperçut.

Il aurait été facile de le manquer — silhouette solitaire qui cheminait lentement sur la route. Pourtant, même à cette distance, elle sentit qu'il était différent. Il n'avait pas la démarche désinvolte des cow-boys qui travaillaient dans les ranchs avoisinants. Il ne portait pas de sacs pleins d'objets ou de bijoux artisanaux pareils à ceux que les Indiens allaient vendre à Santa Fe.

Il n'avait qu'un petit sac, efficacement glissé sous son bras.

Comme Becca s'y attendait, il tourna dans la longue allée qui menait au Lazy Eight.

Alors qu'il s'approchait, elle remarqua qu'il était vêtu d'un jean et d'un T-shirt, et non de la chemise western à manches longues typique de la région. Il avait les bras profondément hâlés de quelqu'un qui passait le plus clair de son temps au grand air.

Ses bottes noires n'étaient pas celles d'un vrai cow-boy, et il arborait une casquette de base-ball plutôt qu'un Stetson.

Passion ennemie

De loin, il avait paru grand et imposant. De près, il semblait seulement imposant. C'était étrange, vraiment. Il devait mesurer un peu moins d'un mètre quatre-vingt-dix, et il était élancé, très mince. Pourtant, il émanait de lui une force tranquille, étonnante.

Peut-être était-ce dû à la ligne de ses épaules, ou à l'angle de son menton. Une lueur farouche brillait dans ses yeux sombres. Cela incita Becca à reculer un peu, à garder ses distances. Il parcourut du regard l'allée, le minibus, les bagages et les clients, puis le ranch et l'enclos où Silver attendait impatiemment une nouvelle occasion de se dégourdir les jambes, et enfin Belinda, Dwayne, et elle. D'un rapide battement des paupières, il sembla la considérer, la jauger.

Becca ne pouvait détacher son regard de lui.

Il était incroyablement beau, d'une beauté dure, sombre, presque menaçante. Son visage était légèrement hâlé. Il avait des pommettes hautes, séduisantes, des lèvres bien dessinées, même si elles étaient peut-être un peu trop minces, trop sévères. Ses cheveux bruns étaient plus longs qu'elle ne l'avait pensé tout d'abord. Il était rasé de près, mais une petite cicatrice sur son menton accentuait l'aura de danger qui se dégageait de lui. Et ses yeux...

Il s'adressa à Belinda, parlant à voix basse — trop basse pour que Becca puisse entendre ce qu'il disait. Il tira un bout de papier de sa poche.

Belinda se tourna et la désigna d'un geste. Il pivota à son tour et, de nouveau, elle sentit ses yeux se poser sur elle, graves et distants.

Il s'approcha.

Becca descendit les marches du bureau pour aller à

Passion ennemie

sa rencontre, repoussant son Stetson en arrière sur ses boucles châtain clair.

— Puis-je vous aider ?
— Vous êtes Rebecca Keyes.

Sa voix était douce, et ne contenait pas trace d'accent. Il ne s'agissait pas d'une question, mais elle répondit néanmoins.

— C'est exact.

Ses yeux n'étaient pas marron foncé ainsi qu'elle l'avait cru tout d'abord. Ils étaient noisette — une nuance presque impossible faite d'un mélange de vert et de marron. Elle le fixait. Elle s'en rendait compte, mais ne pouvait s'en empêcher.

— C'est vous qui m'avez envoyé ce fax ?

Cette fois, il s'agissait bel et bien d'une question. Becca se força à détourner les yeux et regarda le papier qu'il tenait entre ses mains. C'était un fax, en effet. Elle reconnut les indications qu'elle donnait d'ordinaire pour atteindre le ranch, et sa signature indistincte au bas de la page.

— Vous devez être Casey Parker.

Il répéta le nom lentement.

— Casey Parker.

Il ne ressemblait pas à l'homme qu'elle avait imaginé durant leur conversation au téléphone. Elle s'était représenté un individu plus âgé, plus corpulent, plus massif. Mais peu importait. Elle avait besoin de main-d'œuvre, et toutes les références de Casey Parker étaient satisfaisantes.

— Avez-vous une pièce d'identité ? demanda Becca en souriant pour adoucir sa question. Ce n'est pas pour vérifier qui vous êtes, seulement pour remplir les papiers nécessaires à votre embauche.

Passion ennemie

Il secoua la tête.

— Je regrette, je n'en ai pas. On m'a volé mon portefeuille avant-hier. J'ai dû être mêlé à une altercation et…

Comme pour prouver la véracité de ses dires, il retira sa casquette, et elle vit une longue éraflure au-dessus de sa tempe droite, qui disparaissait sous ses épais cheveux bruns. Il avait aussi une contusion à la joue que Becca n'avait pas remarquée tout d'abord, car elle était à peine visible sous sa peau hâlée.

— J'espère que ce n'est pas une habitude chez vous.

Il sourit. Ce n'était qu'un léger mouvement des lèvres, mais il adoucit son visage tout entier.

— Je l'espère aussi.

— Vous avez une semaine d'avance, dit Becca, espérant que son attitude un peu sèche compenserait l'effet étrange que le sourire tranquille et les paroles curieuses de cet homme produisaient sur elle. Mais ça tombe bien, parce qu'un de nos employés a donné son congé hier.

Il demeura silencieux, se contentant de rester là, de la regarder avec ces yeux qui semblaient tout voir. L'espace d'un moment, elle fut presque convaincue qu'il percevait la colère et la frustration qu'elle ressentait.

— Vous… voulez toujours cet emploi ? demanda-t-elle, redoutant soudain que l'endroit ne lui plaise pas.

Il se retourna, plissant légèrement des yeux contre le bleu aveuglant du ciel d'été. Son regard s'attarda sur la vallée, et Becca eut la certitude que, contrairement à la plupart des gens, cet homme voyait réellement le paysage du Nouveau-Mexique, sa beauté terrible, presque douloureuse.

Passion ennemie

— Vous êtes la propriétaire ? demanda-t-il doucement.

— Non, malheureusement.

Les mots avaient jailli d'eux-mêmes, trahissant son regret. Les yeux de l'homme revinrent se poser sur elle. Becca se sentit curieusement vulnérable — comme si, par ces deux petits mots, elle avait trop révélé d'elle-même.

Mais il se contenta d'acquiescer, ses lèvres s'incurvant très légèrement dans une ébauche de sourire.

— Qui est le propriétaire ? J'aimerais connaître le nom de l'homme pour qui je travaille.

— Il s'appelle Justin Whitlow, expliqua Becca. C'est lui qui paie les salaires. Mais c'est moi qui commande. C'est pour moi que vous travaillerez.

Il acquiesça, se retournant pour admirer la vue, mais pas avant qu'elle ait aperçu une lueur amusée dans son regard.

— Ça ne me pose pas de problème, dit-il tout bas.

— Certains hommes n'aiment pas ça.

— Pas moi.

Il lui fit face de nouveau, et Becca sut sans le moindre doute qu'il disait la vérité. Cet homme mince, élancé, aux splendides yeux noisette, n'était pas un homme ordinaire.

La plage était déserte et brumeuse, le soleil couchant dissimulé par les nuages.

— Je travaille pour l'amiral Robinson depuis quelque

Passion ennemie

temps, expliqua Joe à ses hommes, Luke, Bobby et Wes. Je sers de lien avec un de ses agents infiltrés.

Tous l'écoutaient avec attention, connaissant parfaitement les dangers inhérents à une telle mission.

— Cet homme n'a pas établi le contact cette semaine. Franchement, je suis inquiet. C'est la première fois qu'il manque à l'appel. C'est pourquoi je veux envoyer une équipe au Nouveau-Mexique pour essayer de le retrouver.

Les trois hommes échangèrent un regard perplexe.

— Je cherche des volontaires, reprit le capitaine. Cette mission doit rester top secret.

— Qui est le type en question ? demanda Wes. On le connaît ?

— Oui. Vous avez travaillé avec lui pendant six mois. C'est le lieutenant Mitchell Shaw.

— Oh, soupira Bobby. Mais qu'est-ce qu'il faisait de si important au Nouveau-Mexique ?

Joe les considéra d'un air grave.

— Une fois de plus, l'information que je vais vous donner est confidentielle. Compris ?

Les hommes acquiescèrent.

— Vous vous souvenez de l'incident à Arches ?

Ils se le rappelaient très bien. L'année précédente, quelqu'un était parvenu à neutraliser le système de sécurité du laboratoire militaire d'Arches, et à voler six cartouches de gaz neuroplégique. Lucky, Bobby, Wes et Mitch Shaw avaient tous fait partie de l'équipe chargée de les récupérer. L'opération avait été semée d'embûches, mais ils l'avaient menée à bien.

— Les voleurs avaient dérobé autre chose, continua

Joe d'un ton sombre. Du plutonium. Assez pour fabriquer une petite arme nucléaire.

Wes se passa une main accablée sur le front.

— Shaw était sur une piste, reprit Joe. C'est pour cela que son équipe est inquiète et moi aussi.

— Le Nouveau-Mexique est vaste, observa Lucky. Comment diable allons-nous le retrouver ?

— Shaw avait des faux billets sur lui, continua le capitaine. L'amiral Robinson a appliqué une technique connue des services d'espionnage. Cela fonctionne de la manière suivante : si un agent disparaît, les faux billets commencent à circuler. Parfois, cela permet de remonter jusqu'au tueur.

— Voulez-vous dire que Shaw est déjà mort, capitaine ?

— Je ne sais pas. Un seul de ses billets a refait surface. A Wyatt City, au Nouveau-Mexique. Dans l'urne d'un refuge pour sans-abri, ce qui est pour le moins bizarre.

— Quand partons-nous ?

Joe les regarda.

— Vous avez un vol dans trois heures, à destination de Las Cruces. Les papiers sont déjà à la base. Trouvez Shaw, les gars. Et tenez-moi au courant.

— C'est vous, Casey ?

Casey. Casey Parker. Si c'était là son nom, pourquoi diable était-il incapable de s'en souvenir ? se demanda Mish.

— Oui, c'est moi.

Passion ennemie

Un enfant d'une dizaine d'années était entré dans l'écurie. Il se tenait devant lui à présent, sa paire de lunettes cerclées de métal posée de guingois sur son nez.

— On m'a envoyé vous demander de seller deux chevaux pour Ashley et pour moi. Ashley, c'est ma sœur. Elle est très pénible.

Seller des chevaux...

— Comment t'appelles-tu ? demanda Mish au petit garçon.

— Mon vrai nom, c'est Reagan. Reagan Thomas Alden. Mais tout le monde m'appelle Chip.

Mish se tourna vers le box qu'il était en train de nettoyer.

— Dis-moi, Chip, je croyais que les résidents âgés de moins de dix-huit ans n'étaient pas autorisés à sortir sans être accompagnés.

— Oui, mais... je suis inscrit pour une randonnée *après* 4 heures ! Qu'est-ce que je vais faire en attendant ?

— Lire un livre ? suggéra Mish en reprenant son travail.

— Hé, s'écria gaiement Chip. J'ai une idée ! Vous pourriez venir avec Ashley et moi. Il y a un endroit, à environ un kilomètre à l'est d'ici, avec des rochers bizarres. On dirait des doigts géants qui sortent de terre. Je pourrais vous les montrer.

— Je ne crois pas.

— Oh, Casey. Vous ne faites rien d'important pour le moment.

Mish poursuivit sa tâche.

— Je ne suis pas d'accord. Il me semble que j'ai un

des emplois les plus importants ici : je fais en sorte que les chevaux aient un endroit propre où dormir.

— Oui, mais... vous ne préféreriez pas monter à cheval ?

— Non, répondit Mish avec honnêteté.

A vrai dire, il ne se souvenait de rien concernant les chevaux. S'il avait jamais acquis les moindres rudiments en matière d'équitation, ses connaissances s'étaient volatilisées en même temps que les souvenirs de son nom et de son passé. Mais il en doutait. Curieusement, il avait l'impression qu'il n'avait jamais su monter à cheval.

Cette pensée le troublait. S'il était Casey Parker, il avait menti pour obtenir ce travail. Et sinon, qui diable était-il donc ?

Casey Parker ou non, il ne pouvait se défaire du sentiment que la vérité n'allait guère lui plaire.

Le revolver dans sa botte. La liasse de billets. La blessure par balle. Tout cela pointait vers une seule et sinistre conclusion : il n'était pas du côté des anges.

Si son rêve avait contenu ne fût-ce qu'un grain de vérité, il était un tueur. Quelqu'un qui gagnait sa vie en éliminant d'autres gens. Et si tel était le cas, il ne tenait guère à recouvrer la mémoire.

Le monde et lui ne s'en porteraient que mieux s'il restait simplement là, à pelleter du fumier et...

Il leva la tête, distinguant un léger grondement au-dehors. S'agissait-il du tonnerre ? D'un camion qui arrivait ?

— On dirait Travis Brown, observa Chip. En train de faire son imitation d'un imbécile, comme dit Becca.

Mish comprit brusquement.

C'était le bruit des sabots d'un cheval lancé au galop — un

bruit de plus en plus distinct, qui se mua en vacarme alors que le cavalier et son animal s'approchaient de l'écurie. Il était accompagné d'un hennissement continu, où la peur se mêlait à la douleur. Un autre son lui fit presque aussitôt écho — hormis que celui-ci avait été poussé par un être humain.

— Ashley !

Chip se rua vers la porte, mais Mish bondit par-dessus la cloison du box et y parvint avant lui.

Dressé sur ses pattes arrière, un cheval sans cavalier battait furieusement l'air de ses sabots, un homme vêtu d'un pantalon à franges et d'un gilet en cuir était étendu sur le sol derrière lui. Une jeune fille se recroquevillait dans la poussière devant le cheval enragé, cherchant tant bien que mal à protéger sa tête de ses mains.

Mish s'élança vers elle.

Du coin de l'œil, il vit Rebecca Keyes courir tout aussi vite dans leur direction depuis le bureau du ranch. Son chapeau tomba dans la poussière, et elle agrippa la bride du cheval à l'instant où Mish écartait la jeune fille du danger.

Les sabots de l'animal passèrent à quelques centimètres du visage de Rebecca, mais elle ne cilla pas.

Mish poussa l'adolescente dans les bras de Chip et se tint prêt à secourir Becca. Mais elle se contenta de reculer, laissant au cheval le temps de se calmer.

Ses flancs étaient lacérés, comme par des éperons trop pointus. L'écume qui sortait de sa bouche contenait des gouttes de sang. Et son corps, couvert de sueur, était secoué de tremblements.

Passion ennemie

L'homme qui avait été jeté à bas de sa monture s'éloigna en rampant.

— Vous avez vu ça ? s'écria-t-il haletant, alors qu'il se relevait. Cette sale bête a failli me tuer !

— Silence !

Becca ne prit même pas la peine de regarder dans sa direction. Toute son attention était fixée sur le cheval. Elle n'avait pas parlé fort, mais sa voix était empreinte d'autorité.

Sagement, l'homme se tut.

Sous les yeux de Mish, l'animal se laissa retomber sur ses pattes. Il continua à trembler, pris de temps à autre d'une sorte de spasme. Becca se rapprocha, lui parlant doucement.

Elle aurait pu être dompteur de lions, songea Mish. Sa propre tension s'évanouit au son de sa voix apaisante, presque hypnotique. Elle regardait le cheval calmement, ne laissant rien paraître de la rage qu'elle devait éprouver envers la brute qui l'avait mis dans cet état.

Il savait que ses yeux étaient d'une nuance ordinaire de marron, mais, ainsi posés sur l'animal, ils reflétaient une sérénité presque angélique. L'espace d'un moment, Mish fut incapable de respirer.

La plupart des gens n'auraient sans doute pas trouvé Rebecca Keyes vraiment belle. Certes, son visage était plutôt joli — mignon, même. Mais il était peut-être un peu trop rond, lui donnant l'air d'être plus jeune qu'elle ne l'était. A moins qu'elle ne soit vraiment jeune. Mish ne pouvait en être sûr. Elle avait un petit nez presque enfantin, constellé de taches de rousseur. Sa bouche était large, sensuelle et généreuse. Pour tout maquillage, elle portait une fine couche de brillant sur les lèvres — sans doute pour se protéger du soleil plutôt que par souci cosmétique.

Mais alors qu'elle tendait la main vers la bride du cheval pantelant, chacun de ses gestes, de ses mots, de ses regards, semblait irradier un réconfort tranquille.

Mish ne put s'empêcher de désirer qu'elle se tourne vers lui, qu'elle le regarde ainsi, qu'elle pose ses mains douces sur ses épaules, et lui apporte la paix dont il avait si désespérément besoin.

Au lieu de cela, elle continua à caresser l'animal.

Ce dernier s'ébroua nerveusement et fit un pas de côté, mais Becca l'accompagna.

— Tout va bien, mon chou, murmura-t-elle en promenant les mains sur l'encolure du cheval, tout ira bien. On va te nettoyer.

Elle fit passer les rênes par-dessus la tête du cheval, et le conduisit doucement vers l'écurie.

— Casey va prendre soin de toi, ajouta-t-elle, parlant toujours de la même voix caressante. Pendant que je m'occupe de l'idiot qui t'a fait du mal.

Elle leva les yeux vers Mish, lui tendit les rênes, et dans le même instant, la chaleur apaisante de son regard céda la place à une colère froide, implacable. Elle allait s'occuper du cavalier, en effet.

Mais d'abord, elle se tourna vers la jeune fille qui avait failli être renversée dans l'allée.

— Ça va, Ash ?

Ashley et Chip étaient toujours devant l'écurie, dans les bras l'un de l'autre. L'adolescente hocha la tête, encore secouée.

Passion ennemie

— Chip, cours au bureau, ordonna Becca au petit garçon. Demande à Hazel d'appeler tes parents sur le téléphone portable.

Puis elle s'adressa à Mish :

— Mettez ce cheval à l'écurie.

Mish tira doucement sur les rênes et entra dans le bâtiment. A vrai dire, il n'avait pas la moindre idée de ce qu'il devait faire. Il leva la tête vers les grands yeux bruns et méfiants de l'animal, s'efforçant en vain de paraître sûr de lui.

Il enroula la bride autour d'une barre près du box le plus proche, prêtant une oreille attentive à ce qui se passait à l'extérieur.

— M. Brown, vous avez précisément quinze minutes pour faire vos bagages et vous présenter à l'accueil, disait Becca d'un ton sans réplique.

Il y avait une sangle qui semblait retenir la selle, et Mish tenta de la défaire, mais le cheval recula en s'ébrouant. Il était clair qu'il ne voulait pas que Mish le touche.

Dehors, Brown bredouillait.

— Mais c'est moi qui ai été…

— Je vous ai averti, coupa Becca, la voix tendue par la colère. On vous a dit et répété de ne porter d'éperons sur aucun de nos chevaux. On vous a dit et répété de ne pas tirer trop brusquement sur les rênes, et de traiter le cheval comme vous voudriez qu'on vous traite si vous aviez un mors dans la bouche.

Mish mit la main sur l'encolure du cheval. Il la laissa là, solide et ferme, essayant de chasser tous ses doutes, sachant que l'animal les sentait. Il allait réussir. Il avait vu assez de westerns. Il fallait d'abord retirer la selle, et la couverture placée dessous, puis, d'une manière ou d'une autre, rafraîchir le cheval.

— On vous a dit et répété que les chevaux doivent être menés au pas à proximité des bâtiments, poursuivit Becca. Ashley Alden aurait pu être grièvement blessée à cause de vous. Et cette fois, j'en ai assez de vous donner des avertissements. Je vous demande donc de faire vos bagages et de quitter ce ranch.

— Je veux voir le shérif ! Et je veux une ambulance — je me suis fait mal au dos en chutant ! Je vais vous faire un procès…

Mish tendit de nouveau la main vers la sangle, d'un geste ferme et sûr de lui. L'animal frissonna et renâcla, mais Mish parvint à soulever la selle. Il alla la poser sur une étagère, et ne put résister à l'envie de jeter un coup d'œil par la porte de l'écurie. Un groupe s'était formé — composé de clients et d'employés qui observaient la scène.

Becca avait forcé Travis Brown à reculer contre la clôture de bois du corral. Ses yeux étincelaient. Quand elle parla, sa voix harmonieuse résonna dans le silence.

— Allez appeler le shérif, Hazel, dit-elle à la femme aux cheveux gris qui se tenait sur les marches du bureau, sans pour autant détacher son regard de Brown. Il est probable que Ted et Janice Alden voudront porter plainte contre M. Brown pour mise en danger d'autrui. C'est bien comme ça qu'on dit, n'est-ce pas ?

— Vous ne pouvez pas me jeter dehors. Je suis actionnaire !

— Vous êtes un imbécile, lança Becca sèchement. Fichez le camp d'ici !

Il s'avança vers elle d'un air menaçant.

Passion ennemie

— Espèce de petite garce ! Quand Justin Whitlow apprendra ça...

— Vous avez un quart d'heure, Brown.

L'homme dominait Becca d'une bonne tête, mais elle ne flancha pas. Elle resta là où elle était, le menton légèrement redressé, comme si elle le mettait au défi de lever la main sur elle.

L'homme la bouscula en passant, boitant avec exagération en direction des chalets.

Becca se tourna d'abord vers Hazel.

— Vous avez pu joindre les Alden ?

La petite femme rondelette hocha la tête.

— Ils arrivent.

— Appelez le shérif aussi — au cas où ils voudraient porter plainte.

— C'est déjà fait.

Le regard de Becca parcourut l'attroupement, s'arrêtant sur Mish. Il se rendit soudain compte qu'il était sorti de l'écurie, et s'était approché d'elle, prêt à intervenir si Brown avait essayé de l'agresser.

— Comment va Stormchaser ? s'enquit-elle, se dirigeant droit vers lui. La pauvre bête va être traumatisée.

— Il n'a pas l'air de vouloir que je le touche, admit Mish en lui emboîtant le pas alors qu'elle entrait dans l'écurie.

Elle lui adressa un regard étrange par-dessus son épaule.

— Elle ne vous connaît pas. Il est normal qu'elle soit un peu tendue.

Elle. Le cheval était une jument. Il n'avait même pas pensé à vérifier. Il avait simplement supposé qu'un animal aussi grand, aussi puissant… c'était stupide. Il ne fallait rien supposer. C'était une règle d'or, et il venait de se trahir.

Une règle d'or. Quelle règle ? Seigneur, le passé rôdait autour de lui, mais restait hors de portée. Toutes les réponses étaient là, en suspens. Il voulut fermer les yeux, tenter de saisir la vérité, de retrouver son identité. Mais Becca Keyes lui parlait.

— Essayez de la rafraîchir, dit-elle.

Il était évident qu'elle se répétait. Elle le regardait fixement.

Elle lui lançait un défi. Elle le mettait à l'épreuve — elle voulait savoir s'il pouvait le faire.

Et il ne pouvait pas.

Mish soutint son regard sans faiblir.

— J'ai peur de ne pas savoir comment. Mais si vous me dites ce qu'il faut faire…

Elle s'était déjà détournée.

— Génial, marmonna-t-elle. Absolument génial.

Pivotant sur ses talons, elle lui fit de nouveau face.

— Etes-vous en train de me dire que vous ne savez pas rafraîchir un cheval ?

— J'apprends vite, murmura-t-il. Et vous manquez de main-d'œuvre…

— … et de bon sens aussi, apparemment.

Une lueur de colère traversa son regard, aussitôt affaiblie par une frustration mêlée de déception.

— Bon sang !

La déception était difficile à accepter. Mish aurait de loin préféré qu'elle se mette en colère.

— Je n'avais pas l'intention de vous tromper.

Il ne pouvait s'expliquer. C'était impossible.

Passion ennemie

Elle se contenta d'un rire amer, et retira la couverture de la jument.

— Bon, fit-elle avec un soupir las. Allez voir si Brown fait ses bagages. Il est au chalet numéro douze. Raccompagnez-le à l'accueil, finissez les box, et restez hors de ma vue ce soir. Je ne peux pas m'occuper de vous maintenant — nous parlerons demain matin.

Si Mish ne savait rien des chevaux, il savait en revanche quand il était bon de se taire.

Il se retourna et sortit de l'écurie. Il s'était réveillé ce matin sans passé, sans nom, sans savoir qui il était. Pourtant, à présent, il se sentait plus vide encore.

3

Il était plus de 2 heures du matin, et quelqu'un tambourinait à sa porte.

Becca se redressa, cherchant à tâtons sa torche électrique dans l'obscurité, sans rien trouver. Le vacarme continuait — un bruit frénétique accompagné d'une voix qui criait son nom. Elle se rua à bas du lit et, dans sa précipitation, faillit trébucher sur quelque chose en allant appuyer sur l'interrupteur.

Recouvrant l'équilibre, elle attrapa son peignoir, et se hâta vers la porte.

La jeune Ashley Alden se tenait sur le seuil, derrière la moustiquaire, le visage strié de larmes.

— Chip est parti !

Becca fit entrer l'adolescente et referma la moustiquaire avant que tous les insectes du Nouveau-Mexique ne s'engouffrent dans la cuisine.

— Parti où ?

— Je ne sais pas ! C'est moi qui le surveillais, je me suis endormie et, quand papa et maman sont rentrés, il avait disparu. Il a pris la couverture de son lit — je crois

Passion ennemie

qu'il joue à être cow-boy et qu'il est allé dormir à la belle étoile quelque part.

Ashley faisait de son mieux pour retenir ses larmes, sans y parvenir.

— Et maintenant, ils sont en train de se disputer, mais il va y avoir de l'orage, et il faut qu'on trouve Chip avant qu'il ne soit frappé par la foudre.

La jeune fille avait raison. Un orage couvait. Becca entendait le grondement du tonnerre au loin. En revanche, bien que la foudre soit dangereuse, elle n'était pas la pire menace. Si Chip s'était installé dans un des arroyos pour dormir, ou dans le lit de la rivière à sec… il n'était pas nécessaire qu'il pleuve ici même pour que les arroyos et les rivières se gonflent brusquement. Il suffisait simplement qu'il pleuve en amont.

Elle jeta un coup d'œil à l'horloge. 2 h 15. Les Alden étaient sans doute restés au bar voisin jusqu'à la fermeture, à 2 heures. Et si tel était le cas, ils ne seraient certainement pas d'une grande aide pour chercher leur fils.

Le tonnerre gronda de nouveau, plus près cette fois.

Elle allait avoir besoin de toute la main-d'œuvre disponible, se dit Becca.

— Va chercher tes parents, ordonna-t-elle à Ashley en s'emparant du téléphone. Réveille autant de clients que tu peux. Dis à tout le monde de se rassembler devant l'accueil.

Ashley disparut.

Hazel répondit d'une voix ensommeillée, mais réagit rapidement. Becca enfila un jean par-dessus sa chemise de nuit tout en lui donnant ses instructions.

— Réveille Dwayne et Belinda et demande-leur de

seller les chevaux, dit-elle, chaussant ses bottes en hâte avant d'enfoncer son chapeau sur sa tête. Je vais réveiller les garçons d'écurie.

Mish se leva, et le garde tira brusquement ses mains derrière lui pour lui passer les menottes. Il portait encore une entrave, une courte chaîne qui reliait ses chevilles. Il descendit avec difficulté les marches du bus, sauta les deux dernières et atterrit légèrement dans la cour poussiéreuse de la prison.

De la prison. Il était en prison. Une vague de nausée l'envahit alors qu'il levait les yeux vers les bâtiments gris et austères qui l'entouraient.

— Avance, aboya le garde. Allez !

Mish transpirait à grosses gouttes. Pour le moment, il distinguait encore le ciel, mais, à l'intérieur, il n'y aurait que des barreaux... et ces chaînes qui prouvaient qu'il était un individu dangereux.

Soudain, tout bascula. Mish se retrouva dans une ruelle, le tonnerre grondant au-dessus de lui tandis que les premières gouttes de pluie s'écrasaient sur le sol. En un instant, il fut trempé.

Il repoussa ses cheveux mouillés. Une faible lueur se refléta sur le canon de son arme et il se rua dans l'ombre, attendant que les pas se rapprochent...

— Casey ! Debout ! Réveillez-vous !

Des mains impatientes le secouaient. Mish ouvrit les yeux, aussitôt éveillé.

Passion ennemie

Rebecca Keyes était penchée sur lui, les cheveux en désordre, ébouriffés par le sommeil.

Il la regarda, stupéfait. Que faisait-elle là ? Non qu'il n'ait désiré sa présence dans son lit. Au contraire. Mais il ne se souvenait pas qu'elle soit venue dans sa chambre. Et il ne pouvait s'imaginer qu'il avait essayé de séduire cette femme. Il serait complètement irresponsable d'avoir des relations intimes avec quiconque avant d'avoir découvert qui il était.

D'ailleurs, il ne pouvait s'imaginer que Becca se soit laissé séduire. Elle avait été si glaciale avec lui, la veille. Comment cela avait-il pu arriver ? Comment avait-il pu la convaincre de passer la nuit avec lui ? Pire encore, il ne se souvenait pas du tout d'avoir fait l'amour. Et cela était plus qu'alarmant.

S'agissait-il d'un nouvel accès d'amnésie ? Cela n'avait pas de sens. Il se souvenait d'être allé se coucher — seul — et d'avoir éteint la lumière. Il se souvenait de la façon dont Becca l'avait ignoré pendant le dîner. Il se souvenait de s'être réveillé au refuge, la migraine lui martelant les tempes. Il se souvenait de Jarell, du motel, du trajet en bus jusqu'à...

De la prison.

Il avait rêvé qu'il était en prison. Menotté, entravé...

Elle le secoua de nouveau.

— Réveillez-vous, bon sang ! J'ai besoin de votre aide.

Mish revint brutalement à la réalité. Il était allongé sur une étroite couchette, à peine assez grande pour une personne. Et Becca n'était pas vêtue pour une nuit de passion. Elle portait un jean et des bottes, et un large chapeau de cow-boy sur la tête.

Il se redressa, la couverture glissant sur son torse nu, et Becca recula légèrement, comme si elle craignait qu'il ne porte rien du tout.

Ce n'était pas le cas. Il se souvenait d'avoir gardé son caleçon la veille au soir.

— Chip Alden a disparu, annonça-t-elle sans préambule. Et un orage menace. J'ai besoin de toute la main-d'œuvre disponible — nous devons le retrouver avant que les rivières gonflent.

Mish acquiesça, devinant le message implicite. Elle avait besoin de toute la main-d'œuvre disponible — même d'un menteur aussi méprisable et incompétent que lui.

Il se leva, enfilant son jean et son T-shirt alors qu'elle se détournait et sortait. Il passa ses bottes en hâte et la suivit, la rattrapant rapidement. Le tonnerre grondait. Déjà, les employés et les clients se rassemblaient devant le bureau, jetant des coups d'œil inquiets au ciel sombre.

Becca les répartit rapidement en groupes et les envoya dans différentes directions, certains à cheval, d'autres à pied.

— Vérifiez l'écurie et les bâtiments communs, ordonna-t-elle à Mish avant d'enfourcher un cheval et de partir à son tour.

Les divers groupes s'éloignèrent dans le noir, appelant le garçon à intervalles réguliers, d'une voix forte.

Sa tâche semblait inutile. Becca ne pensait pas trouver Chip dans l'écurie ni ailleurs dans le ranch. Mais il fallait tout de même que quelqu'un s'assure qu'il n'était pas là, et c'était lui qu'elle avait choisi.

Passion ennemie

Il entra dans l'écurie.

Stormchaser était le seul cheval resté là. La jument dressa curieusement les oreilles vers lui, comme sidérée par toute cette activité nocturne.

Il nettoyait justement le box de Stormchaser quand Chip était entré dans l'écurie cet après-midi, pour essayer de le persuader de seller des chevaux…, se rappela Mish.

Il se figea, les paroles de l'enfant résonnant soudain dans sa tête.

« Il y a un endroit, à environ un kilomètre à l'est d'ici, avec des rochers bizarres. On dirait des doigts géants… »

Il se précipita vers la carte accrochée au mur près de l'entrée, se hâta d'en mesurer l'échelle, et chercha les formations rocheuses décrites par Chip. Il n'eut aucun mal à les repérer, à environ un kilomètre au nord-est du ranch.

Tout près du lit asséché de la rivière.

Un coup de tonnerre éclata au-dessus de lui. Les premières gouttes de pluie s'écrasèrent sur le toit.

Si Chip avait dressé sa tente à cet endroit…

Mish courut à l'enclos, mais tout le monde était parti.

Il entendait des voix indistinctes au loin, vers le sud.

Il regagna l'écurie, et s'empara de la grosse torche électrique suspendue près de la porte, réfléchissant à toute allure. S'il partait à pied pour couvrir un kilomètre sur du terrain difficile, combien de temps lui faudrait-il… ?

Il se retourna vers Stormchaser, la regardant droit dans les yeux.

Elle hennit nerveusement alors qu'un éclair zébrait la nuit, suivi de peu par un nouveau roulement de tonnerre.

— Moi non plus, je n'aime guère ce temps, dit Mish

Passion ennemie

d'une voix douce, avant d'ouvrir la porte du box. Mais il faut que tu m'aides à récupérer cet enfant avant qu'il ne soit trop tard.

Stormchaser recula, visiblement méfiante.

Mish prit une selle contre le mur, continuant à lui parler d'un ton apaisant, comme il avait vu Becca le faire la veille. Il mit une couverture sur le dos du cheval, posa la selle au milieu, puis noua avec précaution la sangle autour du ventre de l'animal. Ensuite, il attendit que Stormchaser se détende, et la serra.

Les étriers semblaient à peu près à la bonne hauteur pour ses jambes. Il passa les rênes par-dessus la tête du cheval et la conduisit au-dehors, la torche sous son bras libre.

La pluie tombait plus dru à présent, et Stormchaser tenta de résister.

Mish mit le pied à l'étrier, sans cesser de parler au cheval. Imitant le mouvement de Becca, il se hissa tant bien que mal sur la selle.

— Allons-y !

Un éclair déchira le ciel, le tonnerre gronda, et Stormchaser s'élança dans la nuit.

Becca n'en crut pas ses yeux. A la faveur d'un nouvel éclair, elle vit distinctement Stormchaser lancée au galop, montée par Casey Parker avec l'aisance d'un cow-boy expérimenté. Une bouffée d'irritation la saisit. Cet homme lui avait laissé entendre qu'il ne savait rien des chevaux !

Elle s'avança pour lui couper la route au moment où il faisait ralentir Stormchaser.

— Je sais où est Chip, lança-t-il sans paraître se soucier de la pluie qui ruisselait sur son visage.

Il pressa doucement les flancs de Stormchaser, et le cheval reprit sa course. Becca le suivit, encourageant Silver à tenir le rythme.

Elle avait mis sa lampe frontale et, dans le faisceau lumineux, elle se rendit compte que Casey était loin de monter comme un cow-boy professionnel. Au contraire, il semblait cramponné à l'encolure du cheval comme s'il craignait pour sa vie.

— Je lui ai parlé cet après-midi, cria-t-il par-dessus le vacarme. Il m'a dit qu'il voulait aller voir des formations rocheuses.

Finger Rocks, comprit Becca aussitôt avec angoisse. Tout près du lit de la rivière. Avec cette pluie diluvienne, le lit ne resterait pas asséché longtemps — il était peut-être déjà inondé par les eaux descendues des montagnes.

Elle lâcha la bride de Silver, et le laissa filer, priant le ciel qu'il ne soit pas trop tard. Pourvu qu'ils trouvent ce petit garçon en vie...

Elle entendit la rivière avant de la voir.

Illuminé par un éclair, le chaos des rochers jaillit de l'obscurité, dominant le paysage. L'eau de la rivière était sombre et écumeuse. Débris et bûches flottaient follement à la surface, emportés vers l'aval.

Mais aucune trace de Chip.

Becca descendit de sa monture, braquant sa torche sur les rives. Mish, encore sur Stormchaser, pointa le doigt vers les flots rugissants.

Passion ennemie

— Là !

Elle le vit aussi.

Une tache pâle qui était peut-être une tête d'enfant, près d'une branche accrochée dans un enchevêtrement de rochers.

— Chip ! cria-t-elle par-dessus le vacarme. Chip !

La tête bougea, et un petit visage livide apparut dans le faisceau de sa torche.

C'était Chip. Il s'agrippait au bout de la branche, visiblement terrifié.

Comme Mish sautait à bas de Stormchaser, Becca le vit jauger la situation d'un coup d'œil. La branche était coincée entre deux rochers au bord de l'eau, juste avant un endroit où la rivière virait brusquement à gauche avant de dévaler plus vite encore le long de la colline. L'écume qu'on distinguait plus bas suggérait la présence de rapides — de rochers qui pourraient écraser le corps frêle d'un enfant de dix ans.

Tôt ou tard, les débris parviendraient à renverser Chip de son perchoir et à l'emporter avec les flots.

Mish descendit prestement la rive jonchée de rochers, tendant la main à Becca pour l'aider.

Elle n'avait ni besoin ni envie de son aide.

— Ça va, lança-t-elle. Continuez !

Enfin, ils atteignirent le bord.

— Tiens bon, petit, encouragea Mish d'une voix rassurante. On va te sortir de là.

— Je veux ma maman, sanglota le petit garçon. S'il vous plaît, je veux ma maman !

— On va te tirer de là, et on ira la retrouver tout de suite, reprit Mish.

Passion ennemie

Ils allaient le sauver, se dit-il avec conviction. Il empoigna l'extrémité de la branche à laquelle Chip se cramponnait, et tira de toutes ses forces. En vain. Becca posa sa torche et vint à sa rescousse. Peine perdue. Il ne leur fallut pas longtemps pour comprendre que leurs efforts étaient voués à l'échec.

La pluie tombait sans répit à présent.

— Il va falloir que j'aille le récupérer, cria Becca.

D'un revers de manche, il essuya l'eau qui ruisselait sur son visage. Il secoua la tête.

— Non. Je vais y aller.

— Vous plaisantez ? Cette branche ne supportera jamais votre poids.

— Elle ne supportera peut-être pas le vôtre non plus.

— Tenez-moi par les jambes, ordonna Becca. Si la branche casse, vous pourrez nous tirer de là.

Cela ne plaisait guère à Mish, mais elle ne lui donna pas le temps de discuter, et se mit à ramper le long de la branche.

Becca sentit les mains de Mish sur ses jambes, ses doigts qui s'accrochaient aux ourlets de son jean. Un nouvel éclair illumina le visage bouleversé de Chip.

L'enfant s'approchait d'elle, millimètre par millimètre, tout comme elle s'approchait de lui.

Elle était tout près. Encore cinquante centimètres et elle l'atteindrait...

Mais tout à coup, une grosse bûche dévalant le courant percuta Chip en pleine poitrine. Avec un cri, le petit garçon lâcha prise.

Becca s'entendit hurler tandis que l'enfant, les yeux

Passion ennemie

écarquillés par la terreur, les mains tendues vers elle, disparaissait sous les flots.

Elle se sentit soulevée, presque jetée sur la rive, et devina plutôt qu'elle ne vit Mish remonter sur l'amoncellement de rochers. Elle attrapa sa torche, la tint par-dessus sa tête, priant pour apercevoir les cheveux châtains de Chip, suppliant Dieu pour qu'il parvienne à s'accrocher à une autre branche.

Soudain, il surgit dans le faisceau de sa lampe. Le cœur de Becca cessa de battre. L'enfant, emporté par le courant, n'était plus qu'à quelques mètres des rapides.

L'instant d'après, elle vit Mish qui courait le long de la rive, se dirigeant droit vers le virage. Il plongea, d'un mouvement fluide, athlétique.

Puis il disparut dans le noir.

Durant les quelques interminables secondes qu'il passa suspendu au-dessus de la rivière en furie, Mish sut sans le moindre doute qu'il savait nager.

Et qu'il était même bon nageur. S'il avait été horriblement mal à l'aise sur le dos de Stormchaser, il était totalement dans son élément, à présent. Il se sentait à sa place dans l'eau comme nulle part ailleurs au monde.

Les flots s'emparèrent de lui, l'entraînant, le tirant vers l'aval. Il se laissa aller, utilisant ses forces pour se propulser vers la surface. Ce fut seulement quand il eut la tête hors de l'eau qu'il lutta contre le courant, cherchant Chip des yeux.

Quelque chose surgit devant lui — ce n'était pas une

Passion ennemie

bûche, plutôt un morceau de poteau téléphonique — mais il n'eut pas le temps de s'écarter complètement. La pièce de bois le percuta dans le côté gauche et le fit tourner sur lui-même, provoquant une douleur fulgurante rendue pire encore par l'eau qui lui brûlait les poumons.

Il battit des pieds et remonta à la surface, toussant et crachotant, avant d'inspirer une bouffée d'air bienvenue.

Miraculeusement, l'enfant lui arriva droit dans les bras.

Mish se laissa de nouveau emporter par le courant, utilisant son talent de nageur pour se diriger vers la rive.

Quelques instants plus tard, il sortait de l'eau, Chip encore cramponné à son cou, haletants l'un et l'autre. Becca se précipita à leur rencontre, aidant l'enfant à grimper plus haut avant de revenir le chercher.

Un éclair déchira le ciel. Mish vit qu'elle avait perdu son chapeau. Ses boucles châtain clair collaient à son front et, sous sa veste, le tissu mince de sa chemise était plaqué contre ses seins. C'était une chemise de nuit, comprit-il avec un choc. Une chemise de nuit blanche. Et elle ne portait rien dessous. Elle avait un corps splendide, mais c'étaient ses yeux qu'il brûlait de voir de nouveau. Débordants d'émotion et de soulagement, ils étaient incroyablement beaux.

Il aurait pu rester toute la nuit sous la pluie, à attendre les éclairs pour avoir une nouvelle chance de contempler Becca.

Mais elle souleva Chip dans ses bras et se redressa.

— Retournons au ranch.

Passion ennemie

***

— Le médecin dit qu'il va s'en tirer avec quelques côtes cassées. Il n'y a pas d'eau dans ses poumons, mais il va le garder en observation pour le reste de la nuit afin de s'assurer qu'il n'y a pas de blessures internes.

Ted Alden, le père de Chip, était sorti de son chalet pour venir les rassurer. La pluie avait cessé, et les nuages se dissipaient. Quelques étoiles scintillaient paresseusement dans le ciel. Becca acquiesça.

— Avez-vous besoin de quoi que ce soit ? Vous semblez épuisé.

Ted Alden se passa les mains sur le visage.

— Non, merci.

Becca lui adressa un sourire d'encouragement et se tourna pour partir. Il l'arrêta d'un geste.

— Nous ne vous avons causé que des soucis depuis notre arrivée. Vous êtes sûre que vous ne voulez pas que nous partions demain ?

Elle ne put réprimer un sourire.

— Comme Travis Brown, vous voulez dire ?

Elle secoua la tête.

— Non. J'essaie de ne pas prendre l'habitude de chasser les clients. C'est mauvais pour les affaires.

— Remerciez le cow-boy pour moi, reprit Ted Alden d'une voix rauque. Si vous n'aviez pas été là, tous les deux, Chip serait...

« Chip serait mort », finit Becca dans sa tête.

Elle savait que Ted Alden ne pouvait se résoudre à prononcer le mot. Son fils serait mort. Pour sa part, elle n'avait joué qu'un rôle secondaire dans le sauvetage du petit garçon. La vérité, c'était que, sans Casey Parker, les services de secours seraient en ce moment même en train de draguer la rivière à la recherche du corps sans vie de l'enfant.

Elle ravala une bouffée soudaine d'émotion intense. Elle dut ciller pour refouler ses larmes.

— Je le remercierai, dit-elle doucement. Embrassez Chip pour moi, voulez-vous ?

Ted Alden hocha la tête, puis rentra dans son chalet, laissant la moustiquaire se refermer derrière lui.

C'était sans doute la fatigue qui déclenchait en elle toutes ces émotions, songea Becca. Elle ne se souvenait pas de la dernière fois qu'elle avait pleuré et, pourtant, elle était là, prête à se recroqueviller et à sangloter comme un bébé.

Tout allait bien. Chip était tiré d'affaire. Mais elle ne pouvait s'empêcher de penser à ce qui aurait pu se produire. Elle ne pouvait oublier l'expression de terreur qu'elle avait lue sur les traits de l'enfant à l'instant où il avait été emporté. Comme si ses yeux lui demandaient pourquoi elle n'avait pu le sauver. S'il était mort, ce regard l'aurait hantée jusqu'à la fin de ses jours…

Et si Casey n'avait pas été là, avec cet incroyable talent de nageur ? Et si… ?

L'estomac retourné, elle sentit la bile lui monter à la gorge. Elle dut s'asseoir sur le bord de la route boueuse et tenta de réprimer la nausée. Les mains crispées sur sa veste trempée, elle s'en enveloppa étroitement, attendant que le malaise passe.

— Ça va ?

La voix sortit de l'obscurité, douce, attentionnée.

Passion ennemie

— Oui, mentit-elle, ne voulant pas lever les yeux et rencontrer le regard insondable de Casey, ne voulant pas lui montrer qu'elle tremblait. C'est juste... je suis...

Elle sentit qu'il s'asseyait à côté d'elle, sentit sa proximité, sa chaleur. Il ne dit rien. Il se contenta de rester là, alors qu'elle s'efforçait de retrouver son équilibre, de faire cesser ce maudit tremblement qui la secouait tout entière.

Quand il commença enfin à parler, Becca se demanda si elle ne l'avait pas imaginé. Sa voix calme était en parfaite harmonie avec la clarté veloutée de l'aube naissante.

— Vous savez, je ne crois pas être monté à cheval avant aujourd'hui, avoua-t-il. Je ne sais pas pourquoi je n'ai pas essayé plus tôt — c'était génial. Sensationnel. Un peu comme voler. Mais vous le savez déjà, n'est-ce pas ? Je vous imagine comme une enfant née à cheval.

Il marqua une brève pause.

— Quand je montais Stormchaser, je me souviens d'avoir pensé que c'était comme de conduire une moto, sauf que ce que je conduisais avait un cerveau et une âme...

Becca savait exactement ce qu'il était en train de faire. Il l'apaisait, la réconfortait par la douceur de sa voix, comme on parle à un animal effrayé. De la manière dont elle avait parlé à Stormchaser la veille. Et, comme la jument, elle se cramponna au son de cette voix rassurante. C'était la seule chose solide et tangible dans une nuit où tout vacillait et tournoyait autour d'elle.

Elle se rendit compte qu'elle tremblait. Qu'elle pleurait. Et qu'elle était totalement incapable de maîtriser ses sanglots.

Casey continuait à parler, décrivant sa chevauchée, la manière dont il avait apprivoisé Stormchaser. Les mots n'avaient pas d'importance, et elle cessa d'écouter pour se concentrer uniquement sur les intonations de sa voix. Quand il la toucha, très légèrement, posant doucement une main sur son épaule et dans son dos, elle ne se dégagea pas. Elle n'en avait pas envie. Au contraire, elle se pencha vers lui, se laissant entourer par ses bras.

Il la tint contre lui, la berçant d'avant en arrière, lui communiquant sa chaleur, l'enveloppant de sa force.

— Tout va bien maintenant, répétait-il. Tout va bien.

Cela fonctionnait. La nausée commençait à se dissiper, elle se détendait entre ses bras puissants.

Sa minceur n'était qu'une illusion. Son corps n'était que muscles. Cela ne lui avait pas échappé lorsqu'elle était allée le réveiller et qu'elle l'avait trouvé à demi nu dans son lit. Et, pourtant, son étreinte était tendre. Infiniment douce.

Il continua à lui caresser le dos, puis enfouit lentement les doigts dans ses cheveux. Il la garda serrée contre lui sans pour autant être menaçant, n'offrant que réconfort, arrêtant de parler quand elle cessa de frissonner.

Elle posa la tête au creux de son épaule et ferma les yeux, laissant se dissiper les pensées qui l'avaient tourmentée plus tôt.

Hormis une. Et si cet homme qui l'entourait de ses bras rassurants tournait la tête vers elle et l'embrassait ?

Becca ouvrit les yeux, choquée. D'où lui venait cette idée insensée ? Elle se détacha lentement de lui, et se redressa.

Elle frissonna légèrement, envahie par le froid maintenant que les bras de Casey n'étaient plus autour d'elle. Les premières lueurs de l'aube apparaissaient dans le ciel.

Passion ennemie

Assis dans la semi-obscurité, il n'était encore qu'une ombre. Becca recula en hâte.

— Je ne sais pas comment vous remercier pour ce que vous avez fait ce soir, dit-elle doucement.

— Je n'ai pas tiré ce gosse de la rivière pour être remercié, répondit-il.

— Oh, non, s'écria-t-elle, craignant de ne l'avoir offensé. Ce n'est pas ce que je voulais dire. Je voulais seulement… enfin, j'aimerais pouvoir trouver le moyen de vous remercier de l'avoir sauvé.

Sa voix trembla légèrement.

— Et de m'avoir tenu compagnie ici.

— Parfois, la partie la plus difficile de la bataille arrive après que tout est fini, observa-t-il à voix basse, quand l'adrénaline reflue et qu'on repense à ce qui s'est passé.

Becca s'attarda tandis que le ciel devenait de plus en plus clair. Elle avait beau savoir qu'elle aurait dû dire bonne nuit à cet homme et mettre une distance respectable entre eux, elle ne pouvait s'empêcher de se sentir attirée par sa voix si calme, par son sourire tranquille. Par ses bras rassurants…

— Avez-vous été soldat ? s'enquit-elle, au lieu de prendre congé.

Il resta silencieux pendant un long moment, puis se releva d'un mouvement fluide.

— Vous êtes sûre de vouloir entamer une conversation ? Vous semblez épuisée. Vous devriez aller vous coucher.

Avec lui ? La pensée incongrue jaillit malgré elle dans l'esprit de Becca. Quelle mouche l'avait donc piquée ce soir ?

Passion ennemie

— Vous avez raison, admit-elle. Je suis... c'est juste que...

Il tendit la main vers elle. Il avait des mains fortes, puissantes et calleuses. Des mains attirantes.

— Venez, dit-il. Je vous raccompagne à votre chalet.

Becca secoua la tête.

— C'est inutile, merci. Je vais bien à présent.

Elle avait peur de le toucher de nouveau.

— Merci encore, Casey.

Il acquiesça et laissa retomber sa main.

— Je préfère qu'on m'appelle par mon surnom, dit-il. Mish. Je sais qu'il est un peu bizarre, mais... il me plaît.

— Mish, répéta-t-elle, perplexe. C'est d'origine russe ?

— Je ne crois pas, sourit-il, révélant des dents blanches et régulières. A vrai dire, je ne sais plus d'où il vient.

Becca recula encore.

— Eh bien, merci, Mish.

Elle marqua une pause.

— Nous devrions peut-être parler demain matin, ajouta-t-elle gauchement.

— Quand vous voudrez, répondit-il simplement. Vous savez où me trouver.

4

Assis seul sur une banquette, au fond du bar, le lieutenant Lucky O'Donlon terminait son petit déjeuner.

Wyatt City était une ville triste et poussiéreuse. Il avait les lèvres gercées, et l'océan lui manquait déjà.

Son équipe était arrivée avec du retard à l'aéroport de Las Cruces la veille au soir. Le temps de louer une voiture et de traverser le désert qui menait à Wyatt City, il était plus de minuit lorsqu'ils avaient atteint leur destination.

Bobby et Wes ne tardèrent pas à le rejoindre, visiblement frais et dispos après leur nuit à l'hôtel.

Quant à lui, il était allé coucher au refuge, dans l'intention de glaner un maximum d'informations sur l'endroit. Il ne perdit pas de temps à leur livrer le fruit de son travail.

— C'est une organisation entièrement gérée par l'Eglise. Les seules règles sont qu'il ne doit pas y avoir d'alcool, de drogues, d'armes ni de femmes dans les locaux. Tout le monde doit partir avant 8 heures du matin.

— Quelqu'un se souvient-il de Mitch ?

Lucky secoua la tête.

— Non. Et ils ne tiennent pas de registre. En revanche, ils gardent une liste des bénévoles et de leurs heures de travail. Il va falloir que l'un d'entre vous se débrouille pour savoir qui était là les nuits où nous pensons que Mitch est venu.

Il marqua une pause et but une gorgée de café, songeur.

— Vous le connaissez bien ?

Bobby et Wes échangèrent un regard.

— Non, pas très bien, admit Wes. C'était plutôt un solitaire.

— Mais Jake Robinson a confiance en lui, souligna Bob.

Lucky prit sa décision.

— Bon. Wes, je veux que tu fasses des recherches. Trouve-moi tout ce qu'il y a à savoir au sujet de Mitch Shaw. Absolument tout.

Les Alden s'en allaient.

Mish agita la main, répondant au salut de Chip tandis que le véhicule s'éloignait dans l'allée.

Après les événements de la veille, ils avaient décidé de mettre fin à leurs vacances, comme l'avait expliqué Ted Alden en remerciant Mish une fois de plus. D'ailleurs, ils désiraient faire examiner Chip par leur médecin de famille à New York.

— Vous êtes fou ou quoi ?

Debout derrière lui, Becca tenait un morceau de papier à la main.

Il se détourna, ayant reconnu le chèque d'un montant

Passion ennemie

exorbitant que Ted Alden avait tenté de lui remettre en prenant congé.

— Comment avez-vous pu refuser ? insista Becca.

Comment pouvait-il lui expliquer que l'idée d'accepter de l'argent pour avoir sauvé la vie d'un enfant lui répugnait, peut-être en partie à cause des cauchemars qui continuaient à le tourmenter ? Il ne pouvait s'empêcher de se demander s'il n'avait pas gagné l'épaisse liasse de billets qu'il portait en *prenant* la vie d'autrui.

— Je ne me suis pas jeté à l'eau pour obtenir une récompense, répondit-il. Je l'ai fait parce que ce gamin m'était sympathique.

Il secoua la tête. Non, ce n'était pas vraiment exact.

— Ecoutez, j'aurais fait la même chose même si ce n'avait pas été le cas. Je ne veux pas de l'argent d'Alden. Il m'a remercié. C'est suffisant.

Il pivota sur ses talons et se dirigea vers l'écurie. Il y avait des box à récurer, et d'autres tâches qui l'attendaient. Il avait commencé en retard aujourd'hui, et il avançait plus lentement que d'ordinaire, en partie à cause de ce poteau qui l'avait percuté dans la rivière. Il ne croyait pas avoir de côte cassée, mais ça lui faisait quand même un mal de chien. Quoi qu'il en soit, il n'y pouvait pas grand-chose. Il avait attrapé un rouleau de pansement dans la trousse de premier secours et s'en était bandé le torse. Il avait mal, mais la douleur s'atténuerait avec le temps.

Becca le suivit, une brise soudaine la forçant à retenir son chapeau qui menaçait de s'envoler.

— Casey — Mish ! Seigneur, ce chèque est d'un montant de cent mille dollars ! Une somme pareille est peut-être insignifiante pour Ted Alden — il travaille à Wall Street.

Passion ennemie

Mais pour quelqu'un comme vous ou moi... vous ne pouvez pas dire non à une opportunité comme celle-là.

Il s'arrêta net, et elle faillit le heurter.

— C'est drôle, mais je croyais que c'était précisément ce que j'avais fait.

Visiblement perplexe et incrédule à la fois, Becca resta immobile, le dévisageant comme si elle essayait de lire dans ses pensées.

— J'ai promis à Ted de vous persuader d'accepter cet argent.

— Vous ne pourrez pas tenir votre promesse, parce que je n'en veux pas, répéta Mish.

Il tendit la main vers le chèque dans la ferme intention de le déchirer, mais Becca fut plus rapide que lui. Elle retira sa main, mettant le papier hors d'atteinte.

— Pas question ! Je vais garder ceci pour vous pendant que vous réfléchissez. Prenez tout votre temps.

Exaspéré, il se retourna vers l'écurie.

— Je n'ai pas besoin de temps. C'est tout réfléchi. Vous n'avez qu'à le lui renvoyer.

Elle le suivit à l'intérieur.

— Avec une somme pareille, vous ne seriez pas obligé de travailler ici, à pelleter du fumier la plupart du temps.

Il prit une pelle et se mit précisément à faire ce qu'elle venait de décrire, s'efforçant d'ignorer la douleur subite qu'il ressentit au côté.

— Vous voulez me renvoyer ?

— Non ! se hâta-t-elle de répondre. Ce n'est pas la raison pour laquelle j'ai dit ça. J'ai besoin de vous ici. Je manque de main-d'œuvre et d'ailleurs...

Elle s'éclaircit la gorge.

Passion ennemie

— Ça me ferait plaisir que vous restiez.

Mish n'interrompit pas sa tâche, mais ne put réprimer l'envie de lever les yeux vers elle.

Elle portait un jean et une chemise à manches longues ouverte sur un T-shirt qui dissimulait les courbes féminines qu'il avait aperçues la veille. Elle plongea sur lui des yeux noisette, des yeux dans lesquels il aurait été facile de se perdre...

Elle le regardait comme s'il était une sorte de héros. Et il comprit soudain que son refus d'accepter l'argent n'avait fait que renforcer l'estime qu'elle avait pour lui.

— Enfin, si vous voulez rester, ajouta-t-elle avec embarras, tandis que le rouge lui montait aux joues. Quelque temps, je veux dire.

Mish se força à détourner la tête, à ne pas penser au fait qu'il ne se souvenait pas de la dernière fois qu'il avait fait l'amour avec une femme. Bien sûr qu'il ne s'en souvenait pas. Tout ce qui s'était passé dans sa vie avant le lundi précédent était un mystère total. Pourtant, curieusement, il avait la certitude qu'il y avait longtemps qu'il n'avait pas été intime avec une femme. Très longtemps.

Et celle qui se trouvait devant lui l'attirait énormément.

Elle avait refusé son offre de la raccompagner ce matin, alors que le soleil commençait à se lever à l'horizon. Ç'avait été une sage décision de sa part. Mish se demanda où il avait eu la tête. Après l'épreuve terrible qu'elle venait de traverser, elle était forcément vulnérable.

Quant à lui, il avait passé la matinée à penser à la tragédie qu'ils avaient évitée de si peu. Ç'avait été une chance inouïe que Chip ait été balayé directement dans

Passion ennemie

ses bras par les flots. Une chance inouïe que l'enfant n'ait pas été tué. Mish s'était senti lui aussi en proie à l'émotion, et il savait à présent ce qu'il avait seulement soupçonné quelques heures plus tôt.

Il s'en était fallu de peu que le réconfort amical qu'il avait apporté à Becca se transforme en tout autre chose. S'il l'avait ramenée chez elle, si elle l'avait invité à entrer, il aurait embrassé ses lèvres douces…

S'efforçant de se concentrer sur sa tâche, il tenta de chasser de son esprit les images par trop précises des conséquences de ce baiser. Il ne pouvait se permettre d'avoir ce genre de pensées. Ce ne serait pas juste envers elle.

Pourtant, Mish ne pouvait lui révéler la vérité.

Certes, il y avait des moments où il brûlait de se confier, mais il sentait que c'était impossible. Le seul fait d'envisager cette possibilité l'emplissait d'une étrange sensation de malaise. Il savait qu'il n'était pas censé parler des raisons de sa présence ici, qu'il ne pouvait rien révéler sans risquer de trahir…

Trahir quoi ? Il ne se souvenait de rien. Ce qui était certain, c'était que l'importance de garder le secret avait été gravée en lui. Il ne pouvait parler à Becca.

Il l'avait déjà trompée une fois — en la persuadant qu'il était capable de faire ce travail de garçon d'écurie, au cours d'un entretien dont il n'avait pas le moindre souvenir. Il était hors de question qu'il la trompe de nouveau en ayant des relations intimes avec elle. Tout au moins était-ce impossible avant qu'il sache exactement qui il était.

Becca ne voudrait rien avoir à faire avec un criminel. Et si son cauchemar était basé sur la réalité, il n'était

Passion ennemie

sans doute qu'un individu méprisable, tout juste sorti de prison.

Malgré tout, quand elle le regardait comme elle l'avait fait quelques secondes plus tôt, il avait un mal fou à garder ses distances. Il était facile de l'imaginer fondre entre ses bras alors qu'il l'attirait contre lui, là, sur la paille odorante qu'il venait d'étaler sur le sol du box...

Oui, il y avait bien trop longtemps qu'il n'avait pas été intime avec une femme.

Mais Becca voulait qu'il soit un héros. Alors il allait en être un — en s'interdisant de s'approcher d'elle.

Elle baissa les yeux sur le chèque qu'elle tenait toujours à la main, les joues encore rosies, comme si elle devinait ses pensées.

— Je ne comprends pas pourquoi vous voudriez continuer à travailler ici pour un salaire de misère alors que quelqu'un est prêt à vous donner tout cet argent.

Mish haussa les épaules et posa sa pelle.

— L'argent n'est pas tout, dit-il en soulevant la brouette.

En passant près de Becca, il saisit une bouffée du parfum frais qu'il avait remarqué cette nuit-là quand il l'avait entourée de ses bras. Elle sentait délicieusement bon. Il se hâta de s'éloigner d'elle, se dirigeant vers la porte située au fond de l'écurie.

— Peut-être, mais c'est quand même essentiel, insista-t-elle en lui emboîtant le pas. Si j'avais une somme pareille...

Elle s'interrompit brusquement.

— Mish, je vous en prie. Vous devriez au moins réfléchir. Cela pourrait être la chance de votre vie.

Passion ennemie

Il plissa les yeux dans la clarté éblouissante du soleil matinal. Son côté gauche le lançait à chaque pas.

— L'emploi que vous m'avez donné a été ma chance, dit-il. A supposer que j'aie besoin d'une chance pour commencer.

— Vous êtes arrivé ici avec une tenue de rechange, sans portefeuille, sans papiers, observa-t-elle. Vous avez accepté un emploi affreusement mal payé. Nous ne sommes pas à Hollywood. Je doute que vous soyez un millionnaire excentrique en mal d'aventure.

Il lui rendit son regard.

— Et si je l'étais ?

Becca se mit à rire, et une lueur amusée pétilla dans son regard. Elle avait vraiment des yeux magnifiques.

— Si vous l'êtes, pourquoi diable sommes-nous en train d'avoir cette conversation alors que vous pelletez du fumier par cette chaleur ? Emmenez-moi plutôt dîner dans votre restaurant favori à Paris. J'ai toujours eu envie de voyager.

Elle le taquinait, mais il y avait un fond de vérité dans ses paroles. Elle avait envie de sortir avec lui. Il le lisait dans ses yeux. Mish reposa la brouette, se sentant à la fois content et stupide. Il ne voulait pas qu'elle ait de l'affection pour lui. Il ne pouvait pas le vouloir. Pourtant, il était heureux que ce soit le cas.

— Désolé, j'ai dû égarer ma carte de crédit.

— Ah ! dit-elle avec un nouveau sourire. C'est bien la preuve que, même si vous êtes vraiment un millionnaire déguisé, vous avez besoin d'un peu de chance.

Elle avait un sourire si éblouissant qu'il était impossible de ne pas le lui rendre. Mish le fit, et sentit qu'il commençait à perdre pied.

Ce n'était pas seulement qu'elle l'aimait bien. Il avait peut-être perdu la mémoire, mais il comprenait les femmes. Cette femme s'intéressait à lui. Il n'y avait aucun doute là-dessus. S'il l'attirait dans ses bras et tentait de l'embrasser, elle lui offrirait ses lèvres. Ils ne feraient peut-être pas l'amour dans l'écurie en plein jour, mais dans le lit de Becca dans un avenir proche.

Sauf qu'il n'était pas le héros qu'elle s'imaginait.

Il recula légèrement.

— J'ai besoin d'une chance, répondit-il sans s'approcher d'elle. Et le fait que vous me laissiez rester malgré le fait que j'ai menti…

— Mais vous n'avez pas menti, rétorqua-t-elle en faisant un pas vers lui.

Elle était si proche qu'il distinguait les taches de rousseur sur son nez et ses joues. Et les points verts et dorés qui se mêlaient au marron de ses yeux.

— Pas vraiment. J'ai regardé votre dossier d'embauche, et les notes que j'avais prises quand nous avons parlé au téléphone. Vous avez peut-être péché par omission, mais je ne vous ai pas posé les questions qu'il fallait. Vous m'avez dit que vous étiez surtout un homme à tout faire, et que vous aviez déjà travaillé dans des ranchs. C'est moi qui ai supposé à tort que vous aviez de l'expérience avec les chevaux.

Le cerveau de Mish fonctionnait à toute allure. Il y avait quelque part un dossier à son nom, sans doute dans le bureau de Becca. Celui-ci devait contenir son adresse et son numéro de téléphone. Il devait bien avoir des vêtements, des affaires qui lui appartenaient quelque part ! S'il pouvait les retrouver, les souvenirs commenceraient peut-être à revenir.

— Je n'ai pas été tout à fait franche avec vous non plus, avoua Becca. Je n'ai pas mentionné le fait que votre salaire de départ risquerait de rester permanent. Le propriétaire du Lazy Eight n'aime pas augmenter son personnel.

— Il me suffit pour le moment, répondit Mish en poussant la brouette vers l'écurie.

Il était loin d'avoir terminé son nettoyage, et il était presque l'heure du déjeuner. Il allait devoir serrer les dents, oublier sa douleur et travailler plus vite.

Le bipper de Becca émit un bruit, et elle baissa les yeux sur l'appareil avant de l'arrêter.

— Il faut que je retourne au bureau, dit-elle, en marchant à reculons. Que diriez-vous de prendre un verre avec moi après dîner ce soir ? En guise de remerciement ? Il y a un bar pas très loin d'ici. Il y a de la musique le jeudi soir.

Elle l'avait invité à sortir.

Mish s'était précisément dit qu'il ne risquait rien tant qu'il gardait ses distances et ne faisait pas quelque chose de dingue comme l'inviter à dîner ou à boire un verre. Il aurait dû se douter que Rebecca Keyes n'était pas le genre de femme à attendre patiemment d'obtenir ce qu'elle voulait.

— Hmm...

Elle ne lui donna pas le temps de trouver le moyen de refuser sans la blesser.

— Il faut que je me dépêche, lui dit-elle avec un autre de ses sourires dévastateurs. Nous parlerons plus tard.

Passion ennemie

Sur quoi elle disparut, laissant Mish aux prises avec une nouvelle série d'hypothèses.

Pourquoi ne pas sortir avec elle, après tout ? Elle voulait seulement prendre un verre. Elle ne l'avait pas invité à passer la nuit dans son lit !

Pourquoi ne pas y aller ? Il serait assis en face d'elle dans un bar, sous des lumières tamisées. Il pourrait contempler ses yeux pendant qu'ils bavarderaient.

Elle lui poserait des questions sur lui.

Elle voudrait savoir d'où il venait. Où il avait travaillé. Elle lui demanderait s'il avait une famille. Parlerait de son enfance, de ses passe-temps. De ses ex.

Mish se figea brusquement. Et s'il était marié ? S'il avait déjà une femme et des enfants quelque part, dont il ne se souvenait pas ?

Certes, il était tout à fait probable que sa femme l'ait quitté pendant qu'il était en prison.

Il secoua la tête et se mit à nettoyer le box suivant, accueillant presque avec plaisir la douleur violente à son côté.

Lui, un héros ? Sûrement pas.

5

Mish s'éclaircit la gorge.

— Excusez-moi. Est-ce que Becca est là ?

Hazel, la femme aux cheveux grisonnants qui travaillait à mi-temps au bureau du Lazy Eight, leva les yeux de son ordinateur et lui sourit.

— Oh, bonjour, Casey. Oui, elle est à l'arrière. Vous voulez que je l'appelle ?

— Non, dit-il en promenant un regard autour de lui.

Quelque part dans cette pièce se trouvait un dossier à son nom. Peut-être dans le classeur sous la fenêtre du fond, ou dans celui qui se trouvait à côté de l'ordinateur ?

— Merci, reprit-il, mais si elle est occupée, il est inutile de la déranger.

— Elle ne l'est pas, assura Hazel.

Elle se tourna vers une porte.

— Becca ! cria-t-elle d'une voix forte avant de reporter son attention sur Mish. Un paquet a été livré pour vous aujourd'hui.

Un paquet ? Mish oublia aussitôt les classeurs.

Un paquet pour lui ?

— Il y a une note dessus qui dit de le garder jusqu'à

votre arrivée, ajouta-t-elle en se levant. Mais comme vous êtes en avance, autant que je vous le donne tout de suite, n'est-ce pas ?

Elle plongea la main dans un casier et en tira une enveloppe brune à bulles qu'elle fit glisser sur le comptoir.

Un paquet.

Perplexe, Mish le saisit et le retourna dans sa main. Il ne semblait pas contenir grand-chose. L'expéditeur n'avait pas indiqué son adresse. Le nom de Casey Parker et l'adresse du ranch étaient tracés en grosses lettres, d'une écriture légèrement enfantine, totalement inconnue à Mish.

Sur le cachet de la poste figurait le nom de Las Cruces, une ville importante non loin de Wyatt City, là où il s'était réveillé dans un refuge pour sans-abri. S'agissait-il d'une coïncidence ? Peut-être.

Peut-être pas.

— Salut, Mish. Vous avez du courrier ?

Becca était sortie de son bureau, les yeux brillants, un sourire aux lèvres, visiblement heureuse de le voir.

— Euh... oui.

Mish remercia Hazel d'un signe de tête.

— Merci.

— De bonnes nouvelles ? s'enquit Becca en se penchant par-dessus le comptoir.

— Non, fit-il avec un haussement d'épaules en glissant l'enveloppe sous son bras. Juste un relevé de mon comptable — pour mes investissements.

Becca se mit à rire.

— Oh, bien sûr.

Le cœur de Mish battait à toute allure tant il était excité à l'idée de ce qu'il trouverait dans l'enveloppe, mais il était résolu à attendre d'être au dortoir pour l'ouvrir. Après tout, il avait déjà trouvé un revolver et une liasse de billets dans sa botte...

— Tout sera calme ici ce soir, observa Becca en le regardant avec chaleur. Si vous voulez, nous pourrions partir vers 6 heures, et dîner sur place... ?

Etait-ce vraiment le paquet qui faisait battre son cœur si vite ? se demanda-t-il. N'était-ce pas plutôt le sourire de Becca ?

Il serait si facile de dire oui. Il en mourait d'envie, et il n'aurait pas à la décevoir, voire à l'offenser. Il n'était jamais agréable d'être rejeté, même lorsque c'était fait avec autant de délicatesse que possible, et avec les meilleures intentions du monde.

Il jeta un coup d'œil en direction d'Hazel, qui s'était remise à pianoter sur le clavier de son ordinateur.

— A vrai dire...

Il avait baissé la voix, et Becca se pencha vers lui pour saisir ses paroles. Elle était si proche qu'il inspira une bouffée de son parfum subtil, attirant. Ce n'était pas du parfum, comprit-il subitement, mais du shampooing. Ce qui était logique. Becca ne semblait pas être le genre de femme qui s'aspergeait de parfum coûteux pour une journée ordinaire au ranch.

— Oui ?

La voix de Becca était rauque, et il se rendit compte qu'il la dévisageait depuis plusieurs secondes, tout en savourant l'odeur de ses cheveux.

Leurs têtes se touchaient presque. Ils auraient pu s'embrasser. Par chance, ils étaient séparés par le comptoir, sinon, il aurait été tenté de la prendre dans ses bras, sans se soucier de la présence d'Hazel, et encore moins de ses propres résolutions.

Les yeux de Becca descendirent sur sa bouche, achevant de lui faire perdre le fil de ses pensées. Elle se hâta de relever la tête, mais elle s'était trahie. Elle voulait qu'il l'embrasse.

Et il voulait…

Il voulait se perdre dans la sérénité de son regard magnifique. Il voulait s'y réfugier, oublier son passé sans doute coupable. Il voulait…

— C'est curieux, n'est-ce pas ? dit-elle doucement. Me voilà en train de vous inviter à dîner…

Elle eut un léger rire.

— Ce n'est pas vraiment dans mes habitudes.

Mish retrouva sa voix et se força à se redresser.

— Becca… je crois qu'il vaudrait mieux que je reste au ranch ce soir.

Il avait baissé les yeux, ne voulant pas voir son visage. Elle se redressa à son tour.

— Oh.

— Je suis vraiment désolé.

Il ne mentait pas. Il savait qu'il aurait dû se retourner et partir, au lieu de quoi il commit l'erreur de la regarder. Le mélange de gêne, de déception et de chagrin qui se lisait dans les yeux de la jeune femme le cloua sur place.

— Je… il faudrait que je me couche de bonne heure, ajouta-t-il. J'ai pris quelques coups dans la rivière.

Aïe. Il sut à l'instant où les mots jaillirent de ses lèvres qu'il n'aurait pas dû les prononcer. Becca n'était pas le genre de personne à réagir avec indifférence à l'annonce qu'il s'était blessé.

— Ce n'est rien, vraiment, se hâta-t-il de dire. Juste une côte fêlée.

— Quoi ?

Becca le dévisageait comme s'il venait de lui dire qu'il avait l'intention de traverser l'océan Pacifique en canoë.

— Oh, Mish, pourquoi ne m'avez-vous rien dit ?

— Ce n'est rien.

A sa grande consternation, il devait s'avouer qu'une partie de lui savourait l'évidente sollicitude de Becca.

— Un morceau de bois m'a heurté dans l'eau. Pas très gros. Comme je disais, c'est seulement…

— … une côte fêlée, acheva Becca, avec une moue incrédule. Je sais combien c'est douloureux, Mish. Il n'y a pas de « seulement » qui tienne.

Elle se tourna vers le volet du comptoir et fit mine de sortir.

— Montez dans la camionnette. Je vous emmène à l'hôpital.

— Non !

Il ne pouvait aller à l'hôpital. Si un médecin ou une infirmière s'avisait de regarder d'un peu plus près la plaie qu'il avait à la tempe…

Becca parut surprise par sa véhémence. Hazel elle-même leva les yeux. Mish se força à sourire.

— Ils se contenteront de mettre un bandage, et je m'en suis déjà chargé, dit-il d'un ton raisonnable.

Becca ne fut pas convaincue.

— Comment savez-vous qu'elle n'est pas cassée ? J'ai entendu parler de gens qui ont eu le poumon perforé par une côte cassée.

— Elle n'est pas cassée, affirma Mish d'une voix plus forte. J'ai suivi des cours de médecine.

Ses propres paroles le surprirent autant qu'elle. Les mots étaient sortis tous seuls. Etait-il possible qu'il soit vraiment médecin ? Ou n'était-il qu'un menteur accompli ?

Quoi qu'il en soit, il était parvenu à détourner la conversation.

— Ecoutez, reprit-il, je suis seulement un peu contusionné. Après une bonne nuit de sommeil, tout ira mieux.

Becca hésitait toujours.

— J'aurais préféré que vous m'en parliez hier soir.

— J'aurais dû le faire, admit-il. Vous avez raison. C'est juste que... je savais que ce n'était pas grand-chose.

Il dut enfoncer les mains dans ses poches pour ne pas céder à la tentation de lui caresser la joue pour la rassurer.

— Ne me forcez pas à aller à l'hôpital, Becca. Je suis trop fatigué pour supporter leurs questions et traîner des heures dans une salle d'attente. D'accord ?

Elle soupira longuement, comme si elle se résignait à une décision douloureuse.

— Faites voir.

Il cilla, pris au dépourvu.

— Que... ?

— Vous m'avez entendu, dit-elle d'un ton décidé, en lui désignant le battant ouvert du comptoir et la porte au-delà. Entrez dans mon bureau si vous ne voulez pas vous dévêtir en public. Sinon, faites-le ici. Retirez votre T-shirt.

Elle ne plaisantait pas.

— Ça a l'air pire que ça ne l'est en réalité, avertit-il. Il

Passion ennemie

y a un gros hématome — on dirait un arc-en-ciel, à vrai dire, vous voyez.

— Ah ? Je croyais que ce n'était qu'une petite contusion ?

— Oui, enfin… comparée avec d'autres que j'ai eues par le passé. J'ai connu pire, quoi.

Il perdait pied.

Becca croisa les bras.

— En ce cas, pourquoi avez-vous peur de me la montrer ?

Le problème, c'était qu'il avait eu toutes les peines du monde à enfiler son T-shirt ce matin-là, mais que le retirer — surtout maintenant, alors que ses muscles s'étaient raidis au cours de la journée — risquait d'être impossible. Ou horriblement douloureux. Ou les deux.

— Je ne crois pas pouvoir ôter mon T-shirt, avoua-t-il. Je vais bien, mais… j'ai un peu mal quand j'essaie de lever les bras.

C'était peu dire, et Becca le comprit parfaitement.

Elle secoua la tête d'un air exaspéré.

— Vous auriez dû mettre une chemise.

— Oui… enfin, mon valet a dû les envoyer toutes au pressing.

Il pouvait en plaisanter, mais il n'en avait pas moins honte d'admettre qu'il ne possédait pas de chemise de rechange. Il se sentit rougir d'embarras. Quel genre d'homme était-il pour ne posséder qu'une poignée de T-shirts et deux jeans ? Il avait espéré recouvrer la mémoire et retrouver ses affaires, mais cela ne semblait pas devoir se produire dans l'immédiat. Et celui qui lui avait envoyé ce paquet n'avait visiblement pas jugé nécessaire d'expédier sa garde-robe avec.

Il devait aller en ville, et dépenser une partie de l'argent qu'il avait trouvé dans sa botte. En espérant qu'il lui appartenait.

Becca posa la main sur son bras. Ses doigts étaient frais sur la peau de Mish.

— Je suis désolée, murmura-t-elle, lui donnant une légère pression avant de retirer sa main. Je ne voulais pas...

— Non, coupa-t-il, regrettant à demi de n'avoir pas recouvert sa main de la sienne. Ce n'est rien.

— J'ai des chemises que vous pouvez emprunter, ajouta-t-elle avec un sourire. Elles ont été oubliées par des cow-boys ou des clients.

Elle se tourna vers le fond de la pièce, parlant plus fort.

— Hazel ? Vous avez toujours une paire de ciseaux dans votre bureau ?

La secrétaire ouvrit le premier tiroir.

— Par miracle, oui.

— Puis-je les emprunter ?

— Bien sûr.

Hazel s'approcha d'eux, les ciseaux à la main et les yeux brillants de curiosité.

— Pourquoi ? Tu veux couper les cheveux de notre héros ?

— Non. J'aime ses cheveux longs, répondit Becca avec un sourire un peu triste. Ne bougez pas, Mish.

Elle tendit la main vers lui et entreprit de sortir les pans du T-shirt de la taille de son jean, lui effleurant le ventre de ses doigts frais. Mish se raidit aussitôt.

— Restez tranquille, bon sang, ordonna-t-elle en brandissant les ciseaux.

— Que... ?

— Je vais découper votre T-shirt.

A la surprise d'Hazel, elle se mit en devoir de le faire, progressant tant bien que mal avec ses ciseaux émoussés.

— Rebecca, mon chou, qu'est-ce que tu...

— Il a été blessé hier soir, expliqua Becca à son assistante. Il a été frappé par un gros morceau de bois quand il a plongé pour sauver Chip.

— Ce n'était pas un gros morceau...

— Et maintenant, il a une petite *gêne*, poursuivit Becca en le fusillant du regard. Il pense avoir une côte fêlée, et il vient tout juste de me le dire. Des heures plus tard. Il ne peut pas retirer son T-shirt, alors je le découpe pour examiner la blessure, d'accord ?

— Ah. Mais...

— Rendez-moi service, Hazel, interrompit Becca. Allez jusqu'à mon chalet. Il y a deux grandes chemises dans le placard, tout au fond. L'une d'elles est rouge. Allez me la chercher, s'il vous plaît.

— Mais... je vais tout rater !

— Allez-y.

Becca parvint enfin à découper l'ourlet, et posa les ciseaux sur le comptoir, prenant en même temps le paquet des mains de Mish.

— Vous voulez que je ferme à clé derrière moi ? demanda Hazel, visiblement amusée.

Passion ennemie

Elle se tourna vers Mish.

— Vous savez, il y a très longtemps que Becca n'a pas découpé le T-shirt d'un cow-boy. Vous devriez être honoré. Elle ne fait pas ça à tout le monde.

— Hazel!

Becca ferma les yeux, exaspérée.

— Vous y allez, oui?

Elle secoua la tête tandis qu'Hazel s'exécutait enfin, évitant délibérément le regard de Mish.

— Je suis désolée. Je ne voulais pas vous mettre dans l'embarras. De quel côté est-ce?

De quel côté…?

— J'ai peur de vous faire mal avec les ciseaux, alors je vais déchirer votre T-shirt de bas en haut. Mais je veux éviter de malmener votre côte cassée.

— Fêlée, corrigea Mish. Côté gauche.

Il tendit la main vers le T-shirt.

— Je peux m'en charger moi-même.

Trop tard. Becca l'avait devancé, et tirait sur le coton, d'un geste à la fois rapide et précautionneux.

Le son du tissu qui se déchirait résonna étrangement dans le silence de la pièce. Un son dangereusement érotique, qui évoquait à la fois l'impatience et l'intensité de la passion.

Ils étaient seuls, et la femme qu'il désirait de toutes ses forces était en train de lui arracher ses vêtements. Une bouffée de désir monta en Mish, éveillant aussitôt une réaction physique.

Il déglutit avec peine tandis que les doigts légers de Becca frôlaient son torse nu, remontant le T-shirt jusqu'au col. Il tenta désespérément de lutter contre l'excitation croissante qui s'emparait de lui, mais il avait perdu la bataille.

Becca était assez proche de lui pour qu'il puisse l'embrasser, et il en mourait d'envie. Il brûlait de l'attirer contre lui, pour qu'elle comprenne l'effet qu'elle avait sur lui. Il voulait qu'elle enroule les jambes autour de sa taille, et au diable sa côte fêlée...

Au prix d'un effort surhumain, il demeura immobile, les mains le long du corps, la sueur perlant à son front.

Elle laissa échapper une exclamation consternée en découvrant le bleu qui s'étalait sous le pansement. Tendant de nouveau la main vers les ciseaux, elle cisailla le coton plus épais de l'encolure.

Elle dut s'approcher davantage pour y parvenir, sa cuisse pressant contre celle de Mish, ses seins frôlant son torse. Mish ferma les yeux, tandis qu'une goutte de sueur coulait le long de son visage, priant pour qu'elle en ait vite terminé. Il avait beau s'exhorter à la sagesse, il n'était tout de même pas un saint.

Finalement, elle recula et il ouvrit les yeux au son des ciseaux qui retombaient sur le comptoir. Son soulagement fut de courte durée — la torture n'était pas encore terminée. Becca s'approcha de nouveau, et se mit à faire glisser le T-shirt sur ses épaules.

— N'essayez pas de lever les bras.

Doucement, avec mille précautions, elle retira le vêtement. Mish s'empressa de faire de même avec le pansement, s'éloignant légèrement d'elle, redoutant les mots qu'elle n'allait pas manquer de prononcer.

— Comment pouvez-vous dire que c'est une petite contusion ?

Passion ennemie

Sa voix était incrédule, mais des larmes brillaient dans ses yeux.

— Je vous l'ai dit, ça a l'air pire que ça ne l'est.

Pourvu qu'elle ne commence pas à pleurer, songea Mish. Car alors, il ne pourrait jamais s'empêcher de la prendre dans ses bras...

Non sans difficulté, elle sembla ravaler ses larmes.

— Vous avez dû atrocement souffrir. Vous souffrez encore — même sans bouger, n'est-ce pas ?

Elle était fâchée contre lui. Certes, la colère était préférable à l'émotion, mais elle risquait tout de même d'insister pour le conduire à l'hôpital.

— Becca, je vous jure que ce n'est pas terrible à ce point, assura-t-il calmement, d'un ton aussi dégagé qu'il en était capable.

— Si c'est le cas, pourquoi êtes-vous couvert de sueur ?

Elle posa un doigt sur son visage, attrapant une goutte qu'elle lui montra d'un geste triomphant.

Mieux valait qu'elle ne sache pas pourquoi il transpirait, raisonna-t-il, optant pour le silence.

— Je n'arrive pas à croire que vous avez travaillé toute la journée dans cet état, continua-t-elle avec véhémence. Je n'arrive pas à croire que je vous ai regardé nettoyer les box sans me rendre compte que vous étiez blessé !

Elle était si furieuse que sa voix en tremblait. Elle gagna le fond du bureau, ouvrit un tiroir d'un mouvement brusque et en sortit une clé.

— A partir de maintenant, vous allez quitter le dortoir et vous installer dans le chalet numéro douze. Je le noterai comme indisponible pour le moment — au moins jusqu'à

Passion ennemie

la fin de la semaine prochaine. Après, il faudra peut-être que vous le libériez en cas d'affluence, mais je doute que nous soyons complets avant deux bons mois.

Elle lança les clés sur le comptoir.

— Et je vous octroie une semaine de congé.

Il ouvrit la bouche pour protester, mais elle leva la main pour l'empêcher de parler.

— Vous serez payé, ajouta-t-elle d'un ton féroce. Si une semaine ne suffit pas, je vous en donnerai une autre, mais il faudra que vous alliez voir le médecin. Cela vous paraît juste ?

— J'apprécie votre générosité, répondit Mish, mais non. Cela ne me paraît pas juste. Vous manquez déjà de personnel.

Elle parut stupéfaite, comme si elle ne s'était pas du tout attendue à une telle remarque.

— Je vous remplacerai moi-même.

— En plus de votre travail ?

C'était impossible, et elle le savait.

— Je... j'appellerai Rafe McKinnon. Il m'a dit qu'il allait passer quelques jours chez son frère avant d'aller chercher du travail dans le Nord. Je lui accorderai l'augmentation qu'il voulait. Il reviendra sans hésiter. Il est amoureux de Belinda.

— Je croyais que vous aviez dit que le propriétaire ne voulait pas...

— Justin Whitlow peut aller au diable, affirma-t-elle d'un ton farouche, en sortant de derrière le comptoir. Si la manière dont je gère son ranch ne lui convient pas, il n'a qu'à me renvoyer.

Passion ennemie

Les yeux étincelants, le menton redressé, elle semblait invincible.

— Vous dites cela comme si c'était une bonne chose.

Il s'efforça de sourire, ne voulant pas que la conversation prenne un tour trop sérieux.

Elle lui rendit son regard.

— Peut-être que ce serait une bonne chose, en effet. Si je suis trop lâche pour partir de moi-même, il faut que je l'oblige à me renvoyer, n'est-ce pas ?

— Il y a une différence entre être lâche et être prudent.

Mish ne comprenait pas ce qui se passait. Becca était immobile, mais elle semblait s'approcher de plus en plus. Soudain, il se rendit compte que c'était lui qui avançait vers elle, qui la plaquait contre le comptoir. Attiré par elle comme un aimant. Il respirait l'odeur de ses cheveux, distinguait chaque minuscule tache de rousseur sur son nez, et voyait se dilater l'iris de ses yeux magnifiques tandis qu'il se penchait vers elle.

Il se força à s'arrêter, à un millimètre de ses lèvres si douces, et fut envahi par le soulagement. Encore une seconde, et il l'aurait embrassée. Encore une fraction de centimètre et…

Elle ne bougeait toujours pas et, pourtant, ses lèvres effleurèrent les siennes. Il l'entendit exhaler légèrement, vit ses paupières se fermer alors qu'il l'embrassait de nouveau.

Il était en train de l'embrasser. Avait-il complètement perdu la tête ?

C'était fou. Insensé.

Passion ennemie

Incroyable.

Ses lèvres avaient exactement le goût qu'il avait imaginé...

Trois baisers. Seigneur. C'étaient déjà trois baisers de trop. Il allait se détacher d'elle — il en était convaincu — quand elle posa la main sur son bras.

La sensation de ses doigts légers sur sa peau nue eut raison de ses bonnes résolutions. L'instant d'après, elle avait remonté les mains sur ses épaules, et enfoui les doigts dans les boucles de son cou.

Mish perdit le compte des baisers, se perdit dans la douceur vertigineuse de sa bouche.

Il l'attira plus près. Il mourait d'envie de prendre les globes ronds de ses seins dans ses mains, mais se contenta de la presser contre lui, l'embrassant longuement, passionnément.

Elle lui caressait les cheveux, et soudain Mish comprit que trois cents baisers, ou même mille, ne suffiraient pas à étancher sa soif d'elle.

Les mains de Becca descendirent sur son dos, et il laissa échapper un gémissement.

Becca tressaillit, et se détacha aussitôt de lui, les yeux écarquillés.

— Oh! s'écria-t-elle d'une voix étranglée, je suis désolée. Je t'ai fait mal?

Il la dévisagea, perplexe. Elle venait de le tutoyer. Brusquement, il prit conscience qu'elle s'était seulement éloignée parce qu'elle avait cru lui avoir fait mal. S'il n'avait pas émis ce bruit, elle serait toujours en train de l'embrasser. Il ne savait pas s'il devait s'en féliciter ou le regretter.

Passion ennemie

— Il y a un Jacuzzi à côté de la piscine, dit-elle. Ça te fera peut-être du bien d'y passer un moment.

Mish s'éclaircit la gorge.

— Ça va. Ce n'est pas si grave.

Comment était-il possible qu'ils se soient embrassés si passionnément quelques secondes plus tôt, et qu'ils se parlent à présent comme des étrangers ?

Ils *étaient* des étrangers, se dit-il fermement.

Il n'aurait pas dû l'embrasser.

— Becca, je…

La porte du bureau s'ouvrit dans un grincement sonore. Mish se tourna brusquement vers le comptoir, soudain extrêmement conscient d'être torse nu, et encore en proie à une excitation embarrassante.

— Oh, ça doit faire mal ! s'écria Hazel.

Mish ne put qu'espérer qu'elle faisait allusion à sa blessure.

— Je suis désolée d'avoir mis si longtemps, reprit Hazel en s'adressant à Becca. Quiconque doit aller fouiller dans ton armoire mérite une prime de risque !

— Très drôle, rétorqua Becca en prenant la chemise que lui tendait son assistante. J'ai octroyé le chalet numéro douze à Mish jusqu'à la fin de la semaine. Et quelques jours de congé.

Elle se plaça derrière lui, tenant la chemise ouverte pour que Mish puisse l'enfiler sans trop de difficulté. Le coton était doux, et sentait l'odeur de Becca. Il avait l'impression d'être enveloppé par ses cheveux.

Elle le fit doucement pivoter vers elle.

— Veux-tu que je t'aide à refaire le pansement ?

Passion ennemie

Mish jeta un coup d'œil à Hazel, qui s'était rassise devant son ordinateur.

— Je voudrais...

Quoi ? La déshabiller sur-le-champ ? Certes. Il baissa les yeux et se pencha vers elle.

— ... te parler. Sortons, veux-tu ?

Ce serait plus intime. Mais moins intime que d'entrer dans la pièce du fond où il pourrait refermer la porte sur eux...

A son tour, Becca regarda en direction d'Hazel, puis ramassa la clé du chalet, le paquet de Mish et le rouleau de pansement.

— Je t'accompagne jusqu'au chalet numéro douze.

— Merci, Hazel, lança Mish tandis que Becca ouvrait la porte.

— De rien. Prenez soin de vous. Et ne faites pas veiller Becca trop tard ce soir !

— Ne l'écoute pas, riposta Becca. Tu as la permission de me faire veiller aussi tard que tu en auras envie.

Seigneur. Mish attendit qu'ils se soient éloignés de quelques pas avant de reprendre la parole.

— Becca... je suis désolé pour tout à l'heure. J'ai perdu la tête.

Elle s'arrêta net au beau milieu de l'allée.

— Tu t'excuses de m'avoir embrassée ?

— Non, je...

Il ferma brièvement les yeux.

— Enfin, si.

Becca recommença à marcher, assez vite pour qu'il doive faire un effort pour rester à sa hauteur.

— Bizarre. Je n'aurais pas cru qu'aucun de ces baisers

mérite une excuse. Je veux dire… si tu es désolé pour ceux-là, je me demande comment sont les autres.

— Becca, je…
— C'était une plaisanterie, Casey. Tu es censé rire.

Elle se retourna vers lui et ralentit l'allure.

— J'imagine que tu n'as pas envie d'en discuter autour d'un dîner ?

Un coup d'œil à son expression lui suffit pour deviner la réponse.

— Non. Je m'en doutais.
— Je… c'est juste que… ce n'est pas un bon moment pour moi, murmura-t-il. Je suis désolé si j'ai rendu la situation confuse tout à l'heure. C'est parce que je te trouve complètement irrésistible.

Becca secoua la tête et le regarda en riant.

— C'est la première fois qu'on me rejette en me faisant un tel compliment.
— Je suis désolé, répéta-t-il. Je ne sais pas ce qui m'a pris.

Elle lui tendit la clé, le paquet et le pansement.

— Le chalet est là-bas, sur la gauche, expliqua-t-elle. Je te ferai livrer un repas ce soir.
— Ce n'est pas…
— Ne t'inquiète pas. Ce ne sera pas moi qui l'apporterai. J'ai compris.

Mish la suivit des yeux tandis qu'elle s'éloignait.

— Becca…

Elle se retourna, le regard voilé de tristesse.

— S'il s'agissait seulement de faire ce que j'ai envie de faire… s'il n'y avait rien d'autre à prendre en compte…

Elle lui adressa un demi-sourire.

Passion ennemie

— Repose-toi, conseilla-t-elle. Ça doit être fatigant d'être tout le temps si gentil.

— C'est la mallette de Mitch, pas de doute, affirma Lucky à Wes au téléphone. Tu te souviens de ce vieux truc en cuir noir ? Il est ici. Dans le casier 101.

Lucky avait eu de la chance et trouvé le sac de Mitch à la cinquième tentative. Ç'avait été un jeu d'enfant d'ouvrir les serrures, et l'absence de gardien à la gare routière lui avait encore facilité la tâche.

— Bien. Nous allons établir une surveillance vingt-quatre heures sur vingt-quatre, décida-t-il. Si Mitch est dans le coin, il viendra tôt ou tard chercher son sac. Où est Bob ?

— Il a laissé un message disant qu'il allait parler à un certain Jarell. Apparemment, ce type était de service la nuit où nous pensons que Mitch est allé au refuge.

6

Installé sous la véranda de son chalet, Mish attendait le coucher du soleil.

Il avait dormi par intermittence toute la journée, mais ses rêves avaient tous été hantés par la violence. Il s'était réveillé un nombre incalculable de fois, le cœur battant la chamade, une douleur lancinante au côté. Maintenant, il était assis sans bouger, et s'efforçait de déchiffrer les visions de son passé que son subconscient avait ramené à la surface, comme des bulles malodorantes à la surface d'un étang. Certes, les rêves pouvaient n'être que le fruit d'une imagination trop vive. Mais ils étaient souvent basés sur des scènes que le rêveur avait vues ou auxquelles il avait participé...

Il avait eu la vision étrange d'un homme en habit religieux, qui tenait bravement tête à un groupe d'individus armés. La scène s'était déroulée en une fraction de seconde. Un des agresseurs avait levé le bras et abattu l'homme d'une balle dans la tête. Mish, adolescent, avait été témoin du crime. Frappé d'horreur, sans voix, il avait vu l'homme s'effondrer comme une poupée de chiffon sur le sol.

L'image lui donnait encore la nausée.

Passion ennemie

Il avait également rêvé qu'il regardait à travers la lunette d'un fusil d'assaut, qu'il visait un homme et pressait la gâchette. Il avait rêvé d'autres scènes violentes, de combats à mains nues, où la seule règle était de survivre.

Et il avait rêvé d'une femme — sa mère, peut-être ? Difficile à dire. Son visage ne cessait de changer. Tête baissée, elle était en pleurs, en proie à un terrible chagrin. Quand elle avait enfin levé les yeux vers lui, le regard douloureux et accusateur, il avait reconnu Becca et s'était redressé, aussitôt réveillé.

Nul besoin d'être psychanalyste pour expliquer ce rêve-là. Il était une source d'ennuis pour Becca. Il ne pouvait que la faire souffrir.

Un groupe de cavaliers s'approchait, en route pour une randonnée au crépuscule. Becca faisait office de guide. Elle ne lui accorda qu'un bref regard, levant la main en guise de salut au passage.

Elle avait tenu parole, et gardé ses distances avec lui toute la journée — hormis dans ses rêves.

C'était Hazel qui lui avait apporté son dîner la veille, et ses repas d'aujourd'hui.

Le dîner devait être servi dans une heure, mais Becca serait toujours en promenade. Mish pouvait aller au réfectoire sans crainte de la rencontrer.

Non. Il n'avait pas envie de voir des gens. En revanche, il avait hâte de retourner dans le bureau du ranch et de consulter les dossiers du personnel. Il avait besoin de découvrir sa dernière adresse, et de s'y rendre, afin de voir si l'endroit éveillait en lui quelque souvenir.

Le paquet arrivé par la poste ne lui avait rien appris. Au

contraire, il ne faisait que soulever de nouvelles questions, ajoutant encore à sa frustration.

Il contenait en tout et pour tout une clé.

Il s'agissait d'une clé de coffre-fort, Mish en était certain. Mais aucun numéro, aucune marque ne figurait dessus. Elle pouvait ouvrir n'importe lequel des centaines de coffres abrités par les milliers de banques du Nouveau-Mexique. Ou du monde entier. Pourquoi se limiter au Nouveau-Mexique ? Cette clé pouvait venir de n'importe où.

Cette absence totale de souvenirs commençait à le rendre fou.

Il avait passé le plus clair de la journée à se concentrer, serrant les dents, cherchant désespérément à se rappeler quelque chose. Qui était-il ? Qu'était-il ? Mais les réponses continuaient à lui échapper.

Tout ce qu'il savait, c'était qu'il éprouvait une sorte de malaise. Qu'il avait la certitude qu'il ne devait se confier à personne. Qu'il ne devait pas révéler ses faiblesses...

Le son du rire de Becca lui parvint à travers les ombres du soir, et il se demanda — non pour la première fois — s'il ne serait pas préférable de ne jamais recouvrer la mémoire.

— Oh ! Qu'est-ce que tu fais ici ?

Becca avait tressailli, lâchant la moustiquaire en se rendant compte que quelqu'un était à l'intérieur. Mish. Elle s'agrippa à la rambarde de la véranda pour ne pas tomber.

Passion ennemie

— Je suis désolé, je ne voulais pas te faire peur, dit Mish en sortant du bureau. Je…

Il s'éclaircit la gorge.

— A vrai dire, c'est toi que je cherchais.

Elle le dévisagea, incrédule.

— Dans le noir ?

— Euh, non, répondit-il doucement. Il y avait une lumière allumée au fond. J'ai frappé, mais personne n'a répondu, alors je suis entré.

Becca passa devant lui, s'efforçant de ne pas remarquer combien il était séduisant au clair de lune, dans sa chemise rouge, les manches retroussées jusqu'au coude. Son cœur battait à tout rompre, mais seulement parce qu'il lui avait fait peur. Il ne pouvait s'agir d'une autre raison.

— La porte n'était pas fermée à clé ? demanda-t-elle avec surprise.

A l'intérieur, elle appuya sur l'interrupteur, allumant les plafonniers. Tous. Pas seulement la petite lampe agréablement tamisée de son bureau.

Mish la suivit, cillant légèrement dans la lumière soudaine.

— Je n'ai pas eu de mal à entrer.

— Il faudra que je dise deux mots à Hazel. Cette porte doit être fermée à clé le soir.

Elle feuilleta machinalement les papiers posés sur son bureau, consciente du regard de Mish posé sur elle, de ne porter que son maillot de bain sous un short très court, de s'être pratiquement jetée à sa tête la veille au soir et d'avoir été rejetée.

Mais il venait de dire qu'il était entré ici pour la voir.

Elle leva les yeux vers lui.

Passion ennemie

— Que se passe-t-il ?

Elle ne put s'empêcher d'admirer son visage hâlé, et la barbe naissante sur ses joues. Il aurait pu être en couverture de n'importe quel magazine. Il se frotta le menton à l'endroit où il avait une petite cicatrice blanche et haussa les épaules.

— C'est juste que... je ne sais pas, au fond. Je me sentais un peu mieux et je voulais...

Il haussa les épaules de nouveau.

— Tant mieux. Tu as l'air...

A croquer.

— ... d'être en meilleure forme.

Il fallait qu'elle se reprenne, enfin. Qu'elle cesse de se comporter comme une lycéenne en mal d'amour.

— Je veux recommencer à travailler avant la fin de la semaine, dit-il.

— Tu es fou ou quoi ?

Il sourit. C'était ridicule, songea Becca, agacée. Quand il souriait, il était encore plus séduisant.

— Non. Je m'ennuie, c'est tout.

— Ah. Tu t'ennuies.

Becca trouva le document qu'elle cherchait — la liste de réservations du court de tennis pour le lendemain — et passa devant lui pour regagner la porte. Elle l'ouvrit en lui lançant un regard éloquent. Il comprit le message et sortit. Elle éteignit les lampes, et s'assura que la porte était bien fermée, cette fois.

— C'est pour ça que tu es venu me chercher ? Parce que tu t'ennuies ?

— Oh ! Non, pas du tout, protesta-t-il. Absolument pas. Je...

Passion ennemie

Becca était mortellement gênée.

Comment avait-elle pu poser cette question ? Peut-être parce qu'elle s'en voulait. C'était elle qui l'avait invité à l'embrasser la veille, et qui s'était bêtement imaginé qu'il avait été aussi affecté qu'elle par ces baisers. Des baisers incroyables, sensationnels, qui avaient balayé en quelques secondes les doutes qu'elle pouvait avoir sur la sagesse d'entamer une relation avec cet homme.

Vingt-quatre heures s'étaient écoulées depuis que ses lèvres s'étaient posées sur les siennes, et elle en avait encore les genoux qui tremblaient…

Pourtant, Mish avait choisi d'en rester là. C'était une nouvelle version d'une vieille histoire — un homme si pressé de partir qu'il ne prenait même pas la peine de commencer une histoire d'amour.

Pour le moment, il lui barrait le chemin.

— Je me disais juste que… même si le moment est mal choisi…

Il ne pouvait tout à fait affronter son regard.

— Je ne sais pas, reprit-il avec hésitation. J'ai un peu l'impression de jouer avec le feu. Mais…

— Tu veux boire un verre ? demanda-t-elle. Ou est-ce que tu préfères te dispenser des politesses et aller directement au lit ?

Oups. Elle avait trahi sa colère. Mais elle avait enfin réussi à lui faire lever les yeux.

— Je suis désolée, murmura-t-elle. C'était impoli de ma part, et injuste…

— N'en parlons plus, dit-il à voix basse. C'était une très mauvaise idée. Tu es encore fâchée contre moi, et tu en as entièrement le droit. Je suis vraiment désolé.

Passion ennemie

Il se tourna pour partir mais, cette fois, ce fut Becca qui lui barra le chemin.

Elle savait qu'il finirait par partir. Pour une raison qui lui échappait, une sorte de mécanisme de défense, de l'autosabotage ou un manque d'estime d'elle-même, elle ne sortait jamais avec des candidats potentiels à une relation durable. Elle en avait conscience. Elle acceptait le fait que Mish ne resterait pas. En fait, elle s'y attendait.

Parce qu'elle était réaliste. Parce qu'elle était honnête et qu'elle ne se racontait pas de mensonges.

Mais il y avait un petit, très petit laps de temps, au début de toute relation, au tout début, où la magie pouvait se produire. Un bref moment, une heure, un jour ou même une semaine, où l'espoir régnait, où les possibilités semblaient aussi infinies que le vaste ciel du Nouveau-Mexique.

Et, pendant ce moment-là, un avenir à deux ne semblait pas relever du mythe. Le grand amour ne semblait pas alors être une utopie inventée par quelque escroc futé.

Becca savait que le mot « toujours » ne figurait pas dans le vocabulaire de Casey Parker. Mais quand elle avait plongé son regard dans le sien, la veille, alors qu'il se penchait lentement vers elle, quelque chose s'était produit, et dans cet instant, elle avait été submergée par un espoir si intense qu'il en avait brouillé sa vision.

Tout cela en un seul baiser.

— Comment peux-tu ignorer ce qu'il y a entre nous ? souffla-t-elle.

Une fois de plus, elle s'exposait à être rejetée. Mais il fallait qu'elle sache.

— Comment peux-tu renoncer à quelque chose qui est si plein de promesses ?

Passion ennemie

Il sourit, d'un sourire magnifique, légèrement empreint de regret.

— Précisément. Pour quelqu'un qui a renoncé, il semblerait plutôt que je sois revenu au point de départ, non ?

— Où diable as-tu appris à nager aussi bien ?
Mish baissa les yeux sur sa chope de bière. Il buvait de la bière canadienne d'importation, il avait su cela sans avoir besoin d'y réfléchir. La lumière de la terrasse, au bord de la piscine, illuminait le liquide ambré d'un éclat familier. Oui, il lui était souvent arrivé d'être assis dans la pénombre, devant un verre de bière importée…

Il s'efforça de réfléchir à la question. Voyons. Il avait appris à nager quand il était…

Rien ne vint. Rien du tout.

— Je ne sais pas, avoua-t-il. Je crois que j'ai toujours su.

Il devait retourner la conversation sur Becca, avec précaution. Il marchait sur une corde raide. S'il lui posait des questions évidentes sur elle-même — d'où elle était originaire, depuis quand elle travaillait ici — elle prendrait cela pour une invitation à lui poser des questions du même genre.

Il ne voulait pas lui mentir, ne voulait pas s'inventer un passé fabriqué de toutes pièces. En même temps, il savait qu'il ne pouvait révéler à personne qu'il souffrait d'amnésie. Pas même à Becca, aux yeux si magnifiques.

Passion ennemie

— Je parie que tu ne te souviens pas de la première fois que tu es montée à cheval.

Elle sourit, et il se félicita qu'elle l'ait surpris dans le bureau du ranch. Si elle était venue deux minutes plus tard, il aurait déjà été ressorti, sans avoir été vu, et il serait assis seul dans son chalet, en train de broyer du noir, frustré par le manque d'information sur sa vie privée.

Le dossier contenait une adresse et un numéro de téléphone à Albuquerque. Hormis cela, il était absurdement mince. Enfin, une adresse et un numéro étaient toujours plus que ce qu'il n'avait eu une heure plus tôt.

Et au moins, il n'était plus seul dans son chalet.

— A vrai dire, répondit Becca, je m'en souviens parfaitement. J'avais dix ans, et c'était en mai. Il faisait chaud pour New York — je sens encore le soleil sur mon visage.

Elle ferma les yeux, comme si elle revivait l'instant, et le cœur de Mish fit un bond dans sa poitrine. Il avait fait une erreur, songea-t-il, la gorge soudain nouée. Oui, il appréciait la compagnie de Becca. Il ne l'appréciait que trop.

Il savait qu'il aurait dû se lever tout de suite, prétexter une fatigue intense — plutôt qu'un accès subit de folie — et retourner vite, très vite, se coucher.

Seul.

Que faisait-il ici, avec elle ? Comment pouvait-il se laisser aller à rêver d'embrasser la colonne gracieuse de son cou ? D'enfouir son visage dans le nuage odorant de ses cheveux ? De se souvenir avec délice de la sensation de sa bouche et de son corps pressé contre le sien ? De se réveiller le lendemain matin, allongé à côté d'elle, et de la regarder dormir ?

Il était un assassin.

Certes, il ne pouvait en avoir l'absolue certitude, mais il en était presque sûr. Il avait sans doute passé du temps en prison — et quant à savoir pourquoi, le carnage qu'il avait vu dans ses rêves le lui laissait deviner.

— Je suis restée immobile sur la selle pendant un long moment, poursuivit Becca, ouvrant les yeux et le gratifiant d'un sourire qui aurait réchauffé un glacier. Avec toute cette grâce et cette puissance sous moi. J'étais si émerveillée que j'en avais les larmes aux yeux. Je montais une jument qui s'appelait Teacup, et elle devait rencontrer des dizaines de petites filles comme moi tous les jours. Elle était patiente, et digne, et quand elle me regardait, j'avais l'impression qu'elle souriait. Et je suis tombée amoureuse. A partir de ce moment-là, mon but dans la vie a été de passer le plus de temps possible à cheval. Ce qui n'était pas facile, puisque j'habitais à New York.

— Dans le centre ?

— Non. A environ quarante-cinq minutes de Manhattan. A Mount Kisco.

Elle marqua une pause, et il se prépara à l'inévitable.

— Et toi ? D'où viens-tu ?

Il avait déjà songé à sa réponse.

— Je ne sais jamais quoi dire quand on me pose cette question, répondit-il. J'ai vécu dans beaucoup d'endroits différents. Je ne sais pas lequel je pourrais considérer comme chez moi.

Par chance, elle ne parut pas juger étrange sa réponse

évasive, et il s'empressa de reporter la conversation sur elle.

— Mais je ne crois pas être jamais allé à Mount Kisco. Il est difficile d'imaginer une petite ville avec une école d'équitation si près du centre de New York.

— Il y avait des écuries à Bedford, expliqua-t-elle. J'y allais à bicyclette. C'était à quinze kilomètres de chez moi.

Elle se mit à rire.

— Je travaillais à l'écurie et, en échange, je pouvais monter gratuitement. C'est drôle d'ailleurs, mais je continue à travailler pour trois fois rien. Sauf que maintenant, je n'ai plus beaucoup de temps pour monter.

Elle leva les yeux au ciel.

— Bien sûr, quand Whitlow reviendra et me renverra, j'aurai du temps libre à revendre, mais plus d'endroit où garder Silver.

— Silver t'appartient ?

Becca hocha la tête.

— Oui. Nous célébrons notre septième anniversaire ensemble cette année.

— Silver, répéta-t-il. C'est toi qui l'as appelé comme ça ?

— Oui. Je sais, ce n'est pas très original, répondit-elle en riant.

Mish s'éclaircit la gorge.

— Je n'arrive pas à croire que Justin Whitlow te renverrait, observa-t-il avant de boire une gorgée de bière. Gérer le ranch n'est pas une mince affaire. Et d'après ce que m'en a dit Hazel, elle ne voudrait pas faire ton travail.

Du bout des doigts, Becca dessina des lignes humides sur la nappe plastifiée.

— Ça ne m'étonne pas. Vu la manière dont les choses se passent, je crois que peu de gens seraient intéressés.

Elle leva les yeux vers lui d'un air amusé.

— Aucun des endroits où tu as travaillé récemment ne recherche une gérante, par hasard ?

Mish se força à garder une expression naturelle.

— Pas que je sache.

Il termina sa bière, conscient du fait qu'il était temps de se lever et de lui souhaiter bonne nuit. Il devait sortir de ce bar avant que les questions ne prennent un tour plus personnel. Ou avant qu'il ne fasse quelque chose de complètement idiot, comme de prendre sa main dans la sienne. Ou de l'embrasser. Car s'il l'embrassait de nouveau…

— Je m'en doutais.

Elle soupira d'un air résigné.

— Je déteste avoir à poser ma candidature pour un nouvel emploi. Rédiger mon C.V., et tout le tralala. Et à l'idée d'aller ailleurs, de recommencer de zéro, de dépenser toute cette énergie dans l'espoir que, cette fois, ce sera mieux ou, tout au moins, différent…

Elle soupira de nouveau.

— C'est déprimant, à la fin. De se rendre compte que tout est exactement pareil. Où qu'on aille, on retrouve les mêmes conflits, les mêmes problèmes.

— Tu devrais avoir ton propre ranch, fit Mish.

Becca se mit à rire.

— Oui, c'est une bonne idée, merci. Mais les millionnaires ne se bousculent pas vraiment au portillon pour m'épouser. Et la banque n'est pas tout à fait prête à me consentir un prêt de trois millions de dollars avec un vieux pick-up en guise de garantie.

— Ça coûterait tant que ça ?

— Je ne sais pas, avoua-t-elle. Ça paraît tellement impossible à réaliser ! Je n'ai même pas cherché à savoir s'il y avait des domaines à vendre dans la région.

— Peut-être devrais-tu le faire.

— A quoi bon me torturer ?

— C'est de la torture si tu y penses comme à quelque chose qui est hors d'atteinte. Si c'est un but, ça devient un rêve, au contraire. Et c'est fou ce que les gens parviennent à accomplir avec un rêve et un peu d'espoir.

Elle le regardait comme elle l'avait regardé dans l'écurie, et dans le bureau, juste avant qu'il l'embrasse. Une chaleur douce éclairait ses yeux noisette.

— Et toi, Mish, quel est ton rêve ?

— La paix, répondit-il sans l'ombre d'une hésitation. Mon rêve est de trouver la paix.

Oh, non ! Voilà qu'il recommençait. Il se penchait vers elle, de plus en plus près et... il parvint à se rencogner dans son siège, et, au prix d'un effort, à sourire.

— La paix, et quelqu'un qui m'emmène à Santa Fe demain matin.

— Santa Fe ? répéta-t-elle en se redressant à son tour. Tu pars déjà ?

Son geste avait été à peine perceptible, tout comme la lueur de déception qui avait jailli dans son regard. Pourtant, il y avait quelque chose dans ses paroles, dans la résignation qu'elles exprimaient, qui fit à Mish l'effet d'un coup de poing dans l'estomac. Une bouffée de frustration l'envahit. De colère. Une colère dirigée contre lui-même. Et contre elle. Pourquoi fallait-il donc qu'il se sente coupable ?

De l'autre côté de la table, Becca avait les yeux écarquillés.

— Mish ? Ça va ?

Il prit une profonde inspiration, puis expira longuement.

— Pardon, murmura-t-il. J'ai eu... une curieuse impression... comme du déjà-vu ou quelque chose comme ça. C'était bizarre.

Il se passa une main sur le visage.

— Je pars seulement pour quelques jours à Santa Fe — ou plutôt à Albuquerque. J'ai des affaires à régler. Je me suis dit que je devrais profiter du congé que tu m'as accordé. Je serai de retour lundi au plus tard.

Elle le dévisageait toujours avec attention, la sollicitude se lisant sur ses traits.

— Je peux t'aider ?

Ce n'était pas de la curiosité, comprit-il. Elle était sincère. Elle voulait vraiment l'aider. Mais comment réagirait-elle s'il répondait que oui, qu'il souffrait d'une amnésie totale, et qu'il n'avait pas la moindre idée de son identité — hormis quelques indices glanés ici et là qui lui laissaient à penser qu'il était peut-être un tueur à gages et qu'il était allé en prison ? Pendant qu'il se rendrait à l'adresse qui figurait sur son dossier afin d'essayer de raviver sa mémoire, peut-être pourrait-elle examiner la liste des individus les plus recherchés du pays affichée au bureau de poste, histoire de voir s'il figurait parmi eux ?

Passion ennemie

Il s'éclaircit la gorge.

— Merci, mais je ne crois pas.

Elle versa le reste du pichet de bière dans son verre.

— A vrai dire, reprit-elle, je vais à Santa Fe après-demain, si tu peux patienter une journée. Il faut que j'assiste à un gala de charité à l'opéra à la place de Justin Whitlow.

— Merci, répéta Mish, mais il vaut mieux que j'y aille le plus tôt possible. Demain serait préférable.

— Peut-être.

Becca allait continuer, mais elle s'interrompit avec un léger rire.

— Ecoute, tu vas penser que je suis complètement folle, mais... j'ai un billet supplémentaire pour le gala. Il y aura un buffet fantastique et... oh, je n'arrive pas à croire que je suis si stupide. Voilà que je t'invite une fois de plus à sortir avec moi.

Elle eut de nouveau un rire gêné, avant de se cacher le visage dans ses mains.

Mish demeura figé sur place, sans voix.

Elle leva les yeux et plongea son regard dans le sien.

— Ne va pas t'imaginer que c'est une habitude chez moi. A vrai dire, c'est la première fois de ma vie que je fais une chose pareille. C'est juste que... je t'aime bien.

Mish se sentit curieusement ému. Elle l'aimait bien.

— Tu ne me connais pas, Becca. Je pourrais être quelqu'un d'horrible.

— Non. Tu es trop gentil. Tu as un fond trop généreux pour...

Malgré lui, il laissa échapper un juron.

Passion ennemie

— Tu n'en sais rien, rétorqua-t-il. J'ai tiré un gosse de la rivière, c'est tout. Ça ne fait pas de moi un saint.

— Peut-être que non, mais ça fait de toi quelqu'un que j'ai envie de mieux connaître.

Elle se pencha vers lui.

— Viens avec moi à ce dîner — en tant qu'ami. Nous pouvons fixer dès ce soir des limites à notre relation, si tu préfères. Pas de sexe. Nous nous retrouvons à la soirée, nous partons chacun de notre côté. Pas de pression, pas même de tentation.

Mish ne put réprimer un petit rire.

— Tu sais, je crois que c'est une première pour moi. Qu'on essaie de m'inviter à un dîner en me promettant qu'il n'y aura pas de sexe.

Les yeux de Becca pétillèrent.

— Nous pouvons fixer d'autres limites, si tu préfères…

— Non, se hâta-t-il de dire.

— Je laisserai le billet au portier, déclara Becca en se levant, aussitôt imitée par Mish. La soirée aura lieu au Sidewinder — un restaurant du centre-ville. J'arriverai sans doute vers 19 heures.

Il n'avait pas de tenue appropriée pour ce genre de soirée, songea Mish. Et même si c'était le cas, il ne devait pas continuer à tromper cette femme. Elle le trouvait gentil. Dans leur intérêt à tous deux, il fallait qu'il garde ses distances.

Les mots jaillirent d'eux-mêmes de sa bouche.

— Entendu. A samedi, 7 heures.

Il avait complètement perdu la tête.

— Parfait, dit Becca.

Et elle sourit. Quand elle souriait, tout son visage semblait s'illuminer. Mish la regarda s'éloigner, songeant que la folie n'était pas si terrible, après tout.

7

Becca prit une coupe de champagne sur le plateau et remercia le serveur d'un sourire, s'efforçant d'écouter Harry Cook lui raconter avec fierté le premier ballet de sa petite-fille.

Harry était un homme charmant, et généreux de surcroît. Quelques mois plus tôt, Becca avait fait la connaissance de Lila, sa petite-fille âgée de quatre ans, lors d'un pique-nique organisé afin de collecter des dons au profit de l'hôpital pour enfants de la ville. Le récit de Harry était amusant, mais Becca n'en avait pas moins de mal à se concentrer.

Le dos tourné à l'entrée, elle était déterminée à ne pas passer la soirée à attendre que Mish se montre.

Ou ne se montre pas, d'ailleurs.

C'était la question du jour.

Elle trempa les lèvres dans sa coupe de champagne, se forçant à boire lentement, à respirer. D'ordinaire, elle ne prenait jamais d'alcool lors de telles soirées. Après tout, elle était payée pour y assister, nouer des contacts, et renforcer les liens de Justin Whitlow avec la population aisée du nord du Nouveau-Mexique.

Passion ennemie

Mais ce soir, elle avait besoin de champagne.

Elle rit comme tous les autres lorsque Harry termina son anecdote, par une imitation assez convaincante de la révérence finale de Lila. Puis elle se détacha du groupe, se dirigeant vers la porte qui menait à la cour intérieure du restaurant.

Il faisait presque chaud dehors, par contraste avec l'air climatisé de la salle. Vêtue d'une robe longue qui exposait ses bras et une bonne partie de son dos, Becca savoura la douceur de la nuit.

Seules quelques personnes se trouvaient à l'extérieur, et elle se réjouit à l'idée de passer un instant seule. Elle sirota son champagne, levant les yeux vers les lampions qui décoraient la cour et se balançaient gaiement dans la brise.

Mish n'allait pas venir.

Même s'il venait, il serait sans doute trop embarrassé pour entrer dans ce luxueux restaurant vêtu d'un jean et d'un T-shirt.

Un croissant de lune éclairait le ciel — bien plus beau que la rangée de lampions. Le jardin embaumait le parfum des fleurs — preuve que la nature pouvait offrir à une fête des ornements plus somptueux que le plus chic des restaurants.

Becca leva les yeux vers la lune, refusant de se demander si elle reverrait jamais Mish.

Après tout, il avait été là au moment le plus important — pour sauver la vie de Chip. Si elle avait dû choisir entre cela et son apparition ce soir, elle n'aurait pas hésité une seconde. Et puis, même s'il ne venait pas, au moins la

Passion ennemie

possibilité de sa venue lui avait-elle donné l'inspiration nécessaire pour porter cette robe.

Elle était pendue depuis des années au fond de son placard, comme elle avait été pendue dans le placard de sa mère depuis avant la naissance de Becca. Son arrière-grand-mère l'avait confectionnée dans les années trente. Elle était élégante, gracieuse, et indéniablement sexy.

Dangereusement sexy.

Certainement pas le genre de robe qu'elle portait d'habitude.

Derrière elle, la porte du restaurant s'ouvrit et laissa pénétrer une vague de musique et de rires qui semblaient venus d'un autre monde. L'instant d'après, elle se referma, effaçant comme par magie tous les bruits hormis les plus sonores des voix et le tintement des plats émanant des cuisines.

Becca leva les yeux. Un homme en complet sombre s'était arrêté sur le seuil, comme pour chercher quelqu'un. Ce n'était pas Mish — ses cheveux étaient trop courts et, d'ailleurs, le costume paraissait de qualité. Elle détourna la tête, continuant à l'observer distraitement tandis qu'il promenait son regard sur le bar situé de l'autre côté de la cour, les couples qui causaient à voix basse dans les ombres, les lampions, les fleurs, les arbres, la lune.

Il contempla longuement le croissant de lune.

Elle lui tourna le dos avant qu'il n'ait pu la regarder de nouveau.

C'était l'inconvénient de cette robe. Elle attirait l'attention des hommes. Et certains étaient assez audacieux pour lui adresser la parole.

Passion ennemie

Comme elle le craignait, les pas de l'inconnu se rapprochèrent sur l'allée en brique. Il venait vers elle.

Becca pivota vers la porte, prête à le saluer rapidement d'un signe de tête et à rentrer dans le restaurant.

— Je suis désolé d'être en retard. Le bus d'Albuquerque a eu une crevaison.

Mish ?

C'était bien lui. Il s'était fait couper les cheveux. Et il avait dû acheter un complet. Il était rasé de près. Et incroyablement séduisant.

— Tu es superbe, dit-il d'une voix douce comme du velours.

— Toi aussi, répondit-elle dans un souffle.

Il esquissa un sourire, et de petites rides apparurent au coin de ses yeux.

— Oui, j'ai meilleure mine.

Elle effleura le tissu de sa veste.

— Où diable as-tu trouvé l'argent ?

Il recula légèrement, se détachant d'elle, et enfonça les mains dans les poches comme pour lui rappeler gentiment qu'ils avaient conclu un marché. Pas de sexe. Pas de caresses.

— J'ai appelé mon valet. Il m'a fait virer des fonds depuis mon compte en Suisse, plaisanta-t-il.

Becca se mit à rire.

— Pardon, ça ne me regarde pas. Je n'aurais pas dû poser la question.

— A vrai dire, j'avais quelques économies, expliqua Mish.

Il avait espéré trouver le reste de ses vêtements et de ses affaires — tout au moins de ses livres car, sûrement,

Passion ennemie

il possédait des livres ? — à l'adresse mentionnée dans son dossier. Mais, à Albuquerque, une surprise l'attendait. L'adresse était fausse. La rue existait, mais pas le numéro. Elle était située dans un quartier douteux, remplie de monts-de-piété misérables et de bars mal famés. L'endroit lui avait paru totalement inconnu.

Quant au numéro de téléphone trouvé dans le dossier, il n'était plus en service.

Mish avait passé près de deux jours à errer dans Albuquerque, à la recherche de quelque chose, n'importe quoi qui aurait pu déclencher un souvenir.

En vain.

— Comment te sens-tu ? s'enquit Becca.

— Beaucoup mieux, assura-t-il. Mais j'apprécierais quand même que tu évites de me donner des coups de coude dans le côté pendant les jours qui viennent.

Elle éclata de rire.

— Je ferai de mon mieux.

Elle était vraiment éblouissante, songea-t-il.

Sa robe était sensationnelle, avec des bretelles si minces qu'elles en étaient presque invisibles. Le tissu chatoyant — ni tout à fait blanc ni tout à fait doré — rehaussait parfaitement l'éclat de ses cheveux châtain clair. Elle avait même essayé d'apprivoiser ses boucles à l'aide d'épingles, mais déjà quelques mèches rebelles s'étaient échappées. Il ne put réprimer un sourire.

— Tu as décidé de laisser ton chapeau de cow-boy à la maison ? plaisanta-t-il.

— Non, seulement dans le pick-up.

Mish continua à la contempler, s'efforçant de ne pas promener les yeux sur ses épaules dénudées, sur l'étoffe qui épousait les courbes de ses seins et son ventre plat avant de tomber en plis fluides sur le sol. Mais il ne put résister à la tentation de baisser les yeux sur ses pieds.

— Non, sourit-elle, je ne porte pas de bottes.

Elle souleva légèrement sa jupe pour révéler des sandales aussi délicates que les pantoufles de vair de Cendrillon.

Aussi sexy que la robe.

Elle souriait toujours. En dépit du fait qu'il jouait avec le feu ce soir, Mish sentit qu'il commençait à se détendre. Albuquerque ne lui avait pas apporté de réponses. Peut-être ne découvrirait-il jamais d'où il venait, ni ce qu'il avait fait.

Et peut-être n'était-ce pas si grave.

— Avons-nous le droit de danser? demanda-t-il.

Becca savait qu'il faisait allusion à la règle préétablie entre eux, et réfléchit un instant.

— Je suppose que oui. Je veux dire, tant que nous sommes en public. Nous pouvons danser. Mais seulement après dîner.

Mish rit doucement.

— Pourquoi seulement après dîner?

Elle termina sa coupe de champagne et la posa sur une table toute proche, le gratifiant d'un sourire qui le réchauffa jusqu'au tréfonds de lui-même.

— Parce que je meurs de faim.

Elle se dirigea vers la porte, et Mish la suivit.

Il l'aurait sans doute suivie jusqu'au bout du monde.

*
* *

Passion ennemie

— Elle a emménagé à côté de chez moi quand j'étais encore à l'école primaire, expliqua Becca.

Ils avaient trouvé une table dans un coin tranquille du restaurant, et avaient parlé livres et films tout en dînant. Ou plutôt, Becca avait parlé, et Mish écouté.

Il l'écoutait toujours, la regardant par-dessus la petite table, lui accordant toute son attention. Il l'écoutait avec ses yeux autant qu'avec ses oreilles, son visage éclairé à la lueur vacillante d'une unique bougie. Becca était quelque peu déconcertée d'être l'objet d'une telle intensité. Mais c'était agréable aussi — comme si chacune de ses paroles comptait. Comme si Mish ne voulait pas en perdre une miette.

— Nous avons été inséparables pendant tout le collège, poursuivit-elle. Et quand nous sommes allées à l'université, nous sommes restées proches. Peg allait être institutrice, et moi vétérinaire.

Elle ne put réprimer un sourire.

— Seulement voilà, j'ai détesté ça. Je ne sais pas à quoi je m'attendais — sans doute quelques années d'études suivies d'un stage à la campagne en compagnie d'un vétérinaire séduisant, que j'aurais secondé auprès d'agneaux, de chevreuils et de petits lapins. Au lieu de quoi je me suis retrouvée coincée dans une clinique en ville, à m'occuper de chiens qui avaient été renversés par des voitures. D'animaux domestiques maltraités par leurs propriétaires ou par d'autres gens. Une femme nous a amené son chat — quelqu'un l'avait arrosé d'essence avant d'y mettre le feu. C'était affreux.

Elle secoua la tête.

— C'était vraiment horrible. Mais j'étais déterminée à

Passion ennemie

ne pas renoncer. Je rêvais d'être vétérinaire depuis tellement longtemps ! Je ne pouvais pas abandonner.

Mish, qui jusque-là avait gardé ses magnifiques yeux marron-vert posés sur elle, baissa la tête et contempla sa tasse de café.

— Il n'est pas facile d'admettre qu'on a fait une erreur, surtout quand elle est de cette importance.

— Je crois que j'avais peur que mes parents ne désapprouvent.

Il plongea de nouveau son regard dans le sien, et elle eut l'impression que la salle basculait autour d'elle.

— Que s'est-il passé ?

— Peg a découvert qu'elle était atteinte d'un cancer.

Mish hocha la tête, comme s'il s'était attendu à ce qu'elle lui annonce une nouvelle tragique.

— Je suis désolé.

— Le cancer s'était déjà étendu, reprit Becca avec émotion. Elle a eu des séances de chimiothérapie et de radiothérapie mais…

Dix ans s'étaient écoulés, mais elle dut refouler ses larmes. Jamais elle n'avait parlé de ce drame, jamais elle n'avait parlé de Peg. Elle ne se souvenait pas de s'être pareillement livrée à quiconque. Pourtant, elle éprouvait le besoin de raconter tout cela à Mish, de lui faire comprendre pourquoi elle s'était montrée si hardie auprès de lui.

— Elle est morte huit mois plus tard.

Sans rien dire, Mish tendit le bras par-dessus la table et captura sa main dans la sienne.

Becca sentit des larmes rouler sur ses joues tandis qu'elle baissait les yeux sur leurs doigts entremêlés. Mish avait les mains chaudes, les doigts larges et puissants. Elle voulait qu'il garde sa main dans la sienne, mais pas par pitié. Doucement, elle se dégagea.

— Elle savait qu'elle allait mourir, murmura-t-elle. Je ne lui parlais plus de mes études — comment aurais-je pu évoquer quelque chose d'aussi trivial alors qu'elle traversait un tel enfer? Mais elle savait que j'étais malheureuse. Elle m'a forcée à en parler. A m'avouer que je me sentais prisonnière de mes propres attentes, de mon sens des responsabilités. Et elle m'a demandé ce que je préférais au monde.

Elle se tut un bref instant.

— Elle connaissait la réponse, évidemment. Monter à cheval. Elle m'a dit de devenir cow-boy, de travailler dans les ranchs, de faire ce que je voulais faire — et d'être heureuse. Parce que la vie est trop courte pour qu'on la gaspille.

Le regard de Mish était magnifique, mais insondable. Il comprenait ce qu'elle lui disait, bien sûr, mais sans reconnaître que ses paroles s'appliquaient aussi à lui — à eux deux et à l'attraction qui les liait.

Quand il parla enfin, sa question la surprit.

— En ce cas, pourquoi rester au Lazy Eight?

Elle ne répondit pas tout de suite.

— J'adore le Nouveau-Mexique...

C'était une excuse boiteuse, un prétexte pour ne pas agir, et elle le savait parfaitement.

Mish se contenta d'acquiescer.

Becca ferma brièvement les yeux.

— Bien sûr que je préférerais travailler à mon compte. J'ai même acheté un billet de loterie ce soir. Peut-être que

Passion ennemie

j'aurai de la chance et que je gagnerai assez d'argent pour acheter un ranch.

Et peut-être Silver aurait-il des ailes le lendemain. Ou — plus improbable encore — peut-être s'éveillerait-elle avec Mish dans son lit.

Prenant soudain conscience qu'elle le dévorait des yeux, elle baissa la tête.

— Parfois, il faut aider un peu la chance, commenta-t-il tandis qu'elle repoussait sa chaise. La provoquer plutôt que se contenter d'attendre.

Becca tendit la main et lui effleura doucement la joue.

— Je croyais pourtant avoir essayé.

Elle s'éloigna aussitôt, le cœur battant, avant d'avoir vu la réaction de Mish.

Elle avait fait le premier pas pour franchir les limites qu'ils s'étaient fixées. A lui de faire le suivant. Oserait-il ? Ou prendrait-il la fuite ?

Becca connaissait tout le gratin de Santa Fe.

Elle circulait dans la salle avec l'aisance d'une professionnelle des relations publiques, serrant des mains, se souvenant des noms mentionnés, présentant Mish avec une brève anecdote au sujet de ceux qu'il rencontrait. « Voici James Sims. Surtout ne parie jamais d'argent sur une partie de golf contre lui. Il est assez doué pour être pro », ou « Mish Parker, Frank et Althea Winters. Leur petite-fille vient d'être admise à l'université de Yale pour y étudier la biochimie ».

Pourtant, elle ne jouait pas la comédie. Elle avait un talent avec les gens. Et tous l'aimaient bien, c'était visible. Comment le contraire aurait-il été possible, alors que c'était une femme si chaleureuse, au sourire si sincère ?

Elle ne s'était pas attendue à ce qu'il s'attarde à la fin du dîner. Mish avait lu la surprise dans ses yeux lorsqu'il s'était approché d'elle au bar après avoir bu une seconde tasse de café — et que son pouls s'était apaisé.

Il ne savait pas encore très bien pourquoi il n'était pas parti. Le message contenu dans le récit de Becca avait été on ne peut plus clair. La vie était courte. Il fallait en profiter, la vivre intensément.

Et, au cas où il aurait été complètement obtus, elle avait renforcé le message en lui caressant la joue.

Comme pour lui dire de l'accompagner dans sa chambre ce soir...

Il en mourait d'envie, se dit Mish. Il mourait d'envie de céder à la tentation. L'air semblait chargé d'électricité autour de lui. Il savait qu'il aurait dû prendre ses jambes à son cou.

Sous ses yeux, Becca se laissa guider sur la piste de danse par un homme âgé.

Elle riait avec lui, étincelante. De loin, Mish s'accorda le luxe de la désirer. Il brûlait de se perdre dans la douceur de son corps, la chaleur de sa bouche. Pourtant, il ne s'agissait pas que de sexe — il en avait conscience aussi. Il la désirait, mais voulait aussi s'endormir avec Becca au creux de ses bras, rêver non du passé, mais de l'avenir.

Un avenir clair et vibrant, qui ne soit pas entaché d'erreurs passées, de regrets et de doutes.

Passion ennemie

Immobile, Mish contempla Becca qui tournoyait, incapable de s'en aller. Il était cloué sur place.

Le morceau s'acheva, et le vieil homme raccompagna Becca jusqu'à lui.

Soudain, pour la première fois depuis ce qui lui paraissait une éternité, ils étaient seuls. La salle se vidait peu à peu, la fête était presque terminée.

— L'orchestre va bientôt partir, dit-elle, en s'efforçant de remplacer une épingle dans ses cheveux.

Ils n'avaient pas encore partagé de danse. Sans doute était-ce préférable.

— Où est ton hôtel ? demanda Mish, réprimant pour la énième fois l'envie de la toucher.

Il devait trouver la force de garder ses distances, se répéta-t-il. Elle méritait mieux que lui.

— J'ai une chambre au Santa Fe Inn, un peu plus bas dans la rue. Il vient d'être restauré, et il est magnifique.

Elle sourit.

— Ne t'inquiète pas, je ne vais pas te demander si tu veux le visiter.

Elle lui tendit la main.

— Merci d'être venu. J'ai passé une merveilleuse soirée.

Mish la dévisagea, incrédule. S'imaginait-elle vraiment qu'il allait lui serrer la main et la laisser sortir seule en pleine nuit, vêtue d'une robe qui allait attirer l'attention de tout homme en vie dans un rayon de dix kilomètres ?

— Je te raccompagne à ta voiture.
— Je l'ai laissée à l'hôtel.

Une sonnette d'alarme retentit dans le cerveau de Mish. Il l'ignora.

Passion ennemie

— En ce cas, je te raccompagne à l'hôtel.

Ce serait une erreur. Il le savait avant même que les mots soient sortis de sa bouche.

— Tu n'y es vraiment pas obligé, dit-elle, comme si elle lisait dans ses pensées.

— Je ne vais pas entrer, répondit-il, autant à sa propre intention qu'à celle de Becca.

Elle se dirigea vers la porte.

— N'aie pas l'air si tendu. Je ne vais pas t'y forcer.

— Je ne suis pas tendu ! bougonna-t-il.

Becca se contenta de sourire.

Un groupe d'hommes venait de sortir de chez Ricky, un bar de l'autre côté de la rue, et s'en retournait vers le centre-ville. Ils étaient quatre, et Mish les vit regarder Becca. Les têtes se tournèrent, leurs regards l'enveloppèrent.

Il résista héroïquement au désir de passer le bras autour de ses épaules.

Elle prit une profonde inspiration, et son geste eut pour effet de plaquer encore davantage sa robe contre son corps. Non sans mal, il détourna les yeux.

— C'est une nuit splendide, murmura-t-elle en se frottant les bras. J'adore quand l'air est frais comme cela...

— Tu as froid ? Je peux te donner ma veste...

Becca lui sourit.

— Etant donné que nous sommes pratiquement arrivés, et qu'il doit faire au moins vingt degrés, je ne crois pas que ce soit nécessaire, merci.

Mish distingua l'enseigne de l'hôtel, tout proche. Dans quelques instants, Becca entrerait, le laissant seul.

— Pourquoi Justin Whitlow voulait-il que tu assistes à cette soirée ? s'enquit-il, partagé entre l'envie qu'elle

Passion ennemie

s'attarde et la crainte qu'elle ne le fasse. A-t-il quelque arrière-pensée ?

Elle leva les yeux vers le croissant de lune.

— Il voudrait organiser une soirée de charité au Lazy Eight. Cela lui permettrait d'apparaître comme un généreux bienfaiteur de la communauté. Sauf que, naturellement, il serait loin d'être perdant puisque tous les invités devraient séjourner sur place. Sans parler de la publicité que l'événement pourrait lui procurer. Plus l'avantage de montrer le ranch à tous ces gens fortunés, qui ne demandent qu'à dépenser leur argent.

— Dépenser leur argent ?

Elle se tourna vers lui, une lueur amusée dans les yeux, un léger sourire sur les lèvres.

— Ça t'étonne ? Je parie que tous ceux à qui je t'ai présentés ce soir ont tant d'argent qu'ils ne savent pas quoi en faire.

Pour la seconde fois de la soirée, Mish ne put résister à l'envie de la toucher. Il la prit par le bras.

— La voilà, la solution à ton problème, Becca.

Elle était visiblement perplexe, mais elle ne se dégagea pas. Sa peau était si douce que Mish en fut momentanément déconcerté.

Elle était assez proche de lui pour qu'il puisse l'embrasser, et la façon dont elle le regardait — les yeux écarquillés, les lèvres légèrement entrouvertes — faillit le faire céder à la tentation de poser les lèvres sur les siennes.

Mais il ne l'embrassa pas. Il ne la lâcha pas non plus.

— Tu viens de passer des heures à nouer des relations avec des gens qui — selon tes propres mots — ne savent que faire de leur argent. Voyons, Becca, tu ne comprends pas ? Ces gens t'aiment bien. Si tu vas leur présenter un projet d'acquisition d'un ranch, tu trouveras sans doute plus d'investisseurs que tu n'en as besoin.

Elle le dévisagea, tentant apparemment de maîtriser son enthousiasme.

— Il faudrait que je sois sûre de mon affaire avant de demander à quiconque de me soutenir financièrement. Que je trouve une propriété...

Elle secoua la tête.

— Je n'ai pas vraiment le temps de sillonner l'Etat à la recherche de ranchs...

— Cherche-les sur internet, coupa Mish. Tu as un accès à internet au bureau, n'est-ce pas ?

— A vrai dire, non.

Becca fronça les sourcils.

— Mais je l'ai sur mon ordinateur portable.

Il la lâcha enfin, et recula d'un pas. Elle était complètement irrésistible mais, s'il l'embrassait maintenant, la situation deviendrait effroyablement compliquée.

— Quand nous rentrerons au ranch demain, nous pourrons utiliser ton portable pour chercher des terres à vendre.

— Mon ordinateur portable est dans ma chambre d'hôtel.

Dans sa chambre.

Mish ne dit rien, ne bougea pas.

Il se contenta de la regarder, imaginant le silence feutré de la pièce, le parfum de Becca qui flottait dans l'air, la lumière tamisée, un grand lit confortable, Becca qui lui tournait le dos, ses doigts qui abaissaient lentement la minuscule fermeture de la robe.

Passion ennemie

— Je ne sais pas vraiment comment m'y prendre, ajouta-t-elle. On peut vraiment chercher des propriétés à vendre ?

Mish acquiesça.

— Ce n'est pas difficile.

— Ça t'ennuierait de monter et de... ?

Elle se tut brusquement, l'air chagrin.

— Je suis désolée. Ça peut attendre demain. Je ne voulais pas te mettre mal à l'aise.

— Si tu veux, je peux venir quelques minutes. Te montrer comment faire.

Et il partirait tout de suite après.

— Je ne cherche pas à t'attirer dans ma chambre, dit-elle d'un air sincère.

Mish se mit à rire.

— Je sais.

Il ne risquait rien aussi longtemps qu'il se souvenait de ne pas l'embrasser.

Et il n'allait pas l'embrasser.

— Je ne resterai pas longtemps.

8

— Nous y voilà, commenta Mish. Ça m'a l'air d'être exactement le genre d'endroit que tu cherches.

Becca rapprocha encore sa chaise de l'ordinateur. Elle avait depuis longtemps retiré ses chaussures, et replié les jambes sous sa longue jupe. De son côté, Mish avait jeté sa veste sur le lit au moins quarante-cinq minutes plus tôt, avant de desserrer le nœud de sa cravate et de retrousser ses manches.

Elle le regardait, fascinée. Son garçon d'écurie se révélait être un expert en informatique, maniant la souris et le clavier avec autant d'aisance qu'elle en avait auprès des chevaux.

— Regarde, dit-il en faisant apparaître une série d'images sur l'écran. Cette propriété paraît idéale. Le prix est raisonnable. Certes, ce n'est pas immense, mais les terres sont en bordure d'un parc national...

— C'est en Californie, objecta Becca en se penchant davantage. Près de San Diego.

— C'est une région splendide, assura Mish, classant le site parmi les favoris pour qu'elle puisse le retrouver facilement.

Passion ennemie

— Oui, mais… en Californie ?

Becca secoua la tête.

— Tous les gens que je connais habitent ici, au Nouveau-Mexique. Je ne connais personne en Californie.

— Moi, j'habite en Californie, dit-il.

Ses mains se figèrent brusquement sur le clavier et il leva les yeux vers elle.

— Je suis originaire de Californie.

Il eut un léger rire et elle le dévisagea, interdite. Que lui disait-il, au juste ? Qu'il voulait qu'elle déménage en Californie pour être plus près de lui ? C'était absurde. Il ne voulait même pas l'embrasser. Pourquoi aurait-il voulu qu'elle vive près de chez lui ?

— San Diego, ajouta-t-il. J'habitais là-bas quand j'étais enfant. Nous avions une maison sur la plage. C'était…

Il rit de nouveau.

— Je me souviens de ça. L'océan est si beau…

Il se détourna brusquement, reportant son attention sur l'écran comme s'il venait de se rendre compte qu'elle était tout près de lui.

— Je devrais partir, murmura-t-il. Je suis déjà resté trop longtemps.

— Tu sais, je crois que c'était la première fois que je t'entends me confier quelque chose sur toi, fit Becca d'une voix songeuse.

Il haussa les épaules, s'efforçant de sourire.

— Je n'ai pas grand-chose à raconter.

Il se passa une main sur le front, comme s'il souffrait d'un mal de tête.

— J'essayais de deviner, reprit-elle, appuyant le menton sur ses poings. Qu'est-ce que tu as fait, au juste, Mish ?

Passion ennemie

Quelque chose dont tu te sens coupable ? Est-ce pour cette raison que tu as refusé le chèque d'Alden ? Tu ne bois pas, tout au moins pas beaucoup. Je ne t'ai jamais vu prendre plus d'une bière.

Elle marqua une brève pause, avant de continuer.

— Tu n'as pas fait la moindre tentative pour remplacer le permis de conduire qu'on t'a volé. Je ne connais pas d'autre homme pour qui ce ne serait pas une priorité. Sauf s'il n'en possédait pas. Sauf si on le lui avait retiré. Pour avoir conduit en état d'ivresse, par exemple. Je me trompe de beaucoup ?

Mish poussa un soupir.

— Becca...

Elle posa la main sur son bras bronzé, brûlant de le toucher bien qu'il l'ait repoussée chaque fois qu'elle avait essayé de le faire.

— Peu m'importe, murmura-t-elle. Où que tu sois allé, quoi que tu aies fait, cela ne compte pas. Quelles que soient ces erreurs, elles font partie du passé. C'est l'homme que tu es à présent qui m'intéresse, Mish. Je me moque de savoir si tu as terminé tes études ou pas. J'aimerais savoir ces choses, bien sûr, mais seulement si tu veux les partager avec moi. Sinon, ce n'est pas grave.

Elle glissa sa main dans la sienne, et Mish fit pivoter son bras, de sorte que leurs doigts s'entremêlent.

Mish baissa les yeux sur leurs deux mains, conscient de l'inévitable. Becca et lui avaient foncé tête baissée vers cet instant depuis qu'il avait accepté de venir à ce dîner avec elle. Malgré tout ce qu'il avait pu se dire, il savait depuis le début ce qui allait se passer. S'il était là, dans la chambre de Becca, c'était parce qu'il ne pouvait lui résister.

— Je ne connais pas beaucoup d'hommes — ni de femmes — qui se seraient jetés à l'eau pour sauver ce garçon. C'était incroyablement dangereux, mais tu n'as pas hésité une seconde, reprit Becca.

— Je nage bien.

— Tu es quelqu'un de bien.

Il affronta son regard calmement.

— Si j'étais quelqu'un de bien, je te dirais bonne nuit et je m'en irais maintenant.

— Je n'ai pas dit que tu étais un saint.

Leurs lèvres se frôlaient, et il savait qu'à moins qu'il ne dise ou ne fasse quelque chose, elle allait l'embrasser.

— Je ne peux pas te donner ce que tu mérites, murmura-t-il.

Et puis il l'embrassa, parce qu'il ne pouvait plus supporter d'attendre qu'elle le fasse, pas une seconde de plus.

Ses lèvres étaient aussi douces que dans son souvenir, aussi impatientes. Elle fondit contre lui, et noua les bras autour de son cou, l'attirant plus près.

Il avait eu l'intention de lui donner un baiser doux, tendre. Au lieu de quoi il lui dévora les lèvres, ses mains glissant sur le tissu lisse de la robe, savourant la chaleur de son corps dessous.

Le lit était à trois pas. Il n'avait qu'à la soulever dans ses bras et…

Il se détacha d'elle, respirant avec difficulté.

— Becca…

Un désir égal au sien se lisait dans les yeux noisette de la jeune femme.

— Reste avec moi ce soir.
— Seulement ce soir ?

Sa voix parut rauque à ses propres oreilles.

— Tu es sûre que c'est ce que tu veux ? Une aventure d'un soir ?
— Ce que je veux, c'est un amant — et un ami — qui reste jusqu'au moment où il sera temps de partir, avoua-t-elle. Mais il est impossible de dire quand ce moment viendra, surtout au début d'une relation. J'espère quand même que ce ne sera pas après une seule nuit.
— Si je comprends bien, tu veux... une relation.

Becca rit doucement.

— Tu dis ça comme si c'était quelque chose d'énorme et de terrifiant.

Il était incapable de plaisanter.

— Ce n'est pas le cas ?
— Non ! Et je déteste avoir à te l'apprendre, mais nous avons *déjà* une relation. Nous en avons eu une depuis l'instant où tu es entré au ranch et que tu as demandé Rebecca Keyes.

Elle bougea impatiemment dans ses bras, le serrant plus étroitement, s'approchant de lui alors qu'il aurait voulu l'éloigner.

— Tout ce que je veux, ajouta-t-elle, c'est changer les paramètres de cette relation pour qu'elle comprenne de longues périodes de temps que nous passerons au lit ensemble. Mais je sais que ce ne sera pas pour toujours.

Elle soutint son regard, comme pour essayer de le convaincre qu'elle disait la vérité.

— Crois-moi, ce n'est pas le grand amour que je cherche, Mish. Je te promets que, le moment venu, je ne t'empêcherai pas de partir.

Ses yeux s'emplirent de tendresse, et elle repoussa doucement une mèche qui lui était tombée sur le front.

— Tu n'as pas à t'inquiéter de me faire de la peine.

Elle posa ses lèvres sur les siennes. Son baiser se fit de plus en plus intime, de plus en plus passionné, et il le lui rendit avec la même ardeur, au point d'en avoir le vertige, et d'être à bout de souffle, le cœur prêt à exploser. Il songea confusément qu'il aurait dû prendre ses jambes à son cou et disparaître tout de suite. Il devinait dans ce baiser une promesse d'amour profond, éternel peut-être. Malgré tout ce qu'elle avait dit, les sentiments étaient là, bien présents. Et il aurait voulu…

Qu'aurait-il voulu ? Ce désir doux-amer qu'il goûtait, était-ce donc le sien ? Quelle ironie ! Cette femme fabuleuse lui offrait tout ce qu'il pouvait désirer d'une amante — y compris la tranquillité de savoir qu'elle n'attendait rien de lui — et c'était lui qui tombait amoureux…

Becca mit fin au baiser et recula légèrement, fouillant son regard. Elle secoua la tête en lisant le doute et le tourment qui y subsistaient.

— Comment peux-tu m'embrasser comme cela et continuer à résister ? souffla-t-elle. Peut-être que tu es vraiment un saint, après tout.

Non, se raisonna Mish. Il n'était pas amoureux d'elle. Il était séduit, certes. Follement attiré par elle, sans doute. Mais entre cela et l'amour… Il la connaissait à peine. Non, il s'agissait de sexe, purement et simplement. Forcément.

En ce cas, pourquoi résistait-il ?

Passion ennemie

— Il y a beaucoup de choses que je ne peux pas te dire, Becca, avoua-t-il, déchiré entre l'envie de lui confesser son amnésie et l'intense conviction qu'il ne devait en souffler mot à quiconque. A mon sujet, je veux dire. Mais je... je sais que je ne suis pas un saint.

— Alors reste, murmura-t-elle. S'il te plaît.

Le regard de Becca tomba sur ses lèvres et, l'espace d'un instant, le temps resta suspendu.

Le désir enveloppa Mish. Haletant, le cœur tambourinant dans sa poitrine, il se laissa aller. Elle lui avait dit qu'elle n'avait pas besoin d'en savoir plus long à son sujet qu'elle n'en savait déjà. Elle lui avait dit qu'elle ne cherchait pas autre chose qu'un amant à court terme. Elle lui avait donné la permission de garder ses secrets pour lui, sans se sentir coupable.

Elle se pencha et l'embrassa de nouveau.

Et tout fut fini.

Même au moment où il était entré dans l'hôtel, il n'y avait sans doute qu'une chance infime pour qu'il en ressorte avant l'aube. Cette chance se réduisit à zéro.

Toute sa volonté le déserta.

Il n'irait nulle part.

Sauf, peut-être, au paradis.

Il l'attira brusquement contre lui, emplissant ses mains de la douceur de Becca, faisant glisser ses paumes sur la peau nue de ses bras et de son dos, inhalant l'odeur familière et parfumée de son shampooing, l'embrassant encore et encore — lui donnant des baisers profonds, affamés, interminables, qui l'ébranlaient tout entier. Il sentit qu'elle dégrafait sa cravate, puis s'attaquait aux boutons de sa chemise.

Passion ennemie

Elle semblait résolue à lui retirer ses vêtements, et l'idée était loin de lui déplaire, au contraire. Il tâtonna pour trouver la fermeture de sa robe, l'abaissa, puis se recula pour arracher les pans de sa chemise déboutonnée de son pantalon.

Elle effleura le pansement et retint un cri.

— Oh, non ! J'avais complètement oublié… je ne t'ai pas fait mal ?

Il ne put s'empêcher de rire.

— Tu me tues, dit-il, mais pas de la manière dont tu veux dire. Je vais bien.

— C'est vrai ?

Là, au moins, il pouvait lui dire la vérité.

— Oui.

— Tu me diras si je te fais mal ?

Il rit de nouveau.

— Tu me fais mal, mais…

— … pas de la manière dont je veux dire, acheva-t-elle en riant avec lui.

Son sourire se fit espiègle, et il la regarda, fasciné, tandis qu'elle se levait et faisait glisser les minces bretelles sur ses épaules. Sa robe tomba en une flaque fluide à ses pieds, la laissant nue hormis un slip de soie chatoyant.

Elle était superbe. Il tendit la main vers elle, brûlant de toucher sa peau parfaite, la rondeur douce de ses seins, éprouvant le besoin de la tenir contre lui, de la sentir nue entre ses bras.

Elle le toucha à son tour, avec ses mains, puis avec sa bouche, promenant lentement les doigts sur ses bras, ses épaules, le long de son torse nu, l'affolant par ses caresses.

Passion ennemie

Comment un acte qui semblait si naturel pouvait-il être aussi coupable ? se demanda Mish.

Car il l'était. Malgré tout ce que Becca lui avait dit, il savait qu'il n'aurait pas dû lui faire l'amour sans lui dire la vérité, sans admettre qu'il ne savait pas ce qu'était la vérité. Qui était-il ? Il n'en avait pas la moindre idée. Becca pensait qu'il était quelqu'un de bien. Il soupçonnait le contraire.

Il avait des raisons de croire qu'il avait fait des choses terribles par le passé. Et voilà qu'il était, là encore, en train de céder à la tentation.

Mais quand Becca l'embrassait, il n'avait pas l'impression de commettre un geste coupable. Quand Becca l'embrassait, quand elle le caressait, il avait l'impression, comme jamais auparavant, d'avoir trouvé sa place dans l'univers.

Et il désirait davantage.

Il l'attira avec lui sur le lit, l'embrassant, la caressant tandis qu'elle l'entourait de ses jambes et se pressait contre lui. La sensation était si étourdissante, si parfaite, qu'il en fut étrangement ému.

Glissant une main entre eux, elle défit sa ceinture, puis caressa le membre durci de Mish, lui arrachant un gémissement de plaisir.

Becca avait affirmé qu'elle ne cherchait pas de relation durable. Elle s'attendait à ce que le feu de la passion qui les unissait brûle et se consume. Elle ne se berçait pas d'illusions quant à l'issue de leur liaison, et elle ne souf-

Passion ennemie

frirait pas quand il s'en irait. Elle n'était pas amoureuse de lui — enfin, pas vraiment. Elle ne croyait pas au grand amour.

Elle tira sur son pantalon, et il roula sur lui-même pour l'aider tandis qu'elle le faisait glisser le long de ses jambes. Ensemble, ils retirèrent les bottes de Mish, le slip de Becca. Enfin, ils furent nus l'un et l'autre.

Mish s'allongea sur elle et l'embrassa, mourant d'envie de s'enfoncer en elle, de plonger dans sa chaleur humide. Il la sentait contre lui. Il n'avait qu'à remuer les hanches et puis…

— Attends, dit-elle en riant. J'ai des préservatifs dans mon sac. Ne bouge pas, d'accord ?

Mish se figea, sidéré. Un préservatif — il avait complètement oublié d'en enfiler un. Il avait été plus que prêt à faire l'amour avec Becca, sans la moindre protection. Si elle ne l'en avait pas empêché…

Elle tira un petit emballage argenté de son sac et le déchira en revenant vers le lit.

— J'espère que ça ne t'ennuie pas, dit-elle en s'agenouillant à côté de lui. Mais sinon…

— Non.

Il l'attira vers lui, incapable de résister à l'envie de caresser sa peau lisse et douce.

— Bien sûr que ça ne m'ennuie pas. Je ne sais pas comment j'ai pu…

Elle lui sourit, une lueur amusée dans les yeux. Elle était si belle.

Passion ennemie

— Compte tenu du fait que j'essayais de te faire perdre la tête, je ne peux pas vraiment me plaindre d'avoir réussi.

— Perdre la tête, hein ?

Ses seins étaient crémeux sous les doigts de Mish. Il se pencha vers elle, prit une pointe dressée dans sa bouche, lui arrachant un gémissement de plaisir. En un éclair, le désir le submergea, le sang se ruant dans ses veines.

— Je suis content que tu aies eu un préservatif, murmura-t-il.

Elle le lui tendit.

— J'en ai toujours sur moi, souffla-t-elle, au cas où Brad Pitt viendrait faire un tour en ville.

Mish leva la tête, et elle éclata de rire.

— Je voulais vérifier que tu écoutais. Si tu veux savoir la vérité, j'en ai acheté une boîte parce que, malgré toutes mes promesses et le fait que tu m'aies dit plusieurs fois non, j'avais quand même des vues sur toi.

Elle avait parlé d'un ton léger, mais il lui caressa doucement la joue, les yeux tendres sous le feu du désir.

— Je ne t'ai pas dit non parce que je ne te désirais pas. Tu le sais, n'est-ce pas, Becca ?

Elle l'embrassa, goûtant la soif qu'il avait d'elle.

D'un geste habile, elle l'aida à enfiler le préservatif. Puis elle s'installa à califourchon sur lui tout en l'embrassant.

De ses mains, puis de sa bouche, il explora lentement son corps, comme un homme affamé invité à un banquet, comme s'il ne pouvait jamais se rassasier d'elle.

*
* *

C'était follement excitant, songea Becca — il la regardait comme si elle était la créature la plus sexy au monde, la caressait comme si elle était une déesse ou un ange ou…

— Becca…

Sa voix était rauque, veloutée.

Il glissa la main entre eux pour caresser le centre de sa féminité, légèrement d'abord, avant d'accentuer la pression de ses doigts.

— Tu veux… ?

Elle aurait tout accepté, tout promis.

— Oui.

Il la souleva, roulant sur lui-même de façon à se retrouver allongé sur elle tandis qu'elle s'arquait à sa rencontre. Le regard de Mish était inoubliable, aussi incroyable que la sensation de lui s'enfonçant profondément en elle.

Les yeux rivés aux siens, il commença à aller et venir en elle. Le lien entre eux était si profond, si intense, que Becca en eut la gorge nouée. Comment était-ce possible ? Elle ne s'était pas attendue à connaître un tel déferlement d'émotions, à sentir son âme entière exposée aux éléments. Elle ne s'était pas imaginé que les baisers de cet homme puissent réveiller des espoirs enfouis depuis bien longtemps, des images d'un bonheur à deux…

C'était absurde. Ils avaient des relations sexuelles, rien de plus. C'était une expérience agréable, mais, au fond, ce n'était que du sexe.

Mais alors que Becca soudait son regard à celui de l'homme qui lui faisait si délicieusement l'amour, elle entrevit des possibilités qui lui firent monter les larmes aux yeux. Elle entrevit un avenir qui, pour la première fois de sa vie, n'était plus une aventure solitaire.

Elle laissa échapper un rire. Ces pensées étaient folles, insensées.

Et Mish sourit à son tour — de petites rides de plaisir et de joie apparurent au coin de ses yeux — et elle sut qu'elle avait des ennuis.

De gros ennuis.

Il savait instinctivement comment lui procurer les plus exquises sensations — par de longues poussées qui lui coupaient le souffle et la laissaient pantelante, désirant toujours davantage.

Et quand l'extase la submergea, Becca eut l'impression que son corps éclatait, que son âme était en feu. Elle se cramponna à Mish, le sentit qui s'abandonnait à son tour à la violence du plaisir. Il baissa la tête et l'embrassa. Fermant les yeux, elle lui livra sa bouche avec autant de fougue qu'elle venait de lui livrer son cœur.

9

Mish sentait la peur.

Elle flottait dans l'air de la petite pièce, âcre et suffocante. Les autres et lui étaient captifs depuis des heures à présent. Ils étaient vingt-quatre — surtout des femmes et des jeunes filles. Certaines pleuraient continuellement. Quand l'une cessait, une autre recommençait.

Il était sous le choc.

Le religieux gisait sur le sol, là où il était tombé, la tête ensanglantée, les mains tendues, comme surpris par sa propre mort.

Il avait tenté de négocier la libération des femmes et des enfants. Mais les terroristes ne voulaient pas négocier. Tous le savaient maintenant.

Mish attendait. Dos au mur du fond, il attendait, s'efforçant de ne pas trembler. Il regardait le plafond, les murs — tout sauf cette flaque de sang, là-bas, sur le sol.

Soudain la porte s'ouvrit, et tout se précipita. Un Noir, un Américain, se redressa parmi les otages et se jeta sur l'homme armé. Des coups de feu retentirent, et Mish bondit sur ses pieds. L'Américain recula en titubant, non sans avoir réussi à arracher une arme de combat à son adversaire.

D'autres détonations se firent entendre. L'Américain s'effondra, l'arme dérapa sur le sol.

Et s'arrêta devant Mish.

Il ne prit pas le temps de réfléchir. Instinctivement, il la ramassa, et son doigt pressa la gâchette avant même qu'il ait visé. La violence du recul fit remonter le canon, et il lutta pour le rabaisser, balayant l'entrée de la pièce, criblant les uns après les autres les hommes de balles.

Quelqu'un hurlait. La voix était dure, gutturale, mais à peine assez forte pour qu'on l'entende par-dessus la rafale de mitraillette.

Puis tout fut fini. Les hommes allongés par terre étaient indéniablement morts. Il les avait tués. Il cessa de tirer, et se rendit brusquement compte que la voix — et la rage — lui appartenaient.

L'Américain saignait profusément, mais il s'empara d'une autre arme et referma la porte d'un coup de pied.

— Beau boulot, lança-t-il à Mish d'une voix haletante. Tu les as expédiés en enfer, Mish.

Mish fixait les corps, fixait ce qu'il avait fait.

Il les avait tués. Il avait pointé l'arme sur ces êtres humains et il avait pris leurs vies. Il les avait peut-être expédiés en enfer, mais qu'avait-il fait de son âme ?

Il se retourna vers l'autre côté de la pièce. Le mort en habit religieux se relevait. Il fronçait les sourcils sur son visage défiguré, et pointait vers lui un doigt accusateur.

— Tu ne tueras point, ordonna-t-il. Tu ne tueras point.

Il fit un pas vers Mish, puis un autre. Mish vit avec un

Passion ennemie

choc que l'homme portait un col de prêtre, maculé de sang écarlate.

Et qu'ils se ressemblaient comme deux gouttes d'eau.

Mish se redressa brusquement sur le lit, le cœur battant à tout rompre, à bout de souffle.

Quelqu'un bougea à côté de lui. Becca. C'était Becca. Elle leva la tête à son tour, et posa une main hésitante sur son dos.

— Mish, ça va ?

La chambre d'hôtel devint plus distincte, faiblement éclairée par les premières lueurs de l'aube qui filtraient à travers les rideaux.

Mish lutta pour contrôler sa respiration saccadée, ramener son pouls à un rythme normal.

— Cauchemar, marmonna-t-il.

— Oh, je suis désolée. Tu veux m'en parler ?

Les mains encore tremblantes, il repoussa en arrière ses cheveux humides de sueur.

— Non, murmura-t-il. Merci.

Elle l'entoura de ses bras et l'embrassa légèrement sur l'épaule. Il se tourna vers elle et l'enlaça, la serrant bien plus fort qu'il n'en avait le droit avant de lui donner un baiser bien plus possessif qu'il n'aurait dû être. Mais il avait désespérément besoin de retrouver son équilibre.

Il avait désespérément besoin d'elle.

— Mmm.

Elle enfouit les doigts dans ses cheveux et le regarda en souriant dans la lumière matinale.

— Je suis désolée que tu aies fait un cauchemar, mais je ne regrette pas que tu m'aies réveillée, surtout si tu m'embrasses comme ça.

Passion ennemie

Elle était nue. Ils l'étaient tous les deux. Mish plongea son regard dans le sien, tandis que des souvenirs précis de la passion qu'ils avaient partagée déferlaient en lui.

Ils avaient fait l'amour avec une ferveur, une intensité qu'il n'aurait jamais pu imaginer.

Et Becca méritait de savoir la vérité sur lui — tout au moins ce qu'il en savait.

Il avait fixé le plafond pendant une bonne partie de la nuit, déchiré par l'envie de lui avouer qu'il avait tout oublié de son passé, et la conviction intime, absolue, qu'il n'avait pas le droit de lui révéler quoi que ce soit.

Elle l'embrassa, l'attira contre elle sur les oreillers, mêlant ses jambes aux siennes.

— J'ai quelques jours de congé à prendre, murmura-t-elle. Que dirais-tu de commander des plats à emporter, de dire à la réception de ne pas nous déranger, et de rester ici jusqu'à mardi matin ?

Mish ne demandait pas mieux que de garder le monde à distance pendant deux jours entiers. Pourquoi pas, après tout ? Pour ce qu'il en savait, il était le seul à s'inquiéter de savoir ce qui lui était arrivé.

D'ailleurs, il se découvrirait peut-être dans cette chambre, dans la chaleur et la sécurité que lui offraient les yeux de Becca.

Et sinon, il trouverait le moyen de lui confesser les craintes qui le tourmentaient.

— Ça me paraît une excellente idée, murmura-t-il entre deux baisers.

A vrai dire, cela paraissait infiniment trop bref, mais ce n'était pas une chose qu'il était prêt à s'avouer, et encore moins à lui avouer.

Passion ennemie

Il l'embrassa de nouveau, longuement, passionnément, voulant cesser de réfléchir et se contenter *d'être*.

Avec l'aide de Becca, ce n'était pas difficile à faire.

L'appel vint juste après l'aube.

Lucky ne dormait que depuis quelques minutes, mais il s'éveilla aussitôt en entendant l'accent nasillard de son capitaine.

— Des billets de Shaw ont fait surface, annonça Joe sans préambule. Dans un magasin de prêt-à-porter pour hommes d'Albuquerque.

Lucky pressa l'interrupteur placé à côté de son lit d'hôtel.

— On y va, mais je ne veux pas laisser le casier de la gare routière sans surveillance. Je suis sûr que si Mitch est vivant, il reviendra chercher son sac. Je le sens.

— Pas la peine d'y aller, rétorqua le capitaine. J'ai déjà envoyé deux gars sur place. Je voulais juste t'informer qu'il est toujours dans le coin.

— A moins qu'il n'ait été descendu et que quelqu'un d'autre dépense son argent, murmura Lucky d'une voix sombre.

— C'est une possibilité que nous devons envisager.

— Mais sinon… est-ce qu'il essaie de nous faire comprendre quelque chose en faisant circuler ces billets ?

— C'est ce que je me demande. S'il est au milieu des gens qui ont volé le… matériau, il utilise peut-être cet argent pour nous avertir qu'il est dans les parages.

Passion ennemie

La ligne avait beau être sûre, le capitaine ne voulait pas prononcer le mot *plutonium*.

— Hhmm.

— Il y a une autre possibilité, Luke, reprit Joe. Penses-tu qu'il ait pu... passer de l'autre côté ?

Lucky ferma les yeux.

— Je ne sais pas. Ça ne va pas plaire à l'amiral, mais je ne crois pas qu'on puisse exclure cette éventualité à présent.

La sonnerie du téléphone déchira le silence.

Becca ouvrit les yeux et s'aperçut qu'elle s'était endormie à demi allongée sur Mish. Ç'aurait dû être une position inconfortable, la jambe en travers de ses cuisses, la tête sur son épaule, mais non. Leurs corps s'épousaient parfaitement.

Il avait ouvert les yeux, et il lui décocha le plus sexy et ensommeillé des sourires tandis qu'elle tendait à regret la main vers le récepteur.

Elle ne put résister à la tentation d'embrasser Mish au passage, espérant vaguement que celui ou celle qui l'appelait renoncerait. Mais non. La sonnerie persista.

— Je savais que j'aurais dû dire à l'accueil de ne me déranger sous aucun prétexte, grommela-t-elle en poussant un soupir. Allô ?

Elle tira le cordon derrière elle, s'installant dans la chaleur des bras de Mish.

Elle sentait son membre durci contre sa cuisse, les

Passion ennemie

doigts qu'il promenait paresseusement de bas en haut de son dos.

— Becca ? Ici, Hazel. Je suis désolée. Je t'ai réveillée ?

Becca soupira, mais même la pensée que son assistante l'appelait parce qu'il y avait un problème au ranch ne suffit pas à lui gâcher le plaisir que lui procuraient les caresses de Mish.

— Il est presque 8 heures, et je croyais que tu serais debout, reprit Hazel sur un ton d'excuse. Et ce que j'ai à te dire ne pouvait pas vraiment attendre.

— Que se passe-t-il ?

Becca devait se faire violence pour garder un ton neutre. Mish avait d'abord déposé un léger baiser sur son sein avant de prendre lentement la pointe dans sa bouche. Elle retint un cri, et il leva la tête, lui souriant comme le diable incarné.

Comme un superbe diable.

— Il semble que nous ayons un mystère sur les bras.

Mish descendit sur son estomac, s'arrêtant pour explorer son nombril du bout de la langue.

— Oh, fit Becca d'une voix étranglée. Hazel, est-ce que je peux te rappeler dans quelques minutes — une heure maximum ? S'il te plaît ?

Mish pressa les lèvres contre l'intérieur de sa cuisse, et elle ferma les yeux.

— Becca, c'est au sujet de Casey Parker. Ce Mish. Tu savais qu'il était parti ? Il a quitté le chalet avant-hier et personne ne l'a vu depuis.

Becca se mit à rire. Le mystère d'Hazel n'en était pas

un. Elle savait exactement où était Casey Parker — et ce qu'il faisait en ce moment même.

Oh, et elle aimait ce qu'il faisait, mais elle se dégagea, secouant la tête, les yeux écarquillés. Elle était incapable de continuer à parler au téléphone pendant qu'il...

Il lui sourit et elle rit de plus belle.

— Hazel, je suis désolée. Je pensais te l'avoir dit. Mish avait des affaires à régler à Albuquerque. Il devrait être de retour au ranch mardi.

— Eh bien, ça va être intéressant quand il reviendra, commenta Hazel, surtout si l'homme qui vient de sortir du bureau décide lui aussi de revenir. Parce que, alors, nous aurons deux Casey Parker sur les bras.

Les yeux de Mish étaient pleins de promesses. Il était sagement étendu au pied du lit, lui caressant légèrement le pied. Mais, malgré la distance, il était évident qu'il la troublait, parce que les paroles d'Hazel lui semblaient totalement dénuées de sens.

— Pardon ? Qu'est-ce que tu as dit ?

— Deux Casey Parker, répéta Hazel. Bizarre, non ? Un deuxième Casey Parker a débarqué au ranch en affirmant que tu l'avais engagé comme garçon d'écurie. Il venait chercher un paquet qui était censé être arrivé pour lui. Il a été plus qu'énervé quand je lui ai dit qu'on avait rempli notre quota de Casey Parker pour le mois et qu'on avait remis le paquet au premier. Il a même fallu que j'appelle Rafe McKinnon pour le calmer.

Becca se redressa brusquement, reportant toute son attention sur la conversation.

— Il est encore là ? Appelle le shérif et...

— Il est parti à toute allure quand je lui ai dit qu'il y

Passion ennemie

avait déjà eu un Casey Parker avant lui. Je ne sais pas ce qui se passe.

— C'est un imposteur.

Même alors qu'elle prononçait ces mots, Becca se rendit compte que cela n'avait pas de sens. Pourquoi diable quelqu'un prétendrait-il être Casey Parker ?

— L'un des deux est un imposteur, observa Hazel. Et c'est pourquoi cet appel ne pouvait pas attendre. Becca, je sais qu'il y avait quelque chose entre ce Mish et toi. Promets-moi d'être prudente si tu le vois aujourd'hui, veux-tu ?

— Hazel…

— Parce que Casey Parker numéro deux avait des papiers d'identité. Un permis de conduire. C'est un grand costaud avec une barbe et un ventre de buveur de bière, et c'est indiscutablement sa photo qu'il y avait sur le permis.

Tandis que Mish n'avait pas de papiers.

Il était assis sur le bord du lit, et l'observait.

Il écoutait la conversation. Il savait qu'elle parlait de lui, et toute son espièglerie avait disparu.

— Tu en es sûre ? murmura Becca.

Elle tira le drap de manière à recouvrir sa nudité, et Mish détourna les yeux, d'un air presque coupable, comme s'il savait exactement ce qu'Hazel lui racontait.

— Mon chou, j'ai travaillé pour le shérif à Chimayo. Ce permis m'avait l'air tout ce qu'il y a de plus réglementaire.

Hazel soupira.

— Tu avais l'intention de le revoir, hein ? Je suis vraiment désolée, Becca.

Passion ennemie

Non sans mal, Becca parvint à la remercier avant de raccrocher.

Mish ne la regardait pas. Assis sur le lit, il fixait leurs vêtements épars, restés là où ils étaient tombés la veille au soir.

— Bien. Tu veux me dire qui tu es vraiment ?

Elle avait eu l'intention de parler sèchement, mais sa voix tremblait légèrement, gâchant son effet.

— Puisque tu n'es pas Casey Parker ?

Il leva les yeux vers elle. Des yeux teintés de regret et de… honte ?

La colère submergea Becca pour de bon, tandis qu'elle refoulait les larmes qui menaçaient de jaillir.

— Je devrais peut-être m'habiller, dit-il en tendant la main vers son pantalon.

Becca se rua hors du lit, entraînant le drap avec elle, et devança son geste.

— Non ! Tu ne vas pas partir avant de m'avoir donné au moins une explication !

Mish enfila gauchement son caleçon. S'était-il vraiment imaginé qu'il pouvait avoir cette femme sans rien donner de lui-même en retour ? Avait-il vraiment cru qu'il pouvait se cacher ici avec elle, à l'abri du monde réel, à l'abri de la vérité ?

La réalité venait de le rattraper et, curieusement, Becca en savait désormais plus long que lui-même sur son compte. Peu importait comment cela s'était produit.

Il aurait dû se douter que cela arriverait. Il aurait dû lui épargner cette épreuve.

Si seulement il avait eu la force de garder ses distances... Il aurait dû avoir assez de volonté pour résister à l'attraction magnétique qu'elle exerçait sur lui, à ce désir vertigineux, étourdissant. Au lieu de quoi, il avait cédé à ses propres envies, à ses propres besoins. Et il l'avait fait souffrir. Beaucoup.

Il n'était qu'un égoïste. Un monstrueux égoïste.

En un bref moment, toute la magie de la nuit écoulée venait de s'envoler. Ils avaient partagé des instants merveilleux, qu'il voulait garder pour toujours au fond de sa mémoire, quelque chose de fragile et de parfait qui gisait à présent, brisé et abîmé à ses pieds.

Comme s'il l'avait piétiné d'un coup de talon.

— Le véritable Casey Parker est venu au ranch, dit Becca d'une voix sourde. Tu devais te douter que cela arriverait.

— Non, dit-il, avec plus de véhémence qu'il n'en avait eu l'intention.

Il se leva, repoussa les boucles qui tombaient sur son visage, envahi par une violente nausée. Seigneur, il avait été si égoïste.

— Vraiment ?

Elle avait élevé la voix à son tour.

— Je te croyais plus intelligent. Tu devais savoir que Casey Parker finirait par se montrer.

Ainsi, il n'était pas Casey Parker. Il l'avait suspecté pendant un temps, tant le nom lui avait semblé si peu familier. Mais, enfin, il avait espéré s'être trompé.

Mais l'espoir ne suffisait pas. Ne suffisait plus.

Passion ennemie

Que faire, à présent ?

Il tournait le dos à Becca, mais il voyait son reflet dans la grande glace au-dessus de la commode. Son regard exprimait une telle souffrance, une telle accusation qu'il en avait la gorge serrée.

Néanmoins, il ne pouvait pas lui dire la vérité. Il n'était pas censé dire à quiconque la raison de sa présence au Nouveau-Mexique — il ignorait pourquoi, mais il savait qu'il n'était pas autorisé à en parler. Mais de là à s'en aller sans rien dire, en lui laissant croire qu'il l'avait délibérément trompée... il ne pouvait s'y résoudre non plus. Comment aurait-ce été possible ?

Il demeura immobile, l'estomac noué, la tête baissée, tremblant, incapable de rester, et incapable de partir.

— Tu sais, dit-elle d'une voix également tremblante, si tu étais venu au ranch et que tu t'étais présenté à moi, si tu avais été honnête à propos de qui tu étais, je t'aurais engagé. Je ne comprends pas pourquoi il fallait que tu mentes.

Que lui dire ?

— Peut-être que je devrais simplement m'en aller. Je ne peux pas te dire ce que tu veux savoir.

Elle le dévisagea, incrédule.

— Tu ne peux pas me dire ton nom ?

Il leva les yeux et vit qu'elle pleurait. D'un geste brusque, presque brutal, elle tenta d'essuyer les larmes sans lâcher le drap qui l'enveloppait.

— Je suis peut-être vieux jeu, dit-elle sèchement, mais j'aime bien savoir le nom des hommes avec qui j'ai couché.

Passion ennemie

Son nom. Mish leva la tête, et rencontra son propre reflet dans la glace.

Il était encore un inconnu à ses propres yeux. Un homme mince, au corps musclé et à l'air menaçant avec sa barbe naissante sur son visage anguleux, les cheveux en bataille après la nuit, les yeux pleins d'amertume. Il ressemblait au genre d'individu prêt à mentir pour séduire une femme et à l'abandonner le lendemain sans égard pour ses sentiments.

Il plongea son regard dans ces yeux, priant pour que revienne un fragment de mémoire, une bribe de nom. Une parcelle de vérité à lui offrir...

— Dis-moi seulement ton nom, murmura Becca.

Il fixa son reflet de plus belle, les poings crispés, les dents serrées, se détestant, détestant l'étranger qui semblait le narguer en retour. Qui diable était-il ?

— Je ne connais pas mon nom, bon sang ! explosa-t-il, abattant le poing sur son reflet.

Une fissure déchira la glace, coupant son image en deux. Il la frappa de nouveau, plus fort, et elle se brisa, le verre tranchant sa main.

Becca recula, choquée par cet accès de violence, les yeux fixés sur cet inconnu aux yeux devenus fous dont le sang dégoulinait sur la moquette.

— Je ne sais pas qui je suis, s'écria-t-il d'une voix rauque. Je me suis réveillé il y a presque deux semaines dans un refuge pour sans-abri avec cinq mille dollars, un revolver dans ma botte, et un bout de papier avec le nom du Lazy Eight et le tien dessus. Rien d'autre. Aucun souvenir du reste, pas même de mon nom ! Tu dis que je ne suis pas Casey Parker ? Eh bien, figure-toi que je l'apprends, moi aussi !

Becca resserra le drap autour d'elle, l'observant avec attention, prête à prendre la fuite s'il s'approchait. Etait-il possible qu'il dise la vérité ? Souffrait-il d'une sorte d'amnésie ? Cela semblait si étrange. Et pourtant...

Il était debout devant elle, tremblant comme un animal blessé, les yeux pleins de larmes, refusant d'affronter son regard.

— Donne-moi mon pantalon, et je m'en irai.

— Où ? demanda-t-elle doucement, la gorge nouée par l'émotion.

Elle avait été furieuse contre lui quelques secondes auparavant, mais si ce qu'il disait contenait ne serait-ce qu'une part de vérité...

Il leva les yeux vers elle, perplexe.

— Où iras-tu ? répéta-t-elle.

Il secoua la tête d'un air vague. Il était si ému qu'il ne pouvait pas même lui répondre.

Becca continua à le regarder, de plus en plus troublée. Il avait une plaie à la tempe quand il était arrivé au ranch, songea-t-elle. La blessure était guérie à présent, mais était-il possible que le coup qu'il avait reçu lui ait fait perdre la mémoire ?

Elle essaya de s'imaginer comment ce serait de ne plus avoir de souvenirs, à quel point ce devait être effrayant, et étrange. Comme il devait se sentir seul...

Elle devait le conduire chez un médecin. Le convaincre de l'accompagner à l'hôpital.

Passion ennemie

— Si tu n'as nulle part où aller, cela ne sert à rien de partir, dit-elle d'une voix basse, comme si elle s'adressait à un cheval effrayé.

La première chose à faire était de l'apaiser. Ensuite, elle devrait chercher à savoir si le revolver qu'il avait mentionné était toujours en sa possession. Les armes et les émotions ne faisaient jamais bon ménage.

Elle s'approcha lentement et lui tendit la main.

— Viens dans la salle de bains. Montre-moi ta main. Elle saigne.

Mish baissa les yeux, comme s'il remarquait sa blessure pour la première fois. Il regarda la glace, puis Becca.

— Je suis tellement désolé, Becca.

— Viens, répéta-t-elle. Je veux être sûre que tu n'as pas besoin de points de suture. Après, nous pourrons essayer de réfléchir à tout ça.

— Je devrais partir. Je te laisserai de l'argent pour rembourser les dégâts.

— Non, dit Becca. Je veux que tu restes.

Il fit mine de protester, mais elle l'interrompit aussitôt.

— Reste, insista-t-elle. Je crois que tu me dois au moins cela.

Mish acquiesça. Son regard était beaucoup plus calme à présent.

— Becca, tu me crois ?

Elle pivota et le guida vers la salle de bains.

— Je suis toujours en train d'essayer.

10

Becca s'était habillée. Vêtue d'un jean et d'un T-shirt, elle était assise en face de Mish, les jambes repliées sous elle, le regard tourné vers lui.

Mish, lui aussi, avait mis son pantalon. Comme elle, il était resté pieds nus. La chemise qu'il avait portée la veille, celle qu'elle l'avait aidé à retirer, était ouverte sur son torse. Les yeux baissés sur sa main bandée, il s'efforçait de répondre aux questions que Becca lui posait.

Il lui avait relaté son réveil dans le refuge, le surnom que lui avait donné Jarell. Il lui avait raconté son choc, sa perplexité lorsqu'il avait vu son visage inconnu dans la glace. Il avait essayé d'exprimer par des mots ce qu'il éprouvait. Et il s'était de nouveau excusé de l'avoir trompée.

Elle s'éclaircit la gorge.

— Tout à l'heure... tu as dit que tu avais un revolver.

Il leva les yeux, et s'efforça de ne pas penser à la manière dont elle le regardait, la nuit précédente, allongée nue sur le lit. C'était insensé. Ils avaient fait l'amour deux fois et, pourtant, il mourait encore d'envie de la toucher.

Mais cela ne risquait sans doute pas de se reproduire.

Il s'éclaircit la gorge à son tour.

— Oui. Un petit revolver. Un calibre 22. Il était dans ma botte avec la liasse de billets et le fax qui me donnait les instructions pour me rendre au ranch.

— Où est-il à présent ?

— Au ranch. Dans mon casier, au dortoir. J'étais mal à l'aise à l'idée de le porter. Sans parler de savoir si c'était légal.

Becca acquiesça, s'efforçant de ne pas trahir le soulagement qu'elle éprouvait.

Mish ne put s'empêcher de sourire.

— Ça te fait peur ? L'idée que je me promène avec une arme dans la poche ?

Elle jeta un coup d'œil aux fragments de la glace encore éparpillés sur la commode et répondit honnêtement :

— Je suis désolée, mais oui.

— Tu n'as pas besoin de t'excuser. Si les rôles étaient inversés...

— Si les rôles étaient inversés, je serais déjà allée me faire examiner dans un hôpital.

Mish changea de position sur sa chaise.

— Je ne peux pas.

— Bien sûr que si.

Elle se pencha vers lui.

— Mish, j'irai avec toi. Je resterai avec toi. Les médecins...

— ... appelleront la police, acheva-t-il. Ils n'auront pas le choix. On m'a tiré dessus, Becca. Ils seront obligés de faire un rapport à la police.

Passion ennemie

Mish hésita. Après tout, pourquoi ne pas tout lui dire ? Il était déjà allé si loin...

— La vérité, dit-il lentement, c'est que je suis sans doute quelqu'un que tu ne voudrais pas connaître. J'ai fait des rêves...

Les lui relater en détail était au-dessus de ses forces. Les images qui le hantaient étaient trop douloureuses. Inutile qu'elles la hantent à son tour.

— Des rêves violents... très violents.

— Ça ne veut rien dire. Moi aussi, j'ai fait des rêves violents et...

— Non. Ce sont des choses — en tout cas, pour certaines — des choses que j'ai vues. Et puis j'ai rêvé aussi que j'étais...

Il ne put se résoudre à la regarder.

— ... en prison, murmura-t-il. J'ai été condamné, Becca. Je ne peux pas croire que j'aurais pu imaginer des détails pareils.

Elle garda le silence.

— Je crois que si je fouille dans mon passé, je vais découvrir que je ne suis pas quelqu'un de très bien, ajouta-t-il à voix basse. Mieux vaut retourner au ranch. Avec un peu de chance, Casey Parker sera là. Je pourrai lui donner ce paquet qui est arrivé pour lui et lui demander pourquoi j'avais ce fax en ma possession. Peut-être pourra-t-il m'apporter des réponses. Ensuite, je prendrai mes affaires et je m'en irai. Tu n'entendras plus parler de moi.

Becca replia ses genoux et les entoura de ses bras.

— Ou, si tu préfères, je m'en vais maintenant, et je rentre par mes propres moyens. Je peux me débrouiller pour être parti avant ton retour mardi.

Passion ennemie

Dans quelques minutes, il sortirait de cette chambre, et elle ne le reverrait jamais, songea Becca. Et c'était censé être quelque chose qu'elle voulait ?

Elle sentit que ses yeux s'emplissaient de larmes, et les refoula furieusement. Elle se leva, incapable de rester assise plus longtemps, regrettant que cette chambre ne soit pas plus grande, mais sachant aussi que, même si elle avait été aussi vaste qu'un stade, elle aurait été inexorablement attirée par cet homme.

— Pourquoi ne m'as-tu pas raconté tout cela hier soir ? demanda-t-elle, se forçant à s'éloigner de lui. Nous avons parlé pendant des heures durant cette soirée. Tu as eu dix occasions au moins de le faire.

Arrivée à la fenêtre, elle se tourna pour lui faire face.

— Par exemple, tu aurais pu me dire : « C'est drôle que tu aies parlé de ton enfance à New York, Becca, parce que moi, depuis une semaine, j'ai tout oublié de mon passé. En fait, je ne me souvenais même pas de mon nom avant que j'arrive au ranch et que tu m'appelles Casey Parker... »

Il posa sur elle des yeux aussi émus que les siens.

— Tu m'aurais cru ?

— Je ne sais pas. Peut-être. Je te crois à présent, non ?

— Je ne sais pas. Tu me crois ?

Elle laissa échapper une bouffée d'air qui s'approchait d'un rire.

— Non. Si. Je ne sais pas. Cette histoire est tellement dingue qu'elle ne peut qu'être vraie.

D'ailleurs, pourquoi aurait-il inventé une fable pareille ? Certainement pas pour se glisser entre ses draps. C'était déjà fait.

Passion ennemie

La vérité était qu'elle le croyait. Elle lui faisait absurdement confiance, indépendamment de toute logique. Il avait beau être convaincu d'être un criminel et d'avoir été condamné à la prison, elle ne pouvait s'empêcher de lui faire entièrement confiance, de toutes les fibres de son être. Etait-ce tout simplement une question d'attirance sexuelle ? Ses hormones barraient-elles le chemin à son bon sens ?

Si l'amour était aveugle, le désir l'était peut-être encore davantage.

Pourtant, qu'elle le veuille ou non, il lui suffisait de regarder Mish dans les yeux pour le croire.

Peut-être était-il un escroc, peut-être était-il fou, peut-être allait-elle se brûler les ailes. Mais elle irait jusqu'au bout de cette histoire, et elle découvrirait la vérité sur son passé. Quoi qu'elle apprenne, ce serait préférable à sortir de sa vie maintenant.

Ou à le laisser sortir de la sienne.

Becca retourna à la fenêtre. Sa décision prise, elle se sentait plus calme, moins émotive.

— Je vais dire à Hazel de m'envoyer un message si Casey Parker revient. Et qu'elle lui promette une prime s'il accepte d'attendre notre retour.

— Il a quitté le ranch ?

Elle contempla le ciel d'un bleu immaculé, se demandant pourquoi l'intérêt perçait brusquement dans la voix de Mish.

— D'après Hazel, il a déguerpi sans demander son reste. Apparemment, il était très agacé qu'un autre Casey Parker soit arrivé avant lui.

Elle se tourna vers lui.

Passion ennemie

— Je crois que nous devrions aller à Wyatt City. Nous pourrions jeter un coup d'œil au refuge, essayer de parler aux hommes qui t'ont trouvé.

Mish paraissait épuisé.

— Nous ?

— Oui, fit Becca en croisant les bras d'un air résolu. A moins que tu ne m'aies menti et qu'hier soir n'ait vraiment été qu'une aventure d'un soir.

Il secoua la tête, visiblement incrédule.

— Becca, tu n'as pas fait attention à ce que j'ai dit ? Je suis sûrement un criminel. Tu ne devrais pas rester avec moi.

— Peut-être pas. Mais si j'en ai envie ?

Wyatt City était aussi poussiéreux et aussi délabré que dans les souvenirs de Mish.

Sauf que ses souvenirs ne commençaient qu'au moment où il s'était réveillé au refuge pour se terminer à celui où il avait emprunté le bus Greyhound à destination de Santa Fe.

C'était une de ces villes dont les immeubles de l'artère centrale n'avaient pas connu de ravalement de façade depuis la date de leur construction, vers la fin des années cinquante ou le début des années soixante. Le crépi s'effritait. Tôt ou tard, Wyatt City ne serait plus qu'une ville fantôme.

On avait cloué des planches en travers des fenêtres de l'ancien cinéma et d'un grand magasin. L'un et l'autre devaient être fermés depuis une bonne dizaine d'années.

Passion ennemie

En revanche, le magasin de spiritueux semblait prospère, tout comme le bar et la boutique de location de cassettes vidéo classées X.

— Penses-tu avoir vécu ici ?

Becca prit à droite dans Chiselm Street, où une rangée de pavillons d'après-guerre avaient été convertis en bureaux.

— Tu avais peut-être un appartement ? Ou un studio ?

— C'est possible, admit-il, hésitant à lui avouer qu'il avait l'intuition d'être venu à Wyatt City pour une raison bien précise, qui lui échappait à présent, mais dont il n'avait quand même pas le droit de parler.

— Oh !

Frappée par une pensée subite, elle se gara sur le bord du trottoir, freinant un peu trop brutalement avant de le dévisager, les yeux écarquillés.

— Tu pourrais... avoir une femme. Etre marié.

— Je ne le suis pas, assura-t-il. J'ignore comment je le sais, mais...

— Tu ne peux pas le savoir, coupa-t-elle. Mish, les seules choses dont nous sommes absolument sûrs à ton sujet sont que tu n'as jamais appris à monter à cheval, que tu étais ici à Wyatt City pour une raison inconnue il y a deux semaines, et que tu ne t'appelles pas Casey Parker.

— Si je suis marié...

Il secoua la tête.

— Non, je sais que je ne le suis pas. Je suis toujours seul. Je vis seul. Et depuis quelque temps, je travaille seul aussi. Je le sais, même si je n'ai pas la moindre idée de ce que je fais.

Certes, il pouvait essayer de deviner. La liste des possibilités était restreinte. Cambrioleur. Escroc.

Tueur à gages.

— Mais si ça ne te suffit pas, ajouta-t-il, il y a la nuit dernière...

Il cilla, regardant par la vitre du pick-up les rayons du soleil se refléter sur l'asphalte.

— Je ne sais pas, mais tu as dû te rendre compte... il y avait longtemps. Longtemps que je n'avais pas passé la nuit avec une femme.

Il jeta un coup d'œil vers elle, embarrassé.

— Ou même que j'en avais eu envie.

Elle éclata de rire, une lueur amusée dans les yeux.

— C'est très flatteur, M. je-suis-un-dieu-sexuel-mais-je-fais-semblant-d'être-modeste, mais le fait demeure que tu ne peux pas être sûr que tu n'es pas marié si tu souffres d'amnésie.

— Tu te trompes. Il y a des choses que je sais, que je sens. Par exemple, je connaissais ma taille. Je sais que ça peut paraître absurde, mais, Becca, crois-moi. Je sais.

Il marqua une pause.

— Et je ne fais pas semblant non plus, reprit-il doucement. Il y avait longtemps. J'aurais voulu te faire l'amour toute la nuit, mais...

Il se tut, gêné. Pourquoi lui disait-il tout cela ? Elle se méfiait de lui, voulait garder ses distances. Pourquoi disait-il des choses pareilles, qui la ramèneraient dans ses bras ?

Parce qu'il la *voulait* dans ses bras. Et qu'il n'avait pas

Passion ennemie

la moindre volonté concernant cette femme. Il savait que la place de Becca était à des dizaines — ou plutôt à des centaines de kilomètres de lui — et pourtant, il ne pouvait s'empêcher de la désirer.

Elle releva la tête, le regard fixé sur lui. Il lisait la force de l'attraction dans ses yeux, mêlée à un vestige de méfiance.

Il y voyait aussi le paradis, tout proche. Il suffirait d'un baiser et…

Il se détourna.

— Le refuge est par là, à proximité de la gare routière.

Becca hésita, mais il ne se retourna pas. Au bout d'un moment, elle démarra.

— Jarell ? Il est très demandé, ces temps-ci, gloussa la femme qui travaillait dans le bureau à l'entrée de l'église.

Elle tira un classeur d'un vieux placard branlant, et se mit à le feuilleter.

— C'est un bénévole, vous comprenez. Je ne peux pas vous garantir que ses horaires n'aient pas changé, mais… voyons…

Elle fronça les sourcils.

— Non, il ne sera pas au refuge ce soir. A vrai dire, il ne sera de retour que mercredi.

— Serait-il possible d'entrer en contact avec lui ? demanda Mish.

Passion ennemie

La femme secoua la tête tout en leur adressant un sourire d'excuse.

— Je regrette, mais nous ne pouvons pas donner d'informations sur les coordonnées de nos bénévoles. Cela dit, il est probable qu'il travaillera aux cuisines demain après-midi. Il y a un repas organisé à l'église demain soir, et personne ne sait faire la tourte à la viande aussi bien que Jarell. Surtout pour deux cents personnes.

Demain après-midi. Becca évita le regard de Mish. S'ils devaient attendre le lendemain pour parler à Jarell, il faudrait qu'ils passent la nuit quelque part à Wyatt City...

Elle se tint à l'écart tandis qu'il remerciait l'employée, puis le suivit à l'extérieur. Ils gagnèrent en silence l'endroit où Becca avait garé le pick-up, tout près de la gare.

Mish se tourna vers elle.

— Quand nous avons quitté Santa Fe ce matin, je n'ai pas pensé que... Je suis désolé. Je paierai pour les chambres d'hôtel.

Les chambres d'hôtel. Au pluriel. Désirait-il vraiment faire chambre à part ce soir ? Etait-il possible, que, contrairement à elle, il n'ait pas été bombardé, toute la journée durant, de souvenirs de la nuit précédente ? Etait-il possible, que, contrairement à elle, il ne meure pas d'envie d'échanger un baiser ?

Toute la journée, elle n'avait rêvé que de se blottir dans ses bras et de l'embrasser.

Elle ferma les yeux, priant pour qu'il ne se soit pas trompé. Pour qu'il ne soit pas marié.

— Nous pourrions aller dîner et...

Becca lui coupa la parole, s'efforçant de prendre un ton raisonnable alors que son cœur battait la chamade.

Passion ennemie

— A quoi bon prendre deux chambres alors que nous allons sans doute n'en utiliser qu'une seule ?

Le regard de Mish parut s'illuminer dans la pénombre du crépuscule.

— Tu es sûre que tu veux… ? Même en sachant qui je suis ?

Elle prit sa main dans la sienne.

— Tu dis cela comme si tu étais convaincu d'être un monstre. Pourquoi ? Parce que tu portais un revolver et que tu ne fais pas confiance aux banques ? Pour autant que nous le sachions, tu possèdes un permis de port d'armes qui t'a été volé en même temps que tes autres papiers. D'accord, la blessure par balle s'explique moins facilement, mais il est possible que tu te sois trouvé au mauvais endroit au mauvais moment, n'est-ce pas ?

— Becca…

— Tu as rêvé que tu étais allé en prison. J'ai vu assez de films pour faire des rêves plutôt convaincants, moi aussi. Les rêves ne sont que des rêves, Mish. Ce ne sont pas des souvenirs.

Elle prit une profonde inspiration.

— Alors, oui, j'en suis sûre. Prenons une seule chambre. Achetons une pizza et quelques canettes de bière. Enfermons-nous et oublions tout cela pendant quelques heures. Pour quelqu'un qui souffre d'amnésie, tu oublies très difficilement, tu sais.

Mish sourit, et le cœur de Becca manqua un battement. Puis son sourire s'effaça.

— Et si je suis quelqu'un d'abominable ? Un tueur à gages ? Un assassin ?

Becca se mit à rire.

Passion ennemie

— Il n'y a qu'un homme pour se prendre pour un héros d'un film de Clint Eastwood. Et ce type là-bas ? Tu le vois ? Celui qui monte dans la camionnette aux vitres fumées ?

Elle désignait un véhicule plus bas dans la rue.

Pendant qu'ils regardaient, un homme aux cheveux châtains coupés court, au biceps orné d'un tatouage en forme de fil barbelé, grimpa à l'arrière de la camionnette, chargé d'un plateau contenant trois cafés. Un second, blond comme une star de Hollywood, en descendit.

Le blond aurait sans doute pu faire fortune sur les circuits de rodéo avec son seul sourire, mais il portait des baskets et non des bottes de cow-boy, et un short au lieu d'un jean. Sa chemise entrouverte laissait voir un torse musclé digne d'un feuilleton télé. Il se dirigeait vers le bar du Terminus, tout près de la gare.

— Ils n'attendent pas le bus pour Las Vegas. Non, ils sont sans doute assis là en train de surveiller la gare au cas où tu montrerais le bout de ton nez.

Mish fixa l'homme qui traversait la rue, fronçant les sourcils.

— Mish.

Becca le força à se retourner vers elle et lui donna un léger baiser sur les lèvres afin d'obtenir toute son attention.

— Et si tu n'étais pas un tueur à gages ? Si tu étais facteur, ou livreur chez U.P.S. ? Ou vendeur d'articles de plomberie ? A moins que tu ne sois aventureux au point de te spécialiser dans les livraisons de poisson à Las Cruces ou Santa Fe ?

Il ne put retenir un sourire, et elle déverrouilla la portière.

Passion ennemie

— Si tu veux, nous pouvons aller faire un tour en voiture. Histoire de voir si ça réveille quelques souvenirs.

Mish acquiesça, jetant un dernier coup d'œil à la camionnette postée devant la gare.

— Oui. Bonne idée.

Becca s'installa au volant et démarra, puis mit la climatisation. Il faisait terriblement chaud.

Mish monta à son tour, ramassa le vieux chapeau de cow-boy qui traînait là et s'en coiffa, tirant le rebord jusque sur ses yeux.

Quand ils croisèrent la camionnette, il se laissa glisser sur son siège.

— Le capitaine a téléphoné, lança Wes au moment où Lucky regagnait la camionnette après une visite aux toilettes du Terminus. On dirait qu'il choisit exprès les moments où je fais une petite sieste.

— C'est pour ça qu'il est capitaine, et toi pas, ironisa Bobby.

— Des nouvelles d'Albuquerque ? s'enquit Lucky.

— Aucun signe de Mitch, répondit Wes. Mais il y est allé, c'est sûr. Le propriétaire du magasin a décrit quelqu'un qui est tout son portrait.

— Bon. En ce cas, il est vivant.

— Oui, mais le mystère s'épaissit. Il a dépensé quatre cents dollars pour s'acheter un complet. Pourquoi diable a-t-il fait ça ?

— Hhmm. Peut-être qu'il y a une femme mêlée à tout ça, observa Lucky d'un ton songeur.

Passion ennemie

— Ou qu'il cherche à se déguiser ? En homme d'affaires ?

Lucky considéra la gare routière à travers les vitres teintées. Mitchell Shaw était dans les parages. Quelque part. Il en avait la conviction.

— Arrête-toi, ordonna Mish. Becca, arrête !

Becca écrasa la pédale de freins.

La lumière déclinante du crépuscule projetait des ombres étranges dans une ruelle étroite qui était sûrement toujours obscure, même en plein midi.

Mish descendit du véhicule et s'engagea entre deux bâtiments, l'un en brique, l'autre de bois. Le trottoir — ou plutôt ce qu'il en restait — était jonché d'ornières et de fissures. L'air empestait les ordures. L'endroit lui semblait familier, comme le lacis des escaliers de secours qui descendaient à l'extérieur de l'immeuble.

Mish ferma les yeux. Ces mêmes escaliers lui apparurent brusquement, illuminés par les éclairs d'une nuit d'orage...

Oui. Il était déjà venu ici.

Il sut sans le moindre doute que, quelques mètres plus loin, derrière les poubelles, se trouvait une porte qui menait à un sous-sol. Une porte autrefois peinte en rouge, mais qui avait depuis longtemps perdu sa couleur, et qui était entrouverte.

— Mish ?

Becca s'était garée et lui avait emboîté le pas.

Il faisait de plus en plus sombre, et il s'aventura avec

précaution dans la ruelle, dépassant la poubelle. Des rats s'enfuirent à son approche.

Une porte de sous-sol.

Entrouverte.

D'un rouge fané.

— Je suis déjà venu ici.

Il se tourna vers Becca, sûr de lui à présent.

— Je me souviens...

De quoi, au juste ? De quoi se souvenait-il ?

Il ferma les yeux. Revit les éclairs, entendit les roulements de tonnerre. Ses vêtements avaient été trempés en quelques secondes après le début de l'orage. Il suivait...

Qui diable suivait-il ?

— J'avais dégainé mon arme, murmura-t-il.

Il le savait, sans l'ombre d'un doute. Il avait descendu les marches qui menaient à la porte rouge, et il s'était dissimulé dans l'ombre, l'arme au poing.

Rien n'avait bougé. Rien. L'orage avait duré un long moment. Il avait attendu, aux aguets.

Mais l'homme qu'il avait suivi et dont il attendait le retour — et il s'agissait bien d'un homme — s'était volatilisé.

Finalement, Mish était sorti de sa cachette. Il avait remonté les marches en béton, pataugeant dans les flaques de la ruelle.

L'instinct l'avait fait se retourner brusquement. Ou un bruit qu'il avait perçu malgré le martèlement incessant de la pluie.

Un éclair avait illuminé la ruelle. Pendant un millième de seconde, il avait distingué les traits de l'homme qu'il

Passion ennemie

cherchait — juste avant qu'un coup de feu jaillisse dans la nuit, et qu'une balle lui effleure la tempe.

Il se concentra intensément, revoyant les détails de ce visage.

Un homme entre quarante-cinq et cinquante ans, corpulent, à la barbe grisonnante, au crâne dégarni. Un petit nez dans un visage bouffi. Il se trouvait au-dessus de Mish, sur le toit.

Mish leva les yeux, examinant les fenêtres du bâtiment. Il regrettait de ne pas avoir d'arme entre les mains. Pas le petit calibre 22 qu'il avait trouvé dans sa botte. Une véritable arme d'assaut. Un MP-5, peut-être, quelque chose qui tiendrait confortablement dans ses bras.

Il se figea brusquement.

Un fusil d'assaut.

Qui diable était-il ?

— Mish, tout va bien ?

Le toit était désert à présent. Malgré la nuit tombante, Mish jugea qu'il avait eu de la chance de s'en tirer. A moins qu'il ne s'agisse pas de chance. Le barbu était peut-être un incompétent. Un amateur.

S'il avait été un vrai tireur, il aurait fait en sorte d'achever Mish avant de quitter les lieux.

Le raclement d'une botte sur les pavés lui fit tourner la tête, l'arrachant à ses pensées.

Becca.

Elle le regardait, les yeux écarquillés.

— Tu te souviens de quelque chose ?

— Je suis venu ici. Et ce n'était pas pour effectuer une livraison pour U.P.S.

11

— S'il te plaît, répéta Mish.

Il n'avait pas touché à son steak, pas plus qu'elle à sa salade César. Pourquoi diable avaient-ils pris la peine de venir dans ce restaurant, si ni l'un ni l'autre n'avaient l'intention de manger ?

Becca pensa avec une pointe de regret à la pizza et à la bière qu'elle avait espéré partager avec lui, de préférence alors qu'ils étaient tous les deux nus dans un lit d'hôtel.

— Tu veux que je te laisse ici, répéta-t-elle. Que je retourne au ranch ce soir. Que te souhaite bonne chance et voilà… merci, mais tu n'as plus besoin de moi ?

Avec sa barbe d'un jour, Mish avait l'air vraiment menaçant.

Sauf si on regardait ses yeux.

Ses yeux le trahissaient.

Ils lui disaient qu'il ne voulait pas qu'elle s'en aille.

Mais il se penchait en avant, résolu à la persuader du contraire.

— Ce n'est pas aussi simple que ça, Becca. Il ne s'agit pas de ce que je veux, ni de ce dont j'ai besoin. Pour autant que je le sache, ce type — le barbu — est toujours dans

Passion ennemie

le coin. En ville ou à côté. Je ne sais pas. Mais je sais en revanche que, si je suis sa cible, je ne veux pas que tu restes avec moi.

Becca soupira et cessa de remuer distraitement sa salade.

— Nous sommes revenus à ce scénario de Clint Eastwood, c'est ça ?

— Il a tiré sur moi, répondit Mish sèchement. Il m'a regardé, il a visé, et il a vidé son chargeur. Et…

Ce fut au tour de Becca de se pencher par-dessus la table.

— Et alors ?

Il baissa la voix et détourna la tête, la mâchoire crispée. Quand il la regarda de nouveau, ses yeux étaient sombres.

— Si j'en avais eu la possibilité, j'aurais tiré sur lui aussi.

— Est-ce un véritable souvenir ou une autre de ces choses que tu sais mystérieusement ?

— Tu trouves peut-être ça très drôle, mais pas moi, rétorqua-t-il.

Elle tendit la main vers lui.

— Je ne voulais pas te blesser, c'est juste que…

Elle soupira longuement.

— Mish, je ne veux pas monter dans mon pick-up et te laisser ici. Je n'ai pas renoncé au scénario du livreur de chez U.P.S.

Il pressa légèrement sa main avant de la relâcher, le regard lourd de regret.

— J'aurais tiré sur lui, Becca, répéta-t-il à mi-voix. Je m'en souviens.

Passion ennemie

Curieux. Il semblait avoir omis ce détail de la version qu'il lui avait donnée au début, lorsqu'ils avaient quitté la ruelle pour retourner au véhicule. Becca pianota impatiemment sur la table.

— Tu te souviens d'autre chose concernant cette nuit-là ?

— Je portais mon calibre 45. Je ne sais pas ce qu'il est devenu. Il a dû être volé avec mon portefeuille. Le 22 dans ma botte n'était là qu'au cas où... mais je me souviens d'avoir regretté de ne pas avoir un MP-5.

— Un quoi ?

— Un fusil d'assaut, expliqua-t-il. Une mitraillette.

D'un geste raide, il prit son verre d'eau et en but une gorgée.

— Il y a un cauchemar que je fais régulièrement, ajouta-t-il lentement. Je suis enfermé dans une pièce avec un tas d'autres gens. La porte s'ouvre à la volée, et des types surgissent armés de fusils d'assaut. Il y a une bagarre, et un de ces engins — un Uzi — comment diable est-ce que je connais ces trucs par leurs noms ?

Il s'interrompit, et prit une profonde inspiration. Quand il parla de nouveau, sa voix était redevenue calme.

— Un Uzi est projeté vers moi. Je le ramasse et j'appuie sur la gâchette. Une seule fois suffit. Ils sont tous morts.

Becca secoua la tête, refusant de croire que cette scène ait pu se dérouler dans la réalité.

— Mish, je sais que tu essaies de me prouver que tu es quelqu'un d'horrible, mais...

— J'ai reconnu les hommes de la camionnette cet après-midi, coupa-t-il.

La camionnette ? La perplexité dut se lire sur ses traits.

— Celle qui avait les vitres teintées. A côté de la gare, expliqua-t-il. Je ne sais pas d'où je les connais — le petit avec le tatouage et le blond — mais je sais que je les ai déjà vus quelque part.

Becca n'y comprenait plus rien.

— Pourquoi ne leur as-tu rien dit ? Pourquoi n'as-tu pas essayé de savoir qui ils étaient ? Ça t'aiderait peut-être à savoir qui tu es, toi.

— Ils étaient en train de surveiller quelque chose, dit-il. Et je sais que tu plaisantais cet après-midi, mais il est possible qu'ils soient à ma recherche.

— Surveiller quelque chose ? répéta Becca, incrédule. Comment peux-tu savoir ce qu'ils faisaient dans cette camionnette ? Tu ne pouvais pas voir l'intérieur. Je regrette, Mish, mais...

— Je n'ai pas besoin de voir l'intérieur, Becca. Je sais qu'il y avait trois hommes, même si je n'en ai vu que deux — parce que le tatoué a rapporté trois tasses de café. Trois grandes, ce qui signifie qu'ils avaient l'intention de rester un moment. Le blond s'est étiré en sortant. Autrement dit, ils étaient là depuis un certain temps déjà. C'est pour ça qu'il avait besoin d'aller aux toilettes du bar.

— Aux toilettes ?

— Oui, Becca.

Il sourit, mais son sourire s'effaça trop vite.

— Becca, retourne au ranch.

Elle reposa le menton sur la paume de sa main, décidée à rester.

— Et si tu ne te souviens de rien d'autre ? Et si le reste ne revenait jamais ?

Mish secoua la tête.

— Je n'ai pas vraiment essayé d'envisager le pire.

— Peut-être, dit-elle doucement, que ce ne serait pas le pire.

Mish la dévisagea longuement, ne comprenant que trop bien ce qu'elle voulait dire. Il l'avait pensé lui-même plusieurs fois. S'il ne cherchait jamais à découvrir la vérité, s'il renonçait à savoir ce qu'il avait fait ou été par le passé, s'il recommençait de zéro…

— Ce serait comme une renaissance, reprit Becca. Et peut-être une bénédiction. Si tu penses vraiment avoir fait des choses aussi affreuses…

— C'est tentant, murmura-t-il. Mais je suis ici. Je ne peux pas quitter Wyatt City sans au moins parler à Jarell.

— Ah, soupira-t-elle. Nous y voilà. Maintenant, tu sais exactement ce que j'éprouve.

Elle affronta son regard sans faiblir.

Au bout d'un moment, il céda.

— Très bien. Je vais nous réserver deux chambres pour ce soir.

Il était déterminé à garder ses distances. Becca acquiesça sans discuter. Elle lui laissait apparemment gagner cette bataille.

Pour l'instant.

**

Passion ennemie

Mish zappa de nouveau, mais changer de chaîne n'eut pas l'effet espéré. C'était un peu comme de s'obstiner à faire une partie de solitaire quand le cœur n'y était pas. Rien de nouveau ni de magique n'apparut.

Une émission sur la vente de biens immobiliers. Une interview d'une actrice quelconque et maigrichonne, bien loin d'être aussi séduisante que Becca...

Il changea de position sur son lit, refusant de s'attarder sur la pensée de Becca nue dans ses bras, et appuya une fois de plus sur le bouton de la télécommande.

La chaîne suivante diffusait une comédie romantique au sujet d'un homme qui, après avoir vu une seule fois une superbe jeune femme, comprend qu'elle est sa destinée. D'après ce que Mish saisit, le héros était résolu à conquérir sa belle par tous les moyens, y compris mentir sur son nom, son passé, sa profession.

Il regarda le film pendant quelques minutes avant d'éteindre la télévision, totalement écœuré. Il devinait sans peine la fin. Le grand amour triompherait, et la jeune fille pardonnerait à son héros.

Mais les choses ne se passaient pas ainsi dans la vraie vie. La vraie vie était pleine de peines inconsolables, de trahisons impardonnables, de dégâts irréparables.

Et la plupart des gens n'obtenaient jamais de deuxième chance.

Allongé sur le lit, le cœur vide et lourd, fixant le plâtre du plafond, il avait pleinement conscience d'avoir plus de bonne fortune que d'autres. On lui avait donné une seconde chance — la possibilité de se détacher de toutes les erreurs qu'il avait jamais commises. De repartir de zéro, de mener une vie honnête.

Passion ennemie

Et que faisait-il ? Il était allongé là, mourant d'envie de traverser la cour du motel et de frapper à la porte de la chambre 214.

La porte de Becca.

Elle était seule dans sa chambre. A l'autre bout du complexe.

Elle voulait qu'il passe la nuit avec elle. Elle le lui avait dit. Mais il avait refusé, obsédé par l'idée de la protéger de lui-même.

Après l'avoir accompagnée à sa chambre et lui avoir souhaité bonne nuit, il était rentré et avait pris une longue douche froide. Il s'était rasé aussi, sans savoir pourquoi.

A présent, il était là, incapable de songer à autre chose qu'à la douceur des lèvres de Becca, à son corps qui épousait si parfaitement le sien, à la lueur qui pétillait dans son regard, au sourire d'extase qui retroussait ses lèvres après qu'ils...

Bon sang. Il devait garder ses distances. Il le fallait.

Malgré lui, Mish se leva et se mit à faire les cent pas.

Et malgré lui, il empocha la clé de sa chambre et sortit dans le couloir.

La chambre 214 était située de l'autre côté de la piscine, au deuxième étage. Il n'avait pas besoin de compter les fenêtres. Il savait déjà où elle se trouvait. Les rideaux étaient tirés, mais un filet de lumière était visible. Elle ne dormait pas.

Il irait simplement frapper à sa porte et lui demander si elle voulait aller manger une gaufre avec lui le lendemain matin.

Il traversa la cour, grimpa les marches. Il distinguait le son d'une radio dans la chambre, la voix de Becca qui fredonnait. Elle avait une voix harmonieuse, grave et musicale.

Debout devant la porte, il demeura immobile à l'écouter chanter, sachant pertinemment qu'il n'était pas venu l'inviter à déjeuner.

Il était venu passer la nuit avec elle.

Malgré tous ses efforts, il ne pouvait rester loin d'elle. Et il n'était pas digne de cette chance qu'on lui avait miraculeusement offerte.

Une fois de plus, voilà qu'il cédait à la tentation, qu'il se montrait égoïste.

Il ne connaissait pas son propre nom, mais il savait, avec une certitude douloureuse, qu'il allait faire souffrir cette femme.

Il hésita. Etait-il vraiment incapable de mettre les mains dans ses poches et de se retourner ? Ensuite, il faudrait qu'il s'éloigne, en s'efforçant de ne pas penser au fait qu'elle allait l'accueillir d'un baiser, l'entraîner dans sa chambre, l'entourer du parfum de ses cheveux fraîchement lavés, de la douceur de sa peau lisse. Elle se laisserait tomber sur le lit avec lui, leurs membres s'entremêleraient et...

Il n'avait pas la force de partir. Pas plus qu'il ne pouvait se résoudre à mettre les mains dans ses poches. Au contraire, il s'apprêta à frapper à la porte.

Il n'en eut pas le temps.

Le battant s'ouvrit et Becca apparut sur le seuil, vêtue d'un short en jean et d'un débardeur révélant des épaules lisses, nues, et délicieusement attirantes. Elle portait un pot de crème glacée ouvert, dans lequel était plantée une cuiller en plastique.

— Mish ! Tu m'as fait peur !

Passion ennemie

Elle semblait surprise de le voir.

Mais contente. Très contente.

— Oui, dit-il en enfonçant les mains dans ses poches avant de faire un pas en arrière, bien trop tard. Bonsoir. Je suis désolé de t'avoir fait peur. Je... je me suis dit qu'on n'avait pas parlé de demain matin. Je ne voudrais pas te réveiller trop tôt si tu veux faire la grasse matinée...

Becca savait exactement pourquoi il était là, et que cela n'avait rien à voir avec leurs projets du lendemain. Mish le devina à son sourire, à la chaleur de son regard.

— J'allais justement venir te voir, répondit-elle en lui tendant la glace. J'ai pensé que tu voudrais peut-être partager avec moi. Il fait si chaud ce soir...

Elle avait eu l'intention de venir dans sa chambre et de partager autre chose qu'une glace. Il le savait, et elle savait qu'il le savait...

— Il n'y avait plus de cônes, ajouta-t-elle, mais je me suis dit qu'on pourrait se l'étaler sur nous ? Se lécher à tour de rôle ?

Mish ne put s'empêcher de rire.

— Alors, fit Becca, en se mordillant la lèvre inférieure pour ne pas sourire, tu entres, oui ou non ?

Bien sûr qu'il allait entrer. Elle le savait et il le savait. Mish se perdit dans le regard de Becca.

— Pourquoi est-ce que je ne peux pas te résister ? souffla-t-il.

— Pourquoi essaies-tu ? rétorqua-t-elle doucement.

Elle lui prit la main pour l'attirer à l'intérieur, puis ferma et verrouilla la porte derrière lui, et Mish oublia pourquoi il avait envisagé de ne pas venir. Elle posa la crème glacée sur le récepteur de télévision tandis qu'il

Passion ennemie

l'enlaçait. Comme elle fondait contre lui, il abaissa lentement ses lèvres sur les siennes, et oublia tout dans la douceur de son baiser.

Becca l'entraîna vers le lit, craignant à demi qu'il ne retrouve son bon sens et ressorte. Elle savait qu'il avait peur de lui faire du mal. Elle savait qu'il ne la croirait pas tout à fait si elle lui répétait qu'elle ne cherchait qu'une liaison passionnée, à court terme et sans obligations. A vrai dire, elle aurait eu du mal à le croire elle-même.

La nuit précédente avait été incroyable, même avec les secrets qui se dressaient entre eux. Ce soir promettait d'être encore meilleur.

Mais ce soir, c'était elle qui avait un secret.

Avec des gestes tendres, Mish défit les nœuds de son cache-cœur. Ses yeux étaient aussi brûlants que ses mains quand il en écarta les pans, révélant ses seins nus. Il prit une profonde inspiration, et elle eut l'impression d'être la femme la plus belle, la plus sexy au monde.

Il la caressa lentement, avec ses lèvres et avec ses mains, prenant le temps de la contempler, de l'admirer.

Becca tira sur son T-shirt, et il lui vint en aide, le faisant passer par-dessus sa tête. L'instant d'après, c'était elle qui le caressait, promenant les paumes sur ses muscles hâlés, l'embrassant tout aussi tendrement, et prenant le temps de le contempler à son tour.

Le bleu qu'il avait au côté commençait à s'atténuer. Ses muscles étaient incroyablement bien dessinés, comme s'il sortait tout droit d'un livre d'anatomie. Il était la perfection masculine personnifiée.

Mais ses yeux étaient aussi tendres que son corps était dur. Et c'étaient ses yeux qui la tenaient captive.

« Toute la nuit », avait-il dit cet après-midi. Il voulait lui faire l'amour toute la nuit.

Il se pencha et, du bout de la langue, effleura légèrement la pointe de son sein, en même temps qu'il abaissait lentement la fermeture de son short.

Toute la nuit...

Becca prit possession de sa bouche, l'embrassant tout aussi lentement, langoureusement.

C'était comme si le monde entier n'existait plus qu'au ralenti, et que tous ses sens en étaient aiguisés.

Elle entendait le bruit de leur respiration, celui de la fermeture qui descendait, délicieusement lentement. Elle sentait la caresse légèrement calleuse des doigts de Mish sur sa peau. La fraîcheur exquise de l'air conditionné sur la pointe mouillée de ses seins. La douceur satinée du dos de Mish sous ses doigts...

Il s'était rasé pour elle. Il était venu à regret, après avoir tenté des heures durant de résister. Pourtant, il avait deviné que sa résistance était vaine puisqu'il s'était rasé avant de venir dans sa chambre.

C'était absurde d'y attacher de l'importance, se raisonna-t-elle. Le fait qu'il s'était rasé n'était qu'une gentille attention. Un témoignage d'affection. Pourtant, une bouffée d'émotion la submergea.

Il éprouvait quelque chose pour elle. Pas seulement du désir...

Becca savait qu'elle avait perdu pied. Si le seul fait de savoir que Mish s'était rasé pour elle suffisait à l'émouvoir à ce point, elle avait vraiment des ennuis. Mais elle ne pouvait s'empêcher d'éprouver ces sentiments. Il était bien trop tard.

Passion ennemie

Elle était en train de tomber amoureuse de cet homme sans nom. Elle était complètement sous le charme, conquise par la douceur de son regard, par sa manière de l'écouter intensément chaque fois qu'elle parlait, par la conviction qu'en dépit de la bonté qui semblait émaner de lui, il n'était pas un saint. Malgré ses bonnes intentions, il était attiré par elle aussi entièrement qu'elle l'était par lui. Et qu'il le veuille ou non, il n'avait pu rester loin d'elle.

Il fit lentement glisser son short et son slip sur ses jambes, et elle mit une éternité à lui retirer son jean. Puis, quand ils furent nus l'un et l'autre, elle le caressa, le couvrit de baisers, consumée par le désir mais préférant ce brasier lent, intense, à un feu trop vif, qui s'éteindrait trop vite.

Non, elle ne voulait pas que cette soirée se termine.

Elle ne savait pas ce qu'apporterait le lendemain, et une partie d'elle-même espérait que Jarell ne pourrait pas donner de réponses à Mish. Le récit qu'il lui avait fait l'avait rendue mal à l'aise.

Oh, oui, elle l'aimait de toutes ses forces. Comment avait-elle pu laisser se produire une chose pareille ?

La première fois qu'elle l'avait invité à dîner, elle s'était dit qu'elle l'aimerait juste un peu. Juste assez pour justifier une attraction physique, mais pas au point d'être à bout de souffle, de perdre le contrôle d'elle-même.

Elle avait désiré une brève liaison avec un bel inconnu. Certes, elle avait espéré plus qu'une aventure purement sexuelle, mais certainement pas un attachement aussi profond…

Ce n'était pas grave, songea Becca. Ce n'était pas grave, parce que Mish ne s'autoriserait jamais à tomber

Passion ennemie

amoureux. Elle pourrait surmonter une histoire d'amour à sens unique. Ce qu'elle ne pourrait accepter, c'était d'espérer envers et contre tout qu'elle avait, enfin, trouvé le grand amour.

Le grand amour était un mythe, se dit-elle fermement. Mish et elle finiraient par se quitter tôt ou tard.

Et un espoir anéanti était bien pire que l'absence d'espoir.

Mish se dégagea, mettant fin à leur baiser et à leur étreinte et, tandis que leurs regards se rencontraient, elle sentit son cœur se serrer.

— Je te veux, murmura-t-elle, sachant qu'il se méprendrait sur ses paroles, mais éprouvant quand même le besoin de les prononcer, de dire quelque chose.

Il l'embrassa de nouveau, puis tendit la main vers les préservatifs qu'elle avait laissés sur la table de nuit. Elle ferma les yeux, se pressant contre lui, savourant la sensation de sa chaleur. Elle était plus que prête à l'accueillir.

Peut-être était-ce une réaction biologique, songea-t-elle. Une sorte d'instinct qui s'éveillait à l'approche son trentième anniversaire.

Il s'éloigna un bref instant afin d'enfiler la protection, et elle dut résister à l'envie de s'accrocher à lui. Elle savait qu'il reviendrait vite, mais, tout de même, c'était une sorte d'entraînement pour le moment où ils se quitteraient pour de bon.

Il plongea son regard dans le sien à la seconde où il revint, la pénétrant d'une lente et profonde poussée.

C'était trop bon, trop parfait. Becca l'attira à lui et l'em-

Passion ennemie

brassa, redoutant ce qu'il risquait de lire sur son visage s'il la regardait avec trop d'attention.
Elle ferma les yeux et l'aima.
Toute la nuit.

12

— M. Haymore ?

— Les seules personnes qui m'appellent comme ça sont les démarcheurs ou les inspecteurs des impôts.

Debout devant un des éviers dans les cuisines de l'église, l'homme leur tournait le dos. C'était un Afro-Américain de haute taille, qui continua à laver des branches de céleri tout en leur parlant.

— Si vous faites partie de l'une ou l'autre catégorie, je vous conseille de repartir par où vous êtes venus. En revanche, si vous êtes là pour quelque chose de plus amical, appelez-moi Jarell, lavez-vous les mains et retroussez vos manches. J'aurais bien besoin d'un coup de main avec ce céleri. J'ai deux cent quarante personnes à nourrir ce soir, et pas beaucoup de temps.

Mish s'avança vers l'évier voisin et se lava les mains.

— Jarell. J'ai passé une nuit ici il y a deux semaines. Est-ce que vous vous souvenez de moi ?

Le visage de Jarell s'éclaira d'un grand sourire.

— Ça, pour une surprise ! Mish ! Vous avez bonne mine, mon vieux. Pas en uniforme, mais quand même !

Passion ennemie

Il serra la main de Mish avec affection, puis l'étreignit.

— Ah, c'est une belle journée.

— Quel uniforme ? demanda Mish, intrigué.

— Je suppose que vous voulez récupérer votre veste, hein ? Elle est tachée, j'en ai peur, et…

Jarell s'interrompit en apercevant Becca derrière lui.

— Voici Becca Keyes, expliqua Mish. C'est… une amie à moi.

Becca rencontra brièvement son regard, comme pour le remercier d'avoir hésité, et il éprouva une vague de désir en même temps que lui revenait un souvenir précis de la nuit dernière. Becca à califourchon sur lui, renversée par le plaisir, les seins en arrière, gonflés par le désir tandis qu'il était à son tour secoué par l'orgasme. Une amie, certes, mais amie n'était pas un terme assez fort pour décrire ce qu'elle représentait pour lui.

Mais quel mot aurait pu décrire l'intensité de leur relation ?

Jarell s'essuya les mains, puis étreignit amicalement Becca.

— J'ai laissé une veste ici ?

— Je pensais bien que vous reviendriez la chercher, commenta Jarell en se mettant à émincer le céleri. Vous étiez un peu assommé le matin où vous êtes parti. Vous portiez cette veste et une chemise en arrivant, mais l'une et l'autre étaient couvertes de sang, et je vous les ai retirées pour éviter que vous ne preniez froid. J'aurais dû vous le dire, mais je croyais qu'elles étaient fichues.

Il posa le couteau et se dirigea vers la porte du bureau.

Passion ennemie

— Je vais vous chercher ça.
— Merci.

Une veste. Une chemise. Peut-être réveilleraient-elles quelque souvenir ?

Becca lui effleura la main.

— Ne sois pas trop optimiste, dit-elle doucement.

Il s'efforça de sourire.

— Je ne le suis jamais.

— Voilà, annonça Jarell en rentrant dans la pièce, un sac en plastique à la main.

Mish prit le sac et jeta un coup d'œil à l'intérieur. La veste était noire. Autant qu'il pouvait en juger, c'était une veste de complet ordinaire. Rien de spécial, rien d'étrange. Une bouffée de déception l'envahit. Mais Jarell pouvait peut-être lui apprendre autre chose ?

Becca avait ramassé un couteau et commencé à couper du céleri, s'attirant un sourire éclatant de Jarell. Mish hésita, se demandant s'il pouvait se risquer à faire de même avec ses mains tremblantes. Si seulement il avait pu trouver des réponses aux questions qui le tourmentaient…

— Je voulais savoir…

Il s'éclaircit la gorge.

— Est-ce que j'étais déjà venu ici, avant cette nuit-là ?

Jarell laissa échapper un sifflement.

— Ça devait être une sacrée cuite, mon gars ! Mish, j'ai vu ça arriver plus d'une fois. Un gars sérieux cède à la tentation, se soûle au point de perdre conscience et passe le reste de sa vie à se demander ce qu'il a pu faire pendant qu'il était dans les vapes.

Il soupira longuement.

Passion ennemie

— A ma connaissance, c'était la première fois que vous veniez.

Ses yeux sombres exprimaient la compassion.

— Combien de jours avez-vous oubliés ?

Becca regardait Mish et il lui jeta un coup d'œil rapide. Il aimait bien Jarell, mais il se sentait trop vulnérable pour avouer la vérité.

— Plusieurs, répondit-il vaguement.

— Hhmm.

Jarell fronça les sourcils et se remit à la tâche.

— Je ne sais pas si c'est une bonne ou une mauvaise nouvelle, mais deux types sont venus ici il y a quelques jours en montrant une photo de vous. Ils vous cherchaient.

Mish retint un juron.

— L'un d'eux avait-il un tatouage autour du biceps ? demanda-t-il, parvenant à garder une voix calme. Et l'autre était-il blond ?

— Il y avait un tatoué, oui, confirma Jarell.

Becca laissa échapper un petit cri, et Mish la vit qui frottait son doigt, qu'elle venait d'égratigner avec son couteau.

— Mais son copain était un Indien. Un grand, avec des cheveux bruns. Taciturne. Il m'a fait penser au chef dans *Vol au-dessus d'un nid de coucou*.

Jarell désigna l'évier d'un geste.

— Passez votre doigt sous l'eau froide, conseilla-t-il à Becca, avant de se retourner vers Mish. Ils voulaient aussi savoir si vous aviez passé plus d'une nuit ici. Ils avaient l'air plutôt amical, mais…

— Mais ?

— Un peu menaçant aussi, admit Jarell. C'est juste une

impression, mais ils m'ont fait l'effet du genre de types qu'on ne voudrait pas avoir pour ennemis.

Il marqua une pause.

— Vous voulez laisser un message au cas où ils reviendraient ?

— Non, répondit Mish. Merci, mais je sais où les trouver.

Il jeta un nouveau coup d'œil dans le sac. Il voulait examiner la veste et la chemise de plus près, mais pas ici. Dans un endroit plus intime. Peut-être dans la chambre de Becca. Après qu'ils auraient tiré les rideaux et passé une heure ou deux au lit…

Il la fixait. Et elle lui rendait son regard, visiblement soucieuse.

Elle ne l'avait pas vraiment pris au sérieux la veille quand il avait affirmé avoir reconnu les hommes de la camionnette. Mais elle le croyait, à présent. Et elle se rendait compte que ce scénario à la Clint Eastwood n'en était pas un, mais qu'il s'agissait bel et bien de sa vie à lui.

Mish se força à détourner les yeux et à sourire à Jarell.

— Merci beaucoup, dit-il en lui serrant la main avec chaleur. Pour tout.

— De rien. Je suis heureux d'avoir pu vous rendre service.

Mish ouvrit la porte qui donnait sur le parking et s'effaça pour laisser passer Becca.

— Souvenez-vous, mon père, cria Jarell derrière lui. Un jour à la fois. Un jour à la fois.

*

Passion ennemie

— *Mon père* ? répéta Becca, stupéfaite.

Jarell venait-il vraiment d'appeler Mish « Mon père » ?

Dehors, le soleil de l'après-midi était aveuglant. Mish parcourut les environs du regard, comme s'il s'attendait à voir l'homme au tatouage ou ses amis de la camionnette. Elle avait encore du mal à croire que ces inconnus puissent être à la recherche de Mish.

Il secoua la tête, visiblement distrait.

— Il donne des surnoms à tout le monde.

Elle déverrouilla la portière passager, et Mish se pencha à l'intérieur pour ouvrir la sienne.

— Ça t'ennuierait qu'on retourne dans ta chambre ? demanda-t-il en jetant un nouveau coup d'œil au sac qu'il tenait à la main.

— Pour qu'on tire les rideaux et qu'on se cache ? Mish, tu devrais peut-être aller parler à ces types, découvrir qui ils sont et pourquoi ils te cherchent.

Mish garda le silence, peu enclin à lui fournir une liste de raisons pour lesquelles une telle initiative risquait de s'avérer une erreur épouvantable. Il était possible qu'ils aient été envoyés pour achever le travail saboté par le barbu, par exemple. Peut-être se saisiraient-ils de lui afin de le jeter à l'arrière de la camionnette pour le conduire dans quelque lieu isolé où il serait éliminé pour de bon — de deux balles dans la tête. Il était également possible qu'auparavant, on lui pose une foule de questions auxquelles il serait totalement incapable de répondre, même sous la pire des tortures.

Mais la pire éventualité était qu'ils s'emparent de Becca,

Passion ennemie

et qu'ils menacent de lui faire du mal dans l'espoir d'inciter Mish à parler. Le seul fait d'y penser lui glaçait le sang.

— Ou peut-être que nous devrions retourner à l'hôtel chercher nos bagages et rentrer au ranch, reprit Becca. Tu peux continuer à travailler là aussi longtemps que tu le voudras — ou que tu en auras besoin. Si tu veux, je pourrais t'apprendre à t'occuper des chevaux. Et à monter. Je pourrais…

Elle s'interrompit, brusquement gênée.

— Je… j'ai de l'affection pour toi, tenta-t-elle d'expliquer. Tu le sais. Je n'ai pas essayé de le cacher. Ce que je veux dire, c'est que, si tu veux vraiment laisser ton passé derrière toi, je suis là pour t'aider.

Une bouffée d'émotion déferla en Mish. Il ferma les yeux, le cœur serré. « Je suis là… » Il n'était pas seul. Pourtant, en même temps, il se sentait mi-soulagé mi-déçu parce que Becca n'avait pas dit qu'elle l'aimait. Pourquoi était-il déçu ? Il était terrifié à l'idée de lui faire du mal, terrifié à l'idée de la mêler à son histoire, de l'exposer au danger.

Et si jamais elle l'aimait, ce serait encore bien pire…

— Merci, murmura-t-il. Je veux juste… je crois que je devrais examiner cette veste et cette chemise avant de prendre une décision.

— J'imagine qu'il n'y aura pas d'étiquette sur ta veste ? plaisanta Becca. Il y a sans doute quelque temps que tu es allé en colonie de vacances.

Mish se força à esquisser un sourire.

— Ecoute, Becca, je sais que tu as besoin de retourner au ranch…

— Je peux téléphoner à Hazel et lui demander s'il y

Passion ennemie

a beaucoup de clients. Peut-être que je pourrais prendre encore un jour ou deux. Il me semble que nous n'avions qu'une poignée de réservations cette semaine. Si personne n'est arrivé à l'improviste, on n'aura pas besoin de moi.

Elle se gara sur le parking de l'hôtel, tout près de sa chambre, puis se tourna vers lui et lui lança un regard de défi.

— A moins que tu n'insistes pour que je m'en aille.

Mish descendit du pick-up, réticent à rester exposé en pleine rue.

— Je ne veux pas que tu te retrouves prise dans une fusillade. Si quelqu'un cherche à me tuer...

— En ce cas, quittons Wyatt City tous les deux, suggéra Becca en se hâtant de le rejoindre. Tout de suite.

Mish ouvrit la porte, et ils s'engouffrèrent à l'intérieur.

La pièce était agréablement fraîche, plongée dans une pénombre apaisante après l'éclat agressif du soleil de l'après-midi. Ils avaient laissé un panneau « Ne pas déranger » sur la porte, et le lit était encore en désordre après leurs ébats de la nuit dernière, les emballages colorés des préservatifs éparpillés sur le sol.

Mish ferma à clé, conscient qu'il désirait Becca de nouveau, avec autant d'ardeur que la veille.

Voire plus encore.

Elle le savait aussi. Elle lui donna un léger baiser, effleurant ses lèvres et son corps d'un message qu'il était impossible de mal interpréter.

— Pourquoi ne pas attendre ce soir pour partir ? murmura-t-elle. Nous pourrions prendre notre temps, faire une petite sieste, peut-être dormir un peu...

Passion ennemie

Mish l'attira fermement contre lui avant de l'embrasser avec fougue, lui montrant l'effet qu'elle avait sur lui.

— Dormir ?

Becca sourit, ravie qu'il n'essaie plus de nier l'attirance qu'un seul regard suffisait à éveiller entre eux.

— J'ai dit « peut-être », souffla-t-elle. Mais chaque chose en son temps.

Elle se détacha de lui, ramassa le sac en plastique qu'il avait laissé tomber et alla le poser sur une petite table près de la fenêtre.

— Hhmm...

Elle en sortit la veste et la tint à bout de bras, esquissant une légère moue. Le tissu, raidi par un mélange de boue et de sang, dégageait une odeur nauséabonde.

Elle la tendit à Mish, qui cilla aussitôt.

— Oh ! Je suis désolé — je peux faire cela dehors si tu préfères.

— J'ai l'habitude de travailler avec les chevaux, lui rappela-t-elle avec un haussement d'épaules.

Elle tira la chemise du sac.

— Tu sais, il arrive qu'on trouve une étiquette de pressing dans un vêtement...

Il n'y avait rien. La chemise était totalement hors d'usage, irrémédiablement tachée par son sang.

On avait tiré sur lui et on l'avait laissé pour mort dans une ruelle.

— Regarde dans les poches, conseilla Becca, s'efforçant de garder un ton naturel.

— Elles sont vides, constata-t-il. Mais...

Quelque chose dans sa voix la fit se retourner.

Passion ennemie

— On dirait qu'il y a quelque chose de cousu dans la doublure.

Becca s'approcha et palpa l'étoffe. Il avait raison. Il y avait bel et bien quelque chose là-dedans. Un objet de petite taille, mais dur.

— J'ai un couteau suisse dans mon sac, commença-t-elle, mais Mish avait déjà déchiré le tissu.

C'était une clé. Une grosse clé qui aurait pu être celle d'une chambre d'hôtel ou d'un casier. Un chiffre était gravé dessus : 101.

Mish acheva de déchirer la doublure de la veste, mais il n'y avait rien d'autre. Pas de notes, rien.

Il souleva lentement la clé.

— Je te parie qu'elle ouvre un des casiers à la gare routière, dit-il d'une voix lugubre.

— Mais c'est une bonne nouvelle, s'écria Becca. N'est-ce pas ?

Il ne répondit pas. La gare routière, songea-t-elle brusquement. Les hommes dans la camionnette étaient postés devant. Savaient-ils que Mish possédait quelque chose — une valise, peut-être — dissimulée dans un des casiers ? A en juger par l'expression de son visage, Mish le pensait.

Il prit le sac en plastique, prêt à y fourrer la veste déchirée et la chemise quand il se rendit compte qu'il y avait quelque chose au fond. Il l'en sortit. Comme la chemise, il avait été blanc et...

Mish le fixa, paralysé sur place.

Becca dut s'appuyer au lit pour ne pas tomber.

— C'est... il est à toi ? demanda-t-elle, aussitôt consciente que la question était absurde.

Passion ennemie

Bien sûr qu'il lui appartenait. Il était maculé de taches de sang.

C'était un col d'ecclésiastique. Un de ces cols amovibles que portaient les prêtres par-dessus leur chemise...

Avec un autre homme, Becca aurait pensé à une plaisanterie et éclaté de rire. Mais avec Mish...

Toute sa personnalité lui apparut sous un éclairage nouveau. Son attention silencieuse. Sa compassion, sa douceur. Sa capacité à écouter...

Jarell l'avait appelé *mon père*.

Mish semblait sous le choc.

— Non, dit-il avec force. Je ne crois pas, ajouta-t-il aussitôt, avec moins d'assurance.

Il s'assit à côté d'elle.

Sur le lit.

Sur le lit où ils avaient fait l'amour la nuit dernière et ce matin et...

— Eh bien, fit Becca d'une voix tremblante, je suppose que tu ne te trompais pas quand tu disais que tu n'étais pas marié.

Elle laissa échapper un rire presque hystérique, et les larmes lui vinrent aux yeux. Elle ferma ceux-ci avec force, luttant pour ne pas éclater en sanglots. Aussi bouleversante soit-elle pour elle, cette révélation devait être infiniment pire à supporter pour Mish.

— Allons à la gare, voir si cette clé ouvre un des casiers, suggéra-t-elle. D'accord ? Allons-y tout de suite.

Que trouveraient-ils d'autre ? se demanda-t-elle, épouvantée. Qu'avaient-ils fait ?

— Ce n'est pas possible, dit Mish d'un ton absent, comme s'il ne l'avait pas entendue. Si je suis un...

Passion ennemie

Il prit une profonde inspiration.

— Je ne suis pas prêtre. Je sais que je ne le suis pas. Pourquoi aurais-je eu un revolver dans ma botte ? Comment pourrais-je en savoir si long sur les armes de combat et... d'où viendrait cet argent que j'ai sur moi ? Non. Je ne suis pas prêtre.

— Si... si tu l'es, articula-t-elle avec difficulté, c'est moi qui suis responsable de t'avoir séduit. Ce n'est pas ta faute si tu as enfreint tes vœux, mais la mienne.

Malgré tous ses efforts, elle ne put contenir ses larmes plus longtemps.

— Oh, je suis désolée, Mish. Tellement désolée...

Mish l'entoura de ses bras, la serrant contre lui tandis qu'elle pleurait à chaudes larmes.

— Chut, Becca. Tout ira bien, je te le promets.

Il prit une profonde inspiration, et les paroles vinrent d'elles-mêmes.

— Ecoute-moi. Ce que nous avons partagé était fantastique. Ce n'était pas une faute, Becca. C'était spécial, parfait... c'était un cadeau, quelque chose dont la plupart des gens ne font jamais l'expérience. Et quoi que je découvre à mon sujet, je ne regretterai jamais ces instants. Jamais.

Elle leva vers lui son visage mouillé de larmes et Mish sentit son cœur se nouer. Il s'en voulait tant de l'avoir fait pleurer.

— Te souviens-tu de... ?

— Becca, coupa-t-il, je ne me souviens de rien. Je te le jure. Si j'avais le moindre souvenir d'une chose pareille, je te l'aurais dit.

Il laissa échapper un rire sans joie.

Passion ennemie

— Je ne me souviens même pas de la dernière fois que je suis allé à l'église.

— Mais tu as essayé de me résister. Peut-être parce qu'au fond de toi, tu soupçonnais que...

Les larmes jaillirent de nouveau.

— Mais j'ai insisté. Je ne voulais pas te laisser tranquille.

— Tout ira bien, assura-t-il, la gorge serrée. Je t'en prie, ne pleure pas. Tout va s'arranger.

— Comment est-ce que tout pourrait s'arranger, souffla-t-elle, alors que j'ai toujours autant envie de t'embrasser ?

Mish ne sut que répondre. Une seule chose était sûre. Bien qu'il meure lui aussi d'envie de l'embrasser, il savait que, pour le moment, ce geste serait déplacé.

Pendant quelques secondes interminables, il demeura immobile, le regard plongé dans le sien, vacillant au bord du précipice.

Becca s'arracha à ses bras, et fuit à l'autre bout de la chambre.

— Je t'aime, bon sang, avoua-t-elle d'un ton farouche, en se tournant pour lui faire face. Comment est-ce que ça pourrait s'arranger ?

Allongé sur le toit de la station-service désaffectée, Mish observait la camionnette à l'aide d'une paire de jumelles achetée dans un des derniers supermarchés ouverts dans la ville.

Passion ennemie

Elle n'avait pas bougé de sa place devant la gare.

A l'intérieur de la gare, par la fenêtre, Mish distinguait une rangée de casiers en piteux état. Le numéro 101 était en bas, à quatre casiers du bout. Il mesurait environ soixante-quinze centimètres de haut sur quarante-cinq de large. Les trois occupants de la camionnette avaient une vue dégagée sur lui.

Coïncidence ? Peut-être. Mais Mish n'allait pas prendre de risque.

Il devait s'emparer de ce qui se trouvait dans ce casier sans se faire repérer. Mais comment ?

Créer une diversion en passant devant la camionnette pour que l'équipe de surveillance le reconnaisse ? Les entraîner dans une course-poursuite pendant que Becca entrait dans la gare avec la clé et...

Non. C'était trop risqué. Que se passerait-il s'ils étaient plus nombreux ? Si quelqu'un d'autre surveillait le casier 101 ? Il ne pouvait exposer Becca à ce genre de danger. Pas question.

Elle l'aimait.

Mish ne se souvenait pas de s'être jamais senti à la fois ravi et glacé, comme ç'avait été le cas quand elle lui avait fait cet aveu. Il ne se souvenait d'avoir été à ce point déchiré par des émotions contradictoires.

Maintenant, plus que jamais, il était essentiel qu'il découvre la vérité le concernant.

Il allait devoir tromper la vigilance de l'équipe de surveillance tout seul.

Et il avait justement une idée.

Passion ennemie

Curieux qu'il connaisse autant de trucs. Il savait se déplacer sans bruit, éviter d'être repéré, et capturé.

En revanche, il ne connaissait pas la moindre prière.

Il n'était pas prêtre.

Mais il était peut-être le diable.

13

Assis dans la camionnette depuis quatre heures, sirotant une énième tasse de café, Lucky s'efforçait de rester concentré.

C'était la partie la plus difficile des opérations de surveillance. Rester non seulement éveillé mais aussi vigilant.

Il envisageait des scénarios-catastrophe. Il planifiait, jusque dans les moindres détails, ce qu'il ferait si le lieutenant Mitchell Shaw faisait brusquement son apparition dans la rue. S'il surgissait devant le casier 101.

Il s'attendait à demi à voir Mitch descendre du plafond au bout d'une corde, saisir le sac dans le casier et disparaître par la voie des airs.

Il avait hâte de quitter cette ville poussiéreuse et de retourner au bord de l'océan. Après cette mission, ils méritaient tous une opération dans un lieu de rêve, comme Tahiti, où abondaient les jolies femmes…

— Attention, grommela la voix de Wes. Quelqu'un se dirige droit sur notre casier.

La femme qui s'approchait avait la démarche douloureusement lente de quelqu'un qui portait quarante kilos superflus sur des jambes trop âgées pour soutenir cet excès de poids. Elle était vêtue d'une robe bleue qui descendait presque jusqu'au sol, et de socquettes bordées de dentelles dans une paire de tennis usagées. Une casquette de base-ball recouvrait des cheveux filasse, et une épaisse couche de maquillage lui donnait des airs de clown. Elle tenait un sac-poubelle noir à la main — le chic du chic en matière de bagages.

Sous le regard anxieux de Lucky, elle se tourna brusquement, s'éloignant du casier. Il se détendit, sans pour autant la quitter des yeux. Elle alla au guichet et acheta un billet, comptant soigneusement l'argent qu'elle tira d'un porte-monnaie orné de perles.

Le ticket à la main, elle se traîna jusqu'à la rangée de sièges en plastique dur situés près des cabines téléphoniques, et cala son énorme postérieur sur l'un d'eux.

Il n'y avait personne d'autre en vue. Le bus suivant — à 4 h 48, à destination d'Albuquerque — ne devait pas partir avant une demi-heure.

Lucky laissa échapper un juron.

— Dire que je connais les horaires des bus par cœur, fit-il avec une grimace.

— Moi aussi, rétorqua Wes. Si l'armée licencie, on pourrait toujours se recycler ici.

— Génial.

Dans la gare, la femme au sac-poubelle se releva péniblement.

— Je vais aux toilettes, annonça Wes.

La femme se dirigea vers les casiers, droit vers le 101, et se posta pile devant. Son postérieur était si imposant que Lucky ne pouvait pas distinguer ce qu'elle faisait.

Passion ennemie

— Attends, grogna-t-il. Il faut que je regarde de plus près.

— Qui ? Elle ? Elle a l'air charmant, mais je doute que ce soit le genre de Mitch...

— Attends, répéta Lucky. Elle nous bloque la vue. Je reviens tout de suite.

Il sauta hors de la camionnette et franchit les portes de la gare routière, chacun de ses muscles protestant après tant d'inactivité forcée.

Il passa devant les casiers, croisa la grosse femme, alla jusqu'au milieu de la salle, puis fit demi-tour, comme s'il était venu chercher quelqu'un. Bien entendu, il n'y avait personne. Même le guichetier avait disparu dans son bureau.

Lucky se tourna vers la femme.

— Excusez-moi, madame. Vous n'auriez pas vu une femme avec un bébé ? demanda-t-il avec un sourire penaud. J'étais censé venir les chercher il y a une heure, mais j'ai perdu la notion du temps.

Il s'était inquiété pour rien. La femme avait sorti une pile de vêtements sales et une collection de vieux magazines de son sac et elle était en train de les ranger dans le casier 99, voisin du 101, qui était parfaitement fermé.

Elle le regarda et secoua la tête.

Une odeur nauséabonde se dégageait d'elle. Sans doute ne s'était-elle pas lavée depuis des mois. Lucky éprouva un élan de pitié pour le malheureux voyageur qui se retrouverait assis à côté d'elle jusqu'à Albuquerque.

Il recula d'un pas.

— Désolée. Je n'ai vu personne.

Passion ennemie

Sa voix était rauque, comme si elle fumait trois paquets par jour depuis soixante ans.

— Merci quand même, marmonna Lucky en s'éloignant. Au revoir.

Il poussa la porte et inspira une large bouffée d'air frais avant de s'engouffrer dans la camionnette.

— C'est bon, dit-il. Ce n'est qu'une clocharde.

— J'aurais pu te le dire, grommela Wes en descendant à son tour.

A travers le pare-brise, Lucky suivit des yeux l'odorante créature qui refermait le casier, empochant précautionneusement la clé avant de se diriger vers les toilettes des femmes.

Tout redevint immobile dans la gare.

Deux minutes plus tard, Wes était de retour, chargé de plusieurs canettes de jus de fruits.

La clocharde mit vingt-trois minutes à émerger des toilettes.

Elle portait toujours son sac-poubelle noir. Elle retourna vers les casiers, se plantant de nouveau devant le 99. Elle s'agita pendant plusieurs minutes, puis, alors que les gens commençaient à monter dans le bus d'Albuquerque, elle se dirigea vers la queue, laissant le casier 99 grand ouvert derrière elle.

Lucky ne put s'empêcher de penser qu'il avait sans doute grand besoin d'être aéré. La femme franchit la porte vitrée et disparut derrière le bus. Il vit l'arrière du véhicule trembler légèrement, et s'imagina la femme en train de se hisser à bord, une marche à la fois, le sac-poubelle blotti contre son opulente poitrine.

Passion ennemie

Il était encore tôt. Le bus ne devait pas partir avant un bon quart d'heure.

Lucky se rencogna dans son siège.

Douze longues minutes s'écoulèrent, interminables.

Lucky regardait les casiers, la gare, s'efforçant de rester éveillé, passant de nouveau des scénarios en revue. Evidemment, à la place de Mitch, il attendrait la nuit pour agir. A la place de Mitch…

Une voiture s'arrêta brusquement, laissant sortir un groupe de jeunes femmes. Trois allaient à Albuquerque, les deux autres les avaient seulement accompagnées à la gare. Lucky les suivit des yeux tandis qu'elles achetaient des billets. Il y eut des embrassades, des étreintes. Les trois voyageuses disparurent avec force signes d'adieu derrière le bus et…

Il ne s'écoula que quelques secondes avant qu'elles reviennent dans la gare.

Il était trop loin de la scène pour entendre ce qu'elles disaient, mais leurs expressions et leurs gestes se comprenaient sans peine. Elles n'aimaient pas l'odeur qui régnait dans le bus.

Elles retournèrent au guichet, sans doute pour se plaindre auprès de l'employé, pointant des doigts accusateurs vers le véhicule.

Celui-ci secoua la tête, haussa les épaules, les renvoyant au conducteur, un homme jeune et séduisant qui semblait d'origine mexicaine. Il leur sourit, et l'atmosphère changea du tout au tout. On se détendit, on flirta un peu. Les femmes expliquèrent l'odeur. Le conducteur acquiesça, redressa les épaules et disparut derrière le bus.

Passion ennemie

Tapotant leur coiffure et humectant leurs lèvres, les femmes attendirent le retour du héros.

Une minute s'écoula, puis deux... L'homme reparut, tenant à bout de bras une veste déchirée et... un sac-poubelle noir ?

— Bon sang !

Lucky se rua hors de la camionnette, courut dans la gare, dépassa les femmes et le conducteur pour faire le tour du bus.

La porte était ouverte. Il s'engouffra à l'intérieur.

Il était vide. Complètement vide.

Il alla jusqu'au fond, inspectant chaque rangée de sièges, en vain. La grosse femme puante en robe bleue n'était pas là.

Il jura de nouveau, dévala les marches du bus et rentra dans la gare. Le conducteur avait déposé le sac près de la poubelle déjà pleine. Lucky s'en saisit, l'ouvrit.

Une énorme robe bleue. De petites socquettes blanches bordées de dentelles. Une casquette de base-ball. De vieux magazines et une belle collection de haillons.

Et — tout au fond — la clé du casier 101.

Wes l'avait suivi. Le visage sombre, Lucky prit la clé et ouvrit le casier.

Vide.

Le sac de Mitch avait disparu.

— L'enfant de salaud !

Mitch Shaw les avait bien eus. Il était inutile de se mettre à sa recherche à présent. Un homme comme Mitch, longuement entraîné dans les forces spéciales, ne les aurait pas attendus.

Ils remontèrent dans la camionnette en silence.

Passion ennemie

— Il m'a regardé, fulmina Lucky en démarrant. Il a dû me reconnaître. Que diable se passe-t-il ?

— Il faut qu'on avertisse le capitaine, fit Wes à voix basse.

Lucky acquiesça. Peut-être était-il temps de ne plus considérer Mitch Shaw comme un des leurs.

Becca roulait vers le nord dans la lumière déclinante du crépuscule.

Assis à côté d'elle, Mitch était silencieux, les yeux fixés sur le sac en cuir qu'il avait trouvé dans le casier et qui était maintenant posé à ses pieds.

Il n'avait pas prononcé plus de dix mots depuis l'aveu qu'elle lui avait fait dans la chambre d'hôtel. Et deux d'entre eux avaient été pour s'excuser. Becca secoua la tête. Elle lui avait dit qu'elle l'aimait, et il lui avait répondu qu'il était désolé. Peut-être, en fin de compte, était-ce une bonne chose. Qu'aurait-elle fait s'il lui avait dit qu'il l'aimait aussi ? C'était trop effrayant pour qu'elle y pense.

A vrai dire, elle ne voulait pas qu'il l'aime en retour. Même s'il avait été un garçon d'écurie normal, un homme normal, s'il n'était pas venu avec elle avec son amnésie et une blessure par balle, elle n'aurait pas voulu qu'il l'aime.

L'amour était trop dangereux. Trop incertain. En planifiant son avenir, elle ne voulait pas laisser cette grande inconnue, ce trou noir d'incertitude devant elle, celui qui lui disait qu'il y avait toujours un risque que Mish cesse de l'aimer.

Passion ennemie

Mish était désolé qu'elle l'aime, et elle l'était aussi. Mais, au moins, elle savait ce que lui réservait l'avenir. Elle savait que, tôt ou tard — et sans doute tôt, vu la manière dont les choses se passaient — Mish allait s'en aller. Il lui manquerait. Il lui manquait déjà. Dès l'instant où elle avait vu ce col d'ecclésiastique, tout avait radicalement changé entre eux. Elle ne se sentait plus libre de le toucher, de lui prendre la main, de plonger son regard dans le sien et de rêver de la nuit à venir.

Elle ne pouvait plus faire cela à présent. Pas avant de savoir qui il était vraiment.

Leur voyage ensemble était arrivé à son terme, et bientôt — dans quelques heures, peut-être — ils se sépareraient. Pendant quelques semaines, quelques mois, elle souffrirait affreusement, et puis le jour viendrait où elle pourrait s'éveiller et penser à lui sans souffrir. Elle se demanderait où il était, sourirait en pensant à la façon dont il avait touché son cœur et sa vie.

Mais avant que cela se produise, avant qu'elle le laisse s'en aller, Becca voulait savoir la vérité. Savoir qui il était. Et ce qu'il y avait dans ce fameux sac.

Plus tôt, dans la chambre d'hôtel, Mish lui avait annoncé qu'il allait à la gare. Il avait l'intention de voir si la clé trouvée dans sa veste ouvrait bel et bien un des casiers. Il n'avait pas dit comment il comptait s'y prendre pour ne pas être vu des hommes qui surveillaient les lieux. Il lui avait simplement demandé de le retrouver deux heures plus tard, dans le parking d'un bar, au nord de la ville.

Et puis il était parti, en emportant sa chemise, sa veste, et ce col d'ecclésiastique.

Becca jeta un bref regard vers lui, puis vers le sac à

ses pieds. C'était une sorte de mallette en cuir souple et vieilli qui donnait l'impression d'avoir servi.

— Pourquoi ne l'as-tu pas encore ouverte ?

Il se tourna vers elle.

— Parce que j'ai peur de ce que je vais trouver à l'intérieur, avoua-t-il.

Becca acquiesça, se forçant à reporter son attention sur la route.

— Moi aussi.

Un bâtiment à l'abandon se dressait sur le bas-côté — un ancien garage aux fenêtres barricadées par des planches. Elle ralentit, s'engagea dans l'allée poussiéreuse et irrégulière, puis s'arrêta.

Elle laissa le moteur en marche. La chaleur était trop intense pour se passer de l'air climatisé.

Le cœur battant, elle prit une profonde inspiration.

— Mish, ce qui s'est passé entre toi et moi... nous sommes les seuls à le savoir. Personne n'a besoin de...

Elle lut dans son regard qu'il avait deviné son intention. Elle lui donnait la permission de lui tourner le dos, de nier que leur relation était allée au-delà d'un acte purement physique — pour elle, tout au moins.

— Si nous sommes d'accord pour dire que ce n'est jamais arrivé..., reprit-elle, alors...

— Mais c'est arrivé, Becca, coupa-t-il. Ecoute, je sais que tu crois le contraire, mais je ne suis pas prêtre. Le col n'était qu'un déguisement. Je sais que je peux changer complètement d'apparence. En un sens, je regrette de ne pas être prêtre. Au moins, j'aurais plus de choix. J'aurais l'espoir de t'avoir dans ma vie un jour. Je pourrais changer de voie.

Il s'efforça de sourire.

— Accepter ton offre de m'apprendre à m'occuper des chevaux.

Que disait-il ?

— Tu... voudrais bien ?

— C'est toi que je veux, dit-il simplement.

Le cœur de Becca manqua un battement. Elle lui avait dit exactement la même chose...

— Mais il me sera peut-être impossible de renier ce que je suis, ajouta-t-il. Et je ne veux pas te mettre en danger. Je ne sais pas vraiment ce qui se passe, Becca, mais il y a des gens qui me cherchent. Des gens dangereux. Et je veux que tu sois loin de moi quand ils finiront par me rattraper.

Elle ne savait que répondre, que faire. Il avait parlé d'un avenir à deux, un jour...

Elle se détourna, l'estomac noué, désirant soudain désespérément cet avenir.

Avait-elle perdu la tête ?

Elle ne pouvait avoir cet homme. Et même si elle le pouvait, elle n'avait jamais voulu que son bonheur dépende entièrement d'une autre personne. Et, pourtant, il était là, en train de lui dire qu'il était prêt à tout abandonner pour être avec elle.

— Je sais ce qu'il y a dans la mallette, continua Mish à voix basse. Je ne l'ai pas ouverte, mais je sais. Je l'ai su dès que je l'ai vue. La serrure a un code, mais je le connais aussi.

Il la prit et la posa entre eux sur le siège.

— Il y a des vêtements de rechange. Un jean et un

Passion ennemie

T-shirt. Deux paires de chaussettes. Une paire de bottes et des lacets. Et mon fusil d'assaut MP-5.

Mish entra le code et souleva le couvercle. Sous les yeux de Becca, il tendit la main à l'intérieur et en sortit quelque chose qui était enveloppé dans du tissu noir.

— Et un imperméable pour que je puisse porter mon arme discrètement.

Il déplia l'étoffe noire, révélant une mitraillette.

— Oh, mon Dieu, s'étrangla Becca.

— Je ne suis pas prêtre, répéta-t-il. Ce col n'était qu'un déguisement. D'accord ?

Elle acquiesça.

— Bon.

Il eut un léger sourire.

— Je ne veux pas que tu passes le reste de ta vie à penser que ce nous avons partagé n'était pas parfait.

Il déposa l'arme sur le sol de l'habitacle, puis sortit un jean de la mallette, et un petit revolver dans un holster en cuir. Il y avait aussi des chargeurs en quantité abondante, des bottes, des chaussettes, une trousse de premier secours. Un passeport.

Non, pas un passeport. Sept passeports. Sous le regard ébahi de Becca, il les feuilleta tour à tour. Sa photo figurait sur tous, mais les noms étaient très différents les uns des autres.

— Est-ce qu'un de ces noms... ?

— Non, répondit-il, devinant la question. Aucun ne m'est familier. Pas même celui qui porte l'adresse d'Albuquerque.

Lentement, Mish remit tout en place.

— Je savais, murmura-t-il, mais j'espérais me tromper.

Becca secoua la tête.

— Les armes ne prouvent rien. Je veux dire, tu es peut-être…

— … un voleur plutôt qu'un tueur ?

— Un collectionneur.

Mish ne put retenir un rire, examinant la mitraillette avant de l'envelopper de nouveau dans l'imperméable.

— Cette arme est impossible à identifier. Tous les numéros de série ont été effacés. Pareil pour le revolver.

Il referma la mallette et tapa le code.

— Apparemment, je collectionne des armes illégales, ce qui, bien sûr, est illégal en soi.

Il se tourna vers elle.

— Je veux que tu me déposes dans la prochaine ville et que tu retournes au ranch.

D'un geste mécanique, Becca démarra. D'abord, Mish avait été un garçon d'écurie qui ignorait tout des chevaux, puis un héros qui avait sauvé la vie d'un enfant. Puis il avait été un homme sans passé, qui ne savait rien sur lui et ignorait d'où il venait. Ensuite, il avait été un prêtre. Mais non. Il était un expert en déguisements, un homme qui avait besoin de sept passeports, de sept noms et de trois armes mortelles.

Et de deux paires de chaussettes.

Les chaussettes le trahissaient.

Mish voulait qu'elle croie qu'il était une sorte de monstre. Peut-être avait-il effectivement commis des actes terribles par le passé, mais il était, d'abord et avant tout, un homme. Un homme qui ne lui avait témoigné que tendresse et douceur.

— Tu vas aller à Albuquerque vérifier l'adresse qui figure sur ce passeport ? demanda-t-elle, les mains crispées sur le volant.

— Oui. Mais je ne veux pas que tu m'y conduises, dit-il, devinant ses intentions. Tu peux me déposer à Clines Corner. Je ne te laisserai pas aller plus loin.

Clines Corner se trouvait sur la N 40, à l'intersection de la N 285 qui montait vers Santa Fe. De là, il pourrait se rendre à Albuquerque sans difficulté.

Becca jeta un coup d'œil à l'horloge du tableau de bord. Ils étaient à trois heures de route au moins de Clines Corner. Elle avait trois heures pour se persuader que la meilleure chose à faire pour eux deux était de lui dire adieu et de le laisser partir.

Elle savait que c'était ce qu'il fallait faire.

Mais pourquoi cela lui paraissait-il si injuste ?

14

La porte s'ouvrit, et l'Américain se rua en avant.

Le fusil d'assaut dérapa sur le sol. Mish ne prit pas le temps de réfléchir. Il s'en saisit et tira.

Une gerbe de balles, une gerbe de sang.

Tant de sang.

— Beau boulot, commenta l'Américain à travers les bulles de sang qui se formaient sur ses lèvres.

Mish fixa les corps, fixa ce qu'il avait fait.

Sur le sol, les mains de son père frémirent. Mish recula, mais heurta le mur. Il ne pourrait jamais reculer assez loin.

« Tu ne tueras point. »

La voix de l'Américain était tendue par la douleur.

— Tu les as expédiés droit en enfer, Mitch.

Mitch.

Il s'éveilla en sursaut, le corps trempé de sueur malgré l'air climatisé du pick-up.

Le soleil s'était couché, le faisceau de leurs phares constituait la seule lumière dans l'obscurité environnante. Le visage de Becca paraissait d'une pâleur mortelle à la lueur blafarde du tableau de bord.

Passion ennemie

— Ça va ?

Encore haletant, il prit sa canette de soda d'une main tremblante et en but une gorgée.

— Mitch, articula-t-il. C'est mon nom. J'ai fait un rêve…

— Oh, mon Dieu ! Mitch, répéta-t-elle tout haut avec un rire. Mitch. Bien sûr. C'est pour ça que Mish te semblait familier.

Elle se tourna vers lui, impatiente d'en savoir plus.

— Tu te souviens d'autre chose ?

Avait-il d'autres souvenirs que celui de cette atroce journée ? Il tenta de se remémorer la scène dans la ruelle, le barbu. Mais en vain. Il ne pouvait pas même se souvenir de son nom de famille. Il l'avait pourtant sur le bout de la langue…

Il fit non de la tête.

— J'ai rêvé… j'ai rêvé de mon père. Il a été tué. Assassiné.

Becca émit une exclamation étranglée.

— Tu… tu es sûr que ce n'est pas qu'un rêve ? Parfois…

— Je ne sais pas, Becca. Tout semble si réel. J'ai souvent fait ce rêve, même si je n'ai compris qu'aujourd'hui que cet homme était mon père. Tout se déroule toujours exactement de la même manière, comme si c'était un souvenir.

Il but une nouvelle gorgée de soda, essayant de chasser les affreuses images de son esprit.

— Je crois que ce n'est pas qu'un rêve. Je crois que c'est arrivé, tout au moins en partie.

Becca lui lança un coup d'œil.

— Tu… tu as vu le corps de ton père ?

— J'étais là quand il a été tué.
— Oh, Mitch.
— J'avais quinze ans.

Mitch fixait les bandes blanches sur la route, illuminées par les phares puis s'effaçant tandis que le pick-up s'avançait dans la nuit. Quel âge avait-il à présent ? Trente-cinq ans était le chiffre qui lui venait immédiatement en tête. Cela semblait plausible. Vingt ans s'étaient écoulés depuis la première fois qu'il avait pris une arme entre ses mains et pressé la gâchette…

— Tu… peux m'en parler ? demanda Becca d'une voix douce, hésitante.

Mitch la regarda. Ces dernières semaines avaient été si éprouvantes pour elle. Pourtant, sa force et sa volonté brillaient comme des phares dans la nuit. Elle semblait lasse, certes, mais invaincue, et Mitch sut sans l'ombre d'un doute qu'elle n'allait pas emprunter la N 285 qui menait à Santa Fe et au ranch lorsqu'ils atteindraient Clines Corner.

Non. Elle resterait avec lui, quoi qu'il arrive. Elle l'emmènerait jusqu'au bout, où qu'il ait besoin d'aller, et même plus loin encore.

Mais c'était seulement une question de temps avant que l'équipe de surveillance postée à la gare routière de Wyatt City découvre que le casier 101 avait été vidé à leur nez et à leur barbe.

Il ne savait pas ce qu'il avait fait pour déclencher une chasse à l'homme, mais il avait au moins une certitude.

Il n'allait pas exposer Becca au danger.

Même si cela signifiait qu'il devrait se volatiliser la prochaine fois qu'ils faisaient halte pour prendre de l'es-

Passion ennemie

sence. Même si cela signifiait disparaître sans un mot d'explication, sans un au revoir.

Il ne voulait pas faire une chose pareille. Il ne voulait pas l'abandonner ainsi. Il lui avait donné si peu.

Elle lui avait demandé de lui parler de ce jour-là. Et c'était tout ce qu'il avait à lui offrir. Ce fragment de son passé dont il se souvenait, ce moment terrible qui, sans doute, avait contribué à faire de lui l'homme qu'il était aujourd'hui.

— Oui, dit-il. Je voudrais t'en parler. Mais je te préviens, c'est assez dur à entendre. Si tu préfères t'arrêter…

— Je te le dirai, répondit-elle doucement.

— J'avais quinze ans, répéta-t-il. Je ne me souviens pas exactement de l'endroit où nous étions, mais c'était à l'étranger, peut-être quelque part au Moyen-Orient. Mon père était pasteur et il venait d'être nommé au sein d'une unité des forces de maintien de la paix. Il en était très fier.

Curieusement, les souvenirs lui revenaient, à présent. Il se remémorait le petit aéroport où ses parents et lui avaient débarqué, les couleurs vives des vêtements, les parfums lourds et exotiques. Il avait été déçu en arrivant à l'hôtel où on leur avait réservé des chambres, un grand bâtiment moderne qui n'avait rien de différent ni de mystérieux.

— Nous sommes restés là pendant deux semaines peut-être. Un jour, mon père m'a emmené en ville. Nous avons pris le bus pour aller de l'hôtel au marché. La plupart des passagers du bus étaient des Américains aussi, et nous sommes tous entrés dans un restaurant de fast-food.

Il se rappelait le menu accroché au mur, les plats

écrits en anglais et dans une autre langue, aux signes indéchiffrables.

— Je ne les ai pas vus entrer, continua-t-il. On a entendu un fracas, comme une rafale de mitraillette. Mon père m'a plaqué au sol, mais tout était déjà fini. Nous étions otages.

Le pick-up roulait dans le noir. Un panneau surgit du néant. Clines Corner, trente kilomètres.

Becca gardait le silence, le laissant relater l'histoire à son rythme.

— On nous a emmenés à l'arrière, par une porte de service. Il était évident que l'attaque avait été planifiée, qu'il ne s'agissait pas simplement d'un incident fortuit. On nous a installés dans une sorte de réserve. Il n'y avait pas de fenêtre, une seule porte. Les hommes étaient nerveux, criaient à tout le monde de se taire.

Il marqua une brève pause.

— Mon père s'est avancé. Il a essayé de calmer les gens, et il a voulu persuader les terroristes de relâcher les femmes et les enfants. Je me souviens qu'il y avait un homme derrière moi. Un Noir. Il m'a demandé si c'était mon père qui parlait.

« Dis-lui de ne pas insister, petit. » La voix de l'Américain était tendue, pressante. Il avait ajouté que ces gens ne voudraient pas négocier, et qu'ils n'auraient pas de respect pour un homme d'église.

— J'ai essayé de m'approcher de lui, de le prendre par le bras.

Son père s'était tourné à demi vers lui, la sueur perlant à son front.

« Recule, Mitch », avait-il ordonné.

Passion ennemie

— Il n'a pas voulu m'écouter.

Mitch se souvenait de sa propre peur, de la sensation de panique qu'il avait éprouvée en lisant l'angoisse sur le visage de l'Américain.

— Et puis, tout s'est passé si vite. Un homme l'a mis en joue et il a tiré. En pleine tête. Il est tombé… c'était presque irréel, poursuivit Mitch d'une voix étranglée. J'ai voulu courir vers lui, mais l'Américain m'en a empêché. Il m'a dit qu'il était trop tard, que mon père était mort et que je ne pouvais plus rien pour lui.

— Oh, Mitch…

Les yeux de Becca brillaient de larmes.

— Nous sommes restés enfermés dans cette pièce, reprit-il. J'étais sous le choc. J'essayais de ne pas pleurer, de ne pas regarder le corps de mon père, ni la flaque de sang… L'Américain essayait de convaincre les autres que nous devions tenter quelque chose. Mais tout le monde avait peur. Moi aussi, mais…

Mitch avait regardé son père, cet homme qui avait été si bon, si doux, si aimant. Et il avait résolu de le venger.

— Mon père croyait à la non-violence, murmura-t-il. Pour lui, les armes n'avaient pas leur place en ce monde. Mais je voulais tuer les hommes qui l'avaient arraché à moi.

Becca tendit la main par-dessus le siège et prit la sienne. Il la serra avec force, sachant qu'ils n'avaient plus que quelques instants à passer ensemble.

— Quand ils sont entrés, l'Américain s'est jeté sur eux. Il n'avait pas la moindre chance de s'en tirer. Mais l'arme est venue vers moi, et j'ai tiré. Et je les ai expédiés droit en enfer.

Passion ennemie

Une gerbe de balles.
Une gerbe de sang.

— Après, les secours sont arrivés. L'Américain est mort sur le chemin de l'hôpital. Mon père et lui ont été les seules victimes de la prise d'otages.

— Je ne sais pas, dit Becca doucement. Je crois que toi aussi, tu as été une victime ce jour-là.

— Oui, admit Mitch à voix basse. En un sens, une partie de moi est morte ce jour-là.

Il prit une profonde inspiration, et désigna la bretelle de sortie.

— Nous avons besoin d'essence, et d'une tasse de café.

Il sentit les yeux de Becca posés sur lui, mais s'obligea à fixer la route. Sans rien dire, elle emprunta la sortie, s'arrêtant au panneau stop, puis se garant dans le parking brillamment éclairé de la cafétéria.

Elle lui tenait encore la main, et l'attira vers lui pour le prendre dans ses bras, l'enveloppant de sa chaleur.

— Merci de m'en avoir parlé, murmura-t-elle avant de l'embrasser.

Mitch se perdit dans la douceur de son étreinte, stupéfait qu'elle veuille encore l'embrasser après le récit qu'il venait de lui faire. Et il sut avec plus de certitude encore qu'elle ne voudrait pas retourner au ranch sans lui.

Alors, il la tint étroitement serrée contre lui et, sans qu'elle le sache, lui donna le plus tendre des baisers d'adieu.

*
* *

Passion ennemie

— J'ai rencontré Mitch Shaw lors des obsèques de son père, expliqua l'amiral Jake Robinson aux hommes rassemblés autour de la table, dans le quartier général de fortune installé à Albuquerque.

Lucky et son équipe écoutaient avec attention.

— Je me suis présenté à lui, reprit-il. Et je lui ai dit que j'étais un ami de Fred Baxter, l'Américain mort en essayant de sauver la vie des otages. A quinze ans, Mitch a décidé d'entrer dans les forces spéciales.

Il regarda tour à tour chacun des hommes présents.

— Je peux vous assurer, messieurs, que Mitch Shaw n'a pas trahi son pays. Je suis certain qu'il y a une explication à sa conduite. Laissons-lui du temps.

Lucky s'éclaircit la gorge.

— Et… le plutonium ?

— Le groupe de Mitch a infiltré l'organisation responsable du vol. Nous savons que des négociations sont en cours pour la vente. L'échange aurait dû se produire hier, mais le vendeur a annulé au dernier moment — ce qui m'incite à croire que le plutonium n'est plus en sa possession, mais en celle de Mitch. Un nouveau rendez-vous est prévu demain, à Santa Fe. A mon avis, Mitch va nous contacter d'ici là. Et quand il le fera, nous serons prêts.

Becca avait compris. Elle savait, aussi sûrement que le jour succède à la nuit, que Mitch lui disait adieu par ce baiser. Si elle le laissait descendre du pick-up, elle ne le reverrait jamais.

Passion ennemie

Elle se blottit contre lui, sachant que, si elle se taisait à présent, elle le regretterait toute sa vie.

— Ne t'en va pas, dit-elle d'une voix tremblante.

Il ne fit pas mine de ne pas comprendre.

— Il le faut, Becca.

Elle se félicita qu'il ne se soit pas écarté d'elle, qu'il ne puisse pas voir les larmes dans ses yeux tandis qu'elle faisait une chose qu'elle s'était juré de ne jamais faire — supplier un homme de rester.

— Nous pouvons recommencer de zéro. Partir ensemble. Nous cacher. Il doit y avoir des millions d'endroits où nous pourrions nous perdre dans ce pays. Personne ne te trouvera jamais. Nous serons prudents et…

— … et nous passerons notre vie entière à regarder par-dessus notre épaule ? On ne peut pas vivre comme cela, Becca.

Elle ferma les yeux, les larmes roulant sur ses joues.

— Je t'en prie…

— Je ne peux pas, Becca. L'idée de ne pas savoir qui me cherche, ni pourquoi… je deviendrais fou, tu comprends ? Il faut que je sache qui je suis.

Il se détacha d'elle doucement, ouvrit la boîte à gants et en tira une feuille de papier pliée en deux.

— J'ai écrit cette lettre, expliqua-t-il. Elle est adressée à Ted Alden. Je lui ai expliqué la situation comme j'ai pu, et je lui ai demandé d'investir l'argent qu'il voulait me donner dans ton ranch — celui que tu vas acheter un jour. Je veux que tu la lui envoies avec le chèque qu'il a écrit, d'accord ?

— Non. Non, pas question.

Elle refusa de la prendre, et il la remit dans la boîte à gants.

Mitch ouvrit la portière et sortit dans la nuit.

— Je t'aime, murmura-t-il.

C'étaient les mots qu'elle avait tant redoutés et espérés à la fois. Becca leva vers lui des yeux pleins de larmes, éblouie par la lumière du plafonnier.

— Si tu m'aimes, comment peux-tu partir ?

Il souleva la mallette et la regarda, le visage dans l'ombre.

— Comment pourrais-je rester ?

Il referma la portière, et Becca descendit de son côté, essuyant furieusement ses larmes.

— Mitch !

Mais le parking était vide.

15

Mitch ne trouvait pas le sommeil.

Il savait qu'il n'allait pas fermer l'œil de la nuit. A vrai dire, il avait même envisagé de ne pas prendre de chambre tant il en était certain.

L'adresse d'Albuquerque qui figurait sur le passeport n'existait pas. La rue, située dans un quartier résidentiel, ne contenait pas de maison dotée de ce numéro. Et Mitch avait eu beau parcourir les environs dans le noir pendant près de deux heures, il n'avait rien vu qui lui semble familier.

Ensuite, il avait regagné un quartier plus populaire de la ville, éclairé par les néons des motels bon marché et des bars de nuit. Il avait acheté un café à emporter, et loué une chambre.

Non qu'il ait eu l'intention de dormir.

Il voulait examiner la mallette de nouveau. Voir s'il avait manqué quelque chose la première fois.

A présent, il était assis sur le lit mou, entouré du contenu de la mallette. Il ramassa le MP-5 qu'il avait mis de côté. L'arme tenait confortablement entre ses mains.

Son père aurait été choqué.

Passion ennemie

Il reposa le fusil et déplia le jean. Il n'avait pas songé à regarder dans les poches...

Stupéfait, il tira une minuscule photographie de la poche arrière. En réalité, c'était un fragment déchiré d'un cliché plus grand. On ne voyait que la tête et les épaules d'un homme.

Le visage éveilla un étrange écho en lui.

Des cheveux en bataille, une barbe fournie, des traits rougeauds...

Casey Parker.

Le nom lui vint avec une brusque certitude qui le glaça des pieds à la tête.

Casey Parker était l'homme qui avait tiré sur lui dans la ruelle. Et celui qui était venu au ranch chercher le paquet censé l'y attendre — le paquet que Mitch avait reçu à sa place.

Il avait la clé qui se trouvait dans cette enveloppe. Il la portait dans sa poche.

Mitch la sortit et l'inspecta de nouveau. C'était, sans l'ombre d'un doute, le genre de clé délivré par les banques lors de la location d'un coffre-fort. Quant à savoir ce qui se trouvait dans un tel coffre, Mitch ne pouvait que le deviner. De l'argent, peut-être. Ou le butin d'un cambriolage. Des bijoux. Quelque chose de valeur. Quelque chose qui avait provoqué toute cette histoire.

Quelque chose pour laquelle Parker avait essayé de le tuer.

Tôt ou tard, Parker retournerait au ranch pour y chercher cette clé.

Il ne la trouverait pas, mais il trouverait Becca.

Seule. Sans défense.

Passion ennemie

Mitch jeta ses affaires dans la mallette et enfila ses bottes à toute allure. Il fallait qu'il retourne au Lazy Eight.

Avant qu'il ne soit trop tard.

Becca ouvrit le bureau de bonne heure, dès le lever du soleil.

Le ciel était chargé de nuages. Un orage se préparait. Il n'allait pas tarder à éclater, et la pluie tomberait à verse pendant quelques heures avant de laisser de nouveau la place au beau temps.

Elle aurait aimé pouvoir en dire autant de son humeur.

Elle avait passé une nuit agitée, à se tourner et à se retourner dans son lit. Lorsque le réveil avait sonné, elle s'était réveillée épuisée. Mais il ne servait à rien de se terrer dans un coin. Mieux valait se lever et se mettre au travail. D'ailleurs, un peu d'activité physique lui ferait du bien. Elle dormirait mieux si elle était fatiguée. Peut-être même serait-elle si lasse qu'elle dormirait comme un loir, sans rêver de Mitch.

Hhmm. Peu probable.

Mais elle devait cesser de penser à lui. Il était fort possible qu'elle ne le revoie jamais, et il fallait qu'elle s'habitue à cette idée, aussi douloureuse soit-elle.

Pour le moment, elle allait se concentrer sur tout le travail qui l'attendait.

Les nuages étaient si menaçants qu'elle dut allumer la lampe posée sur son bureau.

Elle s'assit, ne sachant par où commencer, mais certaine

Passion ennemie

que ce dilemme ne méritait pas qu'elle fonde en larmes. Et pourtant, elle était là, les larmes aux yeux. Une fois de plus.

Maudit Mitch.

Comment avait-elle pu être stupide au point de tomber amoureuse de lui ?

Une pile de dossiers s'était accumulée sur son bureau en son absence, sans parler des messages qui encombraient sa boîte électronique. Elle commencerait par là, résolut-elle en se frottant les yeux, avant de se moucher énergiquement. Elle resterait au bureau jusqu'à 10 heures au moins. Si elle parvenait à faire assez de progrès, elle donnerait sa matinée à Belinda et emmènerait elle-même les clients en randonnée, à condition que le temps s'y prête. Monter Silver lui ferait plaisir et…

La porte s'ouvrit en grinçant, et elle ferma les yeux, priant pour que le problème qui surgissait dans son bureau à 5 heures du matin puisse être résolu rapidement et de manière efficace.

— Becca !

Mitch ? Elle se tourna si vite qu'elle faillit renverser sa chaise. Mitch était revenu !

Comme elle se levait, il laissa tomber sa mallette sur le sol et s'avança vers elle, sautant par-dessus le comptoir qui les séparait. L'instant d'après, elle était dans ses bras.

— Ça va ? demanda-t-il, reculant légèrement pour plonger ses yeux dans les siens.

Il effleura son visage, ses cheveux.

— Je t'en prie, dis-moi que oui.

Elle acquiesça. Oui, elle allait bien. Très bien, même.

Passion ennemie

— Merci, souffla-t-elle en déposant une traînée de baisers sur son cou, son oreille. Merci d'être revenu.

Il prit ses lèvres, et l'étincelle qui crépitait entre eux se transforma instantanément en brasier. Tandis que le monde basculait autour d'elle, Becca se sentit fondre contre lui, se demandant comment elle avait pu s'imaginer, ne fût-ce qu'une seconde, qu'elle pourrait apprendre à vivre sans lui.

Et la terrifiante vérité lui apparut. Elle avait trouvé son grand amour. Et il l'aimait aussi. S'il le pouvait, Mitch resterait pour toujours.

Oh, si seulement…

Il se détacha d'elle bien trop rapidement à son goût.

— Becca, je me suis souvenu de quelque chose.

Au ton de sa voix, elle comprit qu'il ne s'agissait pas d'une bonne nouvelle.

— C'est Casey Parker qui a tiré sur moi. Je ne me souviens toujours pas pourquoi, mais il avait l'intention de me tuer. Et je crois qu'il va revenir ici. Il voudra reprendre sa clé.

Becca comprit. Mitch n'était pas revenu au Lazy Eight parce qu'il en avait envie. Il l'avait fait parce qu'il y était obligé. S'il l'avait crue en sécurité, elle ne l'aurait jamais revu…

Mais peu importait. Il était revenu. Et elle devait profiter de la chance qui lui était donnée pour le convaincre de rester.

Il la lâcha et se dirigea vers le téléphone tandis qu'elle le suivait des yeux.

— Quel est le numéro du shérif ?

Passion ennemie

— Il est écrit là, indiqua-t-elle, sur la liste. Oh, Mitch, il faut que nous parlions.

Il le composa rapidement.

— Que fais-tu ? demanda-t-elle, perplexe.

Il écoutait les sonneries, et ne lui lança qu'un bref regard.

— J'appelle le shérif.

— Evidemment. Mitch...

— Oh, bonjour, dit-il à son interlocuteur. J'appelle du Lazy Eight. Nous avons un gros problème. Je voudrais que le shérif vienne aussi vite que possible...

Il voulait que le shérif vienne ici ? Mais si le shérif s'en mêlait, Mitch serait...

— Commençons par tentative de meurtre, fit Mitch après un silence. Est-ce que cela suffit pour le réveiller ?

Interloquée, Becca s'efforçait de réfléchir. Mitch devrait admettre qu'il souffrait d'amnésie. On lui prendrait ses empreintes digitales et...

... et ils sauraient qui il était.

Mais le shérif aussi.

— Nous l'attendons au bureau d'accueil, conclut Mitch avant de raccrocher.

Il se tourna pour faire face à Becca, répondant à sa question avant même qu'elle l'ait posée.

— Je me rends.

Elle secoua la tête, incapable de proférer un son.

— J'y ai réfléchi pendant tout le trajet jusqu'ici. C'est mon devoir. J'aurais dû le faire il y a des semaines. Je ne me souviens pas de grand-chose, mais ça ne veut pas dire que je ne devrais pas assumer mes responsabilités.

— Tu sautes aux conclusions, répondit-elle, ayant

enfin recouvré l'usage de la parole. Tu n'as peut-être rien fait de mal…

— Et la possession d'armes illégales ? Commençons par là, mais j'ai l'impression que ce ne sera pas tout.

Il regagna la partie principale du bureau, suivi de Becca.

— Tu n'es pas obligé de te rendre.
— Si.

Il ouvrit la porte à moustiquaire.

— Je vais chercher mon calibre 22 au dortoir pour le remettre au shérif avec les autres.

Le premier grondement du tonnerre résonna au loin, un craquement sinistre et menaçant qui fit frissonner Becca alors qu'elle sortait à son tour dans la froide lumière matinale. Le vent soufflait déjà, soulevant des nuages de poussière dans la cour.

— C'est la seule manière dont je puisse vraiment recommencer de zéro, reprit-il. Je sais qu'en un sens, j'ai eu une deuxième chance puisque je ne me souviens de rien, mais ce n'est pas réel, Becca. Si je veux vraiment repartir de zéro, il faut que je paie pour mes actions. La perspective de retourner en prison me fait horreur, mais si je dois le faire, je le ferai. Parce que, quand j'en sortirai — si j'en sors — à ce moment-là, je pourrai recommencer.

Il lui sourit, de ce tendre sourire qu'elle aimait tant.

— D'ailleurs, je serais prêt à affronter bien plus que la prison pour être sûr que tu sois en sécurité.

Becca le prit par le bras.

— C'est pour moi que tu fais cela, Mitch, n'est-ce pas ? Parce que tu as peur que Casey Parker s'en prenne à moi ?

Passion ennemie

Il se dégagea doucement.

— C'est aussi mon devoir.

Becca le suivit des yeux tandis qu'il entrait dans le dortoir.

— Bon sang, Mitch !

Elle courut à sa suite, baissant la voix, consciente que les autres employés n'allaient pas tarder à se réveiller.

— Tu ne sais même pas si ce Parker va revenir ici.

— Becca, retourne au bureau.

Elle tourna le coin qui menait à la salle commune et à la rangée de casiers, et s'arrêta net.

Mitch se tenait absolument immobile, face au canon d'un fusil plus impressionnant encore que celui de Dirty Harry dans les films de Clint Eastwood. Un fusil assez menaçant pour porter un coup fatal à Mitch si son propriétaire pressait la détente.

Et l'homme en question donnait l'impression qu'il n'hésiterait pas une seconde à le faire. Pire encore, qu'il y prendrait plaisir. De haute taille, corpulent, il dépassait Mitch d'une bonne tête et pesait sans doute trente kilos de plus que lui. Mais il était plus âgé. Sa barbe grisonnait et ses yeux semblaient presque perdus dans les replis de sa chair molle.

Casey Parker.

— Elle n'a rien à voir avec tout ça, dit Mitch.

— Maintenant, si, rétorqua l'homme.

Becca vit le regard de Mitch se poser sur le casier qui contenait son arme, et comprit avec soulagement qu'il n'allait pas tenter le tout pour le tout.

— Vous savez pourquoi je suis ici, grommela Parker.

— Vous voulez la clé, je suppose.

Mitch jeta un coup d'œil à Becca. Son message était éloquent. « Sois prête à courir. »

— Exactement, fit Parker.

Et elle sut aussitôt ce que Mitch s'apprêtait à faire. Il allait attaquer l'homme pour lui donner une chance de s'échapper. Et, tout comme l'Américain dans son récit, il était probable que Mitch serait abattu.

Becca esquissa un geste négatif de la tête, presque imperceptible. *Non.*

— Becca va devoir aller la chercher, reprit Mitch calmement. Je l'ai laissée dans la boîte à gants de son pick-up.

Parker eut un rire moqueur.

— Peut-être que je ne me suis pas bien fait comprendre.

Il pivota, braquant son arme droit sur la poitrine de Becca.

— La clé, ou je la descends.

Le cœur de Mitch cessa de battre. Il savait qu'il en fallait si peu, une si légère pression, pour mettre fin à une vie. Et, tant que Parker avait ce fusil pointé sur Becca, elle risquait de mourir. D'une seconde à l'autre.

L'orage gronda de nouveau, de plus en plus proche.

— Ma poche, dit Mitch d'une voix que la peur rendait rauque. Ma poche de devant.

— Sors-la. Lentement.

— Dirigez le fusil ailleurs d'abord.

— Non. La clé d'abord, riposta Parker.

Mitch s'exécuta, la tendant à Parker dans sa paume. Si seulement l'homme s'approchait suffisamment...

Mais Parker n'était pas si naïf.

— Lance-la-moi. Doucement.

— Dirigez l'arme ailleurs.

Mitch savait que l'homme n'en ferait rien. Il garderait l'arme braquée sur Becca jusqu'au dernier moment. Quant à savoir comment finirait la scène, il n'osait l'imaginer. Le shérif allait arriver d'un instant à l'autre, et Mitch redoutait que son apparition n'aggrave encore la situation. Une seule pensée l'obsédait. Dès que Parker aurait de nouveau pointé l'arme sur lui, il se jetterait sur lui pour tenter de le neutraliser. Avant que ce salaud ait pu faire du mal à Becca.

— Lance, répéta-t-il.

Mitch obéit, les yeux rivés au fusil pendant que Parker attrapait et examinait la clé. L'arme bougea légèrement, mais trop peu pour qu'il se risque à agir.

— Mitch ne se souvient pas de vous, intervint Becca, restée silencieuse jusque-là. Il ne se souvient de rien de ce qui s'est passé avant qu'il ait été blessé. Il ne connaît même pas votre nom. Si vous partez, nous ne dirons à personne que...

Parker éclata de rire.

— Sans blague ! Et vous allez me donner votre parole aussi, c'est ça ? Pour quelqu'un qui ne se souvient de rien, Mitch a réussi un beau gâchis. Et, maintenant, nous allons faire un tour dans votre pick-up, ma petite Becca. Venez ici.

Un coup de tonnerre retentit, juste au-dessus d'eux.

— Becca, ne bouge pas.

Une fois que Parker serait assez près de Becca pour

presser la détente contre sa tempe, Mitch n'aurait plus la moindre chance de pouvoir l'attaquer.

— Becca, venez ici, répéta Parker. Tout de suite.

Il pivota vers Mitch, qui banda ses muscles. C'était maintenant ou jamais.

Avant qu'il ait pu intervenir, Becca s'élança en avant, lui barrant le chemin.

Le désespoir envahit Mitch.

— Dehors, tout le monde, ordonna Parker.

Il tenait Becca tout contre lui, le fusil glissé sous le bras de celle-ci, presque invisible à quiconque pourrait se trouver à l'extérieur.

— Montez.

Il commençait à pleuvoir. Quelques gouttes ici et là, tombant de gros nuages sombres qui semblaient prêts à crever. Un éclair déchira le ciel, chargeant l'air d'électricité.

Le pick-up était garé près du bureau. Mitch prit son temps pour l'atteindre, fixant la longue allée, priant pour apercevoir les phares du shérif dans la semi-pénombre de l'aube.

Rien.

— Toi, conduis, ordonna Parker à Mitch. Garde les mains sur le volant pour que je puisse les voir. Si tu les bouges, je la tue tout de suite.

Mitch s'engouffra dans le véhicule et obéit, les mains crispées sur le volant, les paroles de l'homme résonnant dans sa tête. « Je la tue tout de suite. » Il projetait de les tuer de toute manière, au milieu de nulle part, là où personne ne pourrait le voir ni l'entendre.

Parker poussa Becca à l'intérieur et monta derrière

elle, le fusil toujours pointé sur sa poitrine. S'il pressait la détente, la balle l'atteindrait en plein cœur.

— En route.

Les clés étaient déjà dans le démarreur, là où Becca les avait laissées. C'était une règle du ranch — au cas où quelqu'un aurait eu besoin de déplacer le véhicule rapidement.

— Il va falloir que j'enlève ma main du volant, observa Mitch, dans l'espoir que Parker braquerait l'arme sur lui plutôt que sur Becca.

— Une seule main, avertit Parker. Vas-y.

Mitch sentait l'épaule de Becca pressée contre lui, sa cuisse contre la sienne. Il tourna la clé, alluma les phares et les essuie-glaces, enclencha une vitesse.

— Eloigne-toi des bâtiments.

Mitch s'engagea dans l'allée, dirigeant le pick-up vers Finger Rocks et le lit asséché de la rivière. S'il n'était pas encore inondé, il le serait bientôt. Et peut-être...

Ils roulèrent en silence pendant quelques instants, la pluie tombant de plus en plus dru.

Levant les yeux, Mitch croisa le regard de Becca dans le rétroviseur. Elle savait où il allait, et combien l'arroyo pouvait être dangereux.

— Ne descends pas du pick-up, lui dit-il.

Parker émit un rire.

— Ce n'est pas toi qui donnes les ordres.

Mitch regarda de nouveau dans le rétroviseur et elle acquiesça, articulant silencieusement « Je t'aime. »

Elle croyait qu'elle allait mourir.

Elle se trompait. Il ferait tout pour la sauver. Même s'il devait mourir lui-même pour la protéger.

Passion ennemie

— Arrête-toi ici, ordonna enfin Parker. Ça suffit.

Un éclair zébra la nuit, illuminant le chaos de Finger Rocks, distant de quelques centaines de mètres. Mitch n'avait pas atteint la rivière à sec. Pas encore.

Il devait aller un peu plus loin.

Les gouttes de pluie tambourinaient sur le toit du pick-up à présent, accompagnées de grêlons qui rebondissaient sur la taule.

— Arrête, j'ai dit !

Mitch prit son temps pour appuyer sur la pédale de freins, et obéit. D'une seconde à l'autre, le déluge serait si violent que la visibilité serait nulle. Entre-temps, il garda les mains sur le volant, là où Parker pouvait les voir.

— Descends du pick-up.

Mitch se pencha en avant pour le regarder.

— Il va falloir que je lâche le volant.

— Une main à la fois, prévint Parker. Lentement. Ouvre la portière. Ensuite, descends — mais garde tes mains visibles.

Mitch devinait sans peine l'intention de Parker. Il ferait reculer Mitch assez loin pour que ce dernier ne puisse pas l'attaquer. Ensuite, il l'abattrait sans même sortir du véhicule, éliminant ainsi son point faible avant de faire descendre Becca.

— Je t'aime, dit-il à Becca.

— Que c'est mignon, ironisa Parker. Maintenant, bouge !

Avec des gestes très lents, Mitch mit le pick-up au point mort, priant pour que les éléments lui viennent en aide. S'il avait jamais eu besoin d'un peu d'assistance divine, c'était maintenant...

Passion ennemie

Il ouvrit la portière, descendit de la cabine et recula.

La providence fut de son côté. Un éclair déchira la nuit, en même temps que résonnait un grondement de tonnerre. En moins d'une seconde, Mitch fut trempé jusqu'aux os.

Et complètement dissimulé par le rideau de pluie.

Il se laissa tomber par terre, et rampa sans bruit jusque sous la voiture tandis que Parker crachait un juron.

— Il est passé où, bordel ?

Presque aussitôt, Mitch entendit la voix de Becca.

— Je ne descendrai pas, dit-elle avec fougue. Il va falloir me tuer ici — il y aura du sang partout. Il vous faudra essayer d'expliquer ça à la police quand on vous arrêtera sur la route.

Parker jura de nouveau.

— Tu vas descendre de ce pick-up ! Même s'il faut que je te traîne par les cheveux !

Il mit immédiatement sa menace à exécution, et Becca ne put s'empêcher de crier. Mais elle savait qu'elle avait raison — il n'allait pas l'abattre dans le véhicule. Il en avait besoin pour se rendre quelque part. Sans doute pour regagner sa propre voiture, garée en dehors du périmètre du ranch. Ce qui était clair, c'était qu'il ne voulait pas se couvrir de sang. Tout comme il était clair qu'il avait l'intention de la tuer. Elle n'avait pas le moindre doute à ce sujet.

La pluie continuait à cingler le toit, et le fracas assourdissant du tonnerre aurait pu réveiller un mort.

— Où est-il allé ? répéta Parker. Où est passé cet enfant de salaud ?

Il éloigna son arme du bras de Becca pour mieux la

Passion ennemie

tenir, et la força à descendre derrière lui sous la pluie battante.

Becca retint son souffle.

C'était le moment. Elle se débattit, sachant que Mitch serait prêt.

Il l'était.

Vif comme l'éclair, il surgit de l'obscurité, déséquilibra Parker afin de l'éloigner de Becca, puis se jeta sur lui, résolu à l'entraîner avec lui dans l'arroyo.

Une détonation retentit. Sous les yeux épouvantés de Becca, Mitch tressaillit.

Il était blessé !

Elle poussa un cri, avant de reprendre espoir. Il avait réussi à s'emparer du fusil et à le lancer au loin, sur les pierres et les débris qui formaient le lit de la rivière. Et il continuait à lutter désespérément contre Parker.

L'eau montait à toute allure. Affolée, Becca plissa les yeux pour mieux voir, osant à peine respirer.

— Sauve-toi, cria-t-il, sa voix à peine audible par-dessus le rugissement de l'orage. Becca ! Prends le pick-up et sauve-toi !

16

Debout sur la rive, Becca semblait figée sur place.

Bon sang, pourquoi ne montait-elle pas dans le pick-up ?

Mitch redoubla d'efforts contre Parker, conscient que son bras saignait, que la douleur et le vertige qu'il commençait à éprouver donnaient l'avantage à son adversaire, et que ce dernier essayait d'atteindre l'endroit où ils avaient vu pour la dernière fois le fusil rebondir sur les rochers.

Parker se battait comme un forcené, frappant Mitch à coups répétés, visant la tempe, là où la balle l'avait frôlé dans la ruelle.

Il avait eu de la chance ce jour-là. A cette distance, une arme comme celle que possédait Parker aurait pu lui arracher un bras.

Pourquoi diable Becca ne montait-elle pas dans ce pick-up ?

Au contraire, alors qu'il décochait à Parker un coup de coude dans la figure, Mitch, atterré, la vit qui commençait à dévaler la rive, venant dans leur direction.

Bon sang !

Un nouvel éclair illumina Parker, lèvres retroussées,

Passion ennemie

les mains tendues pour saisir Mitch à la gorge. En une fraction de seconde, l'univers sembla basculer.

Mitch fut brutalement ramené dans la ruelle à Wyatt City, les yeux dans ceux de Casey Parker, l'instant avant que celui-ci ne tire sur lui, déclenchant l'amnésie.

En une fraction de seconde, tout lui revint à la mémoire.

Le plutonium volé. Une piste au Nouveau-Mexique. Une unité spéciale ultrasecrète dirigée par l'amiral Jake Robinson.

Il n'était pas un criminel. Il n'était pas un tueur à gages en cavale. Il était le lieutenant Mitchell Shaw, des forces spéciales de l'armée américaine.

Aucune peine de prison ne menaçait son avenir. Il n'y avait que l'espoir.

Et Becca.

Avec une ardeur renouvelée, Mitch se rua sur son adversaire.

Becca ne trouvait pas le fusil.

Elle l'avait vu tomber près de ces rochers, mais, sous la pluie incessante, il aurait été difficile de trouver ses propres pieds. Sans parler du fait que le niveau de l'eau atteignait maintenant ses chevilles, et que la violence du courant menaçait déjà de lui faire perdre l'équilibre.

L'orage commença à s'apaiser aussi vite qu'il avait éclaté, mais l'eau lui arrivait aux genoux.

Jugeant le fusil perdu, elle se retourna vers l'endroit où Mitch luttait encore contre Casey Parker. Une grosse tache de sang s'étalait sur sa chemise. Il risquait de perdre tout son sang — s'il ne se noyait pas d'abord.

Parker semblait fatigué, mais Mitch aussi. Une vague soudaine les fit rouler sur le sol, et Parker se retrouva au-dessus de Mitch qui se débattait tant bien que mal, cherchant à se libérer. Mais Parker était bien plus lourd que lui. Et il n'était pas blessé.

Becca se précipita vers eux, trébuchant dans l'eau, ne s'arrêtant que pour ramasser une grosse pierre.

L'eau montait toujours. Juste avant d'atteindre les deux hommes, Becca perdit l'équilibre. Elle parvint à se rétablir, mais Parker fut à son tour entraîné par le courant, suivi de Mitch.

Les deux hommes disparurent, emportés par les flots.

Non sans mal, Becca gagna le bord de la rivière, haletante. Evitant de peu une bûche à la dérive, elle se souvint avec effroi du coup violent que Mitch avait reçu lors du sauvetage de Chip.

Comme si Casey Parker et sa blessure n'étaient pas suffisamment dangereux, les éléments aussi pouvaient tuer Mitch, Becca le savait.

Pataugeant dans ses bottes, elle courut au pick-up, démarra en trombe, et se mit à suivre la courbe de la rivière, à demi aveuglée par le soleil levant, cherchant désespérément Mitch du regard dans le courant tumultueux.

Sous l'eau.

Cette nouvelle donnée égalisait les chances dans un combat que Mitch redoutait de perdre.

Passion ennemie

Maintenant, il pourrait reprendre l'avantage. Son entraînement lui avait appris à être parfaitement à l'aise sous l'eau. A en juger par les apparences, Parker, en revanche, savait tout juste nager.

Mitch se laissa porter par le courant, utilisant sa force au lieu d'y résister. Il ne tarda pas à se rendre compte que Parker manquait d'air. S'il ne remontait pas à la surface, il allait périr noyé.

Traîner l'homme sur la rive s'avéra une tâche ardue, d'autant plus que la rivière continuait à enfler. De son unique bras valide, Mitch eut toutes les peines du monde à le tirer plus haut.

Parker respirait encore. A peine.

Il était quasi inconscient, ce dont Mitch se félicita. Il doutait d'avoir encore la force de se battre.

— Mitch !

Becca courait vers lui. Sa douce Becca. Avec ses yeux d'ange...

— Oh, mon Dieu, s'écria-t-elle en dévalant la pente. Où es-tu blessé ?

— Seulement au bras. Ce n'est qu'une égratignure.

Il frissonna malgré lui. Brusquement, il était transi.

— Une égratignure ! Mitch, ce n'est pas une égratignure.

Elle était furieuse. Mitch comprit qu'il avait perdu beaucoup de sang. Cela expliquait qu'il ait si froid.

— Tout va bien, assura-t-il. Becca, j'ai recouvré la mémoire. Je suis soldat. Parker a en sa possession du plutonium volé dans un laboratoire militaire. Je travaille sur une opération clandestine depuis des mois pour essayer de le retrouver. Je ne suis pas un criminel.

Passion ennemie

Elle retira son T-shirt, laissant Mitch perplexe un instant, jusqu'à ce qu'il comprenne qu'elle voulait s'en servir pour mettre un garrot sur son bras.

— Peux-tu atteindre le pick-up ?

La voix de Becca semblait venir de très loin. Peut-être avait-il perdu trop de sang, après tout. Il se força à se relever, se faisant violence pour ne pas céder au voile noir qui commençait à l'envelopper.

— Et Parker ?

— Qu'il aille au diable. Le shérif s'occupera de lui.

Mitch secoua la tête.

— Non, Becca. Je suis sur sa trace depuis trop longtemps. Prends la clé dans sa poche. Aide-moi au moins à le ligoter.

Il lisait dans ses yeux qu'elle avait peur pour lui.

— Va me chercher une corde, reprit-il. S'il te plaît. Je suis ce type depuis des mois. Je ne peux pas prendre le risque de le perdre maintenant.

— Et moi, je ne peux pas prendre le risque de te perdre, toi, rétorqua-t-elle avec force. Tu es l'homme de ma vie, Mitch. Si tu mourais…

— Je ne vais pas mourir.

— Tu me le promets ?

Dans sa profession, Mitch savait que cela portait malheur de faire une telle promesse. A vrai dire, dans sa profession, toute promesse était difficile à tenir. Mais il était prêt à lui promettre n'importe quoi.

— Epouse-moi, Becca.

Elle se redressa, sous le choc.

— Je vais chercher la corde.

Elle disparut de son champ de vision. Il eut l'impression qu'il flottait — il n'aurait su dire combien de temps s'écoula jusqu'à son retour.

Sous le regard de Mitch, elle ligota Parker, avec des nœuds qui auraient fait pâlir d'envie un marin. Ensuite, elle fouilla les poches de l'homme pour y trouver la clé. Elle la montra à Mitch, puis la fourra dans sa propre poche.

L'instant d'après, elle était à côté de lui, l'aidant à marcher, le soutenant jusqu'au pick-up.

Le bras de Mitch lui faisait mal à présent, et la douleur lui donna le vertige quand elle le poussa tant bien que mal dans la cabine. Il sentit qu'elle lui mettait sa ceinture, puis ils roulèrent à toute allure, le pick-up bringuebalant sur la piste inégale. La vue de Mitch se brouillait de plus en plus, le plongeant dans un univers tout en nuances de gris.

— Reste conscient, Mitch, ordonna Becca d'une voix tendue. Parle-moi. Dis-moi ce dont tu te souviens. De ton enfance. De tes années de collège. Où as-tu passé tes vacances l'an dernier ? Tu te souviens de tout ?

— Je crois, mais…

— Dis-moi ce que tu faisais dans l'armée.

— J'appartiens à une unité des forces spéciales.

Seigneur, il avait un mal fou à parler.

— Nous partons souvent en mission. N'importe où. Je ne suis pas sûr — en tant qu'ami — que je te conseillerais de m'épouser.

Elle rit.

— Vous revenez ?

— Toujours. Et pour toi, je reviendrais non seulement de l'enfer, mais du paradis aussi.

— Je t'obligerai à tenir parole. Ne ferme pas les yeux !

Passion ennemie

Elle pleurait. Il n'avait pas voulu la faire pleurer.

— Mitch, nous y sommes presque. Je vais appeler le shérif pour qu'il fasse venir un hélicoptère qui t'emmènera à Santa Fe.

— L'amiral Jake Robinson, parvint à articuler Mitch. Appelle-le.

— L'amiral Jake Robinson, répéta-t-elle.

— Il…

— Je le trouverai, promit-elle.

— N'oublie pas…

— Parker ? Non, ne t'inquiète pas.

— … que je t'aime.

Elle rit de nouveau, mais son rire s'acheva par un sanglot.

Puis il y eut des cris. La voix de Becca demandant de l'aide. La voix d'Hazel, perçante. Celle, plus grave, du shérif.

Et Mitch sombra dans le néant.

Becca passa une main nerveuse dans ses cheveux tout en se hâtant dans le couloir de l'hôpital, s'efforçant d'apprivoiser ses boucles désordonnées.

Il n'y avait pas eu de place pour elle dans l'hélicoptère, et elle avait fait la moitié du chemin jusqu'à Santa Fe en voiture. Elle avait laissé le shérif debout dans l'allée du ranch, Casey Parker sous sa garde. Puis elle avait retiré ses vêtements trempés et maculés de sang, s'était changée, avait saisi son téléphone portable et pris la route de Santa Fe.

Elle avait appelé le Pentagone. Cela semblait un endroit

logique où chercher un amiral. On l'avait fait patienter une première fois quand elle avait dit qu'elle voulait parler à Robinson, et une seconde quand elle avait expliqué à son interlocuteur qu'elle appelait au nom de Mitch.

Dix secondes plus tard, un homme lui avait succédé sur la ligne. Elle lui avait parlé pendant une bonne minute avant de se rendre compte qu'elle s'adressait à l'amiral en personne.

Elle lui avait résumé la situation aussi brièvement que possible — relatant la blessure subie par Mitch et l'amnésie qui en avait résulté, sa quête pour établir son identité, puis la confrontation avec Casey Parker. Elle avait ajouté que Mitch avait été transporté à l'hôpital de Santa Fe et qu'elle s'y rendait à son tour, en pick-up. Qu'elle ne pouvait pas parler plus longtemps parce qu'elle voulait téléphoner à l'hôpital pour prendre des nouvelles de Mitch. Il lui avait demandé la couleur de sa voiture et la route sur laquelle elle se trouvait, après quoi il avait promis de lui envoyer un hélicoptère de l'armée.

Un instant plus tard, l'engin avait atterri au beau milieu de la chaussée. Elle avait abandonné son pick-up et était arrivée à Santa Fe au bout de quelques minutes.

L'infirmière aux urgences ne lui avait pas donné la moindre information sur l'état de Mitch. Folle d'inquiétude, Becca courait presque en atteignant sa chambre.

Elle s'arrêta net sur le seuil.

Une superbe blonde était assise sur le lit de Mitch, la main dans la sienne.

Une superbe blonde, enceinte jusqu'aux yeux.

Becca déglutit avec peine et recula d'un pas, heurtant le torse solide d'un homme.

Passion ennemie

— Bonjour.

Il était blond, lui aussi, et tout aussi séduisant que la femme. Becca le reconnut. C'était un des hommes postés dans la camionnette devant la gare routière de Wyatt City.

— Vous êtes Becca Keyes ? L'amie de Mitch ?

L'amie de Mitch.

Becca hocha la tête, incapable de répondre. Apparemment, la demande en mariage de Mitch avait été quelque peu hâtive. Apparemment, il ne s'était pas souvenu de tout.

L'homme lui tendit la main.

— Lieutenant Luke O'Donlon. Venez, dit-il en la guidant à l'intérieur. Nous avons reçu l'ordre de vous faire entrer tout de suite. Jake et Zoé Robinson sont déjà là.

— Mais…

Zoé Robinson ?

— Rebecca Keyes est ici, annonça-t-il d'une voix sonore, imitant à la perfection un majordome anglais.

— Merci, Jeeves, répondit Mitch d'un ton ironique.

Il lui souriait depuis son lit d'hôpital. Il était encore pâle, mais son bras était bandé et une sonde intraveineuse était plongée dans sa main.

La jeune femme blonde se leva avec grâce, traversant la pièce pour aller se tenir auprès d'un homme en uniforme qui ne pouvait être que l'amiral Robinson.

Mais Becca n'avait plus d'yeux que pour Mitch. Elle s'avança vers lui.

— Comment vas-tu ?

Il tendit la main vers elle, et l'attira sur le lit, avant de l'entourer de son bras valide.

Passion ennemie

— J'avais besoin d'une transfusion. Après, je me suis senti beaucoup mieux...

— Il a même essayé de me persuader de le ramener à votre ranch, fit l'amiral. A propos, je suis Jake Ro...

— Les présentations seront pour plus tard, intervint sa femme avec un sourire. Je crois que nous devrions les laisser seuls.

Mitch avait déjà enfoui les doigts dans les cheveux de Becca, et elle lisait dans ses yeux qu'il mourait d'envie de l'embrasser.

Elle l'embrassa la première, tendrement d'abord, puis avec toute la passion dont elle était capable.

Quand elle se dégagea, il respirait fort.

— Il faut que je passe la nuit ici, soupira-t-il, comme s'il lui annonçait une nouvelle tragique.

— Je peux attendre, assura Becca. Je suis patiente.

Elle ne parlait pas d'une seule nuit, et il le savait.

— Il y a des choses que je dois te dire sur moi, continua Mitch. Je n'aurais pas dû te demander en mariage avant que tu saches...

— Je sais ce que j'ai besoin de savoir, interrompit Becca doucement en repoussant les mèches qui tombaient sur son front. Tu m'aimes et je t'aime. Rien d'autre n'a d'importance.

Elle se mit à rire.

— Je n'avais jamais cru que je me marierais un jour, mais...

Elle haussa les épaules.

— ... c'était avant que je te rencontre et que je découvre que le grand amour n'est pas un mythe après tout.

Il sourit, mais son sourire s'effaça presque aussitôt.

Passion ennemie

— Je ne voulais pas te rendre malheureuse, murmura-t-il d'une voix grave, plongeant sur elle un regard intense.

— Tant mieux. Parce que je serais vraiment malheureuse de ne pas t'épouser. Tu sais… quand je suis entrée tout à l'heure et que j'ai vu — comment s'appelle-t-elle ? Zoé ? — j'ai cru qu'elle était ta femme.

Il secoua la tête.

— Je t'avais dit que je n'étais pas marié.

— Oui, mais tu m'avais aussi dit que tu étais un abominable criminel, et que tu étais allé en prison…

— Je suis allé en prison, affirma-t-il en souriant de son expression décontenancée. Ça faisait partie d'une mission. J'essayais de me lier avec le frère d'un chef d'extrémistes pour lui soutirer des informations. J'y suis resté un mois.

Son sourire s'effaça de nouveau.

— Tu vois, c'est le genre de choses que je dois faire parfois.

— Oui, mais réfléchis. Ç'aurait été plus drôle si tu avais su que j'étais là, à attendre ton retour.

Il ne put s'empêcher de rire.

— Je ne suis pas sûr que « drôle » soit le mot qui convient.

— Si, insista-t-elle, avant de l'embrasser pour le lui prouver. Ça marchera, tu verras. Je le sais. Nous avons toute la vie devant nous.

Mitch lui rendit son baiser avec passion. Elle avait raison. Parce qu'il l'aimait et qu'elle l'aimait.

Et, comme Becca l'avait dit, rien d'autre n'avait d'importance.

JUSTINE DAVIS

Te reverrai-je un jour?

*éditions*Harlequin

Titre original : HER BEST FRIEND'S HUSBAND

Traduction française de CHRISTINE MAZAUD

© 2008, Janice Davis Smith. © 2009, Harlequin S.A.
83/85 boulevard Vincent-Auriol 75646 PARIS CEDEX 13.
Service Lectrices — Tél. : 01 45 82 47 47

1

— Il est temps, Gabe.

Gabe Taggert regarda son beau-père avec une folle envie de lui voler dans les plumes, ce qui était bizarre car il l'admirait, le respectait et... oui, il l'aimait sincèrement.

Evidemment, il allait éviter. Du haut de son mètre quatre-vingt-sept, il n'aurait fait qu'une bouchée du petit homme.

— Il a raison, mon cher, dit Gwen Waldron, approuvant son mari.

Il était rare qu'elle ne soit pas d'accord avec lui. Non qu'elle n'ait le courage de ses opinions mais, après quarante années de vie commune, le couple était, la plupart du temps, en symbiose parfaite.

— Vous me dites ça comme ça !

Le ton sec de Gabe le surprit lui-même. Devait-il vraiment passer à autre chose, maintenant ? Tous, enfin tous ceux qui connaissaient son histoire, lui avaient dit que c'était une démarche personnelle et que chacun devait la faire à son rythme. En tout cas, aux yeux de ses beaux-parents c'était clair, il aurait dû recommencer à vivre normalement depuis longtemps.

Te reverrai-je un jour ?

— Crois-tu vraiment que cela nous fasse plus plaisir qu'à toi ?

Pour la première fois, Earl Waldron manifestait un semblant de sentiments.

— Cela fait huit ans, Gabe, insista Gwen en posant la main sur son bras.

Il aimait ce contact et le détestait tout à la fois.

— Tu sais très bien qu'elle serait restée en contact si elle en avait eu les moyens.

Quoi qu'il soit arrivé, le pire, pour lui, c'était de savoir qu'ils avaient raison. Il avait beau essayer de se convaincre du contraire, il n'y parvenait plus tant les Waldron mettaient de zèle à le persuader qu'il avait tort. La situation était simple. Sa femme avait disparu. Evanouie. Volatilisée. Sans laisser de trace. Pas d'indice, pas de corps pour affirmer qu'elle était morte.

— On ne te demande pas de prendre de décision sur-le-champ, mais promets-nous d'y penser, insista Earl. Oui, penses-y, mon garçon. On ne peut pas rester éternellement comme ça. Il faut que nous allions de l'avant. Et toi aussi.

— C'est entendu.

Il leur devait bien ça. Sa réponse, néanmoins, dut sonner un peu sèchement à leurs oreilles.

Debout sur le pont du bateau, un somptueux quarante-neuf mètres devenu son havre, il les regarda remonter le ponton. Ils avaient été partie prenante dans sa vie pendant si longtemps — ils l'avaient accueilli comme le fils qu'ils n'avaient pas eu et l'avaient toujours traité avec bienveillance en dépit de relations devenues houleuses avec sa femme — qu'il n'imaginait pas continuer sa vie sans eux.

— Ça va ?

La voix derrière lui était celle de son ami et patron Joshua Redstone. Joshua était le concepteur génial de ce bateau de rêve. Alors que Gabe était au fond du trou, Joshua lui avait proposé de prendre les rênes de son chantier naval. Puis, quand sa fonction de gérant avait commencé à lui peser, deux ans plus tôt, Joshua avait perçu son désintérêt pour les chiffres et lui avait offert de naviguer de nouveau comme capitaine de ce superbe bâtiment, le dernier à être sorti des chantiers Redstone et le plus gros de sa flotte.

— Celui-ci, je ne le vendrai pas, lui avait dit son ami. On le garde pour la grande famille Redstone. Des dirigeants aux plus humbles des employés, tous ceux qui travaillent pour le groupe Redstone et qui en auront envie pourront monter à bord. Et naviguer, bien sûr.

Gabe avait pu constater que Joshua ne faisait pas de promesses en l'air. Pour la première croisière du voilier, qui avait duré une semaine, il avait emmené la concierge de l'un des hôtels de la chaîne Redstone dont le mari était décédé dans un accident de la circulation. Elle n'était qu'une parmi les milliers de personnes qu'employait la société et se trouvait tout en bas de l'échelle, mais Joshua avait été informé du décès, comme toujours, et il avait proposé une croisière à toute la famille.

— Gabe ?

Tiré de sa rêverie par l'interpellation de Joshua, Gabe sursauta.

— Je... je ne suis pas sûr.

Te reverrai-je un jour ?

— C'était tes beaux-parents ? Les parents de Hope.
— Oui.
— Rude, commenta Joshua.
Gabe se tourna vers son ami.
— Oui.
— Ils sont venus spécialement pour te voir ?
Gabe acquiesça.
— Ils voudraient qu'on fasse la déclaration de décès pour ma femme.

Joshua resta silencieux. De la part de quelqu'un d'autre, Gabe aurait conclu à une certaine indifférence, mais s'agissant de Joshua, c'était différent. Son patron ne parlait jamais pour ne rien dire. Il ne fallait pas pour autant en déduire qu'il avait l'esprit lent. Ceux qui l'avaient cru l'avaient appris à leurs dépens.

— Ils veulent faire une déclaration de décès ? Pour leur fille ? répéta calmement Joshua.

Gabe, dont tout le monde vantait la justesse du raisonnement, se dit que la disparition de leur fille était aussi douloureuse pour ses beaux-parents que pour lui. Peut-être même plus dure pour eux. Ils avaient *profité* de Hope pendant vingt-neuf ans. Lui, pendant seulement six de ces vingt-neuf années.

— C'est ça.

Gabe se passa une main dans les cheveux et se rendit compte qu'il avait levé les deux mains à la fois, comme il le faisait quand il était dans la marine et voulait rajuster sa casquette.

— Les vieilles habitudes ont la vie dure, remarqua Joshua.

Te reverrai-je un jour ?

— Oui, et les souvenirs encore plus. Il vous a fallu combien de temps ?

Sa question à peine posée, Gabe la regretta. Pour rien au monde il ne voulait faire de peine à Joshua, cet homme qu'il admirait, respectait, aimait même, comme le faisaient la plupart de ceux qui travaillaient pour lui. Joshua Redstone avait bâti un empire qui comptait, avec ses filiales déployées dans le monde entier, des milliers de personnes qui toutes, Gabe l'aurait juré, auraient donné leur sang pour lui, parce que lui l'aurait fait pour eux. D'ailleurs, il l'avait déjà prouvé.

— Je suis désolé…, commença Gabe.

D'un geste, Joshua l'arrêta.

— Tu veux dire combien de temps m'a-t-il fallu pour accepter l'idée qu'elle était morte ? enchaîna Joshua. Dans ma tête, elle est morte tout de suite. Mais elle s'est éteinte dans mes bras, je l'ai sentie filer…

Gabe retint son souffle. Il ignorait ce détail. Il savait qu'Elisabeth Redstone était décédée d'un cancer quelques années auparavant, que Joshua était seul depuis et que tout le monde disait, dans l'entreprise Redstone, qu'ils étaient trop fusionnels pour qu'il puisse envisager de refaire sa vie. En fait, Gabe n'y avait jamais vraiment réfléchi. Si elle avait été là, Hope aurait tout de suite tout su de cet homme. Elle avait un don incroyable pour faire parler les gens.

Un sourire triste fit frémir les lèvres de Joshua.

— Je n'ai jamais considéré comme un privilège de voir ma femme mourir dans mes bras, même si je suis heureux d'avoir pu rester avec elle jusqu'à la fin. A tes yeux, ça doit en paraître un. Je te comprends.

Te reverrai-je un jour ?

Gabe ne dit rien. Après quelques secondes, il répéta ce que son patron avait dit quelques instants plus tôt.

— Tu disais que dans ta tête elle est morte tout de suite ?

Joshua ferma les yeux une seconde puis fixa Gabe.

— Tu aimes la précision, on dirait.

— Mes années de service dans la marine m'ont appris que les non-dits sont plus importants que ce qui est dit. Politique, politique…

— Je suis d'accord, dit Joshua.

Après un moment de silence, il poursuivit :

— Je crois, en fait, que je n'ai jamais accepté son départ. Je sais, après tant d'années ça paraît fou, mais je m'attends encore à entendre sa voix ou à la voir sortir de la pièce voisine.

Gabe laissa échapper un soupir. Ce n'était pas ce qu'il avait envie d'entendre. Il aurait préféré que Joshua lui dise que le souvenir d'Elisabeth était enfoui à jamais au fin fond de sa mémoire. Si Joshua Redstone, l'homme le plus fort, le plus solide qu'il ait jamais croisé, lui avouait qu'il n'avait jamais pu faire le deuil de sa femme, quel espoir lui restait-il, à lui, de surmonter son chagrin ?

— Qu'est-ce qui inspire cette démarche à tes beaux-parents ? Après tout ce temps…

— La poste, répondit Gabe.

Joshua écarquilla les yeux.

— La poste ?

— Oui, le facteur vient de distribuer une carte postale à la meilleure amie de Hope, signée Hope et postée le jour même de sa disparition. C'est très troublant.

Te reverrai-je un jour ?

— Ça alors ! Après huit ans ! siffla Joshua, incrédule.

Gabe ne répondit rien.

— Si tu faisais une sortie en mer ? proposa son ami. Prends le bateau et va te vider la tête.

Il n'y avait que Joshua Redstone pour faire une proposition pareille, songea Gabe. Prendre un yacht de quarante-neuf mètres avec salon télé et plate-forme pour hélicoptères et aller faire des ronds dans l'eau pour se vider la tête...

— Merci, dit Gabe machinalement, mais...

— Tu ne m'as pas dit que tu n'étais heureux qu'en mer ?

Gabe sourit tristement.

— On peut rayer un homme de la marine, mais on ne reprend jamais la mer à un marin.

Aucun des deux ne le releva, mais Gabe n'avait pas été rayé de la marine, c'était lui qui en avait démissionné. Il n'avait pas eu d'autre choix. Joshua, quand il avait appris qu'un homme qui avait choisi de faire carrière dans la marine avait dû la quitter, avait réagi de la plus belle manière. Il avait offert à Gabe la possibilité de ne pas abandonner complètement ce qu'il aimait le plus au monde : la mer et les bateaux.

— Je dois retourner au bureau, dit Joshua avec un manque d'enthousiasme qui n'échappa pas à Gabe.

Joshua était le contraire d'un bureaucrate. Il détestait passer des heures assis derrière un bureau, même pas au quartier général de Redstone qui était, pourtant, un modèle de luxe et de modernité. A l'image de ses bateaux.

— Va donc faire une virée en mer, répéta-t-il, et

Te reverrai-je un jour ?

oublie un moment ton problème. Tu l'envisageras plus sereinement ensuite.

Gabe sourit à Joshua. Ceux qui commettaient l'erreur de prendre son patron de haut à cause de son accent et de ses manières parfois rustiques risquaient un jour de s'en mordre les doigts, se dit-il. C'était à cause de gens comme ça que Gabe avait vu sa carrière dans la marine prendre fin prématurément. Il n'en admirait que plus le talent de Joshua à tromper son monde, le cas échéant.

— Et si tu as besoin de quelque chose, ajouta Joshua en s'en allant, n'hésite pas, appelle.

Gabe fit oui de la tête. Dans la bouche de Joshua, ce n'était pas une proposition en l'air comme cela était trop souvent le cas. C'était sincère.

Depuis sept ans qu'il travaillait pour Joshua Redstone, Gabe avait eu tout loisir de voir et d'entendre ce dont son patron était capable pour ses employés. La croisière pour la famille endeuillée était la dernière manifestation en date de sa générosité. Quiconque faisait partie de la grande famille Redstone était aidé par Redstone.

Plus tard ce matin-là, alors qu'il avait laissé la barre au plus jeune des équipiers, Gabe, resté sur le pont, se dit que Joshua avait eu raison. Cette sortie en bateau, sur cette mer d'huile, avec cet air salé et le clapotis sur la coque qui fendait doucement l'eau, avait un pouvoir lénifiant. A ce jour, il n'avait rien trouvé d'aussi apaisant.

De retour sur le ponton, le nettoyage du voilier achevé, sa décision était prise : il cesserait de se battre contre les

Te reverrai-je un jour ?

Waldron et accéderait à leur volonté. Le chagrin de Gwen était trop sincère, trop palpable pour le faire durer plus longtemps. D'autant qu'il n'avait rien à proposer pour adoucir sa peine.

D'autre part, s'avoua-t-il, ce serait un soulagement pour lui aussi de pouvoir dire à ceux qui le pressaient de questions que sa femme était morte. Ce serait tellement plus simple que le sempiternel « elle a disparu ». Tellement moins blessant aussi que « elle m'a laissé tomber sans une explication » et certainement moins embarrassant que « j'ignore où est ma femme ».

Evidemment, le fait que Hope soit officiellement déclarée *décédée* ne changerait rien pour lui. L'incertitude continuerait de le ronger. Le doute planerait éternellement sur cette mort qui ne serait jamais qu'un statut légal, une déclaration faite par la justice pour régler une situation ambiguë.

Que s'était-il passé en fait ? Le saurait-il jamais ? Hope avait-elle eu un accident ? Ou, scénario pis que tout et qui le hantait sans cesse, avait-elle été assassinée ?

Au bout de huit ans, il commençait à faire ami-ami avec ses fantômes. Il avait appris à les apprivoiser.

— Mon commandant.

Gabe leva les yeux vers le mousse à qui il avait confié la barre un peu plus tôt.

— Tu es encore là ? Je te croyais parti déjeuner.

— J'allais partir, mais il y a quelqu'un, là, qui veut vous voir, expliqua Mark Spencer, visiblement nerveux.

— Les Waldron ? demanda Gabe, espérant qu'ils comprendraient qu'il soit sorti en mer après leur visite.

— Non. Une... une femme.

Son ton hésitant étonna Gabe. Il ignorait qui était cette personne, mais elle semblait avoir fait forte impression au matelot !

Cachant le sourire qui lui venait aux lèvres, le premier depuis que ses beaux-parents étaient passés ce matin, il se leva.

— Elle a demandé à vous parler personnellement, dit Mark, visiblement curieux.

Gabe nota l'air perplexe du mousse. Peut-être pensait-il que leur commandant jouait les vieux loups de mer mais leur cachait en fait tout un pan de sa vie.

« S'il savait ! » se dit-il, riant intérieurement de la méprise.

— Elle t'a donné son nom ?
— Cara. Elle a dit que vous sauriez.

Le sourire de Gabe s'évanouit. La journée ne faisait que commencer, mais elle démarrait sur les chapeaux de roue...

— Où l'as-tu installée ?
— Dans le salon.
— Va lui demander si elle veut quelque chose. A boire ou à manger, ordonna-t-il sèchement.

Il avait besoin d'être seul un moment pour réfléchir à ce qui l'attendait.

— C'est déjà fait, monsieur, répondit Mark sur un ton solennel.

— Parfait, dit Gabe d'une voix plus aimable cette fois.

— Je suis un Redstone, rétorqua Mark.

Sa réponse lui valut un sourire de Gabe. Un vrai sourire.

Te reverrai-je un jour ?

— Merci, Mark. Dis-lui que j'arrive.
— Oui, monsieur.

Le jeune homme claqua des talons et fit demi-tour avec une maîtrise qui lui aurait valu les félicitations d'un amiral de la flotte passant son équipage en revue. Et il quitta le pont.

Cara.

Gabe se laissa tomber dans le fauteuil du skipper, le dos calé contre le dossier. Elle devait avoir la carte postale avec elle, pensa-t-il, et s'attendait sûrement à ce qu'il la regarde et la lise. Il se demanda s'il pourrait. S'il souhaitait vraiment rouvrir ses cicatrices.

Brusquement, il réalisa que cette inquiétude ne rimait à rien puisque les blessures ne s'étaient jamais refermées. Un doute persistant les avait empêchées de guérir ; elles n'avaient jamais cessé de saigner.

La carte postale n'allait pas arranger les choses.

2

Cara ! Cara Thorpe, se dit Gabe en terminant de rédiger le rapport de sa sortie en mer. Non seulement c'était la meilleure amie de Hope depuis la maternelle, mais elles étaient comme deux sœurs. Et tout le temps où Hope et lui avaient vécu ensemble, elle avait traîné dans les parages. A dire vrai, elle était si discrète qu'elle se fondait dans le paysage. A tel point, d'ailleurs, que Gabe ne rechignait jamais quand Hope suggérait qu'ils l'emmènent avec eux aux soirées ou autres manifestations auxquelles ils se rendaient. A l'occasion, il avait essayé de la caser dans les bras de ses amis, de ceux qui étaient capables de voir au-delà de son physique un peu trop lisse, mais, chaque fois, ça avait capoté.

Cara était réservée mais brillante. Elle les avait quittés, Hope et lui, pour aller préparer un master à l'université peu de temps avant qu'ils ne se marient. Elle était présente à leur mariage, mais il ne l'avait pas revue depuis la disparition de Hope. Gwen Waldron l'avait appelée à ce moment-là, évidemment, pour savoir si elle avait une idée de l'endroit où sa fille pouvait se trouver ou si elle avait eu de ses nouvelles. Effectivement, elle avait trouvé un

Te reverrai-je un jour ?

message de Hope sur son téléphone. Tout excitée, Hope lui disait qu'elle avait une nouvelle importante à lui annoncer et qu'elle la rappellerait pour lui raconter.

Elle n'avait jamais rappelé.

Cara était revenue aussitôt pour prêter main-forte et participer aux recherches. Gabe se souvenait vaguement du départ de cette jeune femme calme et timide, quelques semaines plus tard. Il était dans un tel désarroi qu'il n'avait pas prêté attention à sa détresse.

Il se leva et se dirigea vers le grand salon du bateau. Qu'elle cherche à le rencontrer après avoir reçu la fameuse carte postale n'avait rien de surprenant.

Cara n'avait jamais désespéré de retrouver un jour son amie, vivante et en bonne forme. Hope l'avait toujours dit : Cara était l'amie la plus fidèle qu'elle ait jamais eue. Et elle était toujours là quand il fallait. On ne pouvait pas en dire autant de Gabe, se plaignait souvent Hope. C'était un sujet sur lequel il préférait ne pas s'étendre.

La définition de la fidélité selon Hope ne collait pas avec la sienne, encore moins avec celle qui avait cours dans la marine. C'était une des raisons, mais pas la principale, pour lesquelles il ne portait plus l'uniforme bleu marine et les galons qu'il avait espéré arborer toute sa vie.

Il ouvrit en grand les deux panneaux de la baie vitrée qui donnait sur le salon. Parfaitement réglés, ils coulissèrent en silence comme le faisaient toutes les baies vitrées de tous les bâtiments construits par Redstone, et la femme assise de dos dans le canapé moelleux recouvert d'une épaisse flanelle gris ardoise ne se retourna pas. Il resta un instant immobile à la contempler.

Avait-elle cette couleur de cheveux autrefois ? Ce brun-roux profond, doré comme des feuilles d'automne ? Il se les rappelait châtains. Longs et raides, assez quelconques en somme. C'était peut-être la lumière du soleil qui les irisait, encore que... il les avait déjà vus sous le soleil. Si elle avait fait autre chose que juste les couper, c'était subtil. Et réussi. Il y avait un monde entre son ancienne coiffure et maintenant.

Brusquement, comme si elle avait senti sa présence, elle se leva, et se retourna.

Et ce fut la surprise.

La petite souris grise s'était transformée. Il avait devant lui la femme qui avait laissé Mark sans voix. Une femme grande, moulée comme une sylphide, à la chevelure flamboyante, et drapée dans une tenue vert pâle.

Cette femme, sûre d'elle, le regarda sans ciller de ses beaux yeux, bleus et brillants, qui l'avaient si souvent évité auparavant. Elle avança vers lui d'une démarche aussi élégante qu'assurée, bien éloignée du trottinement tantôt hésitant, tantôt pressé selon les circonstances, de la petite souris d'autrefois.

— Gabe, dit-elle d'une voix posée en s'arrêtant devant lui.

Avait-elle toujours eu cette voix grave et rauque ? se demanda Gabe. S'en souvenait-il seulement ? Elle se montrait toujours si réservée, du moins lorsqu'il était là... Hope disait qu'elle parlait tout le temps pourtant, quand elles étaient seules, aussi en avait-il conclu qu'elle n'était pas à l'aise avec lui. Il lui avait même demandé une fois, il y a bien longtemps, pourquoi elle ne l'aimait pas. Elle avait rougi et lui avait répondu que si, elle l'aimait bien.

— Cara, finit-il par dire. Tu as... changé.

Te reverrai-je un jour ?

— J'espère bien, répondit-elle, visiblement amusée. En huit ans ! Toi en revanche, officier de marine ou pas, tu es toujours aussi grand et aussi sérieux et tu te tiens toujours aussi droit.

Ça ne le fit pas rire. Hope ne s'était que trop moquée de sa raideur militaire pour prendre la remarque de son amie à la légère. Les plaisanteries de sa femme sur son comportement et son maintien l'avaient souvent irrité.

— Excuse-moi, dit-elle après quelques secondes de silence. Ce n'était pas méchant.

Il haussa les épaules.

— Tu parles comme elle. Tu répètes ce qu'elle disait tout le temps.

— Je sais.

Elle parut regretter ce qu'elle venait de dire.

— Pardon. Je n'aurais pas dû te dire ça. Il m'a fallu un bon moment avant de réaliser que ce n'était pas des piques qu'elle te lançait, mais qu'elle était sérieuse.

Il fit la moue.

— Moi aussi.

— Elle était orgueilleuse. Et fière de toi.

Ses yeux bleus, qu'il ne se rappelait pas aussi vifs et aussi brillants, se détournèrent. C'était de nouveau la petite souris grise qui regardait par terre.

— Je l'aurais été moi aussi.

La remarque flatta Gabe en même temps qu'elle le surprit.

— Merci, dit-il platement.

Cette femme, qui avait en quelque sorte fait partie des meubles à une certaine époque de sa vie, était si différente aujourd'hui qu'il en était abasourdi.

Te reverrai-je un jour ?

Elle caressa le cuir de son sac, du même vert poudré que son chemisier de soie. Une chaîne en or brillait à son cou. Elle descendait beaucoup plus bas, apparemment. Jusqu'où ? se demanda-t-il. Y avait-elle accroché un pendentif, comme le faisaient souvent les femmes ? Si oui, le pendentif reposait peut-être sur un de ses seins…

Etonné de voir dans quels méandres son imagination l'entraînait, Gabe souffla doucement. Il n'y avait pas à dire, il était troublé.

Elle souleva le rabat de son sac, fouilla délicatement dedans et sortit d'une poche quelque chose qu'elle lui tendit. Heureusement, elle ne semblait pas avoir remarqué qu'elle ne le laissait pas insensible.

— Tu t'en doutes, c'est pour cela que je suis là.

C'était la carte postale, évidemment. Il la toucha du bout du doigt comme si elle lui tendait un champignon vénéneux.

Incapable de saisir la carte postale, pas tout de suite en tout cas, il commença par fixer les mains de Cara. Elle avait de longs doigts, élégants, raffinés, aux ongles soignés, vernis discrètement. On sentait qu'elle prenait soin d'elle mais sans ostentation. Elle ne portait pas de bague, nota-t-il, pas d'alliance et aucun creux à l'annulaire gauche laissant à penser qu'elle en ait porté un jour.

Elle avait un mois de moins que Hope, se rappela-t-il. Les deux amies avaient l'habitude de célébrer leurs anniversaires ensemble, à mi-course entre les deux dates. Elle avait donc trente-sept ans. Comment se faisait-il, maintenant qu'elle s'était dépouillée de sa chrysalide de petite souris, qu'aucun homme ne l'ait épousée ? Il n'était sûrement pas

Te reverrai-je un jour ?

le seul à avoir remarqué sa ligne de mannequin. Ses yeux bleus pétillants. Et sa froide assurance.

— Je n'aurais peut-être pas dû faire cette démarche, mais je pensais que tu voudrais... la voir.

A cet instant seulement, il remarqua qu'il l'avait laissée debout, cette maudite carte à la main. Il y jeta un vague coup d'œil, mais la seule vue de l'écriture de Hope, brouillonne comme elle l'était souvent, lui fit un coup au cœur.

Conscient qu'il ouvrait une brèche dans la digue qu'il avait mis des années à élever pour tenter de se préserver, il prit la carte postale et la regarda.

Ça y est, c'était fait ! Il lui avait pris la carte des mains et elle avait réussi à la lui donner sans qu'il touche ses doigts. Un exploit ! se dit-elle.

Pour l'instant, il fixait la carte avec une telle intensité — un regard qu'elle n'avait jamais oublié — qu'elle pouvait le regarder sans se gêner. Il ne le remarquerait même pas. Et même, à supposer qu'il s'en rende compte, il croirait qu'elle guettait sa réaction.

Ce qui était la vérité.

Une partie de la vérité... Malgré les années qui s'étaient écoulées, regarder Gabriel Taggert, Gabe pour les intimes, était quelque chose dont elle ne se lassait pas.

Elle haussa les épaules en se traitant d'idiote, comme elle le faisait chaque fois qu'elle pensait à lui, comme si ce geste avait pu chasser ses fantasmes. Aujourd'hui, c'était différent. Aujourd'hui il se tenait là, devant elle, en chair et en os. Elle qui s'était imaginé qu'elle ne le reverrait jamais plus ! « La vie réserve parfois de ces surprises ! » se dit-elle.

Elle faillit sourire mais se retint. Il était bien là, cet homme ! Ce Taggert qu'elle avait cru ne jamais revoir. Il était là avec son mètre quatre-vingt-sept et ses paquets de muscles, ses cheveux noirs touffus et ses yeux noisette. Il était là l'ex-officier de marine, si séduisant quand il défilait dans son uniforme bleu marine. Il était là, le mari de sa meilleure amie.

Elle prit son collier et fit semblant de le caresser. Qu'y avait-il de pire ? Tomber amoureux d'un homme pour son uniforme ou du mari de sa meilleure amie ?

Elle n'avait jamais cherché à le séduire. Ça ne lui ressemblait pas. Elle avait des principes. En prenant de l'âge, néanmoins, elle s'était un peu dévergondée. Cela avait coïncidé avec la disparition de Hope, mais elle n'en avait pas profité pour relancer Taggert. Dans la vie, il y avait des choses qu'elle s'interdisait de faire.

De toute manière, elle savait qu'il n'était pas homme à trahir sa femme. Et même s'il l'avait été, il ne l'aurait pas trahie pour elle. Pas pour la fille insipide qu'elle était avant. Personne n'aurait fait une entorse à un contrat pour une puce aussi insignifiante qu'elle.

Et même... Aurait-elle été une diva topissime, il n'aurait pas bougé. Il n'était pas homme à biaiser avec la morale. C'était d'ailleurs ce qui, au début, lui avait plu en lui.

L'ennui, c'était qu'aujourd'hui, tout ce dont elle essayait de se convaincre depuis huit ans venait de voler en éclats. « Ce n'est pas lui en particulier que tu veux, se rabâchait-elle. Tu veux ce que tu n'as pas. Tu envies Hope et c'est tout. »

Te reverrai-je un jour ?

Pendant des années elle se l'était répété inlassablement, tant et si bien qu'elle avait fini par y croire.

Mais comment y croire aujourd'hui ? Cela faisait des années qu'elle n'avait pas vu Gabe Taggert, et, en moins de cinq minutes, tout ce qu'elle ressentait à l'époque pour lui venait de resurgir. En plus fort encore.

Heureusement, il n'avait jamais su ce qu'elle éprouvait pour lui. Et il n'en saurait jamais rien. Elle avait sa dignité !

Chassant ces pensées d'un geste de la main, elle fixa de nouveau son attention sur lui. Il était bronzé, la peau tannée par les années passées sur l'eau, il avait vieilli — la maturité lui allait bien — mais, surtout, il avait changé de tête.

« C'est le choc », se dit-elle.

Quand elle avait reçu la carte postale, celle-ci avait été mise dans une enveloppe par la poste avec un mot d'excuses.

« Nous sommes désolés du retard dans l'acheminement de ce courrier. Avec toutes nos excuses.

La Poste. »

L'enveloppe ne lui permettant pas de deviner ce qu'il y avait à l'intérieur, le mot d'excuses, qu'elle avait lu en premier, l'avait fait sourire. Mais, ensuite, quel choc !

Quand, après avoir admiré le paysage de montagne, elle avait retourné la carte et reconnu l'écriture, elle avait poussé un *Oh !* de stupeur. Puis elle avait examiné le cachet de la poste et son cœur avait fait un bond. Huit ans ?

« C'est bien sa signature », s'était-elle exclamée.

Elle l'avait reconnue sans aucun doute possible, grif-

Te reverrai-je un jour ?

fonnée dans un coin de la carte, une carte écrite dans tous les sens avec des points d'exclamation partout, typique de Hope !

Le choc avait été tel qu'elle avait cru sentir le sol se dérober sous ses pieds.

Aussitôt, elle avait prévenu les parents de Hope, lesquels avaient averti Gabe. Il était donc au courant. Le choc, pourtant, quand il posa ses yeux sur la carte parut violent.

— Deux miracles cette semaine, murmura-t-il.

Cara connaissait le texte par cœur. Cette phrase-là était écrite en rond autour du reste du message. Elle était comme ça, Hope. Incapable de doser la longueur de son texte, elle écrivait dans tous les coins et ponctuait ses messages de multiples points, de suspension ou d'exclamation. Ça non, elle n'en était pas avare. On pouvait dire qu'elle en usait et abusait, une manière à elle de communiquer son enthousiasme.

« Deux miracles cette semaine, Cara ! J'ai hâte de te raconter ! Tu sauras tout dès que j'arrive, promis ! Je ne peux pas te le dire tout de suite… parce que Gabe n'est pas là… une fois de plus ! Encore en mer sur son fichu bateau ! ! »

Elle se rappelait le texte par cœur, comme si elle venait de le lire.

Gabe leva ses yeux noisette mouchetés de paillettes dorées vers elle et la fixa. Elle sentit son cœur s'accélérer mais resta de marbre.

— Tu as une idée de ce qu'elle voulait dire ?

Cara hocha la tête.

— Tout ce que je sais, c'est qu'elle avait l'air très excitée au téléphone. Enfin... dans le message qu'elle a laissé sur mon répondeur le jour d'avant sa... disparition.

De nouveau Gabe regarda la carte, la lut, la relut, encore et encore. Cara essaya d'imaginer ce que cela pouvait lui faire de voir ce message écrit de la main de la femme qu'il aimait, de tenir dans sa main une chose qu'elle avait touchée, après si longtemps.

— Je suis désolée, ça doit te faire un coup, dit-elle. Je me doute que le *une fois de plus* ne doit pas te faire plaisir.

Il releva les yeux, haussa les épaules.

— Ce n'est pas grave. Je savais ce qu'elle en pensait, j'étais habitué.

— Je dois dire que je n'ai jamais compris qu'elle te reproche ça. Avant de se marier, elle savait que tu étais marin et...

Il sourit, sarcastique.

— Le prestige de l'uniforme ! Beaucoup de femmes y sont sensibles. Elles tombent amoureuses des galons et, une fois mariées et confrontées à la réalité, elles craquent.

— Hope t'aimait pour toi, pas pour ton uniforme, s'insurgea Cara.

— Peut-être.

Il n'y avait ni apitoiement sur lui-même, ni amertume dans sa voix. Juste un soupçon de doute, comme s'il s'était déjà posé la question. Que pouvait ressentir un homme amoureux d'une femme dont il se demandait si elle l'aimait pour lui ou pour ce qu'il représentait ? se demanda Cara. Une envie de le serrer dans ses bras la prit, mais elle se retint. Il aurait pu mal interpréter son désir de le réconforter.

De nouveau, il regarda la carte postale, la tourna, examina la photo et, brusquement, la retourna du côté de l'adresse et du texte.

Son expression changea immédiatement. Les yeux plissés, il approcha lentement la carte de son visage et marmonna quelque chose.

Il avait vu.

Relevant précipitamment les yeux, il la fixa.

— Tu as vu l'oblitération ? demanda-t-il.

— Oui. C'est pour cela que je voulais absolument que tu la voies.

— Mais... tu as vu la date ?

— Oui.

Hope avait posté la carte d'un petit village de montagne où, autant que Cara le sache, elle n'avait jamais mis les pieds auparavant. Une petite station à laquelle elle n'avait même jamais fait allusion.

Et elle l'avait postée le jour de sa disparition.

3

— Tu ne penses pas que je suis folle, alors.

Gabe regarda la femme assise en face de lui. Elle avait l'air à l'aise de la personne habituée à vivre dans pareil décor. Disparue la petite souris ! A sa place évoluait une femme sûre d'elle que rien ne semblait impressionner. Une femme chic dont l'élégance raffinée s'accordait à merveille avec le luxe du bateau amiral des chantiers Redstone.

Il eut un léger haut-le-corps qu'elle ne perçut pas. La présence de cette femme — qui avait tellement changé — le perturbait peut-être plus encore que le document stupéfiant qu'il tenait à la main.

— Folle ? releva-t-il.

— Oui. De penser que…

Elle fit un geste en montrant la carte.

— … que cette carte n'est pas anodine. Elle veut dire quelque chose…

Elle hésita.

— Et pas seulement que la poste manque cruellement de moyens pour acheminer le courrier !

La remarque le fit vaguement sourire. Heureusement que Cara était là pour détendre l'atmosphère ! Grâce à la

Te reverrai-je un jour ?

carte, ils savaient maintenant ce qu'ils n'avaient jamais été capables de déterminer jusqu'à présent : où se trouvait Hope ce jour-là. Ou, du moins, dans quel coin.

— On n'a jamais pensé à chercher de ce côté-là, dit-il en frappant la carte contre sa main.

— Je ne vois pas pourquoi on serait allé voir par là, répondit Cara, logique. Hope n'était pas du genre à crapahuter en montagne le sac au dos. Elle aimait bien la nature, mais à dose homéopathique. Quant à cet endroit, je ne l'ai jamais entendue en parler. En tout cas, pas devant moi.

— Ni devant moi, dit Gabe.

— Je…

Elle s'arrêta. Il leva les yeux vers elle et, pour la première fois depuis son arrivée, retrouva dans son regard des vestiges de la jeune fille timide qu'il avait connue autrefois.

— Quoi ?

— Je ne suis pas sûre que tu aies tellement envie de savoir. Ça fait tellement de temps.

— De savoir quoi ? Si ma femme a été enlevée, tuée ou si elle m'a tout simplement laissé tomber ?

La colère froide qu'il avait dans la voix le surprit lui-même. Elle était là depuis huit ans, tapie dans son cœur, dans sa tête, dans son corps, ne demandant qu'à s'exprimer, qu'à exploser. Jusqu'à présent il avait toujours réussi à la contenir mais, aujourd'hui, il sentait qu'il allait craquer.

— Pourquoi t'aurait-elle laissé tomber ? Je ne vois pas de raison.

— Pour quelqu'un d'autre, dit-il.

— Sûrement pas !

Elle semblait surprise qu'il puisse prêter à sa femme

Te reverrai-je un jour ?

une intention pareille. Son étonnement le rassura, mais son angoisse redoubla.

— Qu'est-ce qui te fait penser ça ?
— Elle n'a plus donné de nouvelles à ses parents.

De la part de Hope, il était vrai que cela ne paraissait pas normal. Même en sachant qu'ils auraient désapprouvé qu'elle ait une aventure, elle ne les aurait pas laissés dans le doute. Ce n'était pas son genre d'inquiéter les gens.

— Elle n'aurait jamais fait un truc pareil, reprit Cara. Elle était peut-être fantasque, mais elle n'était pas folle. Enfin, pas complètement !

La remarque de la jeune femme le surprit. Il aurait cru qu'elle considérait Hope comme l'idéal féminin, le modèle à imiter, la fille à laquelle tous les vilains boudins rêvent de ressembler. Non que Cara soit laide. Plus exactement, elle ne l'était plus.

— Ça n'a pas toujours été rose entre nous, lâcha-t-il.
— Je sais, mais je sais aussi qu'elle était heureuse, les derniers temps. Très heureuse.
— Quand je lui ai annoncé que je démissionnais de l'armée, elle… il m'a semblé en effet qu'elle était heureuse. Elle a même parlé d'un… miracle.

Subitement, il prit conscience que c'était le mot qu'elle avait écrit sur sa carte postale. Sauf que, sur la carte, elle parlait de deux miracles. Quel était le second ?

Cara lui jeta un regard qu'il ne sut interpréter. Etait-ce de la tristesse ? Si oui, pourquoi était-elle triste ?

— Elle était heureuse, dit-elle. Je sais bien que sur la carte elle se plaint du fait que tu n'étais jamais là mais, moi, je sais qu'elle était aux anges depuis que tu lui avais dit que tu allais démissionner. Je dois dire que je n'en revenais pas.

Tout en fronçant les sourcils, il scruta son visage.

— De quoi ?

— J'étais... comment dire ? Ahurie. Je ne pensais pas que tu le ferais. Je pensais que tu aimais trop la marine.

Ne sachant que répondre, Gabe regarda la carte, pas pour la lire, il aurait pu la réciter mot à mot, mais pour éviter le regard de Cara et son air de commisération. C'était humiliant et insupportable.

— Je ne pensais pas que tu te laisserais attendrir par ses jérémiades.

Jérémiades ? Quel mot aigre pour dépeindre l'insatisfaction de sa meilleure amie, se dit-il.

Surpris, il releva la tête et la fixa.

— C'est vraiment ce que tu penses ? Que j'ai quitté la marine pour ne plus entendre ma femme me harceler ? Parce qu'elle me houspillait ?

— Eh bien...

Elle eut le bon goût de sembler mal à l'aise.

— Ça en avait tout l'air, ajouta-t-elle pour adoucir le propos.

— Je te remercie, marmonna-t-il.

— Cela ne t'empêche pas de porter encore l'uniforme. Une espèce d'uniforme.

Il abaissa les yeux sur le polo rouge qu'il portait. A gauche, sur la poitrine, était brodé le logo Redstone. Il le portait avec un bermuda écru, comme le reste de l'équipage. C'était là l'uniforme dont elle parlait. Un uniforme sans en être un.

— Joshua est tout sauf quelqu'un de formel, dit-il.

Te reverrai-je un jour ?

— J'ai lu des articles sur lui, répondit-elle. Très flatteurs. Ce qu'on raconte est presque trop beau pour être vrai.

Ravi de voir qu'elle changeait de sujet, Gabe acquiesça.

— S'agissant de quelqu'un d'autre, je serais probablement d'accord avec toi. Mais de Joshua... Parti de rien, il a bâti un empire à la force du poignet, pierre après pierre.

Elle plissa les yeux en le regardant.

— Tu es heureux ici, on dirait.

— Oui. J'ai la chance de barrer un voilier magnifique et, mieux encore, j'ai comme patron un homme pour lequel j'ai le plus grand respect.

Il ne voulait pas en dire plus. Non seulement parce qu'il n'avait pas envie de s'étendre sur la raison de sa démission de la marine, mais aussi parce qu'il ne souhaitait pas renouer avec cette femme qu'il n'avait pas revue depuis des années.

Il porta de nouveau son attention sur la carte.

— Elle a été postée à 11 h 20, selon le cachet de la poste. Soit le temps qu'il faut pour aller de San Diego à là-bas, à supposer qu'elle ait quitté la maison à 9 heures.

— Quoi qu'elle fasse et où qu'elle aille, Hope n'est jamais prête avant 9 heures, déclara Cara.

La troisième pique. Cette fois, Gabe décida de la contrer.

— Je m'étais figuré que Hope était parfaite à tes yeux, je constate que non.

Cara haussa les épaules.

— Autrefois oui, mais il s'est passé quelque chose d'amusant. Figure-toi que j'ai grandi !

Suffoqué, Gabe retint son souffle. Cara venait de mettre

Te reverrai-je un jour ?

le doigt sur le point sensible. Hope, elle, n'avait jamais grandi. Ça ne l'intéressait pas. Elle voulait être libre et sans obligations, comme elle l'avait toujours été. Aussi, quand la dure réalité de la vie l'avait rattrapée, n'avait-elle pas aimé. Mais elle était tellement gaie, tellement exubérante et positive que tout le monde lui pardonnait tout. Elle avait un charme fou.

— Ne te méprends pas, se hâta-t-elle d'ajouter. Je l'adore. C'était la sœur que je n'ai pas eue et elle le restera toujours.

Gabe nota qu'elle passait du présent au passé et inversement mais ne le lui fit pas remarquer. Lui-même s'était souvent surpris à mélanger les temps. Il n'allait donc pas en faire un roman ! A plusieurs reprises aussi, confronté à ses démons et à l'angoisse du silence et du noir de la nuit, il s'était dit qu'il aurait préféré savoir que Hope l'avait quitté pour quelqu'un qui lui apportait toute l'attention qu'elle espérait plutôt que d'imaginer les pires horreurs. Là, au moins, il aurait pu lâcher les chiens, libérer sa fureur et ruminer une juste indignation. Il aurait eu un os à ronger, une raison d'enrager. Plus expéditif encore, il aurait préféré savoir qu'elle était morte. Tout, pensait-il, plutôt que vivre éternellement dans le brouillard.

— Et toi, Gabe ?

La question le tira de ses songes.

— Quoi ?

— J'ai été étonnée d'apprendre, des parents de Hope, que tu n'avais pas refait ta vie. Je l'aurais cru. Je pensais que tu avais depuis longtemps déclaré Hope décédée. Ça fait un bout de temps maintenant.

Te reverrai-je un jour ?

— Mort *in absentia* ? dit Gabe en riant jaune. Une conclusion qui n'en est pas une.

— Peut-être, mais il faut bien que tu continues à vivre.

— Mais je suis vivant, non ?

L'air surpris, elle le regarda.

— Tu n'as jamais songé à… tu n'as jamais eu envie de… tu n'as rencontré personne, depuis tout ce temps, qui t'ait incité à…

— Non.

En fait, il y avait eu des femmes dans sa vie. Des météores. Car, quand la question de son état civil venait sur le tapis, il mettait tout de suite un point final à la relation.

Y en avait-il, parmi ces femmes, qui l'avaient cru responsable de la disparition de Hope ? Combien avaient fui, craignant pour leur vie ? Lesquelles ? Il ne pouvait pas leur en vouloir. Pas vraiment. Les pages des faits divers abondent d'histoires de maris qui se débarrassent de leur conjointe devenue encombrante, il le savait. Et aucune de ses rencontres ne le connaissait assez pour croire en son innocence. Qu'il ait été embarqué sur un bâtiment d'assaut amphibie au moment de la disparition de Hope lui avait fourni un alibi en béton. Malgré cela, les théoriciens du complot à la plume vénéneuse avaient noirci des pages entières de leur quotidien sur son cas.

A la fin, il n'avait même plus cherché à se disculper. Une part de lui-même s'était comme engourdie et, tout compte fait, il finissait par trouver que c'était aussi confortable ainsi.

— Penses-tu que cela vaille la peine qu'on relance les recherches ?

Te reverrai-je un jour ?

L'insistance que mettait Cara à lui parler le fit émerger de ses pensées. Il n'était pas du genre à se perdre dans les nuages, d'habitude. Ça devait être Cara, sa présence, si transparente autrefois, si surprenante aujourd'hui, qui faisait remonter des souvenirs à la surface de sa mémoire…

— Tu penses que ça en vaut la peine ou pas ? reprit-elle, comme le silence se prolongeait.

Le ton était neutre. Elle ne prenait pas parti, elle demandait. La connaissant, il savait que s'il disait non, elle accepterait sans rien dire. Et que si elle n'approuvait pas, elle n'en laisserait rien paraître. Elle était comme cela, Cara. Elle gardait ce qu'elle pensait pour elle parce qu'elle avait de la classe et que cette classe n'était pas qu'un vernis. Elle était authentique.

— Est-ce que ça vaut la peine ? répéta-t-il tout en réfléchissant.

— Je me le suis demandé, dit-elle. Ma première réaction a été d'appeler la police, mais l'idée de revivre tout ça…, surtout si c'est pour rien… Les pauvres parents de Hope…

Elle laissa sa phrase en suspens. Il savait ce qu'elle voulait dire. Il avait vu leurs visages ravagés quand ils étaient venus lui demander de…

Son cœur se serra. Il hocha la tête.

— Je suis comme toi, je pense qu'ils en ont assez vu, dit-il.

Elle acquiesça.

— Je voulais les appeler pour leur dire, mais c'était trop difficile. Je ne savais plus… Alors, au lieu d'appeler la police, je suis venue te voir.

Quelque chose dans sa voix l'intrigua.

Te reverrai-je un jour ?

— Pourquoi ? demanda-t-il.

La question lui avait échappé. Elle était d'autant plus bête que ça n'avait plus d'importance puisqu'elle était venue. Elle était là et, maintenant, il l'avait dans les jambes.

— Parce que ça te concerne au premier chef, me semble-t-il, répliqua-t-elle.

— Toi aussi. C'était ta meilleure amie, non ?

— Oui. Mais c'était ta femme. C'est quand même le niveau au-dessus.

Cette allusion au fait qu'il était marié avec Hope le perturba.

« Que m'arrive-t-il ? », se dit-il, troublé par sa réaction.

Dans la foulée, il se demanda si Cara ne s'était pas mariée entretemps et, brusquement, il s'entendit la questionner :

— Tu t'es mariée, Cara ?

La question la laissa coite, mais elle y répondit avec cette franchise qui l'avait toujours caractérisée et que sa sophistication actuelle n'avait pas altérée.

— Non. J'ai été fiancée, mais il s'est tué.

En huit mots, elle lui faisait regretter sa curiosité.

— Excuse-moi.

— Tu ne pouvais pas deviner.

— Je suis désolé.

— Et moi donc ! C'était un gentil garçon.

Il faillit lui demander ce qui s'était passé. Puis hésita. Maintenant qu'il avait soulevé le couvercle de la boîte aux misères, il pouvait continuer.

— Mais ce n'est pas grave, dit-elle avec calme. Cela fait six ans et je ne souffre plus.

Te reverrai-je un jour ?

Six ans ? Peu de temps après la disparition de Hope. Etait-ce une coïncidence ? se demanda-t-il. Avait-elle cherché à se consoler dans les bras d'un gentil garçon ?

Il se mit à jouer avec la carte postale.

— Je ne sais pas si on va pouvoir faire bouger la police avec juste ça… après tout ce temps.

— Je me le suis demandé moi aussi. Et puis je me suis dit qu'on ne pouvait pas ne pas faire quelque chose.

De nouveau il examina la carte, le cachet de la poste, le jour, l'heure. Tous les stigmates de sa vie gâchée. Pouvait-il laisser passer l'occasion d'obtenir, peut-être, des réponses ? Etait-ce trop ancien ? Il n'en sortirait sans doute rien ! N'empêche, il ne pouvait pas rendre la carte à Cara et tourner les talons. Faire comme s'il ne l'avait jamais vue, cette carte. Comme si ce message surgi du passé ne leur était jamais parvenu.

Il ne pouvait pas, il le savait. Elle non plus ne pourrait pas. S'il disait non, elle ne ferait pas de commentaire mais elle, elle poursuivrait. Elle n'oubliait pas, ne voulait pas oublier, n'essayait même pas. Gabe n'avait aucun motif pour l'affirmer avec tant de véhémence mais il en était sûr. Dans le fond, il connaissait la petite souris grise mieux, peut-être, qu'il ne voulait bien le croire. La ténacité, il s'en souvenait maintenant, avait toujours été une de ses qualités.

— Je ne sais pas ce que je peux faire à mon niveau, dit-elle. La police a des moyens que je n'ai pas, évidemment. Ils peuvent vérifier les faits, recouper les informations…

Brusquement, il se demanda ce qu'elle faisait dans la vie. Il se rappelait vaguement qu'elle avait fait des études

Te reverrai-je un jour ?

de commerce, du marketing. Avait-elle fait carrière dans cette voie ?

Ce qu'elle venait de dire lui trottant dans la tête, il marmonna tout bas :

— Ils ont des moyens que je n'ai pas, évidemment. Ils peuvent vérifier les faits, recouper les informations…

« … Si tu as besoin de quelque chose… Si Redstone peut aider, appelle. »

La proposition de Joshua tinta soudain à ses oreilles. Bien sûr, Redstone ce n'était pas la police, mais Joshua avait lui aussi des moyens. Entre autres une société de protection, sorte de force d'intervention privée habilitée à gérer les problèmes de sécurité des biens et des personnes aux quatre coins du monde. Gabe avait entendu raconter des histoires à son sujet, des récits auxquels il n'aurait pas cru s'il n'avait pas fait partie de Redstone, des opérations, véritables expéditions qu'elle avait menées de main de maître sans jamais marcher sur les plates-bandes des autorités officielles. Gabe s'était même laissé dire que les flics enviaient ces unités d'intervention parce que, où qu'elles aillent, elles disposaient d'une liberté et de moyens d'action qui les laissaient pantois.

Ce serait le comble de l'ironie, pensa-t-il, que le poste qu'il avait accepté comme pis-aller, alors qu'il se trouvait au fond du trou après la disparition de sa femme, se révèle l'outil qui allait lui permettre de faire la lumière sur ce qui était arrivé à celle-ci.

— Attends, je passe un coup de fil, dit-il à Cara.

Il sortit son portable de la poche arrière de son bermuda. Il allait lui démontrer que tout ce qu'on racontait sur Redstone était vrai.

4

— J'attendais.
Décollant son portable de son oreille, Gabe cilla.
— Vraiment ?
— Joshua m'a prévenu.
La brusquerie de St. John était légendaire chez Redstone, et tous ceux qui avaient eu affaire au bras droit de Joshua avaient dû s'y faire. Mais il était tellement efficace quand il prenait les choses en main et il avait des sources si bien informées — sources que, de l'avis de Gabe, Joshua ignorait ou préférait ignorer — que personne ne s'avisait de s'insurger contre ses formules lapidaires.

— Déjà ? Joshua était encore ici ce matin.
St. John ne répondit pas. Il devait juger cela inutile.
Connaissant Joshua comme il le connaissait, Gabe aurait dû savoir que le grand patron ne perdrait pas de temps pour agir s'il apprenait que l'une de ses ouailles avait besoin d'aide.

— Une liste ? s'enquit St. John.
Gabe hocha la tête. Travailler avec St. John comme agent de liaison n'allait pas manquer de sel. Officiellement vice-président des opérations, St. John couvrait en fait

Te reverrai-je un jour ?

tout Redstone. Quiconque était amené à le rencontrer s'en rendait très vite compte. St. John était au courant de tout. C'était une forme de surhomme.

— Pas encore, pas vraiment. Ce qu'il me faut pour l'instant ce sont des informations sur Lac aux Pins, en Californie. C'est une petite station des monts San Bernardino, près du lac Arrowhead.

— Objectif ?

— Essayer de retrouver la trace d'une personne à partir d'une carte postale qu'elle aurait postée de là-bas il y a huit ans.

Aussi farfelue que put lui paraître cette idée, St. John se garda de tout commentaire.

— Tu y vas toi-même ?

— Oui. Immédiatement.

— Tu appelles de ton portable ?

— Oui.

Gabe, qui s'apprêtait à lui communiquer son numéro de téléphone, s'arrêta. St. John l'avait sûrement lu à l'écran et déjà enregistré. Une autre de ses spécialités était de perdre facilement patience avec les gens qui lui assénaient des évidences.

— Heu... merci, bégaya Gabe.

St. John avait déjà raccroché.

— Qui était-ce ? interrogea Cara.

— St. John, le bras droit de Joshua.

Elle fronça les sourcils.

— Tu as l'air... assommé.

— Exact, convint-il. Quand il parle, c'est une mitraillette.

Il réfléchit et, soudain, sourit. Si ce ton-là lui disait quelque

Te reverrai-je un jour ?

chose, ce n'était pas sans raison. St. John parlait comme un officier de marine sur un bâtiment de guerre ou lors d'un exercice ; plus la situation était tendue et périlleuse, moins on était bavard. Les ordres, les rapports, les décisions : tout était plus bref, plus cassant, plus crispé.

— Il parle comme s'il était au combat, commenta Gabe.

— Il s'y croit peut-être, plaisanta Cara. Après tout, il existe toutes sortes de combats.

Gabe pensa à la guerre qu'il menait contre les souvenirs et les interrogations que Hope avait laissés derrière elle.

— C'est vrai, dit-il en hochant la tête. Tu as raison.

— Alors, on va à Lac aux Pins ?

Il battit des paupières.

— On ?

Il pensait y aller seul, poser quelques questions, fureter un peu partout. Il n'avait pas envisagé d'être accompagné.

— Tu l'as dit toi-même, ça me concerne aussi. D'autre part, c'est moi qui ai reçu la carte.

Il ne contesta pas.

— D'accord, finit-il par lâcher. Laisse-moi le temps de me changer.

Comme il se dirigeait vers la cabine du commandant, une cabine spacieuse, luxueuse et fonctionnelle en même temps, il ne se demanda même pas s'il allait regretter d'avoir accepté. C'était couru d'avance, il le regretterait.

Le seul point d'interrogation était : jusqu'à quel point ?

*
* *

Te reverrai-je un jour ?

— Désolé, j'ai été un peu long. Il a fallu que je donne les ordres à mon second.

Debout devant la vitrine où était enfermée la maquette du bateau sur lequel elle se trouvait, Cara consulta sa montre. Il était tout juste 13 heures.

— Pas de problème… on a le temps, dit-elle levant les yeux.

Gabriel Taggert, magnifique autrefois dans son uniforme bleu marine, était irrésistible dans sa tenue siglée Redstone. Jean ajusté, T-shirt à manches longues gris anthracite… Il avait tout du sex-symbol.

Saisie et refrénant mal son émotion, elle le vit brusquement plisser le front. Avait-il remarqué sa réaction ? Avait-il compris que son apparition l'avait troublée ?

— As-tu une veste ou un pull à emporter avec toi ?

Ramenée à la réalité, elle le dévisagea, un peu hagarde. Elle devait avoir l'air stupide à le regarder comme ça ! Et elle ne pouvait pas lui expliquer qu'il était difficile de passer d'une seconde à l'autre de la contemplation de cuisses superbement moulées dans un jean à une question aussi basique.

— Pardon ? dit-elle.

— Il fait bon ici mais, là-haut, il fera plus frais. On n'est qu'en mars et, en montagne à cette époque de l'année, il fait dans les cinq degrés. Il y aura peut-être même de la neige.

— Ah ! Non, je n'ai rien pris.

Elle se sentit idiote. Le connaissant, elle aurait dû savoir que Gabe n'hésiterait pas une seconde. Il agirait tout de suite. Elle aurait dû être prête.

Il fit demi-tour et repartit par où il était arrivé. Elle

Te reverrai-je un jour ?

en profita pour l'admirer de dos — pas mal non plus, se dit-elle —, mais détourna les yeux pour ne pas risquer d'être surprise à le regarder en douce. De quoi aurait-elle eu l'air ?

Une minute plus tard, il revenait avec une veste en laine polaire qu'il lui tendit. C'était la sienne, elle en était certaine, car elle dégageait une légère odeur d'after-shave qu'elle reconnaissait. Il le portait déjà à l'époque.

« Tu es incorrigible ! », se dit-elle.

Refoulant ces divagations pseudo-érotiques et ridicules, pitoyables même, elle chercha quelque chose à dire.

— Je voulais te demander…, reprit-elle.

Se rendant compte qu'elle approchait le vêtement de son nez pour le sentir, elle s'arrêta.

— … tu t'habilles comme le reste de l'équipage. Il n'y a pas d'uniforme particulier pour le commandant ?

Un sourire ironique retroussa le coin des lèvres de Gabe.

— Si, j'ai une casquette en plus avec l'insigne du bateau épinglé devant.

— Ah.

— Désolé de te décevoir mais, non, je n'ai rien de plus.

« Il se rappelle, se dit Cara. C'est sûr, il se rappelle. »

C'était son souvenir le plus vif. Cela s'était passé un jour où elle était venue avec Hope voir son bateau quitter le port. C'était la deuxième ou troisième fois qu'elle rencontrait le nouvel amoureux de son amie. Il portait l'uniforme des grands jours. Elle, qui ignorait jusqu'alors qu'il en existait plusieurs versions — en fait, elle ignorait tout de

Te reverrai-je un jour ?

la marine — lui avait demandé à quoi correspondaient les galons qu'il avait sur les manches et la casquette.

Il avait souri et lui avait expliqué. C'est à cet instant précis qu'elle était tombée amoureuse de lui.

Et elle ne s'en était jamais remise.

— Ceinture, ordonna Gabe en empoignant le volant.
— C'est fait.

Cara se cala dans le fond de son siège. Le luxe de cette voiture la changeait du confort modeste de sa petite automobile. C'était un vrai bonheur de pouvoir allonger complètement les jambes.

— Beau véhicule, dit-elle du ton du connaisseur. Redstone paie bien à ce que je vois.

Elle l'avait entendu dire et en avait maintenant la preuve.

— Pas mal, en effet. Mais il n'y a pas que ça. Il y a d'autres avantages à travailler pour Redstone.
— A-ah ?
— Mac McClaren.

Cara écarquilla les yeux.

— Le chasseur d'épaves milliardaire ?
— Oui, c'est lui qui a permis à Joshua de démarrer alors qu'il n'était encore qu'un pilote lambda, mais avec des idées et des rêves plein la tête. Le galion espagnol qu'il a retrouvé a permis de créer la fondation Redstone.

Gabe sourit.

— Il donne beaucoup d'argent à l'association de défense

des animaux présidée par sa femme. Les pauvres bêtes qu'on abandonne ont de quoi manger, maintenant.

— Je ne savais pas que McClaren avait un lien avec Redstone.

— La plupart des gens l'ignorent. En fait, cet homme est bien plus qu'un chasseur de trésors. S'il s'est lancé dans ce genre d'aventures, c'est pour prouver que son père avait raison d'affirmer que le navire espagnol avait sombré à cet endroit-là. A part cela, c'est un génie de la finance et tous ceux qui travaillent pour Redstone peuvent compter sur lui pour des conseils. Même...

D'un geste, il montra le tableau de bord en acajou de la Lexus, les sièges en cuir.

— ... Moi.

— Pas mal comme avantage, dit-elle.

— C'est l'un des privilèges de travailler pour quelqu'un qui garde ses amis à vie.

Elle le regarda avec curiosité.

— Ah ? C'est un ami ? C'est pour cela que tu as atterri ici ?

— C'est devenu un ami, mais je ne le connaissais pas avant de commencer à travailler chez Redstone.

— Comment y es-tu entré ? demanda-t-elle, intriguée. On ne voit jamais d'offres d'emploi émanant de chez eux.

Il éclata de rire.

— Non, Joshua n'a pas besoin de passer d'annonces. Les gens font la queue devant ses bureaux pour travailler pour lui.

Pensant qu'il esquivait sa question, elle insista :

— Alors ? Comment ?

Te reverrai-je un jour ?

Il hésita, puis soupira. Elle avait bien compris, il avait fait exprès de ne pas répondre.

— Il avait lu quelque chose au sujet de… l'affaire qui m'a poussé à démissionner. Il était en colère. Il a interrogé ses amis, ceux qui avaient un lien avec la marine, pour avoir le fin mot de cette histoire. Mon nom a été cité.

Le ton de la voix, neutre, lui rappela leur conversation antérieure.

« Je ne pensais pas que tu te laisserais attendrir par ses jérémiades.

— C'est vraiment ce que tu penses ? Que j'ai quitté la marine pour ne plus entendre ma femme me harceler ? Parce qu'elle me houspillait ? »

— Pourquoi as-tu démissionné, Gabe ? lui demanda-t-elle soudain.

— Hope, tu te rappelles ?

Elle l'avait contrarié. Cela devait faire un moment qu'elle l'agaçait.

— Hope… était mondaine, reprit-elle, histoire de dire quelque chose.

— Oui, approuva Gabe. Il lui fallait quelqu'un en permanence pour l'accompagner dans ses sorties, cocktails, dîners et tout le tremblement. Je n'étais pas le mari idéal, je n'étais jamais là.

— Mais elle le savait… avant de t'épouser.

— Elle pensait qu'elle s'habituerait.

Il lâcha le volant gainé de cuir pour se passer une main sur la nuque.

— Elle ne s'y est jamais faite. Les campagnes en mer qui durent longtemps font des dégâts chez les épouses de marins. Il faut être très forte pour supporter d'être seule pendant des mois.

— Ça ne m'étonne pas.

Or *forte* n'était pas l'adjectif qui qualifiait le mieux Hope, songea Cara. Belle, vive, énergique, impulsive, oui, mais forte ? Non. Que de coups de fil elle avait reçus de Hope ! Des coups de fil interminables où cette dernière se plaignait des absences de son mari. Comme s'il avait choisi d'être absent, comme s'il faisait exprès de l'abandonner !

Gabe s'enferma dans le silence et sembla se concentrer sur sa conduite, la circulation étant pourtant fluide. Elle attendit et, alors qu'il freinait à un feu, relança la conversation.

— Tu ne m'as toujours pas dit pourquoi tu avais démissionné ?

Il tourna la tête vers elle, et quand elle vit son regard, elle retint son souffle. Elle ne lui avait jamais vu des yeux aussi durs.

Paralysée, elle se tut. Le Gabriel Taggert qui venait de la dévisager ne s'était jamais vraiment dépouillé de son uniforme. Il était resté un militaire dans l'âme. Un officier de marine de la plus belle espèce. C'était le genre d'homme qui faisait ce que les autres n'osaient pas faire, un homme qui savait, agissait, allait là où la plupart des gens ne s'aventuraient jamais de peur de sortir de leur routine, de leur confort. Ces gens englués dans leur ignorance et leur manque de curiosité pour les ailleurs et pour les autres. Heureusement il existait sur terre des hommes comme Taggert, désireux de voir autre chose, de faire autre chose et de le faire pour eux.

Te reverrai-je un jour ?

Elle dut faire un effort pour détacher les yeux de ce visage qui en devenant grave était devenu encore plus beau.

— J'ai démissionné, dit-il avec un calme qui cachait mal son exaspération, après que vingt-trois personnes héroïques, loyales, bien, sont mortes à cause de quelques politiciens…

Il prononça ce mot avec dégoût.

— Des politiciens qui avaient décrété que l'équilibre des forces mondiales risquait d'être fragilisé si on prévenait ces hommes à temps pour qu'ils se mettent à l'abri de l'attaque fomentée contre eux.

— Ils pouvaient les prévenir et ils ne l'ont pas fait ?

Le feu passant au vert, il redémarra. Et il poursuivit avec un calme qui ne la trompa pas :

— Ils ont choisi de ne pas le faire alors qu'ils savaient ce qui allait se passer. Ils ne les ont pas laissés mourir, ils les ont sacrifiés sur l'autel de leurs ambitions politiques. Ces vingt-trois hommes sont morts dans des conditions horribles sans même savoir pourquoi.

Il inspira une grande bouffée d'air.

— Il vaut mieux qu'ils n'aient pas su la vérité.

Elle le regarda de nouveau. Même après tant d'années, il n'avait pas décoléré.

— Je ne savais pas, Gabe. Je suis… je ne sais pas ce que je suis. Ecœurée, peut-être, oui écœurée qu'on puisse agir ainsi, qu'il soit permis de prendre des décisions pareilles.

Elle hésita un moment puis demanda :

— Ces personnes qui sont mortes… c'étaient tes hommes ?

Te reverrai-je un jour ?

Il lui lança un bref coup d'œil.

— C'étaient des marins.

Réponse sans fioritures qui se suffisait à elle-même et en disait long sur celui qui l'avait formulée.

5

— Je suis désolée, Gabe. J'étais persuadée que tu avais quitté la marine pour… Je n'aurais jamais cru que ce soit pour une affaire pareille.

Gabe lança un nouveau coup d'œil à Cara. Il n'était pas surpris qu'elle l'ignore. Il ne s'était jamais beaucoup livré sur cette histoire.

— Je pensais bien que tu t'imaginais que j'avais démissionné à cause de Hope.

Elle sourit.

— Oui, je l'ai pensé, dit-elle. Il n'y a pas de quoi pavoiser. Mais les exigences de Hope… Elles auraient pu expliquer que tu t'y résignes.

La remarque l'étonna. Décidément, Cara était sévère envers son amie.

— Mais Redstone là-dedans ? Comment y es-tu entré ? insista-t-elle.

Il lui en avait déjà tellement dit qu'il pouvait continuer, maintenant.

Les yeux fixés sur la route, les mains serrées sur le volant gainé de cuir fauve, il roula un moment en silence

Te reverrai-je un jour ?

tout en lui lançant des coups d'œil. Pour l'instant, elle regardait dehors.

— Joshua avait une connaissance qui lui a raconté mon histoire. Indigné, il m'a recherché et proposé la direction de sa division marine. J'ai accepté.

Il sourit légèrement.

— Il m'a sauvé. Après Hope.

— J'aurais dû me manifester davantage, dit-elle, mais j'étais tellement empêtrée dans mon chagrin que j'avais peur de craquer devant toi. Je ne pense pas que tu aurais apprécié que j'éclate en sanglots alors que je venais te consoler. En plus, je…

Elle s'arrêta brusquement et regarda ses mains, jointes sur ses genoux.

Il nota qu'elle avait rougi.

Silencieux, il continua de rouler puis, soudainement, la pria de poursuivre.

— Tu quoi ? Continue.

— A cette époque, je n'avais encore jamais été amoureuse, enfin pas vraiment, alors je ne réalisais pas bien ce que l'on peut ressentir quand l'être qu'on aime le plus au monde se volatilise.

— Maintenant tu le sais.

Il avait parlé doucement, sans agressivité.

— Oui.

— Qui était-ce, Cara ?

— Un certain Robert. Un commissaire de police. Il s'est fait tuer lors d'un braquage alors qu'il s'interposait entre le truand et une petite fille.

Elle racontait son histoire sans émotion apparente, comme un automate. On avait dû lui poser la question

Te reverrai-je un jour ?

cent fois, aussi avait-elle une réponse toute prête qu'elle dévidait sans même réfléchir. Il savait ce que c'était...

— Je suis en colère. On perd trop de types de valeur.

Il le pensait sincèrement et voulait qu'elle le sache.

Elle le regarda, en souriant, sans se rendre compte qu'il la voyait.

— Oui, dit-elle. Lui aussi était un type bien.

Il garda un moment le silence, par respect pour cet homme qu'il ne connaîtrait jamais puis il dit :

— Tu aurais pu téléphoner, Cara. Même en pleurs, surtout en pleurs.

Du coin de l'œil, il la vit gigoter sur son siège puis se raidir. Qu'avait pu lui raconter sa femme pour qu'elle conclue qu'il ne voulait pas s'empoisonner la vie avec des gens gémissants ?

Cette pensée déclencha en lui une petite bouffée de culpabilité. Hope n'était plus là pour se défendre. C'était mal de lui attribuer de vilaines intentions. Certes, elle n'était pas parfaite, mais il l'avait aimée. Son charme naturel, sa beauté, son allant l'avaient toujours fasciné. Qu'elle l'ait aimé le flattait même si, aujourd'hui, il s'interrogeait sur ce qui lui avait vraiment plu en lui.

— J'y ai pensé, dit-elle. J'ai failli le faire. Mis à part les parents de Hope, tu étais le seul à être aussi malheureux que moi. Mais je n'ai pas voulu en rajouter, je me doutais que tu étais déjà mal en point.

Sa délicatesse le toucha. Troublé — plus qu'il ne l'aurait voulu —, il sauta sur la première chose qui lui venait à l'esprit.

— On ne peut pas dire à Earl et Gwen ce qu'on a

Te reverrai-je un jour ?

l'intention de faire. Comme ça ne mènera sans doute nulle part…

— Non, il ne faut pas. Mais nous, Gabe, nous devons agir. Je ne dormirais pas en paix si nous n'entreprenions rien. En ce qui les concerne… Il est inutile de leur donner de faux espoirs. Tout cela est tellement nébuleux !

Il voulut s'assurer qu'ils étaient bien sur la même longueur d'onde.

— D'accord, on reprend les recherches à zéro, dit-il, mais j'espère que tu ne te fais pas d'illusions. Elles n'aboutiront à rien.

Cara battit des paupières.

— Que veux-tu dire ? Tu crois que j'espère qu'on va la retrouver vivante ? Sûrement pas.

Il ne peut s'empêcher de hoqueter. Il avait toujours vu Cara comme une fille brillante, mais dotée d'une imagination foisonnante qui risquait de l'entraîner dans des délires.

— Au début, dit-elle, l'air vaguement gêné, je me suis posé des questions. La nuit, je me réveillais et je la voyais menant une nouvelle vie, quelque part, peut-être sous un faux nom. Je me disais qu'elle avait peut-être été témoin de quelque chose qu'elle n'aurait pas dû voir et qu'elle était cachée dans un endroit secret, sous la protection des autorités, amnésique peut-être, ou que sais-je… Voilà, j'avais plein d'idées folles qui me trottaient dans la tête.

Comme, de son côté, il lui était arrivé d'imaginer les mêmes scénarios, la coïncidence le troubla.

— Ce n'est pas fou, vu les circonstances, dit-il.

C'était même tout à fait plausible.

Te reverrai-je un jour ?

— Le chagrin vous fait de drôles de choses parfois ! Chagrin plus incertitude, c'est insupportable.

Elle inspira à son tour, puis soupira.

— Il ne faut rien dire aux parents de Hope.

Pensive, elle ajouta :

— Je ne pense pas qu'on la retrouve, mais si nous pouvons découvrir ce qu'il lui est arrivé, cela les aidera... Je sais que rien ne peut les consoler mais, au moins, ils sauront.

— Et ils tourneront la page ?

Gabe détestait cette expression. Elle lui faisait penser à ces proches qui, après des funérailles, vous disent qu'il faut continuer comme si de rien n'était. Qu'il faut *tourner la page*.

Il hocha la tête. Cara aussi avait perdu un être cher et elle avait surmonté son chagrin. Pourquoi avait-elle pu tourner la page quand lui continuait de s'enfoncer ? Etait-ce parce qu'il s'interrogeait ?

Elle haussa les épaules.

— Je n'aime pas cette expression, Gabe. C'est un peu facile, surtout quand on ignore ce qui s'est passé, ce qui est le cas. Je sais bien que c'est dangereux d'espérer au-delà du raisonnable, de s'accrocher désespérément, comme je l'ai fait au début, à l'idée que rien n'est perdu. Peu à peu, on glisse vers la folie.

Un accident de la circulation l'obligea à ralentir. Sans rien dire, il contourna les véhicules endommagés puis il la regarda.

— Tu penses que les Waldron espèrent encore ?

— Non. Sous son air angélique, Gwen est une femme

Te reverrai-je un jour ?

forte qui ne se berce pas d'illusions et elle empêche Earl de s'enliser dans de faux espoirs.

Gabe avait le même avis sur la question.

Le calme tranquille avec lequel Cara parlait des parents de Hope prouvait qu'elle avait mûri. Jamais, autrefois, elle ne se serait permis de porter de jugement sur des adultes de la génération de ses parents.

— Comme tu as changé ! ne put-il s'empêcher de lui dire. C'est vrai que tu as grandi.

Elle sourit. Un sourire que Gabe adora.

— C'est comme ça ! dit-elle. Je te l'avais dit !

La tension qui avait grimpé dans la voiture retomba de trois crans au moins. L'atmosphère redevint respirable.

Ils étaient maintenant au pied de la montagne et allaient attaquer la montée. La route, à pic, n'était que lacets et épingles à cheveux bordés de ravins vertigineux. Visiblement impressionnée, Cara fit la grimace.

La conversation reprit, un peu comme autrefois. D'un ton badin, amical. Gabe lui posa des questions sur ses parents, apprit qu'ils vivaient dans l'Oregon où son père, retraité, coulait des jours heureux entre la pêche et la contemplation de la nature tandis que sa mère, connue pour sa main verte, s'occupait de ses fleurs. Elle lui demanda ce que devenait son père et sourit quand il lui répondit que l'amiral, à soixante et un ans, était toujours aussi fringant dans le privé et intransigeant avec son équipage. Et qu'il était toujours stationné à San Diego.

— Il ne s'est jamais remarié après le décès de ta mère ?

— Il dit qu'il n'y a pas une seule femme au monde qui

Te reverrai-je un jour ?

pourrait le supporter comme le faisait maman. Pour avoir vécu avec lui, j'ai tendance à penser qu'il a raison.

Elle rit et son rire enchanta Gabe.

Bizarre, pensa-t-il. Jamais il n'aurait cru que revoir Cara Thorpe lui ferait chaud au cœur. Il est vrai qu'elle avait quasiment fait partie de sa vie pendant un temps, mais uniquement pour faire plaisir à Hope, dont c'était la grande amie. Au début, il n'avait prêté aucune attention à cette jeune fille, il l'avait acceptée, rien de plus. Et puis, peu à peu, il l'avait taquinée sur sa timidité maladive et avait placé un point d'honneur à essayer de la dégourdir se moquant gentiment d'elle et l'obligeant à lui parler. A l'époque, elle l'avait souvent surpris par son sens de l'observation et ses remarques acérées. Il s'était même dit qu'avec des jugements aussi pointus, il fallait tenir compte d'elle et de ses opinions, se méfier d'elle comme on se méfie des eaux dormantes, expression qu'elle incarnait à ravir. Ensuite, comme il baignait dans la félicité de ses amours avec Hope, il n'avait plus vraiment repensé à cette fille qui n'était que l'ombre grise de la vibrante et pétillante Hope Waldron.

Cara Thorpe, aujourd'hui, n'évoluait plus dans l'ombre de personne, pensa-t-il. Avec sa fière allure, son port altier, son assurance et sa personnalité, elle…

La sonnerie de son téléphone portable le tira de sa rêverie. Il pressa la touche mains libres sur le tableau de bord de sa voiture.

— Taggert.

— Le plus petit village du comté. Pas de shérif. Deux restaurants, un motel de vingt chambres, petite activité touristique. La poste au fond de l'épicerie bazar. Tenue par la même personne depuis trente ans, Anson Woodruff. Au courant de tout. Il y est en ce moment.

Le rapport de St. John, concis comme une définition de dictionnaire, ainsi que l'air médusé de Cara quand la voix sèche cingla dans la voiture, amusèrent Gabe, qui sourit.

— Merci, dit-il.
— Autre chose ?
— Pas pour l'instant.

Ils entendirent le clic qui indiquait que l'interlocuteur avait raccroché.

— C'est... la mitraillette, j'imagine ? dit Cara.
— Exact.
— Je comprends pourquoi tu l'appelles comme ça. Il est toujours aussi cassant ? Aussi bref ?
— Bref ? C'est la première fois qu'on se parle aussi longtemps au téléphone.
— Drôle de personnage.
— D'habitude il dit un mot ou deux, mais juste le nécessaire. En tout cas, ça s'est passé comme ça les quelques fois où j'ai eu affaire à lui. Il a la réputation de ne pas parler pour ne rien dire, aussi, quand il ouvre la bouche, a-t-on intérêt à écouter.
— C'est l'efficacité poussée à l'extrême.
— C'est aussi la réputation qu'il a. Joshua dit que c'est quand on l'entend parler normalement qu'il est dangereux et qu'il faut se méfier.
— Dangereux ? Curieux, non ?
— Tu comprendras quand tu le verras.

Elle se tut, comme si elle réfléchissait à ce qu'il venait de dire, puis reprit :

Te reverrai-je un jour ?

— On commence par Anson Woodruff ?
— C'est ce qu'il y a de plus logique. Espérons qu'il a de la mémoire.

Cara sourit.

— Compte tenu de ce que je sais de la vie des petites villes, les commères et autres colporteurs de ragots se rappellent toujours tout.

S'entendant rire, il se demanda comment, étant donné la mission dans laquelle il s'embarquait, il trouvait le cœur à s'amuser.

Car c'était bien d'une mission qu'il s'agissait, et il l'entreprenait avec la plus improbable des compagnes. Cara Thorpe.

6

M. Woodruff, malgré ses soixante-douze printemps, les stupéfia par sa mémoire d'éléphant. Heureux de papoter et de partager ce qu'il savait, même avec des inconnus, il ne se montra pas avare de confidences.

— C'est l'été où le vieux motel a brûlé, dit-il en caressant machinalement sa calvitie. Pas une grosse perte. Il n'y avait que des ivrognes là-dedans et des gars qui jouaient au billard. C'était devenu un hôtel borgne. Mais quel tintouin quand les pompiers sont arrivés ! Il a fallu sortir tout ce monde de là, les alcooliques qui ne savaient plus où ils étaient et ne se rendaient compte de rien. Comme on n'a que des pompiers volontaires dans la commune...

— Ça a dû être terrible, commenta Cara.

— Ça s'est passé avant ou après que vous avez vu Hope ? interrogea Gabe, soucieux de recentrer la conversation.

— Votre amie ? demanda l'homme comme s'il avait oublié que Gabe venait de lui dire qu'il s'agissait de sa femme.

— Oui, s'impatienta Cara.

Exaspéré, Gabe se retint d'insulter le bonhomme. S'ils

Te reverrai-je un jour ?

étaient là, c'était parce que Hope était sa femme et l'amie de son amie ici présente. Il le lui avait déjà dit.

Craignant qu'il ne s'énerve, Cara intervint. Il fallait rester calme, ce serait certainement plus productif.

— Ah, avant ! fit l'homme. Elle est venue ici le jour d'après. Charmante jeune femme, en vérité. Je lui ai parlé de l'incendie et ça l'a beaucoup intéressée.

« Je m'en doute ! » pensa Gabe en laissant Cara poursuivre. Si le vieil homme était sensible à la gentillesse de Cara, mieux valait les laisser discuter entre eux et se contenter d'écouter.

— Elle vous a paru comment ?
— Comment ? Une jolie jeune fille. Oui, charmante. Elle a acheté une carte postale, est allée au café l'écrire puis elle est revenue la poster.
— Elle n'était pas… bouleversée ? Ou angoissée. Ou quelque chose comme ça ?

Fronçant ses sourcils broussailleux, M. Woodruff se creusa la cervelle.

— Bouleversée ? Pourquoi ? Non, elle avait l'air normal. Très contente, excitée même. Oui, toute frétillante, ajouta-t-il en riant.

C'était vrai, Hope était comme ça, pensa Gabe. Sauf quand il partait trop longtemps…

— Vous êtes sûr ?
— J'ai de la mémoire, dit M. Woodruff avec fierté. Une mémoire comme pas deux.

C'était clair, le vieux monsieur préférait parler avec Cara. Gabe la laissa enchaîner.

— Elle ne vous a pas semblé malheureuse, ou effrayée ? insista Cara.

Te reverrai-je un jour ?

M. Woodruff plissa de nouveau le front.

— Non, pas du tout. Je m'en souviendrais. Je n'aime pas voir les jolies femmes tristes.

Il adressa à Cara un sourire qui se voulait charmeur. L'homme devait être un coureur, se dit Gabe, agacé.

Cara continua à discuter, sans Gabe, qui se surprit à être irrité. Se raisonnant, il se calma. Allons, c'était Cara !

Donc, Hope avait été heureuse. C'était un point positif. En revanche, ils n'étaient pas plus renseignés sur le motif de sa venue ici, ni sur ce qui s'était passé ensuite, après qu'elle avait acheté, écrit et envoyé la carte postale.

C'était du Hope tout craché de faire parvenir une carte à une amie parce qu'elle n'avait pas pu la joindre au téléphone. Elle gribouillait sans cesse des mots, un peu partout, sur des coins de nappe ou des bouts de papier, elle tenait même un journal intime dans lequel elle avait fait jurer à Gabe de ne jamais fourrer le nez. Il avait tenu sa promesse, mais avait autorisé la police à le lire quand elle avait disparu. Ils n'y avaient rien appris, d'autant moins qu'elle avait ensuite écrit sur son ordinateur portable.

Cara finit par remercier et saluer l'aimable M. Woodruff et, flanquée de Gabe, se dirigea vers la porte. C'était un de ces petits bazars comme il en existait autrefois et où l'on trouvait de tout. Un peu cher sans être exorbitant, pas beaucoup de choix mais un peu de tout, légumes, fruits, T-shirts et même prises électriques. Les habitants devaient à la fois l'éviter et le bénir selon l'urgence ou l'envie qu'ils avaient d'emprunter la diabolique route en lacet qui descendait dans la vallée, où se trouvait un centre commercial, moins cher et mieux approvisionné.

Le vieux plancher de bois craqua sous leurs pas, et ce

Te reverrai-je un jour ?

bruit leur plut. Cara s'arrêta devant des scies électriques exposées à côté de bûchettes.

— Je suppose qu'il veut dire qu'en achetant la scie on n'a plus besoin d'acheter de petit bois.

— Bon marketing, plaisanta Cara.

Gabe se retourna et embrassa du regard le domaine de Woodruff, lequel, avec force gestes, racontait une autre histoire à une autre femme qui semblait captivée. Ce n'était pas étonnant qu'il soit là depuis trente ans. Dans cette boutique, la clientèle défilait et se renouvelait sans cesse. Un rêve pour les ragots.

— Tu as eu une bonne idée de prendre la photo, dit Gabe en poussant la porte.

— Elle est tout le temps dans mon portefeuille. Nous sommes toutes les deux dessus, mais on voit Hope assez bien.

— Oui, d'ailleurs il n'a pas hésité une seconde.

— Hope n'a pas dû beaucoup changer depuis que cette photo a été prise.

Il ne lui fit pas remarquer qu'elle, en revanche, avait beaucoup changé et qu'il ne l'aurait jamais reconnue.

— Non, pourtant la photo a onze ans. Tu te rappelles ? C'est toi qui l'avais prise. A La Jolla.

Il réfléchit deux secondes.

— Oui, je m'en souviens. Vous fêtiez vos anniversaires.

Heureuse qu'il n'ait pas oublié, elle sourit.

— Exactement.

Son navire était en révision à San Diego pour quelques mois. Hope était aux anges, elle allait pouvoir profiter de lui. Son bonheur était tellement communicatif que la liesse avait été générale. Même Cara, la tranquille Cara, s'était jointe à eux quand, sur l'insistance de Hope, ils étaient allés dîner dans son restaurant préféré.

Il se rappelait précisément quand il avait pris le cliché. Elles avaient posé dans le parc. Derrière elles, la falaise tombait à pic dans la mer. C'était un très joli endroit, très sauvage, l'une des promenades favorites des touristes et des autochtones.

C'était aussi ce jour-là qu'il avait demandé à Cara pourquoi elle ne l'aimait pas.

— Je me suis toujours demandé si tu m'en voulais pour quelque chose, dit-il brusquement, exprimant tout haut ce qu'il pensait tout bas.

Cara le regarda, l'air tellement sidéré qu'il comprit avant même qu'elle réponde qu'il venait de proférer une énormité.

— T'en vouloir ? Pourquoi t'en aurais-je voulu ?

— Parce que j'ai épousé ta grande amie et qu'elle n'était plus aussi disponible pour toi, ensuite. Enfin, quand j'étais au port.

— Oui, mais vous m'invitiez souvent, dit-elle, gênée.

Notant son embarras Gabe se tut. C'est elle qui poursuivit.

— Vous ne m'avez jamais fait sentir que j'étais la cinquième roue du carrosse. Je ne t'ai jamais remercié pour ça et j'aurais dû. Il n'y a pas beaucoup d'hommes qui auraient accepté de traîner un boulet.

— Je ne t'ai jamais considérée comme la cinquième roue du carrosse, comme tu dis. En fait, j'étais heureux que tu sois là pour prendre le relais quand je partais en mer.

— C'était facile pour moi, répliqua Cara. Je n'avais pas grand-chose dans la vie.

— Ce n'est plus le cas, apparemment.

Elle rit.

— Je ne sais pas comment je dois le prendre…

— Comme un compliment. Tu as beaucoup changé, tu sais. Tu t'es… épanouie.

Trouvant ce mot ridicule il se tut, gêné.

— Pas difficile ! J'étais tellement mal dans ma peau à l'époque.

— Je croyais que tu ne m'aimais pas.

— Mais si, je t'aimais bien.

Elle détourna les yeux puis le regarda de nouveau.

— Je crois que je t'aimais trop. Je pense même que j'avais un faible pour toi.

Elle rit de nouveau. Interloqué, Gabe la fixa.

— Un quoi ?

— Tu as bien entendu. Mais j'ai vite réalisé que ce que je désirais, c'était ce que Hope avait. L'amour, la tendresse… Pas toi.

D'abord ahuri, Gabe ressentit très vite de la déception. Ce n'était pas lui qu'elle aimait mais l'idée qu'elle se faisait de l'amour. Son ego venait d'en prendre un coup ! N'empêche, cet aveu le laissait pantois. Il ne s'était jamais vu comme un homme dont les femmes tombent amoureuses. Il avait désiré Hope, l'avait eue et cela l'avait comblé. Pourquoi, alors, était-il déçu que Cara Thorpe lui dise qu'elle ne l'aimait pas ?

— On sait donc que Hope était ici la veille de sa disparition, reprit Cara, renouant le fil de leur conversation. Et qu'elle a acheté, écrit et posté une carte postale le même jour.

Soulagé qu'elle remette la conversation sur les rails, Gabe s'empressa de répondre que c'était exact, mais qu'ils ne savaient toujours pas, en revanche, ce qu'elle faisait ici.

— Ni dans quelle direction aller maintenant, ajouta Cara. Réfléchissons. Si elle s'est arrêtée ici pour envoyer cette carte, elle n'a peut-être pas fait que ça. Allons interroger le voisinage, peut-être que…

— Bonjour.

Ils se retournèrent d'un bloc. C'était la femme qui était derrière eux dans le bazar. Elle avait une petite fille brune dans les bras dont la tête dodelinait sur son épaule.

— Je suis Laura Ginelli. M. Woodruff m'a dit que vous cherchiez Hope Taggert.

Gabe et Cara échangèrent un coup d'œil. Employant exprès le présent, Gabe prit la parole.

— Vous la connaissez ?

— Ça fait des années que je ne l'ai pas vue. Depuis qu'elle a arrêté de venir ici.

Gabe se raidit. Cara avait sûrement noté la même chose que lui car elle releva.

— Arrêté ?

— Oui. Brusquement. Sans qu'on sache pourquoi. J'ai trouvé cela bizarre, mais de sa part… Comme dirait ma grand-mère, c'était un oiseau des îles, soit dit sans vous vexer, si vous êtes de sa famille.

— Je suis Gabriel Taggert, dit Gabe en observant la réaction de la femme.

Te reverrai-je un jour ?

— J'aurais dû m'en douter, dit Laura, le sourire aux lèvres. Elle disait toujours que vous étiez très beau !

Cara éclata de rire.

— C'est bien vu, non ? Au fait, je me présente, je suis Cara Thorpe. Hope était ma meilleure amie.

Soulagé, Gabe soupira. Il détestait qu'on lui adresse des compliments, surtout aussi ouvertement. Il recula légèrement, laissant Cara expliquer l'histoire de la carte postale qui avait mis huit ans à lui parvenir. Gabe remarqua qu'elle parlait de Hope au passé.

— Ah ! C'est à vous qu'elle a écrit. Elle m'avait dit qu'elle n'arrivait pas à joindre quelqu'un au téléphone et qu'à la place, elle allait lui envoyer une carte. Je m'étais demandé qui ça pouvait bien être.

— Vous avez une de ces mémoires ! la félicita Gabe.

— C'est vrai, je suis assez bonne, répondit Laura, flattée. Je m'en souviens d'autant mieux que je ne l'ai jamais revue après et que je me suis toujours demandé pourquoi elle n'était plus revenue.

— Vous l'avez vue ce jour-là, alors ? demanda Cara. Le jour où elle m'a posté cette carte.

Laura hocha la tête et montra du doigt le café qui se trouvait en face.

— J'ai travaillé là-bas jusqu'à la naissance de mon fils aîné. Hope y venait souvent, elle prenait toujours un milk-shake. Elle adorait ça, surtout qu'on les préparait à l'ancienne.

— A la fraise, dit Gabe.

— Exact, dit Laura, tout sourire. Bref, ce jour-là, elle est entrée comme d'habitude, a commandé son milk-shake et a écrit sa carte. Avant qu'elle parte on a un peu bavardé. Comme on faisait chaque fois.

Son sourire s'évanouit et elle les regarda. On aurait dit qu'elle se rendait compte brusquement que leurs questions n'étaient pas anodines.

— Il s'est passé quelque chose, dites-moi ?

— Oui, ce jour-là, dit Gabe la gorge serrée, est le dernier jour où on l'a vue.

7

Laura Ginelli porta une main à sa poitrine.
— Qu'est-ce que vous me dites ?
— Depuis ce jour-là, personne ne l'a plus jamais revue. Elle a disparu, annonça Cara sans ménagement.
— Mais… ça fait des années !
— Oui.
— Oh. lala ! c'était bien ce que je craignais.
— Pourquoi ? interrogea Gabe.
Cette femme avait-elle des raisons de s'inquiéter ?
— Parce qu'elle adorait venir ici et que ça ne lui ressemblait pas de partir comme ça.
— La police l'a cherchée pendant des mois, mais personne n'a jamais pensé à venir ici, dit Cara.
Les sourcils froncés, Laura regarda Gabe.
— Vous… vous ne leur avez pas dit ?
Il se raidit.
— Dit quoi ? J'ignorais qu'elle était venue ici.
Laura plissa les paupières, se demandant visiblement pourquoi Hope n'avait pas parlé à son mari de ses visites dans le village.
— Moi aussi, précisa Cara, volant au secours de Gabe,

Te reverrai-je un jour ?

que la femme commençait à soupçonner. Ses parents aussi, autant que je sache. Pour une raison que j'ignore, elle n'a rien dit à personne. Apparemment c'était secret.

— Pourquoi en faire un secret ? interrogea la femme.

— C'est ce que nous aimerions élucider, répliqua Gabe.

Cara l'observa. Il était pâle, crispé, prêt à craquer. Elle n'avait pas imaginé qu'après tant d'années, il réagirait aussi violemment.

Elle réfléchit une seconde. Après tout, peut-être qu'à sa place elle aurait été aussi troublée. Apprendre que sa femme avait de tels secrets avait de quoi ébranler le plus imperturbable des maris.

— Savez-vous depuis combien de temps elle venait ici ? questionna Cara.

— Depuis combien de temps ? répéta Laura en se concentrant. Laissez-moi réfléchir.

La petite fille commençant à gesticuler dans ses bras, elle la cala sur sa hanche.

— Je dirais au moins deux ans. Elle est venue tous les week-ends pendant des mois, puis plus du tout, et puis elle a recommencé à venir.

La femme semblait attristée. Elle devait beaucoup aimer Hope.

— C'est pour ça qu'on n'a pas trop fait attention au début, quand elle n'est plus revenue.

C'était sûr, les visites de Hope correspondaient avec les départs de Gabe en mer, se dit Cara. Quand il était à terre, Hope ne désertait jamais la maison, elle pouvait en témoigner. Le couple passait tout son temps ensemble

Te reverrai-je un jour ?

mais, quand l'heure d'un nouveau départ approchait, Hope, déprimée, appelait Cara pour se plaindre.

La petite fille se mit à geindre.

— Chut, dit Laura en lui tapotant le dos.

En vain.

— Il faut que j'aille la nourrir et chercher son frère à l'école, dit-elle. Je n'en reviens pas de ce que vous me dites. Je me rappelle très bien maintenant ! Je venais d'apprendre que j'étais enceinte de mon fils la dernière fois que je l'ai vue. Elle était tout excitée pour moi. Elle m'a dit qu'elle allait apprendre à tricoter pour lui faire une brassière.

— Merci de vos renseignements, dit Cara.

— Si vous pensez à autre chose, ajouta Gabe, voilà ma carte. Appelez-moi sur mon portable. Nous restons encore ici quelque temps.

— Bien sûr, répondit Laura en lisant la carte. Ah, Redstone ? Alors vous avez quitté la marine ?

— Oui.

L'enfant geignant de plus belle, ils en restèrent là.

— Juste une chose avant que vous ne partiez, déclara Cara. Savez-vous pourquoi elle venait ici ? D'accord, c'est beau, mais pourquoi ici en particulier ?

— Eh bien, pour voir son amie Miriam !

— Miriam ? Je n'ai jamais entendu parler de Miriam, dit Gabe.

— Je ne connais pas son nom de famille. Hope m'a juste parlé d'elle comme ça. Je ne pense pas qu'elle habite le village parce que, ici, tout le monde se connaît, et ce nom-là ne me dit rien.

Te reverrai-je un jour ?

Les cris de l'enfant se firent perçants. Après s'être excusée, Laura s'éclipsa, laissant Gabe et Cara abasourdis.

— Intéressant ! lança Cara à Gabe qui regardait la femme s'éloigner.

Il semblait incrédule. Apprendre que la femme qu'il avait épousée et aimée menait une double vie ou, pour le moins, une vie secrète sans qu'il le soupçonne avait de quoi assommer l'homme le plus solide.

Que Hope ne lui ait rien dit à elle, sa meilleure amie, était déjà étonnant. Qu'elle l'ait caché à son mari, avec qui elle était supposée tout partager, était inconcevable. Comment avait-elle pu faire ça ?

Un échange qu'elle avait eu avec Gabe revint à sa mémoire.

« Pourquoi t'aurait-elle laissé tomber ?

— Pour quelqu'un d'autre. »

Les mots tintaient encore à ses oreilles, mais aujourd'hui, ils résonnaient différemment. Et pourtant… Comment imaginer qu'on puisse tromper un homme comme Gabe ?

— Tu te demandes si elle avait une liaison ?

La question de Gabe la sortit de ses pensées. Il scrutait son visage avec curiosité mais sans inquiétude apparente. Peut-être ne le montrait-il pas ? Hope lui avait dit qu'il n'extériorisait jamais ses sentiments, ses émotions. Pourtant, il avait ri tout à l'heure quand ils avaient parlé de M. Woodruff. Ce n'était pas une émotion, ça ?

Sans doute pas pour Hope, se dit-elle. Pour Hope, être ému, c'était être en colère, angoissé. Pleurer.

— Alors ? insista Gabe. Tu ne me réponds pas ?

Il la regardait bizarrement.

Te reverrai-je un jour ?

— J'y ai pensé mais, franchement, je ne crois pas. Elle était peut-être futile et frivole, ce n'est pas de moi, c'est elle qui le disait. Mais je suis sûre qu'elle était sérieuse.

— J'aurais tendance à penser comme toi, dit Gabe froidement.

Son détachement apparent intrigua Cara. Cela faisait huit ans, évidemment, que Hope avait disparu. Huit ans sans savoir, à se poser des questions. Huit ans pendant lesquels il avait dû évacuer un trop-plein d'émotions.

— En tout cas, sûrement pas en cachette, ajouta-t-il.

— C'est ce que je pense. Elle aurait pu partir pour quelqu'un d'autre mais, avant, elle aurait eu une explication avec toi. Elle t'aurait exposé ses griefs en criant, comme toujours.

Gabe cligna des yeux. Elle vit le coin de ses lèvres rebiquer, comme s'il s'interdisait de rire.

— Ça oui, c'est certain.

Contente qu'il réagisse aussi bien, elle promena son regard autour d'elle. Avec ses faux airs de village alpin, cette petite station était très jolie.

— Hope s'est rendue à la poste et au café, dit-elle. Elle n'a sûrement pas fait que ça.

Il balaya la rue du regard et son expression changea.

— Si nous nous séparions ? Chacun de son côté, ça ira plus vite.

Toujours cette efficacité militaire, pensa Cara, refrénant une envie de rire.

— Mais c'est moi qui ai la photo, dit-elle. Et à deux, nous avons plus de détails sur Hope que chacun de son côté. L'un de nous peut rebondir sur une information qui n'aura pas frappé l'autre.

Te reverrai-je un jour ?

Il lui lança un regard admiratif.

— J'ai toujours pensé que tu étais brillante.

— Eh oui, se moqua-t-elle.

Des phrases qu'elle avait entendues autrefois se mirent à retentir dans sa tête.

« Cette Cara Thorpe, elle est vraiment douée, dommage qu'elle ait si peu de personnalité. »

« La petite Thorpe, elle est brillante mais tellement insignifiante ! »

« Cara, tu ne vas pas passer tout l'été enfermée dans cette bibliothèque ! Si tu t'amusais un peu ? »

Cette dernière phrase était de Hope, sa seule vraie grande amie. Une amitié qui devait tout au hasard, et au fait que cette fille joyeuse, heureuse de vivre, généreuse et extravertie habitait dans la maison d'en face.

« Sans Hope, se dit Cara, je serais encore cette fille renfermée, effacée, et j'en souffrirais toujours. Grâce à elle j'ai compris que je pouvais être autrement, et j'ai abandonné mes complexes. »

C'était donc le moins qu'elle pouvait faire pour son amie.

— Au fait, je ne t'ai même pas posé la question, dit Gabe, embarrassé. Que fais-tu dans la vie ?

— J'œuvre dans le marketing puisque j'ai le diplôme.

— Mais encore ?

— Je suis directrice de la communication d'une entreprise spécialisée dans la conception de sites internet. J'ai commencé comme responsable du comté il y a cinq ans. L'année dernière, on m'a promue directrice régionale. La société marche bien.

Te reverrai-je un jour ?

Admiratif, Gabe haussa les sourcils, ce qui la fit sourire. Elle était fière d'avoir réussi et ne se privait pas de le montrer.

— Bravo, dit-il.

Il avait l'air content pour elle et sincère. Cela lui fit plaisir.

— Tu n'as jamais regretté de ne pas avoir fait de droit ?

— Sûrement pas, déclara-t-elle en pouffant de rire. Ça n'a été qu'une lubie passagère et je remercie le ciel tous les jours de ne pas m'être lancée là-dedans !

— Tu disais pourtant que tu voulais mettre de l'ordre dans le monde.

— Oui, mais c'était *avant*. Maintenant, je suis comme les autres, j'aime me rouler dans la fange et le désordre.

Gabe sembla trouver sa réponse bizarre mais ne discuta pas. Il se contenta de sourire. Elle aimait quand il souriait comme ça, comme autrefois, les quelques fois où il lui avait souri — qui n'étaient pas si rares, finalement, se rappela-t-elle. Il avait toujours été gentil avec elle. C'était elle, emberlificotée dans ses émois de midinette, qui avait fait des sacs de nœuds. Aujourd'hui, il l'ignorait, mais il la troublait toujours. Sans doute était-ce la suite logique de ce qu'elle ressentait à l'époque pour lui ?

Rien n'avait donc changé.

Huit années s'étaient écoulées, sa meilleure amie n'avait pas reparu.

Et Gabriel Taggert serait toujours le mari de Hope.

8

L'air soucieux, Gabe se frotta la nuque.

— Ça va ? demanda Cara.

Il haussa les épaules.

Après avoir interrogé toute la rue principale, ils s'étaient arrêtés dans le restaurant où Laura Ginelli travaillait autrefois. C'était une heure bancale, trop tard pour déjeuner, trop tôt pour dîner, mais ils avaient sauté le déjeuner et mouraient de faim.

Cara avait eu raison. Les habitants de Lac aux Pins connaissaient Hope. Sa nature extravertie ainsi que sa joie de vivre avaient laissé de grands souvenirs dans la station.

Personne, en revanche, n'avait la moindre idée de ce qui avait pu lui arriver. Personne non plus n'avait entendu parler d'une certaine Miriam.

— Je suis un peu sur les nerfs, répondit-il. J'ai tout le temps l'impression d'être épié.

— Tu as raison, on nous observe peut-être, dit Cara. Encore que, ici, ils doivent être habitués à voir des touristes.

Te reverrai-je un jour ?

Non. C'était eux en particulier qu'on surveillait, songea Gabe, mais il garda son impression pour lui.

— C'est un bel endroit. Je comprends que les touristes apprécient. L'air pur, l'odeur des sapins, le calme…

— Je suis d'accord avec toi, c'est beau, acquiesça-t-il. Mais je ne vois pas ce qui pouvait attirer Hope dans ce genre de lieu. C'était une citadine pur jus, comme elle disait.

— C'est ce que je me disais. Elle n'aimait que le parfum des gaz d'échappement et la mélodie des Klaxon !

— Et il n'y a pas le moindre marchand de chaussures en vue, plaisanta Gabe.

Cara rit. Hope avait un goût immodéré pour les souliers. Lui en comptait deux paires habillées, des marron et des noires, des tennis pour courir, de vieux godillots de l'armée et des Dockside réservés au bateau. Hope, elle, avait une trentaine de paires d'escarpins noirs qui, pour lui, se ressemblaient tous.

Au début, il s'était dit que c'était une lubie sans gravité, le principal étant qu'elle soit heureuse. Et puis, quand elle avait commencé à dépenser plus de mille dollars pour une paire de chaussures, il s'était inquiété.

Finalement, il les avait données aux œuvres de charité quand il avait quitté la maison où ils avaient vécu. Cela avait été un crève-cœur, la démarche qu'il avait eu le plus de mal à accomplir.

Entendant Cara rire, il se demanda comment il avait pu ne pas prêter attention à son rire auparavant. Peut-être n'avait-elle jamais ri d'aussi bon cœur ? Etait-elle timide au point de n'avoir jamais osé ? Etait-ce lui qui la paralysait ?

Te reverrai-je un jour ?

« J'avais un faible pour toi », se rappela-t-il alors. Quel aveu !

— Qu'est-ce qu'il y a ? demanda Cara.

Il se rendit compte qu'il était dans la lune et revint sur terre.

— Je pensais à Hope qui voulait absolument qu'on te mette dans les bras d'un ami.

Elle écarquilla les yeux.

— Que dis-tu ?

Il regretta d'avoir parlé, mais c'était trop tard.

— On voulait que tu sois heureuse. Hope disait toujours qu'il te manquait un homme pour que tu t'épanouisses. Que cela te donnerait confiance en toi. Je me dis maintenant qu'elle devait avoir raison.

Il la vit rougir.

— C'est charmant ! Merci ! Elle voulait vraiment faire ça ? Jouer les entremetteuses ? Je ne te crois pas.

Il hocha la tête.

— C'est pourtant vrai. Je ne compte pas le nombre de fois où elle m'a demandé d'inviter un ami pour toi. Mais uniquement quelqu'un de sérieux et de bien.

— Je suis navrée qu'elle t'ait imposé ça. J'ai honte.

Il haussa les épaules et son cerveau se mit à tourner plus vite qu'un ordinateur.

— Tu n'as pas à avoir honte.

D'autant qu'il n'avait jamais été fichu de ramener quelqu'un, ce qui avait eu le don d'exaspérer Hope. En fait, après avoir dressé la liste de tous les camarades qui auraient pu convenir, il les avait éliminés avec soin l'un après l'autre. Tout en haut de la liste, il y avait Karl Linden, qu'il s'était empressé de rayer quand il avait découvert qu'il

Te reverrai-je un jour ?

avait trompé sa petite amie. Il avait ensuite surpris Jim Hardy en flagrant délit de mensonge. Cela était d'autant plus bête qu'il s'agissait d'un détail insignifiant, mais cela avait jeté le discrédit sur lui. Darrell Watson aurait pu faire un bon prétendant jusqu'à ce que la police militaire aille le récupérer au commissariat de San Diego, où il avait été amené après une rixe sur la voie publique entre marins épris de boisson. Rixe dans laquelle il avait été battu, ce qui était le plus infamant de tout.

La conclusion c'est qu'il n'avait jamais ramené d'ami parce qu'il n'en avait jamais trouvé parmi tous ceux qu'il connaissait qui soit digne de la naïve petite Cara.

Désemparé par ce qu'il ressentait, il fixa sa tasse de café. S'il avait pensé cela à l'époque, alors qu'elle était effacée, que pensait-il aujourd'hui devant la femme pleine d'assurance et belle qu'elle était devenue ?

— Comment as-tu fait ? dit-il soudain, exprimant tout haut le fond de sa pensée.

— Comment j'ai fait quoi ? interrogea-t-elle, étonnée de la question.

— Comment as-tu fait pour changer autant ?

Elle afficha un sourire empreint de tristesse.

— Je sais, j'étais très timide et... vieille.

— Je n'ai pas dit ça, s'empressa-t-il de corriger.

— Je vais t'expliquer. C'est Hope. J'ai eu envie d'être comme elle. Et après son... départ, je me suis dit qu'il fallait que je me prenne en main.

Son hésitation ne lui échappa pas. Comme lui, elle n'osait pas, ne voulait pas employer certains mots à propos de Hope, comme *sa mort*, par exemple. Etait-elle morte, d'ailleurs ? Qui pouvait l'affirmer ? Comme Cara, Gabe

Te reverrai-je un jour ?

parlait de « partie », « disparue », « volatilisée », jamais de « morte » ni de « décédée ».

— Pourquoi dis-tu qu'il le fallait ? releva-t-il.

Elle haussa de nouveau les épaules. Et fit un petit sourire gêné.

— Ça va te sembler ridicule mais, après le... départ de Hope, le monde m'a paru tellement morne tout d'un coup, tellement fade que...

Elle laissa sa phrase en suspens.

— Que quoi ? insista-t-il.

— Que je me suis dit que puisque j'étais sa meilleure amie, pour ne pas dire sa sœur, je me devais de prendre la relève et de redonner des couleurs à la vie. C'est bête, non ? Et d'une prétention !

De nouveau, elle haussa les épaules.

— Comme je disais tout à l'heure, le chagrin fait faire des choses idiotes.

Il la regarda avec attention, comme s'il analysait ce qu'elle venait de dire. Certes elle avait changé, mais pas seulement physiquement ; en audace aussi, car elle soutenait son regard avec aplomb. Jamais elle n'aurait fait cela autrefois.

— Je ne vois pas ce que cela a de bête, dit-il. Hope t'aimait comme une sœur et vouloir l'imiter est une marque d'amitié qu'elle aurait sûrement appréciée.

Cara rougit. En cela elle n'avait pas changé.

— Merci.

— Mais tu n'es pas comme elle, dit-il.

— Je sais. Je ne serai jamais comme elle.

Il leva la main pour la faire taire.

— Ce n'est pas ce que j'ai voulu dire. Je veux dire

Te reverrai-je un jour ?

que tu n'es pas Hope, que personne ne peut être elle. Et qu'il ne faudrait pas que tu le deviennes, tu es toi et tu dois le rester.

— C'est quand même pour elle que je suis venue ici.

Il hocha la tête.

— Tu es très bien comme tu es, insista-t-il. Tu l'as toujours été.

Interloquée, elle le dévisagea.

— On ne m'a jamais dit quelque chose d'aussi gentil.

Brusquement, il se frotta la nuque, qui le chatouillait désagréablement.

— Ne te retourne pas, Gabe. Tu avais raison tout à l'heure, on nous observe, dit-elle.

Il cessa de se frotter.

— Il y a une femme là-bas, en face, près de la porte, elle parle avec Woodruff, qui vient de nous montrer du doigt.

Elle plongea une frite dans le ketchup qu'elle avait versé sur le bord de son assiette puis regarda de nouveau dehors.

— J'ai dû me tromper, je ne vois plus personne.

— Tu penses que tu la reconnaîtras si on la croise dans la rue ?

— Oui. Elle doit avoir dans les vingt ans. Elle est grande, mince et brune. Elle m'a paru, comment dirais-je ? Nerveuse, agitée. Elle faisait de grands moulinets avec les bras.

— Intéressant, dit Gabe.

Cara se demanda s'il était sérieux ou se moquait.

Te reverrai-je un jour ?

— Je sais que c'est bête de dire ça alors que je l'ai à peine vue et de loin, mais...

— Tu as toujours eu le sens de l'observation.

Elle battit des cils. Elle ne s'attendait pas à cette remarque.

— C'est vrai que quand j'étais plus jeune, je regardais partout.

— Je sais, je l'avais remarqué. Tu observais les gens.

— Quand on parle peu, on a le temps.

— Tu n'étais pas bavarde, c'est vrai, mais quand tu parlais, c'était finement observé.

— Je te remercie.

— Tu te trompais rarement sur les gens. Rappelle-toi l'amie de Hope, Jackie Carter, tu as tout de suite vu à qui on avait affaire. Hope n'était pas de ton avis, loin s'en faut.

— Je ne l'ai pas oubliée. Elle disait que j'étais les bonnes œuvres de Hope, derrière son dos, de préférence.

Gabe parut choqué.

— Oublie ça, c'est stupide. Je regrette seulement que tu ne l'aies pas dit à l'époque, je lui aurais remonté les bretelles.

L'idée que Gabriel Taggert aurait volé à son secours lui fit chaud au cœur, mais elle ne le montra pas.

— Hope voyait les gens comme elle avait envie qu'ils soient, pas comme ils étaient réellement.

Il haussa les sourcils.

— Tu dis ça pour moi ?

Elle rougit et redevint, l'espace d'une seconde, la petite souris grise qui rasait les murs devant cet homme qui

Te reverrai-je un jour ?

peuplait ses fantasmes de fille délaissée. Elle chassa ce mauvais souvenir et, de nouveau, le regarda en face.

— C'est ce qui explique sans doute qu'elle ne se soit jamais faite à la vie que je lui faisais mener, dit-il.

— Hope ne voulait pas voir la réalité en face parce que c'était une petite fille gâtée. Ce n'est pas méchant de le dire, c'est la pure vérité. Ta carrière de marin et toutes ses obligations lui étaient insupportables.

Le commentaire de Cara le surprit.

— Tu la juges sévèrement, à ce que j'entends.

Vexée de passer pour une traîtresse, elle baissa un instant les yeux puis les releva brusquement.

— Je l'aime comme si c'était ma sœur et je la juge avec lucidité comme si c'était ma sœur. Il y avait des choses chez elle que je n'aimais pas. Elle n'était pas parfaite et ce n'est pas parce qu'elle n'est plus là qu'elle l'est devenue.

Gabe lui sourit.

— C'est ce que je dis toujours aux gens qui l'encensent depuis qu'elle a disparu.

— Les humains sont comme ça. Quand quelqu'un...

Elle s'arrêta et le sourire de Gabe s'évanouit.

— Meurt, laissa-t-il tomber. Je sais que c'est ce que tu voulais dire.

— Oui, dit-elle. C'est pour cela que les gens ne lui trouvent plus que des qualités.

— Peu importe, enchaîna-t-il. Ce qui compte c'est que nous l'aimions tous les deux et qu'on découvre ce qui s'est passé.

— Oui, dit-elle.

L'envie de lui expliquer pourquoi elle avait été sévère envers Hope la démangeant, elle reprit en bafouillant :

Te reverrai-je un jour ?

— Je... je... je ne portais pas Hope aux nues parce que j'estimais qu'elle était injuste envers toi. Je voyais qu'elle te faisait de la peine et je lui en voulais. Tu ne l'avais pas prise en traître, elle savait à quoi s'attendre en épousant un officier de marine. Je trouvais qu'elle n'avait pas le droit de se plaindre.

— Je lui avais dit que ce ne serait pas forcément facile.

— Je sais. Moi aussi, je l'avais mise en garde. Mais elle était en adoration devant toi, elle n'a rien voulu entendre et... je la comprends.

Elle piqua un fard. Elle avait trop parlé. C'était un aveu impudique qu'elle venait de faire là.

— Elle détestait la solitude, ajouta-t-elle. Elle n'avait pas assez de ressources intérieures pour vivre seule. Elle voulait des gens autour d'elle. Elle aimait plaire, charmer. C'est normal, elle avait tellement de succès !

— Je crois qu'elle avait surtout besoin de son mari, dit-il.

Cara rougit. Il venait de la remettre à sa place d'une phrase cinglante. Elle aurait mieux fait de se taire au lieu de laisser couler son amertume et son aigreur.

— Ce n'était pas ta faute, reprit-elle. Hope était incapable de concevoir qu'il puisse exister plus important qu'elle, un devoir qui vaille qu'on se sacrifie pour lui, par exemple. Cette notion lui échappait complètement, elle était trop égocentrique pour l'admettre.

Il n'eut pas le temps de répondre. Brusquement, son regard glissa de son visage vers la porte. Il plissa les yeux, fronça les sourcils.

Te reverrai-je un jour ?

— Tu as dit que c'était une grande brune très mince ?

Surprise par la question, elle ne réagit pas tout de suite.

— La femme ? Oui, pourquoi ? dit-elle finalement.

— Elle est de l'autre côté de la rue en train de forcer la portière de ma voiture.

9

Dès qu'elle les vit sortir du café, la femme détala et disparut dans une venelle. Gêné par un camion qui passait à ce moment-là, Gabe mit quelques secondes avant de lui courir après. Le temps de traverser, elle s'était volatilisée. La venelle n'était pas assez large pour une voiture et, de toute façon, il n'avait pas entendu de véhicule démarrer. Elle avait pu ressortir de l'autre côté ou s'engouffrer dans un des immeubles qui bordaient la ruelle. Si elle était du village, elle en connaissait le moindre recoin.

Il était arrêté dans la venelle et regardait autour de lui quand Cara le rejoignit.

— Apparemment, elle n'est pas entrée dans la voiture, dit-elle.

— Ça m'apprendra à mettre l'alarme. Même ici, murmura-t-il. J'hésite toujours à le faire parce qu'elle se déclenche parfois toute seule.

Il scruta de nouveau les alentours.

— Je me demande ce qu'elle pouvait chercher. Surtout après avoir papoté avec M. Woodruff.

— Elle voulait peut-être savoir à qui appartenait la

belle voiture garée devant la boutique. Elle ne doit pas en voir d'aussi belles tous les jours.

— Peut-être. C'est sans doute sexiste mais je vois mieux un homme s'intéresser à une voiture qu'une femme.

— Moi, je me serais arrêtée pour la regarder et je ne suis pas un homme.

Il ne répondit pas.

— Si on faisait l'autre trottoir maintenant ? dit-elle. A moins que tu ne préfères retrouver la grande brune ?

Le ton était décidé, celui d'une femme d'affaires qui n'a pas de temps à perdre.

Elle commença à remonter la ruelle.

— Cara ?

Elle ne se retourna pas. Pourquoi avait-elle pris la mouche ? Il ne lui avait rien dit de désagréable, pourtant.

Mais pourquoi se souciait-il de sa réaction ? Il était là pour retrouver la trace de sa femme, pas pour se laisser perturber par une autre femme.

Sauf que cette autre femme, c'était Cara.

La meilleure amie de son épouse.

— Allez, poursuivons, dit-il du ton le plus neutre qu'il put. On finira peut-être par trouver un indice. Ou la fille brune.

— On pourrait peut-être se renseigner sur elle. Les gens doivent la connaître.

Gabe opina. Elle avait retrouvé sa bonne humeur. Que lui était-il arrivé ? Il ne le saurait jamais. Ils recommencèrent à arpenter la rue principale, sur le trottoir opposé, cette fois, mais toujours selon le même schéma. Cara interrogeait les femmes, Gabe les hommes. Cela évitait toute ambiguïté. Belle comme elle était, quelques machos auraient pu être

Te reverrai-je un jour ?

tentés de lui faire des avances. Cette pensée agaça Gabe, qui repensa subitement à ce qu'elle lui disait juste avant que la femme ne cherche à entrer dans sa voiture.

Hope n'avait pas assez de ressources intérieures pour rester seule.

Cara aimait Hope, mais elle était lucide. Lui, bien qu'ayant compris les difficultés qu'il y avait à être femme de marin, n'avait jamais vraiment admis que Hope n'en ait pas l'étoffe. Ce n'était la faute de personne. Elle n'était pas faite pour ça et c'était tout. La douleur lancinante qu'il traînait comme un boulet depuis plus de huit ans sembla s'adoucir. Il regarda Cara, se demandant comment elle avait pu, en quelques heures, lui faire toucher du doigt ce qu'il avait mis des années à tenter de comprendre.

« Hope était incapable de concevoir qu'il puisse exister plus important qu'elle, un devoir qui vaille qu'on se sacrifie pour lui, par exemple. Cette notion lui échappait totalement, elle était trop égocentrique pour l'admettre. »

Les mots résonnaient dans sa tête comme si Cara venait de les prononcer. Elle lui avait asséné cette vérité avec force et conviction. Cara Thorpe, elle, pensa-t-il, aurait eu l'envergure. Elle était forte, beaucoup plus forte que Hope dont le peps, le goût pour la vie et l'énergie émanaient non d'une force intérieure mais d'une soif de vivre qu'il n'avait comprise que trop tard.

— Rien que des problèmes, cette Christie. Rien que des ennuis.

Gabe se retourna. La vendeuse du magasin de souvenirs ne travaillait ici que depuis trois ans, elle n'avait donc pas connu Hope. En revanche, elle connaissait la femme qui avait tenté de forcer sa portière.

Te reverrai-je un jour ?

— Ah bon ? Des ennuis ? Quel genre d'ennuis ?

Cara lança un coup d'œil à Gabe et regarda de nouveau la vendeuse.

— Ne m'en parlez pas ! Tout juste bonne à faire de la prison ! Ah lala, si on était moins laxiste dans ce pays, on n'en serait pas là ! Ou si c'était une voleuse plus habile...

— Donc, on ne s'est pas trompé ? Elle essayait bien de forcer la serrure ?

La femme haussa les sourcils.

— Elle a essayé de vous voler vous aussi ? Comment ose-t-elle encore se montrer en ville ? Elle devrait avoir honte.

— Vous savez où elle habite ? s'enquit Gabe.

La vieille dame recula la tête pour mieux voir Gabe et finit par répondre.

— A ce que j'ai entendu dire, elle habiterait dans la vieille auberge de Big Tree Road.

— Dans une auberge ?

— Oui, à trois kilomètres d'ici. C'était très chic au départ. Quelqu'un avait en tête de faire du village une station comme Aspen. Cette Rose Terhune, quelle idée ! Elle a acheté ça il y a dix ans, on se demande bien pourquoi faire ! Qu'est-ce qu'une femme seule a à faire d'une maison aussi grande ? Enfin... C'est un drôle de personnage. Les artistes et les écrivains sont souvent comme ça ! Mais laisser cette fille habiter là, sans payer un centime de loyer, alors qu'elle cherche des noises à tout le monde...

La vieille dame continua de morigéner. Quand elle cessa, Cara se précipita dehors.

— Intéressant, non ? lança Cara.

Te reverrai-je un jour ?

— Pas mal, mais je doute que ça nous mène quelque part.

— Elle a vu que c'était une voiture de luxe et se sera dit qu'il y avait sûrement un truc à voler dedans.

Gabe hocha la tête, l'air dubitatif.

— Peut-être. Mais forcer une voiture en plein jour, c'est quand même étonnant. Il y avait des témoins partout…

Cara se frotta les bras. Le ciel s'était couvert et un petit air frais balayait maintenant la station. Lui-même commençait à avoir froid, remarqua Gabe.

— Si on allait prendre nos vestes dans la voiture ?

— Tu remarques enfin que j'ai la chair de poule ?

Il se demanda si elle plaisantait ou si c'était vraiment un reproche.

— Pardon, dit-il. Allons-y.

Arrivés à à la voiture, il prit leurs vêtements à l'intérieur et l'aida à enfiler la veste de flanelle qu'il lui avait prêtée sur le bateau. Elle était trop grande pour elle, mais ce n'était pas grave, au contraire. Elle serra les deux pans sur sa poitrine.

— C'est bon d'avoir chaud, dit-elle.

Il lui ouvrit sa portière pour qu'elle s'asseye, geste qu'elle sembla apprécier. Sa mère avait dû lui apprendre les bonnes manières. Il leur restait encore un bon quart de la rue à écumer. Gabe commençait à douter du résultat, mais il n'était pas homme à faire les choses à moitié. Cara non plus n'abandonnait jamais en chemin.

S'il avait raison et qu'ils ne trouvaient rien, que feraient-ils ? Baisser les bras et rentrer chez eux alors que Hope avait été aperçue là pour la dernière fois ? Non, ils ne pouvaient pas faire ça.

Te reverrai-je un jour ?

— Je vois que tu fronces les sourcils, dit soudain Cara.

Il cligna des yeux.

— Je me demandais ce qu'on ferait si on ne trouvait rien.

— Je me posais la même question, répondit-elle.

Elle poussa sa portière et ressortit.

— Continuons. On finira bien par trouver quelqu'un qui a connu ou connaît cette Miriam.

— La clé de l'affaire, c'est elle, dit Gabe en claquant la portière.

Ils se remirent à marcher.

— J'ai pris quelques jours de congés pour venir ici, dit-elle, mais toi ? Tu vas devoir retourner travailler, j'imagine. Je reviendrai demain avec ma propre voiture.

— J'étais en train de me dire que j'allais prolonger. S'il y a de la place dans le motel...

Elle parut soulagée.

— Si c'est à cause de moi, cela m'ennuie, dit-elle. Tu es sûr que ça ne te pose pas de problème ?

— Chez Redstone, c'est comme ça. Si on a besoin de jours de congés pour convenance personnelle, on les prend.

— Comme ça ? Sans poser des jours à l'avance ?

— Joshua est tellement arrangeant que personne n'abuse.

Pensive, elle hocha la tête.

— Ça donne une idée du personnel qu'il emploie.

— Il se trompe rarement quand il engage quelqu'un, mais si la personne qu'il a embauchée ne lui donne pas entière satisfaction, elle ne fait pas long feu. Joshua est un

Te reverrai-je un jour ?

patron généreux, mais s'il se rend compte qu'un employé abuse de lui, il est impitoyable.

— Ça me plairait de le rencontrer.

— Je suis certain que tu l'aimerais.

Il s'arrêta. Ils étaient presque devant la boutique de M. Woodruff.

— Je suis sûr que toi aussi tu lui plairais, toi et ta réussite.

Elle saisit la balle au bond.

— Je pourrais peut-être lui proposer mes services pour ses sites internet ?

Il la regarda en souriant.

— Pourquoi pas ?

Ils entrèrent chez M. Woodruff. Il leur fallait quelques accessoires pour la nuit puisqu'ils avaient décidé de rester sur place jusqu'au lendemain. Une fois leurs emplettes terminées, ils allèrent les déposer dans la voiture et reprirent leur marche. Un peu plus bas, un bâtiment de style chalet alpin abritait la chambre de commerce, la bibliothèque et la maison communale. Ils entrèrent. Le bibliothécaire — Cara, en véritable rat de bibliothèque, avait toujours adoré les livres — les surprit tant il paraissait jeune.

— Bonjour, dit-il. Oui je suis le bibliothécaire. Je sais, on me donne en général quatorze ans !

Pour qu'il anticipe pareillement la question, on avait dû la lui poser souvent ! se dit Gabe.

— Je peux vous aider ?

— Oui, mais il aurait fallu que vous travailliez ici il y a huit ans... ce dont je doute, plaisanta Gabe.

— Ça, non ! Mais j'ai toujours habité dans cette ville. Au fait, je me présente, Greg Mercer.

Te reverrai-je un jour ?

— Vous êtes de Lac aux Pins ?
— Oui. Je peux presque dire que j'ai passé ma vie dans cette bibliothèque. Comme j'avais trois frères et sœur et qu'ils faisaient du vacarme à la maison, je venais lire tranquille ici. Plus tard, je suis allé en fac, mais je suis revenu ici ensuite. Mme Baxter, l'ancienne bibliothécaire, m'avait promis son poste quand elle prendrait sa retraite... si je le voulais, évidemment.

Il fit un geste circulaire avec le bras.

— Ce n'est pas immense ici et ça ne paie pas bien, mais c'est un début. Le plus dur, c'est de mettre un pied à l'étrier.

Cara sortit la photo de son sac.

— Ça vous dit quelque chose, ce visage ?

Le garçon réfléchit.

— Heu... oui, je crois... je ne la connais pas personnellement, mais je suis sûr de l'avoir vue.

— Vous êtes sûr ? insista Gabe. Ça ferait longtemps.

— Je sais. Comme je viens de vous le dire, j'étais tout le temps fourré ici quand j'étais gosse, et une jolie femme comme ça... Elle a frappé mon imagination de gamin.

— Pourquoi ? Elle venait ici ? demanda Gabe.

— Oui, je suis sûr de l'avoir vue ici à plusieurs reprises. Je me rappelle qu'elle allait dans la pièce du fond et qu'elle feuilletait des albums de photos. Je le sais parce que j'avais un peu les yeux qui traînaient. Vous savez ce que c'est quand on a quatorze ans... Mais je ne lui ai jamais parlé. Je n'ai pas osé. Je me disais qu'elle me prendrait de haut.

Alors que Gabe essayait de chasser l'image de sa femme

Te reverrai-je un jour ?

se laissant draguer par un adolescent aux hormones en folie, Cara sourit au jeune homme.

— Vous auriez pu, elle ne vous aurait sûrement pas rabroué. Elle aurait même été très gentille. Et, ajouta-t-elle, je ne pense pas que vous ayez jamais été stupide.

Le bibliothécaire avait beau ne plus avoir douze ans, il rougit. A côté de lui, Gabe se sentit vieux, soudain. Très vieux. A trente-huit ans ?

— L'ancienne bibliothécaire, reprit-il, vit-elle toujours ici ?

Le visage du jeune homme s'assombrit.

— Non, elle est morte l'année dernière. Un conseil : ne prenez jamais votre retraite, ça fait mourir les gens.

— C'est triste, dit Cara.

— Oui, d'autant plus que je l'aimais beaucoup. Elle me laissait faire ce que je voulais ici, comme rester après la fermeture à condition que ce soit pour lire, évidemment.

Il haussa les épaules.

— C'est la première personne vraiment proche que je vois mourir.

— C'est dur, dit Cara. Dans ces moments-là, on découvre le sens terriblement définitif du mot jamais et ça fait un choc.

Le jeune Greg acquiesça.

— C'est exactement ça.

Cara choisit ce moment pour poser la question qui leur brûlait les lèvres à tous deux.

— Vous connaissez Miriam ?

— Miriam ? La célèbre Miriam Hammon ?

Te reverrai-je un jour ?

Si elle était aussi célèbre, comment se faisait-il que Greg soit le premier à avoir entendu parler d'elle ?

— Célèbre ? releva Cara.

— Oui, mais elle ne travaille plus, elle n'écrit plus si vous préférez, mais je crois qu'elle peint.

— Elle est écrivain ?

— Elle l'était. Elle avait même un certain succès. Je me rappelle que Mme Baxter était tout excitée quand elle a appris qu'elle venait s'installer ici. J'ai jeté un coup d'œil à ses livres, mais il n'y avait ni magicien ni sorcière alors ça ne m'a pas intéressé, j'étais petit à l'époque. Mais aujourd'hui, je me suis replongé dedans. C'est de la littérature de filles, mais je voulais voir à quoi ça ressemble. Elle a du talent, dommage qu'elle n'écrive plus.

— C'est pour cela que personne ne la connaît dans le village ! ironisa Gabe.

Greg fit les yeux ronds.

— Tout le monde la connaît !

— Comment se fait-il alors que tous les gens qu'on a interrogés prétendent qu'ils n'ont jamais entendu ce nom-là ?

Un grand sourire éclaira le visage du jeune homme.

— C'est normal, elle avait un pseudonyme. Elle écrivait sous le nom de Rose Terhune.

Cara regarda Gabe, qui venait de se figer. L'amie de Hope était la femme qui avait donné asile au trublion qui avait tenté de forcer sa voiture ?

Tout d'un coup, tout se compliquait.

* * *

Te reverrai-je un jour ?

— Ça doit être là, dit Gabe.
— Oui, acquiesça Cara. Ça pourrait ressembler à un hôtel.

La bâtisse, qui dominait un ensemble de petites constructions qui auraient pu servir d'annexes, était grande et plutôt engageante. Elle faisait un peu déplacée dans le décor de chalets qui l'entourait. Avec un toit pentu, pour permettre à la neige de glisser, et un bardage de bois peint en jaune pâle, elle contrastait avec les lambris sombres des chalets voisins.

— C'est gai, dit-elle.
— Oui, répondit-il avec une indifférence qu'elle avait déjà remarquée chez lui quand ils parlaient couleurs.

Dans le temps, elle s'était moquée de lui — elle avait osé, se rappela-t-elle — parce qu'il ne s'habillait qu'en gris, en noir ou en beige, en dehors du bleu marine de son uniforme. Hope, qui adorait les couleurs vives, et en particulier le violet, avait ri avec elle. Peu de temps après, elle lui avait offert une chemise violette, qu'il avait portée avec bonne humeur mais seulement pour plaire à sa femme. Effectivement il lui avait plu... A elle et à toutes les femmes qui avaient eu l'avantage de l'approcher, Cara s'en souvenait bien... Dans cette couleur vibrante qui tranchait sur ses cheveux noirs et son bronzage, il était beau à couper le souffle.

— Quel jardin ! s'exclama Gabe.
— Magnifique, approuva Cara. Et pourtant, il n'est pas encore en fleurs.
— Non, mais c'est intéressant en hiver aussi.

Gabe était de ces hommes qui vont au fond des choses. Il méprisait le vernis, les gens superficiels. C'était certai-

Te reverrai-je un jour ?

nement ce qui lui avait plu dans la marine, le sérieux. Il connaissait son bateau par cœur de la quille aux superstructures. Toutes les commandes. Toute la technique. Tout ce qui le faisait avancer.

Ils suivirent l'allée qui serpentait à travers les pelouses. Les endroits à l'ombre étaient encore enneigés, mais le printemps n'allait plus tarder à pointer son nez. Dans un mois, la nature exploserait avec sa profusion de fleurs, et dans deux mois, ce serait un feu d'artifice de couleurs.

— Il faut beaucoup de travail pour réussir un jardin qui fasse sauvage sans faire brouillon, dit-elle tout haut.

Gabe lui jeta un regard en coin.

— C'est ce que j'étais en train de me dire. Ce côté faussement négligé a dû exiger beaucoup de réflexion.

Il eut l'air si surpris d'avoir pensé comme elle qu'elle éclata de rire.

— Je me demande si c'était comme ça avant ou si c'est l'œuvre de notre écrivain.

— On va lui poser la question.

Une femme approchait. Elle avait l'air étonnée de les voir là, pas inamicale mais surprise. Elle devait avoir dans les cinquante ans, ce qui étonna Cara car, en fonction des livres que Greg lui avait montrés, elle aurait dû être plus âgée. Elle portait une liquette blanche serrée à la taille par une ceinture de cuir sur un jean bleu marine. Ses cheveux, noirs méchés de gris, étaient coupés court.

— Bonjour ! lança-t-elle. Vous désirez ?

La voix était agréable, avenante même.

— On admirait votre jardin, dit Cara, prise de court. Il est superbe. Au printemps ce doit être un enchantement.

Les yeux de la femme se mirent à pétiller.

Te reverrai-je un jour ?

— Merci. Je l'avoue : je suis fière de mon œuvre.
— Ça doit vous demander un travail énorme, reprit Cara en montrant les parterres.
— Oui, répondit la femme. Je suis obligée de me faire aider car je n'y arrivais plus. Le jardin plus mon travail.

Cela voulait-il dire qu'elle écrivait encore ?

Ne sachant comment amener Hope dans la conversation, Cara prit son ton le plus innocent pour poursuivre.

— Vous travaillez ici ? Chez vous ?
— Oui, je peins.

C'était bien ce que Greg avait dit.

— Si vous peignez des paysages, vous avez de quoi faire, dit Cara en s'extasiant de plus belle sur le jardin et les montagnes alentour.
— Je suis un peintre du dimanche, répliqua la femme. Je ne cherche pas à représenter ce que je vois.

Gabe rit.

— Au fait, je me présente, dit Cara en lui tendant la main. Je m'appelle Cara Thorpe.

La femme lui serra la main, d'une poignée ferme, énergique.

— Bonjour, je suis Miriam Hammon.

Brusquement elle fronça les sourcils.

— Vous avez dit Cara Thorpe ?
— Oui, je suis l'amie de…
— Hope, s'exclama la femme avec un large sourire.
— Absolument, dit Cara, soulagée.

Miriam porta les yeux sur Gabe.

— Gabe Taggert, dit-il, tendant la main à son tour.

Le sourire de Miriam s'épanouit davantage encore.

— Je me demandais si c'était vous. Hope m'avait montré

Te reverrai-je un jour ?

des photos et je trouvais que vous ressembliez à son mari. Elle disait tout le temps que vous étiez « canon » ! Elle me faisait rire avec ses expressions ! Au fait, comment va-t-elle ? Ça fait tellement longtemps. Elle me manque. Oui, comment va-t-elle ?

Un silence plana. Cara ouvrait la bouche pour parler, mais Gabe la devança.

— On espérait que vous pourriez nous le dire.

Intriguée, la femme recula.

— Moi ? Mais cela fait... des années que je ne l'ai pas vue.

— Huit ans ? questionna Gabe.

— Quelque chose comme ça, je ne sais pas exactement, il faudrait que je vérifie. Mais... qu'est-ce que vous me dites ? Vous ne savez pas où elle est ?

Cara retrouva sa langue.

— Cela fait huit ans qu'elle a disparu.

Miriam Hammon plaqua une main sur sa poitrine.

— Huit ans ? Disparue ?

— Personne n'a entendu parler d'elle depuis huit ans, insista Gabe.

— Doux Jésus !

— Nous savons qu'elle était à Lac aux Pins le jour de sa disparition, reprit Cara.

— Mon Dieu ! s'exclama Mme Hammon. Tenez, prenez la peine d'entrer. Je vais faire du café.

Elle passa devant eux et les guida vers une grande cuisine rustique.

— Excusez-moi, je vous reçois dans la cuisine. J'ai fait mon atelier dans ce qui était autrefois le salon. C'est à cause de la lumière.

Te reverrai-je un jour ?

La cuisine était chaleureuse, jaune pâle comme la façade de la maison avec ici et là des touches de vert qui rappelaient les pins et les sapins. Une batterie de cuisine en cuivre, rutilante, était accrochée au mur juste au-dessus d'une cuisinière à six feux.

— C'est très joli, dit Cara.

Miriam leur fit signe de prendre les tabourets et de s'installer au comptoir.

— C'était un bed and breakfast ici, avant que j'achète, expliqua Miriam en préparant le café. Il pouvait recevoir une douzaine d'hôtes.

— Douze ? Ils avaient de la place, commenta Gabe.

— C'est un peu grand pour moi, dit Miriam.

Elle choisit trois tasses dans un placard et les posa sur le comptoir. Elles étaient toutes les trois différentes.

— C'est vous qui les avez peintes ? interrogea Cara.

— Oui, c'est moi, répondit Miriam.

— J'aime beaucoup.

— Merci. Jusqu'à présent, je barbouillais, et puis je me suis dit que si je voulais vraiment peindre, il fallait que je m'y mette à fond.

— Alors vous avez cessé d'écrire ?

— Oh non ! Je n'arrêterai jamais. J'écris pour moi, des nouvelles en général, et je travaille à mon rythme pour des livres d'enfants. Mais ce n'est plus du travail à la chaîne comme auparavant. Depuis trois ans, j'ai arrêté de produire un roman par an.

Le café étant passé, elle emplit les trois tasses, posa le sucrier au milieu de la table et sortit une brique de lait du réfrigérateur.

Te reverrai-je un jour ?

Elle s'assit et versa quelques gouttes de lait dans sa tasse.

— Maintenant, dit-elle brusquement, dites-moi ce qui s'est passé.

— Si seulement nous le savions ! soupira Cara. Puis-je vous demander une chose ? Comment Hope et vous vous êtes-vous rencontrées ?

— Elle faisait partie de mon fan-club. Un jour, elle m'a écrit pour me dire qu'elle avait adoré mon dernier livre. C'était l'histoire d'une femme qui avait épousé un officier de marine. Sa lettre était charmante mais transpirait l'angoisse. Je lui ai répondu qu'il fallait qu'elle se fasse aider, qu'il y avait sûrement une cellule psychologique à la base.

— C'est ce que je lui avais conseillé, répliqua Gabe en écho. Mais elle ne l'a jamais fait. J'ai même demandé à la conseillère d'entrer en contact avec ma femme, mais elle a refusé de lui parler.

— Elle m'a dit qu'elle se sentait très différente des autres femmes de marins, qu'elles n'étaient pas sur la même longueur d'onde, dit Miriam.

— Hope détestait tout ce qui était groupe, dit Cara. Elle voulait être seule pour avoir la vedette. Elle était habituée à être la star.

— Elle avait cette chance, poursuivit Miriam, que tout le monde soit attiré par elle. Elle était belle, elle avait du charme. Bref, elle m'a écrit qu'elle me remerciait de mes conseils. Quand mon livre suivant a été publié, elle m'a encore écrit, via un e-mail, et nous avons commencé à correspondre.

Miriam changea de tête.

Te reverrai-je un jour ?

— Excusez-moi une seconde, dit-elle, pensive. Je vais vérifier quelque chose sur mon ordinateur.

Cara regarda Gabe, qui lui-même observait la femme sortir de la cuisine.

— Tu savais tout ça ?
— Non, je l'ignorais, dit-il avec tristesse.
— Moi aussi. Hope n'était pas obligée de me raconter toute sa vie, mais je suis quand même étonnée.
— Moi aussi.
— Nous partagions beaucoup de choses... Je pensais qu'elle n'avait pas de secrets pour moi.
— C'est ce que je croyais moi aussi.

Elle tendit la main vers lui et la posa sur son bras.

— Quand elle était avec toi, elle ne voulait sans doute pas perdre une seconde à parler... de choses insignifiantes... ou secondaires.
— Secondaires ? Elle venait ici souvent. Ça ne devait pas être aussi insignifiant que ça ! Logiquement, elle aurait dû m'en parler.
— Sans doute, dit-elle baissant les yeux. Mais je me méfie de mon jugement. Hope me disait tout le temps que j'avais une drôle de conception des relations entre hommes et femmes.
— Drôle ? Ce qui est drôle, c'est de ne pas dire la vérité à son conjoint.
— Elle n'a pas menti, rétorqua Cara, volant au secours de sa meilleure amie. Il y a juste une partie de sa vie qu'elle n'a pas partagée avec toi. Sans doute y avait-il une raison ?
— Oui, dit Gabe sans conviction. Il y avait peut-être une raison.

10

Miriam réapparut quelques minutes plus tard, mettant un terme à leur conversation.

— Je sais sur quoi je travaillais la dernière fois que j'ai vu Hope. Elle est arrivée comme ça, un beau jour, c'était son habitude, et je lui ai fait lire un chapitre de mon livre. Je viens de regarder dans mes archives, c'est un dossier que j'ai créé il y a exactement huit ans. Non, un peu plus de huit ans. Trois mois plus tôt.

— Elle venait ici depuis combien de temps ?

— A peu près deux ans. La première fois, elle était venue à une séance de signature.

Gabe s'immobilisa.

— Je m'en souviens maintenant. Elle m'en avait parlé. Elle m'a raconté en effet qu'elle avait acheté un roman de son auteur préféré et qu'elle lui avait demandé de le lui dédicacer.

Hope ne lui avait donc pas tout caché, remarqua Gabe en son for intérieur.

— Elle est revenue plus tard puisqu'elle m'a envoyé une carte postale de Lac aux Pins il y a juste huit ans.

Miriam hocha la tête.

Te reverrai-je un jour ?

— Je ne l'ai pas vue. Je m'en souviens parce qu'elle m'avait dit qu'elle reviendrait tous les mois lire ce que j'avais écrit. Elle voulait suivre l'avancement de mon travail pas à pas. En fait, elle ne l'a pas fait.

Gabe se renfrogna. Comment avait-il pu ignorer cette facette de la personnalité et de la vie de sa femme ?

— Je ne voudrais pas être désobligeant, mais comment expliquez-vous l'engouement de ma femme pour votre littérature ?

— Vous ne le savez pas ?

— Non. Apparemment, il y a beaucoup de choses que j'ignore.

— Je lui avais dit qu'il fallait qu'elle vous en parle. Qu'elle vous confie ses rêves.

Vexé, Gabe serra les dents.

— Quels rêves ? intervint Cara.

— Elle ne vous a pas dit qu'elle avait très envie d'écrire ?

De plus en plus crispé, Gabe se raidit davantage encore.

— Vous saviez qu'elle tenait un journal intime ? reprit Miriam Hammon. Je lui ai dit que c'était un premier pas vers l'écriture. Ses lettres étaient toujours bien tournées, ses e-mails aussi. C'était très enlevé, très vivant, très imagé, ça lui ressemblait. Alors je n'ai pas vu de raison de la décourager. J'ai estimé qu'elle avait un réel potentiel.

— Hope voulait écrire ?

Abasourdi par la nouvelle, Gabe regarda Cara, les yeux ronds. Comment avait-il pu ignorer le souhait de sa femme ?

— Elle ne savait pas ce qu'elle voulait écrire, répondit

Te reverrai-je un jour ?

Miriam. Mais oui, elle voulait être écrivain. Je lui ai suggéré, compte tenu du ton de ses lettres, de commencer par publier des articles sur la toile. Je lui ai dit d'ouvrir un blog et aussi d'adresser ses papiers aux magazines et aux journaux.

De plus en plus interloqué, Gabe soupira.

— A ce que je vois, vous n'étiez au courant ni l'un ni l'autre.

— Non, dit Cara. Pourtant, on aurait dû.

— Parfois, enchaîna Miriam, les personnes qui ont des rêves dont elles pensent qu'ils ne se réaliseront jamais préfèrent ne pas en parler de peur d'être ridicules.

— Hope n'aurait pas aimé qu'on se moque d'elle, dit Cara.

Noué, Gabe s'interrogea. Etait-il si critique qu'elle n'ait pas osé s'ouvrir à lui ? Avait-elle craint qu'il se gausse ou trouve son projet grotesque ?

Comment aurait-il réagi en fait ?

Il ne le savait pas. Sans doute l'aurait-il encouragée. Mais c'était facile à dire, maintenant...

— C'est peut-être l'écrivain qui pense à voix haute, dit soudainement Mme Hammon, mais je ne peux pas m'empêcher de noter que vous parlez tantôt au présent, tantôt au passé.

— Je me bats contre ça depuis huit ans, dit Gabe.

— C'est vraiment vrai ? Elle s'est volatilisée ? Comme ça ? reprit Mme Hammon.

Gabe dit :

— Elle n'a jamais été retrouvée.

Son hôte lui lança un regard étonné.

— Quelle différence y a-t-il ?

Te reverrai-je un jour ?

— Une grande, interjeta-t-il avec une violence qui le surprit lui-même.

— C'est différent, appuya Cara. Surtout pour un esprit logique. Dans volatilisée il y a une connotation mystérieuse. Inexplicable.

Heureux que Cara ait saisi la nuance, Gabe reprit, plus calmement :

— On ne se volatilise pas comme ça. Il y a une explication, toujours. Ceux qui restent ne la trouvent pas forcément, mais elle existe ; il ne peut pas en être autrement.

— Vous n'avez pas été étonnée de ne plus entendre parler d'elle ? interrogea Cara.

— Bien sûr que si, répondit Miriam. J'ai continué à lui envoyer des e-mails pendant un certain temps et, voyant qu'elle ne répondait pas, je me suis dit qu'elle avait changé d'avis. Je ne lui avais pas caché les difficultés du métier. Succès non garanti dans la durée.

Elle hocha la tête et poursuivit :

— Je me suis même demandé s'il ne vous était pas arrivé quelque chose. Elle le redoutait tellement.

— Ah bon ? dit Gabe.

— Compte tenu de ton métier, enchaîna Cara, nous étions tous inquiets. Tu avais beau vouloir nous rassurer...

— Elle ne m'en a jamais dit un mot, coupa Gabe.

Il se tourna vers Cara.

— Toi non plus, d'ailleurs.

— C'était tellement évident qu'il était inutile de le souligner.

— Ah, les hommes ! laissa tomber Miriam.

Cara fouilla dans son sac et en sortit la carte postale qu'elle tendit à la femme.

Te reverrai-je un jour ?

— Elle a voulu me joindre au téléphone ce matin-là, et comme je n'étais pas là, elle a laissé un message sur mon répondeur. Je l'ai rappelée, mais je suis tombée sur sa boîte vocale.

Gabe réprima un frisson. Il ne comptait plus le nombre de fois où il avait interrogé la boîte vocale du portable de Hope dans l'espoir d'entendre sa voix, ou une autre voix, un signe, quelque chose qui lui donne une indication. Et puis, un beau jour, le numéro avait été injoignable. Cara, avait-il appris, avait souvent appelé elle aussi. Avec le même insuccès.

Miriam lut le texte de la carte et sourit.

— C'est bien elle, ça !

— Oui.

La femme regarda la carte plus longuement et plissa le front.

— Puisque vous aviez ça, vous saviez qu'elle était venue ici au moins une fois.

Finaude, pensa Gabe. Elle a vite trouvé un argument pour se défendre.

— C'est que, justement, je ne l'avais pas, dit Cara. Je ne l'ai reçue qu'hier.

— Hier ?

Miriam vérifia le timbre de la poste comme Gabe l'avait fait, comme les parents de Hope l'avaient fait, comme Cara elle-même l'avait très probablement fait.

— Elle m'a été distribuée dans une enveloppe de la poste avec un mot d'excuses. J'avais déménagé et mon ordre de réexpédition n'a pas bien fonctionné. Ce n'est que lorsque j'ai de nouveau déménagé et que j'ai de nouveau demandé qu'on me fasse suivre mon courrier que la carte m'est parvenue.

Miriam ouvrit des yeux ronds.

— Vous voulez dire qu'il ne s'est rien passé pendant huit ans et que tout d'un coup cette carte est tombée du ciel ?

Cara acquiesça.

— Ça a dû vous faire un coup, dit Miriam prenant la main de la jeune femme.

Puis elle se tourna vers Gabe.

— Quant à vous, dit-elle, pensive, vous ne devez plus savoir où vous en êtes.

— Ça fait huit ans que je ne sais plus où j'en suis, répondit Gabe.

Miriam hocha la tête.

— J'avoue que ça me fait un choc à moi aussi. Huit ans, dit-elle songeuse. Vous avez dû en déduire qu'elle était décédée.

— Effectivement, répondit Cara, lançant un coup d'œil vers Gabe.

Incrédule, Miriam relut la carte.

— Je ne comprends pas. Si elle était ici ce jour-là, pourquoi n'est-elle pas venue me voir ?

— Vous ne l'attendiez pas ? demanda Gabe.

— Non. Mais elle aimait bien arriver à l'improviste, pour me faire la surprise.

— Faire toute cette route sans être sûre de vous trouver à l'arrivée, c'était risqué !

— Je suis toujours à la maison. Ou dans le coin. J'ai tellement voyagé pour trouver des endroits où situer les

Te reverrai-je un jour ?

actions de mes romans que je ne bouge plus. J'ai couru le monde entier, vous comprenez. Hope le savait.

Le visage de la femme s'assombrit comme si, pour la première fois depuis leur arrivée, elle prenait toute la mesure de la situation.

— Elle va me manquer affreusement, dit-elle. Je ne l'ai jamais oubliée. J'aurais dû me douter qu'elle n'aurait pas mis un point final à notre amitié sans un mot. Je l'aimais beaucoup. Elle comptait tellement pour moi ! Il faut vous dire que j'ai perdu ma fille unique d'un cancer il y a vingt ans. Elle avait seize ans. Sa mort a brisé ma famille. Mon mari m'a quittée tout de suite après. Hope… adoucissait ma peine. Elle avait beaucoup de choses en commun avec Lorna, la beauté, l'intelligence…

La porte du fond qui claquait contre le mur interrompit l'éloge de sa fille. Ils se retournèrent tous les trois. Gabe sentit Cara se raidir.

C'était la femme qui avait voulu forcer la voiture. Elle les fusillait du regard.

11

— Ah c'est toi, dit Miriam. Je vous présente Christie Lowden. Elle m'aide à la maison et au jardin, n'est-ce pas Christie ?

La jeune femme continua de poser sur eux des yeux noirs. Elle est en colère, pensa Cara.

— Entre, dit Miriam. Viens saluer Cara Thorpe et Gabriel Taggert. C'est le mari de ma grande amie Hope et sa meilleure amie.

Christie connaissait donc Hope, se dit Cara. Elle devait avoir dans les vingt-quatre ans. Elle avait donc seize ans la dernière fois que Hope était venue ici.

— Encore celle-là ! lança Christie avec agressivité. Je pensais que c'était fini, ça, répliqua la jeune fille.

— Je t'en prie, Christie, la reprit Miriam. Ce sont mes hôtes.

— Des invités ? aboya la fille. Pourquoi ? Ils restent ?

— On n'en a pas encore parlé, répondit Miriam. Mais j'allais le leur proposer. Il est un peu tard pour redescendre dans la vallée. La route de montagne est dangereuse.

Elle se tourna vers eux.

Te reverrai-je un jour ?

— Si cela vous fait plaisir, restez passer la nuit. Je serai ravie de continuer à bavarder avec vous... de Hope.

— Non, nous ne voulons pas nous imposer, répondit Cara.

Sa réponse, machinale, ne surprit pas Gabe. Miriam, en revanche, acceptait mal les refus. Elle insista.

— Vous oubliez que c'était une auberge ici, autrefois. Qu'est-ce que c'est que deux personnes de plus dans une maison ?

Elle essuya une larme furtive et se tourna vers la jeune fille.

— Je viens d'apprendre que Hope a disparu. J'aimerais parler aux personnes qui sont les plus proches d'elle.

— Et moi, j'aimerais vous connaître mieux, dit Gabe.

Cara le fixa, se demandant visiblement à quoi il pensait. Il se sentait tellement coupable de la disparition de sa femme, tellement responsable des difficultés que rencontrait leur couple juste avant son départ qu'il avait envie de comprendre, se dit-elle pour elle-même. Peut-être cette dame pourrait-elle lui expliquer ce qu'il avait raté ? Peut-être pourrait-il avoir un éclairage différent sur Hope ? Comprendre pourquoi elle était partie et si elle savait, en partant, qu'elle ne reviendrait pas ?

— Allez, c'est entendu, vous restez, dit Miriam, apparemment ravie. Christie, peux-tu préparer les chambres, la verte et la bleue ?

Ignorant l'agacement évident de Christie, Miriam se tourna vers ses invités.

— Si vous préférez, je peux vous installer dans deux des petites annexes. J'en ai deux de libres pour les invités

Te reverrai-je un jour ?

de passage. J'entrepose toutes mes vieilleries dans les autres. On entasse, on entasse !

— Comme vous voudrez, dit Cara.

Elle sentit Gabe se détendre et se demanda ce qui l'avait contrarié. Avait-il cru qu'elle refuserait de rester ? Voulait-il qu'ils restent ? Si oui, pourquoi ?

Elle le regarda droit dans les yeux et y vit une expression qu'elle ne put définir mais qui la troubla.

— Christie, prépare les deux chambres, s'il te plaît.

Miriam était aussi polie que la jeune fille était grossière. Cara crut qu'elle allait partir. Elle tripotait une paire de cisailles qu'elle tenait à la main et refusait de les regarder en face. C'était étrange. Finalement, elle sortit en claquant la porte derrière elle.

— Ne faites pas attention, dit Miriam, Christie en a bavé toute sa vie, c'est pour cela qu'elle est un peu agressive.

Une porte claqua dans la maison.

— La pauvre enfant ne fait plus confiance à personne et ne croit plus en rien. Je ne connais pas toute son histoire, mais ce que j'en sais fait froid dans le dos.

— Nous l'avons vue en ville…, commença Cara.

Le soupir de Miriam l'arrêta.

— Et on vous a parlé d'elle.

— Oui, dit Gabe.

— Je connais sa réputation et je sais que tout Lac aux Pins estime que je suis folle de l'accueillir sous mon toit.

Connaissait-elle vraiment sa réputation et avait-elle décidé de passer outre ? Ou la dame de la boutique de cadeaux avait-elle menti en accusant Christie de vols qu'elle n'avait pas commis ?

Te reverrai-je un jour ?

— On l'a surprise en train d'essayer de forcer la voiture de Gabe, dit Cara.

— Elle n'a rien pris au moins ?

— Elle n'a pas réussi à entrer, la rassura Gabe.

Miriam fronça les sourcils.

— Je suis désolée. Je croyais qu'elle avait perdu cette mauvaise habitude.

— Pourquoi ? Elle est coutumière du fait ? demanda Gabe.

Le ton avait beau être calme, Cara sentit chez lui une inquiétude qui devait cacher autre chose que l'histoire de la voiture.

— Ça lui arrivait. Quand elle vivait dans la rue, si elle trouvait une portière de voiture ouverte, elle chipait les petits trucs qu'elle trouvait à l'intérieur pour les revendre pour s'acheter de quoi manger. Mais elle ne vole plus rien maintenant. Si elle s'amuse à forcer les voitures, c'est plutôt pour… ne pas perdre la main.

— Ne pas perdre la main…, répéta Cara, incrédule.

Miriam hocha la tête.

— Il y a des choses qui ne s'oublient pas. Elle s'attend toujours à retrouver la rue, même si je l'ai accueillie ici quand elle avait seize ans.

Cara sentit la tension monter d'un cran chez Gabe et se dit qu'il avait dû faire le même calcul qu'elle.

— Hope venait ici à cette époque-là, dit-il.

Elle ne se trompait pas. Ils avaient eu la même pensée.

— Pourquoi ? Oui, elles se sont vues mais deux ou trois fois seulement.

Miriam sourit, d'un sourire triste.

Te reverrai-je un jour ?

— Hope pensait, comme vous, que j'étais folle d'héberger cette fille.

— Votre générosité vous honore, dit Cara.

— Mon fils dit toujours que c'est pour compenser la perte de Lorna que j'accueille les chiens perdus sans collier !

Son fils n'avait sans doute pas tort, mais qui était ce fils qui émergeait soudain ?

— Lawrence habite à San Bernardino. Il n'a jamais compris pourquoi j'étais venue m'enterrer ici, ni comment j'avais pu quitter l'endroit où j'avais vécu avec ma fille. Il a été contrarié quand je lui ai annoncé mon intention de vendre la maison, aussi la lui ai-je donnée quand je me suis installée ici.

— Ils s'entendaient bien tous les deux ?

— Très bien. Ils étaient très proches.

Le visage de Miriam changea soudain. La tristesse qui s'y lisait creusait tellement ses traits qu'elle semblait avoir pris dix ans d'un coup. On aurait dit une autre femme.

— Ils étaient jumeaux, même s'ils ne se ressemblaient pas. Après la mort de Lorna, Lawrence n'a plus jamais été le même.

— Il y a des blessures qui ne cicatrisent jamais, dit Gabe. Et qui ne doivent pas cicatriser.

Cara frissonna. Elle ne l'avait pas entendu parler de cette voix douce depuis qu'il l'avait consolée quand elle avait perdu sa tante chérie. C'était un an avant son mariage avec Hope. Il n'était donc pas uniquement l'être froid dont il se plaisait à donner l'image, il savait être chaleureux et tendre. Elle l'avait oublié.

C'était sa faute. Elle aurait dû rester en contact avec lui

Te reverrai-je un jour ?

après la disparition de Hope. Au lieu de souffrir chacun de son côté, se dit-elle, ils se seraient revus et auraient parlé d'elle. Ils se seraient réconfortés mutuellement. C'était ses sentiments pour lui qui l'en avaient empêchée. Par prudence, elle avait préféré l'éviter.

— Vous avez raison, dit Miriam à Gabe. Il y a des blessures qui ne devraient jamais guérir. Si j'avais surmonté la mort de ma fille, qu'aurait-on pensé de mon amour pour elle ?

Cara n'avait jamais envisagé la question sous cet angle, mais Miriam avait peut-être raison.

— Maintenant, poursuivit-elle, vous êtes mes hôtes à dîner mais je vous préviens tout de suite, je ne mange pas tôt. J'ai tendance à oublier les repas. C'est quand la nuit tombe et que je suis obligée d'allumer que je me rappelle que je n'ai pas dîné.

Cara consulta sa montre. 6 heures. Elle n'avait pas vu passer les quatre heures qui s'étaient écoulées depuis leur descente d'avion.

— Ce n'est pas grave. Nous avons déjeuné tard, dit-elle. Il était environ 3 heures.

— Alors on dit 9 heures ? proposa Miriam, visiblement ravie d'avoir de la compagnie pour dîner.

Cara regarda Gabe qui acquiesça d'un discret signe de tête. Il voulait rester, Cara le comprit. Il désirait parler à cette femme qui, à son insu, avait constitué une part importante de la vie de Hope.

— Je vous avertis, ajouta Miriam tout sourire, que si vous voulez dîner correctement, vous devrez mettre la main à la pâte. Je veux bien cuisiner, mais j'aime que

Te reverrai-je un jour ?

ça aille vite, alors je prends tout ce qui me tombe sous la main.

Cara sourit.

— Ne vous inquiétez pas, je vais vous aider.

— Si on allait au supermarché ? suggéra Gabe. C'est moi qui me mettrai aux fourneaux.

Le sourire de Miriam s'élargit.

— Parce qu'il cuisine aussi ?

Gabe haussa les épaules, mais Cara vit le coin de ses lèvres rebiquer.

— Cela m'arrive. A l'occasion.

— Ça ne se fait pas de laisser ses invités préparer les repas, mais j'avoue que l'idée de manger un plat qui ne sort pas de chez le traiteur ou que je n'aurais pas eu la corvée de préparer m'enchante.

Cara lui rendit son sourire. Décidément, cette femme lui plaisait et cela n'avait rien à voir avec le fait qu'elle avait eu un lien avec Hope.

— Ce n'est pas grossier du tout. On vous prend votre temps, on s'impose, c'est normal qu'on participe.

Miriam hocha la tête.

— Vous êtes des proches de Hope. Il n'y a pas de problème. Maintenant, si vous voulez qu'on aille faire des courses, c'est tout de suite. Ça ferme à 8 heures.

Ils sortirent tous les trois. Avant de prendre le volant, Gabe inspecta l'intérieur de sa voiture.

— Allez-y, asseyez-vous, dit-il aux deux femmes.

— Tu te méfies de Christie ?

— Non. Enfin, oui. On ne sait jamais.

— Je pense que c'est le côté luxueux de la Lexus qui

Te reverrai-je un jour ?

l'a attirée. Ça lui a rappelé des souvenirs. Nostalgie du passé !, suggéra Miriam.

Gabe haussa les épaules.

— Peut-être.

— Cela voudrait dire que cela n'a rien à voir avec notre présence ici, ajouta Cara.

— Bien sûr, mais tu sais comment c'est. Quand on est centré sur un problème, on a tendance à voir des ramifications partout. Quelle que soit la mission, on rencontre toujours le même phénomène.

Une mission ? Le choix du mot étonna Cara. C'était sans doute un vestige de sa vie de militaire, se dit-elle.

— Ce que tu as dit tout à l'heure à propos des blessures qui ne devraient jamais cicatriser…, commença-t-elle.

La route en lacet exigeant toute son attention, Gabe lui jeta un rapide coup d'œil.

— Oui. Que veux-tu savoir ?

— Je n'avais jamais envisagé ça sous cet angle. C'est triste, mais en même temps c'est bien. Triste qu'il faille traîner son chagrin toute sa vie comme un boulet, mais bien parce que ce ne serait pas juste d'oublier ceux qui nous ont quittés.

— Absolument.

— C'est sage. Dur mais sage.

Sa remarque lui valut un nouveau coup d'œil.

— La sagesse est une denrée rare.

— Pas tant que ça, dit-elle.

Elle ne lui dit pas qu'il l'avait surprise, justement, par sa sagesse. Il n'aurait pas été flatté qu'elle lui dise qu'elle avait été surprise ! De fil en aiguille elle repensa à l'époque où elle avait le béguin pour lui et se sentait comme la cinquième roue du carrosse. Non que Hope ou lui le lui aient fait sentir. Elle était assez chamboulée pour se monter la tête toute seule. Elle se rappelait les coups d'œil qu'elle lui lançait en douce. Les mimiques qu'il faisait quand quelque chose l'amusait, les rides au coin de ses yeux lorsqu'il souriait et cette façon de hocher la tête quand un détail piquait sa curiosité.

Ces souvenirs la gênant encore, elle rougit et, incapable de se retenir, tourna la tête pour le regarder. Heureusement pour elle, la pente sinueuse exigeait toute son attention. Il ne quittait donc pas la route des yeux.

12

Une fois les courses terminées — ils achetèrent des steaks chez le boucher, qui se trouvait être le frère de Woodruff, aussi peu disert que son quasi-jumeau était bavard — ils se dépêchèrent de rentrer pour faire mariner la viande. Comme promis, Gabe entra en cuisine et s'attela aux fourneaux tandis que Cara mettait le couvert.

Un quart d'heure plus tard, ils passaient à table.

— C'est savoureux, le félicita Miriam.

— On croirait que tu as fait ça toute ta vie, plaisanta Cara.

La dernière bouchée avalée, Miriam proposa de leur montrer leurs chambres. Elles étaient toutes les deux identiques, à la couleur près. L'une était bleue, l'autre verte. La salle de bains, comprise entre les deux pièces, était commune. Miriam avait opté pour un ton intermédiaire entre le vert et le bleu, une sorte de bleu turquoise qui évoquait les lagons des mers du Sud. La teinte se mariait à ravir avec les tons des deux chambres.

— C'est la suite familiale, si je puis dire, annonça Miriam avec son rire merveilleux. Christie l'a préparée pour vous.

Te reverrai-je un jour ?

— C'est gentil à vous de l'héberger, lança Cara.

— Contrairement aux apparences, elle ne vole pas l'aide que je lui offre. Pauvre gosse, la vie l'a tellement malmenée ! A quatorze ans elle a fugué de chez ses parents pour cause de maltraitance. Elle a traîné dans les rues pendant deux ans, a fini par être enlevée, agressée et abandonnée ici en plein cœur de l'hiver. Avec un itinéraire pareil, le plus étonnant, c'est qu'elle soit toujours debout.

Honteux d'avoir jugé Christie si sévèrement avant même de connaître son histoire, Gabe ressentit un certain remords.

— Je vous laisse vous installer, claironna Miriam, le tirant de ses pensées. J'espère que cela ne vous ennuie pas de partager la salle de bains.

— Bien sûr que non, répondit Cara.

Sans quitter Cara des yeux, Gabe remercia Miriam.

— Quelle chambre prends-tu ? demanda Cara. J'imagine que tu préfères la bleue... comme la mer.

« Ce que j'aimerais prendre te choquerait, chère Cara ! Si tu savais ! », pensa-t-il.

Horrifié par la pensée qui venait de lui traverser l'esprit, Gabe resta coi. Que lui prenait-il ? C'était Cara qui était là avec lui. Cara, la grande amie de sa femme. Cara qui, étonnée par son mutisme, le regardait fixement.

Balayant d'un geste la réponse qu'il voulait lui faire — elle aurait été inconvenante —, il s'entendit lui dire que, par endroits, la mer était aussi verte que le mur de la chambre. Et il lui sourit.

Le sourire qu'elle lui rendit, entre admiration et tendresse, le fit fondre intérieurement.

— Je suppose que tu les connais toutes, dit-elle.

Te reverrai-je un jour ?

— Non, pas toutes. Mais beaucoup.

Il s'adossa au chambranle de la porte et la regarda, troublé par ce qu'elle lui inspirait depuis un moment.

— J'aimerais que tu m'en parles, un jour, dit-elle.

— J'aimerais te les raconter, un jour.

Ce n'était pas des paroles en l'air. Curieusement, il avait vraiment envie de les lui raconter car il savait qu'il trouverait en elle une oreille attentive, quelqu'un qui ne reprocherait pas en secret à ces mers d'exister et de les avoir séparés.

Au début, savoir qu'il manquait tant à Hope l'avait flatté. Puis, peu à peu, la fierté avait cédé la place à l'agacement et même à la déprime. Accusé par sa femme de l'abandonner, il avait nourri un sentiment de culpabilité et n'avait bientôt plus pu le supporter.

« Hope n'avait pas assez de ressources intérieures pour vivre seule », lui avait dit Cara.

Cette remarque l'avait surpris, choqué même, comme l'avaient surpris beaucoup de choses depuis qu'elle avait reparu dans sa vie.

— La bleue si tu veux, dit-il brusquement.

Il partait vers la chambre qu'il venait de choisir quand elle l'arrêta d'un :

— Merci, Gabe.

Etonné, il se retourna.

— Merci pour tout ce que tu fais, poursuivit-elle. Merci d'accepter de vivre ça. Tu aurais pu ignorer la carte postale. Cela aurait été tellement plus facile.

Il plongea dans son regard, vit qu'elle était émue.

— Plus facile, en effet, dit-il, pensif.

Te reverrai-je un jour ?

Sa voix, rauque, presque enrouée, le surprit lui-même.

— Mais je n'aurais pas pu.

Elle le fixa, et soupira.

Prenant pleinement conscience, alors, qu'ils partageaient le même chagrin, les mêmes souffrances, il fit ce qu'il n'avait pas fait depuis des années parce qu'il était resté crispé sur sa douleur et son sentiment de culpabilité : il prit Cara dans ses bras et la serra contre lui.

— Si la réponse est ici, nous la trouverons, Cara, promit-il.

La première surprise passée, Cara, qui s'était d'abord raidie, se blottit contre lui.

— C'est moi qui devrais te remercier de t'impliquer autant après tout ce temps, dit-il en lui relevant la tête.

— Huit ans, je sais. Mais ça pourrait faire le double, cela ne changerait rien.

Elle était sincère, cela se lisait dans ses yeux. Elle avait toujours été très franche, en cela elle n'avait pas changé.

Subitement, sans même s'en rendre compte, il effleura ses lèvres. D'abord interdite, elle le regarda sans bouger, sans ciller. Lui, stupéfait par ce baiser qu'il n'avait pas prémédité, recula. Il l'avait fait. Il l'avait embrassée.

Et il ne le regrettait pas.

Elle battit des paupières, marmonna quelque chose qui avait trait au dîner et disparut dans la chambre verte en ayant soin de refermer la porte derrière elle.

Pensif, Gabe resta là un moment, figé. Ce n'était pas vraiment un baiser. Pas vraiment. C'était juste une petite bise comme ça, en passant. Ça ne voulait rien dire. C'était

Te reverrai-je un jour ?

une façon de lui dire merci. Avec plus de force que juste des mots. C'était tout.

« Hope n'était pas parfaite et ce n'est pas parce qu'elle n'est plus là qu'elle l'est devenue. »

Pourquoi cette phrase de Cara se mit-elle à danser dans sa tête comme si elle venait de la prononcer ? Mystère, il n'aurait su le dire.

— D'accord, elle n'était pas parfaite, murmura-t-il en se dirigeant vers la chambre bleue. Ce n'est pas une raison pour abandonner la partie.

D'un mouvement de tête, il désigna la chambre vide alors qu'une petite voix intérieure lui susurrait, sournoisement, que cela ne lui donnait pas carte blanche pour fantasmer sur Cara Thorpe.

Quelques minutes plus tard, perturbée par sa réaction face au baiser de Gabe, Cara attrapa son sac et fourragea dedans pour passer ses nerfs. Elle en sortit les affaires qu'elle avait achetées pour la nuit : un grand T-shirt en guise de chemise de nuit, une savonnette pour laver ses dessous et une brosse à cheveux avec laquelle elle se coiffa. D'accord, Gabe l'avait tenue dans ses bras. Bien sûr, il l'avait embrassée. Mais cela n'avait été qu'une accolade amicale pour se soutenir mutuellement, un baiser anodin pour la remercier d'être là.

Et puis non, se dit-elle. Ce n'était pas une étreinte lambda, un baiser lambda.

Gabe avait sans doute espéré que ce geste le rapprocherait de Hope.

Te reverrai-je un jour ?

Elle arrêta de se brosser les cheveux et fixa son image dans la glace. Elle était beaucoup plus jolie depuis quelques jours, beaucoup plus rayonnante. Elle était devenue… possible !

Mais elle n'était pas Hope Taggert et elle ne le serait jamais.

13

Malgré ses nombreux périples autour du monde, Gabe n'avait pas l'habitude de se réveiller dans des lieux inconnus. Quand il était dans la marine et naviguait, il dormait à bord. Aujourd'hui, il avait deux antres. Soit son appartement, spartiate bien que vaste, près de la marina ou, beaucoup plus souvent, la cabine luxueuse du yacht Redstone.

Son équipage s'était d'ailleurs gentiment moqué de lui à ce sujet, plaisantant sur son penchant à dormir à bord plutôt que chez lui. Il avait expliqué que c'était le luxe du bateau et donc la vie facile qui en découlait qui lui plaisait. Il n'en avait nourri aucune honte. Au fond de lui, il savait pertinemment que ce n'était pas vrai. C'était la mer et la mer seule qui le poussait à passer plus de temps sur l'eau qu'à terre. Il avait ça dans le sang et il l'aurait toujours. Il serait toujours reconnaissant à Joshua de lui avoir permis de continuer de naviguer aussi longtemps qu'il en aurait envie. Il dirigeait toujours le département marine de Redstone, mais Joshua ne voyait pas d'inconvénient à ce qu'il mène l'affaire depuis le pont de l'élégant yacht.

A son réveil, ce matin, ce n'est pas le décor inconnu

qui le déconcerta le plus, ni le coq du voisin qui jouait les réveille-matin, mais le rêve dont le chant dudit coq l'avait tiré.

— Hope, murmura-t-il.

Il avait beaucoup rêvé depuis sa disparition, mais ce rêve-ci était différent. Il se réveillait, descendait dans la cuisine de Miriam où il trouvait sa femme, assise et manifestement peu ravie de le voir.

— Tu aurais dû comprendre, lui disait-elle sans même le saluer. Si j'avais voulu que tu me retrouves, j'aurais laissé des traces.

Il s'assit et se passa une main dans les cheveux. Puis se frotta les yeux. Il n'avait pas bien dormi, c'était la goutte d'eau qui faisait déborder le vase. Il était tôt, pas même 6 heures, et il savait qu'il ne se rendormirait pas.

Ce n'était pas la première fois qu'il rêvait qu'il retrouvait Hope. Ce n'était pas la première fois qu'il faisait le songe que, l'ayant retrouvée, il découvrait qu'elle était partie parce qu'elle avait bel et bien envie de s'en aller, sans scrupules, simplement parce qu'elle en avait assez de lui et voulait s'en débarrasser.

En revanche, c'était la première fois qu'il faisait ce rêve avec un démon tentateur dans la chambre voisine. Cara Thorpe.

Un démon tentateur, Cara Thorpe ?

L'expression dansant dans sa tête, il sortit du lit dans lequel il avait dû dormir en diagonale, étant donné sa taille. Il se frotta les joues, elles piquaient, et se dirigeait vers la salle de bains quand il s'arrêta net. Il allait y entrer tout nu alors que Cara la partageait avec lui !

Te reverrai-je un jour ?

Chassant les images que cette pensée venait de faire germer, il retourna prendre son jean, qu'il enfila.

Quand il pénétra dans la salle de bains, celle-ci était vide. La porte qui donnait sur la chambre de Cara était fermée, mais il alla mettre le loquet de sorte qu'elle ne fasse pas irruption, comme lui-même avait failli le faire, dans son plus simple appareil.

« Elle ne dort sans doute pas nue », se dit-il après réflexion.

En grommelant, il repoussa les fantasmes qu'elle lui inspirait et se força à penser à autre chose. Que Cara dorme nue ou vêtue ne le regardait pas, après tout.

Il se planta devant le miroir. Le rasoir jetable et le minitube de crème à raser qu'il avait achetés étaient posés sur la tablette devant lui.

Il poserait de nouveau des questions sur Christie à Miriam aujourd'hui, se dit-il en commençant à se raser. Il voulait en savoir plus sur cette fille irascible et plus que douteuse. En dépit de ce que Miriam pensait d'elle, son attitude, son passé et sa présence ici en même temps que Hope la plaçaient dans les favoris de sa liste de suspects.

L'idée que, à ce stade, St. John pourrait éventuellement l'aider fit soudain tilt.

Il finit de se raser en vitesse, essuya les dernières traces de mousse accrochée à ses joues, retourna dans sa chambre et prit son téléphone portable. Il était tôt mais tout le monde savait chez Redstone que, quelle que soit l'heure, St. John était toujours joignable. Cela aussi alimentait la légende qui entourait le mystérieux bras droit de Joshua.

Effectivement, l'homme répondit dès la première sonnerie. Il avait lu le nom sur l'écran car il répondit d'emblée.

Te reverrai-je un jour ?

— Taggert.
— Oui, dit Gabe.

Il attendit une demi-seconde et, se rappelant à qui il parlait, poursuivit avant que son interlocuteur ne s'impatiente.

— J'ai besoin d'infos. Une femme.
— Vas-y.

Gabe déclina ce qu'il savait déjà et ponctua d'une phrase :

— Je ne sais ni si c'est son vrai nom, ni si c'est son âge véritable, mais elle a peut-être un casier pour vols de voitures.

— Physique ?

La nuit ne rendait pas St. John plus bavard, se dit Gabe.

Après avoir décrit Christie, sa couleur de cheveux, sa taille, sa corpulence et son poids approximatifs, il s'arrêta.

— Couleur des yeux ? interrogea St. John. Signes distinctifs ? Cicatrices ? Grains de beauté ?

Absorbé à étudier le comportement de Christie, Gabe n'avait pas bien regardé. Il avait surtout noté sa colère.

Soudain, il entendit un bruit dans la salle de bains. Apparemment, Cara était debout. Peut-être l'avait-il dérangée en se levant si tôt ? L'idée que l'attitude de Christie l'avait peut-être frappée elle aussi lui vint aussitôt à l'esprit. Peut-être avait-elle relevé des détails qui lui avaient échappé ?

Il retourna vers la salle de bains, frappa à la porte. Le bruit s'arrêta, mais elle n'ouvrit pas. Il se demanda alors dans quelle tenue elle était.

Te reverrai-je un jour ?

— Je viens de parler à St. John, dit-il à travers la porte. Il va chercher des infos sur Christie, mais il veut des précisions que j'ai été infichu de lui donner. Tu sauras peut-être, toi. La couleur de ses yeux, par exemple ?

Il y eut comme un froissement d'étoffe et la porte s'ouvrit.

— Marron, dit-elle, marron foncé.

Elle était en chemise de nuit ou, plus exactement, en T-shirt. Le T-shirt qu'elle avait acheté pour, pensait-il, le porter aujourd'hui lui avait servi de nuisette. Il était large avec une inscription en couleurs sur la poitrine qui, fatalement, attirait le regard.

Lac aux Pins. Place au plaisir.

Un peu étonnée, elle prit le téléphone qu'il lui tendait.

— Monsieur St. John ?

Faisant preuve d'une incroyable faculté d'adaptation, elle s'accorda à son mitraillage verbal.

— Marron foncé.

Il y eut un silence. Bref. Le temps pour St. John de poser une autre question, aussi lapidaire que la précédente.

— Si, une chose. Des marques sur le bras gauche. Une ligne de points. Une cicatrice, peut-être ? On dirait des points de suture.

Nouveau silence. Encore plus bref.

— On se renseignera. Non, rien d'autre. Merci…

Cara ne termina pas sa phrase, son interlocuteur avait raccroché. Elle referma l'appareil, le rendit à Gabe.

— C'est quelque chose, hein ? lança-t-il.

— Incroyable ! Bien, maintenant je vais me préparer.

Te reverrai-je un jour ?

Il ne comprit pas tout de suite qu'elle voulait qu'il recule pour pouvoir fermer la porte.

C'était dommage. Il serait bien resté là à bavarder avec elle en petite tenue.

L'intimité de la situation lui sautant brusquement aux yeux, il recula très vite. Cara pivota alors sur ses longues jambes, le laissant baba d'admiration. Elle avait toujours eu des jambes interminables, il s'en souvenait maintenant. Elle dépassait Hope de quinze bons centimètres, mais c'est un jour, à la plage, qu'il avait remarqué que leur différence de taille venait de la longueur de ses jambes.

A l'époque, elles étaient fines et joliment musclées. Aujourd'hui, elles étaient tout simplement divines.

Agacé de concevoir des fantasmes aussi déplacés vu les circonstances, il s'en alla en ronchonnant et s'assit au bord du lit. Appliqué comme un gosse qui accomplit des gestes pour la première fois, il ôta ses souliers et ses chaussettes.

Il était troublé. Hope n'aurait pas aimé si elle avait su pourquoi. Si son rêve s'était réalisé et qu'il descende et la trouve bien vivante dans la cuisine de Miriam, qu'aurait-il ressenti ? se demanda-t-il.

Il avait toujours été convaincu que sa vie suivrait son cours inexorablement, sans détour, et que rien, jamais, ne l'écarterait du droit chemin.

Il n'en était plus si sûr. Surtout aujourd'hui. S'ils retrouvaient Hope, ce qu'il pensait de Cara et ressentait pour elle le mettrait dans une situation inconfortable. Or, la perspective que Cara sorte de sa vie lui semblait inenvisageable maintenant.

Te reverrai-je un jour ?

*
* *

— Bonjour vous deux. Bien dormi ?

La bonne humeur de Miriam était en harmonie avec le soleil qui brillait déjà dehors.

— Très bien, répondit Cara.

Elle nota que Gabe ne répondait pas. Comment avait-il dormi ? Elle n'en savait rien. C'était une question qu'elle adorerait lui poser, la tête sur l'oreiller…

Très vite elle chassa cette pensée parasite, mais une autre prit sa place, presque aussi troublante. Ce matin, quand elle lui avait ouvert la porte de la salle de bains, elle était en T-shirt et boxer. Elle avait remarqué qu'il la regardait bizarrement, ses seins surtout, et que ses yeux brillaient d'un éclat inhabituel. Elle-même, le voyant torse nu, avait été troublée. D'ailleurs, elle avait dû rougir.

Elle haussa les épaules. Qu'il soit troublé par une femme en boxer et T-shirt et qu'il fixe ses seins était simplement normal. N'importe quel homme en aurait fait autant. Ce n'était pas parce que c'était elle, c'était parce qu'elle était une femme. Point.

Satisfaite de sa conclusion, elle désigna les papiers empilés sur le comptoir.

— C'est quoi tout ça ?

— Hier soir pendant le dîner, vous avez dit que vous n'aviez jamais lu d'œuvres de Hope, répondit Miriam.

— C'est vrai, dit Gabe.

Il sembla à Cara qu'il était moins crispé. Peut-être commençait-il à admettre que son épouse ait eu un jardin secret ? Pendant le dîner, ils avaient beaucoup parlé avec Miriam. Ce qu'elle leur avait raconté les avait sidérés.

Te reverrai-je un jour ?

Si Hope nourrissait vraiment des rêves d'écriture, on comprenait qu'elle ait été attirée par cette femme.

Miriam lança un regard interrogateur à Gabe.

— Elle devait garder des doubles de ses œuvres chez elle, non ?

Gabe hocha la tête.

— Elle avait un ordinateur mais il a disparu en même temps qu'elle. Et je... quand je revenais à la maison, les ordinateurs étaient interdits. Je ne rentrais pas pour ça !

— Je vois, dit Miriam. En ce cas...

Elle poussa la pile de papiers vers eux. Gabe leur lança un coup d'œil mais n'y toucha. Cara non plus. Soudain, alors qu'ils hésitaient à les prendre, un *bang* sur la porte les fit sursauter. Le temps de se retourner, Christie était entrée en trombe et traversait la cuisine.

— Encore là !

Médusée, Cara la fixa puis regarda Gabe, qui semblait se demander ce que cette fille avait à cacher pour être aussi nerveuse.

En maugréant, Christie alla se planter devant Miriam et croisa les bras de manière agressive, comme pour faire bouclier entre la femme qui l'avait accueillie et les deux intrus. Elle portait un jean troué et une veste en toile sur un T-shirt court qui découvrait son nombril entouré d'un tatouage. Miriam lui sourit comme si elle avait eu un ange devant elle.

— Oui, ma chérie ?
— J'ai fini l'atelier.
— Merci, Christie.
— Le chevalet est cassé. Je vais le réparer.
— C'est gentil, merci.

Te reverrai-je un jour ?

Miriam s'arrêta et fit un geste en direction de Gabe et de Cara.

— Tu n'as pas quelque chose à dire ?
— Quoi ? lança Christie.
— Ils t'avaient prévue à dîner hier soir. Tu peux peut-être les remercier.

Ils en avaient parlé en faisant les courses. Comme ils étaient tous les trois d'accord pour que Christie se joigne à eux, Cara avait acheté plus de viande. Mais Christie s'était dérobée. Après avoir pris deux steaks, elle avait filé comme un voleur.

— Ah, répondit-elle.

Gênée, Miriam insista.

— En général, on remercie les gens qui vous font des gentillesses.

Christie regarda Miriam. Cara, qui l'observait, nota qu'elle couvait sa protectrice des yeux. Mais, brusquement, elle se retourna et leur fit face. Son visage n'exprimait que haine et dureté.

— Merci pour la viande, aboya-t-elle en les foudroyant du regard.

Sans demander son reste, elle pivota sur ses talons et sortit, les laissant abasourdis. Cara se tourna vers Gabe. A quoi pensait-il pour être aussi concentré, aussi tendu ? Se demandait-il, comme elle, si la disparition de Hope n'était pas liée à la présence de ce démon ?

Soudain, une idée qui n'était pas nouvelle — elle planait comme un nuage noir dans la tête de Cara depuis la disparition de Hope — se cristallisa. Et si Hope avait été assassinée ?

Te reverrai-je un jour ?

Paniquée, Cara se tourna vers la porte que Christie venait de claquer.

Avait-elle pu faire ça ?

Sans aucun doute.

L'aurait-elle fait ?

Pourquoi pas ?

Etait-elle passée à l'acte ?

Cara frissonna.

Et, brusquement, la cuisine vibrante de soleil se mit à ressembler à un trou noir.

14

Cara tremblait encore quand elle sentit la main de Gabe sur son dos. Elle était large et chaude. Un vrai réconfort. Avait-il perçu qu'elle en avait besoin ?

— Jetez un coup d'œil à ses œuvres pendant ce temps je vais préparer le petit déjeuner, dit Miriam. Je peux bien faire ça, hier soir je vous ai laissés travailler !

Cara se jucha sur un tabouret et Gabe s'installa près d'elle. Comme il ne touchait pas aux papiers, Cara prit l'initiative de commencer et approcha la pile.

Comme Miriam l'avait dit, les pages contenaient des articulets et des nouvelles brèves. Le ton était enlevé, bien à l'image de Hope. Reconnaissant le portrait de leur ancien professeur de mathématiques, M. Matton, Cara sourit. C'était finement observé et écrit avec beaucoup d'esprit.

— C'est une bonne plume, dit Cara en glissant les feuillets sous les yeux de Gabe au fur et à mesure qu'elle en finissait la lecture.

Voyant qu'il ne lisait pas, elle lança.

— Ça ne t'intéresse pas ?

Gabe avança la main et prit le premier feuillet. A contrecœur, visiblement.

Te reverrai-je un jour ?

Miriam posa les œufs au jambon sur la table et s'éclipsa de nouveau. Absorbés par leur lecture, ils mangèrent sans faire attention à ce qu'ils avaient dans leurs assiettes. Les articles de Hope lui ressemblaient tellement que, pour un peu, ils auraient cru qu'elle était là, avec eux.

— Tiens ! s'exclama Cara. Un papier sur ses parents.

Elle lut et regarda Gabe.

— Il faudra le leur faire lire. C'est plein d'amour pour eux.

Il prit les pages qu'elle venait de reposer et les lut en souriant.

— Tu as raison, acquiesça-t-il après avoir fini. Il faudra les leur faire passer.

Contente qu'il soit d'accord, elle prit le paquet suivant, le feuilleta rapidement et le reposa, gênée. Hope avait écrit un article dithyrambique qu'elle avait intitulé « Ma meilleure amie ».

Cara est mon roc. Elle est toujours là pour moi. Elle ne se contente pas de m'entendre, elle m'écoute. Elle m'a toujours écoutée...

Elle reprit le feuillet, le relut. Sa vue se brouilla.

— Cara ?

La voix de Gabe était douce.

— Tu pleures ?

Il se leva de sa chaise, prit le tabouret à côté d'elle et passa le bras autour de ses épaules. Bouleversée, elle se lova contre lui. Peu importait la familiarité de ce geste. Elle avait besoin d'être réconfortée, besoin de chaleur, de tendresse.

Te reverrai-je un jour ?

— Elle me manque, dit-elle, la voix étranglée. Elle me manque tellement.

— Je sais, dit Gabe.

Elle se serra très fort contre lui, contre la poitrine du mari de sa meilleure amie. Cette amie qui l'avait abandonnée, la laissant en plein désarroi.

— Pardon, excuse-moi, je ne...

— Chut, dit-il. Je sais...

Elle laissa échapper un sanglot. Puis un autre. La tête penchée sur son épaule, elle finit par se calmer et entendit bientôt les battements réguliers de son cœur. Ce cœur dont Hope disait en se moquant qu'il ne battait jamais à plus de soixante-deux coups à la minute, quoi qu'il fasse, quoi qu'elle lui fasse...

— Jamais ? avait relevé Cara avec malice.

Hope avait souri du sous-entendu.

— C'est l'exception qui confirme la règle.

Cara avait regretté sa plaisanterie — de mauvais goût — qui lui avait inspiré des images toxiques. Le physique de Gabe, qu'elle avait pu admirer à loisir quand elle les avait accompagnés à la plage, Hope et lui, avait de quoi enflammer une imagination déjà enfiévrée. Elle s'était donc accordé des circonstances atténuantes.

Ces images dansaient en ce moment dans sa tête, aussi précises qu'elles l'étaient à la plage, et d'autant plus violentes qu'il la tenait dans ses bras.

Le fait qu'il essaie de la réconforter en dépit de ce qu'il devait éprouver maintenant qu'il avait lu ses nouvelles, le fait qu'il soit le mari de la femme qui avait été sa meilleure amie et loué son amitié indéfectible, le fait qu'ils ne sachent

Te reverrai-je un jour ?

toujours pas ce qui s'était passé, auraient dû la pousser à s'écarter de lui. Elle ne le fit pas. Elle ne le pouvait pas.

« C'est le mari de Hope, se répéta-t-elle tout bas. Le mari de Hope. »

C'était le seul argument qui fonctionnait à l'époque quand, se surprenant à lui lancer des regards énamourés, elle se forçait à détourner les yeux, redoutant qu'il ne voie qu'elle en pinçait pour lui.

« Il n'y a pas de raison pour que cela ne fonctionne pas aujourd'hui », essaya-t-elle de se persuader. Pas de raison.

Sauf que... elle n'était plus la même qu'à l'époque.

Et Hope n'était pas là.

Brusquement, elle se raidit et se dégagea des bras de Gabe. Ce qu'elle faisait était honteux, surtout après avoir lu le couplet sur l'amitié que Hope avait écrit.

Surpris par sa brutalité, Gabe ne la retint pas.

— Ça va maintenant, dit-elle. Merci.

Elle s'étira, cherchant quelque chose à dire pour se donner une contenance.

— C'est ce qu'elle a écrit sur moi. Ça m'a...

— Désarçonnée ?

Elle saisit la perche qu'il lui tendait.

— Oui, c'est ça. Exactement, mentit-elle. Je... finirai de les lire plus tard.

« Quand je serai seule, pensa-t-elle, et que je pourrai pleurer toutes les larmes de mon corps sans témoin, sans le mari de ma grande amie pour me consoler. »

— Je peux les lire, moi ?

Elle n'eut pas besoin de répondre, il s'était déjà emparé des feuillets. De toute manière, quel droit avait-elle sur

Te reverrai-je un jour ?

ces nouvelles ? Elle n'était que la meilleure amie. Il était le mari.

Mal à l'aise, écœurée presque, elle repoussa son assiette à moitié pleine et sa tasse de café. Miriam comprendrait, elle en était sûre. Malgré elle, elle jeta un coup d'œil à la page suivante. Hope évoquait sa première randonnée en haute montagne. La peur qu'elle avait eue et comment peu à peu elle s'était familiarisée avec les ravins, le vide, les routes en lacet, comment elle avait domestiqué le vertige, comment, progressivement, le goût de l'aventure l'avait saisie, au point qu'elle s'était surprise à narguer le danger, allant jusqu'à déserter les routes faciles pour ne plus emprunter que les chemins à pic qui lui donnaient le frisson.

Se rappelant la route en lacet qui les avait menés ici, Gabe et elle, Cara se mit à trembler.

— Ça va te plaire, dit-elle en lui tendant la page.

Il était encore plongé dans l'essai qu'elle avait rédigé sur l'importance de l'amitié. Il souriait et, par moments, opinait. Approuvait-il parce qu'il était vraiment d'accord ou parce que c'était Hope qui avait écrit ?

Alors qu'il poursuivait sa lecture, elle jeta un regard sur la page suivante et vit qu'il était question de lui.

De peur de se mêler de ce qui ne la regardait pas, elle détourna les yeux mais, la curiosité reprenant le dessus, elle ne put se retenir et lut. Le paragraphe commençait par :

Seul l'amour peut générer bonheur et haine en même temps.

Elle survola le reste de la page, remarquant que son

amie avait dépeint Gabe comme un beau ténébreux. Elle lui attribuait d'autres qualificatifs flatteurs : intelligent, sexy, courageux, généreux. Autant de qualités que Cara n'aurait pas songé à contester. Hope laissait aussi exploser sa colère et son ressentiment. Elle se plaignait des longues absences de son mari, le décrivait comme obstiné, buté, peu soucieux des autres. Cara était plutôt d'accord avec cette peinture-là aussi, sauf qu'elle aurait troqué « peu soucieux des autres » par « prévenant ».

Gabe ne comprenait peut-être pas au quart de tour ce que désirait son entourage, mais, dès qu'il l'avait saisi, il mettait les bouchées doubles pour rattraper le temps perdu. Que de fois elle avait envié Hope de vivre avec un homme qui n'hésitait pas à reconnaître ses erreurs, en général mineures, d'ailleurs ! Que de fois elle avait été tentée de dire à son amie qu'elle était folle de battre des montagnes pour des peccadilles quand, parallèlement, son mari était bourré de qualités !

Qu'allait penser Gabe quand il lirait tout ça ?

Elle lui lança un regard en coin. Il ne la regardait pas, il lisait, aussi glissa-t-elle discrètement le feuillet critique sous la pile. Il n'était pas question de le lui cacher, seulement de retarder le moment où il le lirait.

Quand il reposa les pages qu'il tenait, Cara le trouva préoccupé et fatigué. Elle aussi était fatiguée, pas physiquement, mais moralement.

— Il faut que je fasse le vide dans ma tête, déclara Gabe.

— Moi aussi. La journée d'hier a été rude.

— Je vais descendre dans la vallée. Je voudrais faire

un tour à la station-service. Il y a de fortes chances pour que Hope s'y soit arrêtée.

Avant de quitter Miriam, ils lui exposèrent leur projet, qu'elle comprit, évidemment.

— Ça doit vous faire mal de lire ces pages. Les écrivains que je connais sont presque tous des introvertis. Hope, au contraire, était une bouffée d'air frais.

Gabe acquiesça.

— Y a-t-il d'autres pompes à essence que celle qui se trouve en bas de la route ? se renseigna-t-il.

— Non, c'est la seule. Je sais que c'est là que Hope se servait. Je me rappelle que le jour où elle est partie, elle devait commencer par aller faire le plein. Stan en est le propriétaire. Je crois qu'il lui aurait bien fait un brin de cour, mais Hope devait trop l'impressionner pour qu'il ose.

Gabe ne commenta pas. Sans doute avait-il souvent entendu ce genre de commentaires, pensa Cara. On n'épousait pas une femme comme Hope impunément.

— Nous laissons nos affaires ici, Miriam. Nous reviendrons, si vous voulez bien.

Ils sortirent. Une fois dehors, ils s'installèrent dans la voiture.

— Je finirai de lire plus tard, dit Cara. C'est trop...

— Je te comprends, opina Gabe. Moi-même j'ai beaucoup de mal.

Ils bouclèrent leurs ceintures. Comme elle regardait par la vitre, elle aperçut Christie au coin de l'auberge avec un homme qu'elle n'avait jamais vu. Elle avait son air méchant habituel et l'homme semblait nerveux.

— Ça doit être terrible de se réveiller en rage tous les jours, dit Cara.

— Si j'étais le type, je me méfierais, répliqua Gabe, ne plaisantant qu'à moitié. Elle est armée.

Cara écarquilla les yeux.

— Armée ?

— Tu ne vois pas comment elle tient ses cisailles ?

Effectivement. Elle les pointait vers l'homme que le geste, menaçant pourtant, ne semblait pas trop inquiéter. Subitement elle tourna les talons et disparut, le plantant là. Ils le virent regarder autour de lui et, finalement, hocher la tête.

Gabe mit le contact et démarra.

— Je me demande comment le pompiste peut gagner sa vie, dit Gabe brusquement. Il n'y a pas beaucoup de passage dans le coin.

— C'est justement ce que je me disais, répondit Cara.

— J'ai cru voir un hameau sur la droite en montant, reprit Gabe. Ça doit être l'endroit auquel Hope fait allusion dans une de ses nouvelles. On va aller voir.

— Bonne idée. On n'aura qu'à faire comme à Lac aux Pins. Interroger tous les habitants. Bavarde comme elle est, si elle y est vraiment allée, ce que je crois, elle aura parlé avec tout le monde.

— Je pense que nous...

Il s'arrêta brusquement, les sourcils froncés, et serra à deux mains son volant.

— Bon Dieu ! jura-t-il. Ma direction assistée est H.S.

Effrayée, Cara plaqua une main sur sa poitrine. Cette

panne lui était arrivée un jour et elle avait cru mourir car sa voiture était devenue incontrôlable. Le cœur battant, elle regarda autour d'elle. La situation ne pouvait être pire. Ils étaient en descente sur une route de montagne en lacet avec des ravins vertigineux à faire hurler de peur.

Dans une voiture qui allait rechigner à virer dans les tournants.

Heureusement, les freins fonctionnaient. Mais Gabe avait l'impression de conduire une tonne de briques montée sur roues. Le mieux aurait été de s'arrêter au bord de la route, mais ils étaient dans une courbe, sans visibilité. Il y avait autant de risques à rester là qu'à dévaler le ravin.

Gabe négocia le premier virage tant bien que mal. Mais deux cents mètres plus loin s'en profilait un autre, à moitié caché par des arbres. Crispée dans le siège du passager, Cara ne disait rien. Elle avait agrippé le bord de son fauteuil et le serrait de toutes ses forces. Gabe ralentit pour amorcer l'épingle à cheveux suivante. Plus il roulerait lentement, plus ils auraient de chances de s'en sortir sains et saufs, mais plus la direction était dure. Et son trente-cinq tonnes difficile à manœuvrer.

De nouveau il songea à s'arrêter mais, à cet instant, une berline qui arrivait trop vite dut piler derrière eux, les évitant de justesse.

— Va donc, hé ! hurla Gabe.

Lorsqu'ils seraient en bas, ce serait plus facile. A plat, la voiture serait manœuvrable. Restait à espérer que le but de leur expédition, la station-service, soit ouverte. Il négocia dix virages à la suite et, enfin, apparut le panneau « Essence ». Soulagé, il mit son clignotant et entra dans le parking. Un homme vêtu d'une chemise étonnamment propre, avec Stan brodé sur la poche de poitrine, s'approcha d'eux.

— Un souci ? dit l'homme avant même que Gabe ne descende. Je vous ai vus entrer, elle a l'air molle.

Qu'il ait cherché à faire la cour à Hope ou non, l'homme avait un mérite, il connaissait les automobiles, se dit Gabe.

— C'est la direction assistée qui m'a lâché.

Gabe fit le tour de la voiture et souleva le capot. Au premier coup d'œil, tout semblait normal. Se penchant pour mieux voir, il lança un *oh !* de surprise.

Le réservoir du liquide de direction était vide. Il l'avait pourtant vérifié dimanche.

— C'est pas bien, ça, lui dit l'homme moustachu sur un ton de reproche.

On aurait dit qu'il trouvait Gabe indigne de conduire une aussi belle voiture.

— Que se passe-t-il ? demanda Cara, qui les avait rejoints.

— Le réservoir est vide. C'est bizarre, je contrôle tous les fluides toutes les semaines, répliqua Gabe en observant Stan du coin de l'œil.

Mais le moustachu était beaucoup plus intéressé par Cara que par le moteur. Penchée elle aussi sur ce qui ressemblait, à ses yeux, à une usine à gaz, elle s'étonna.

— Ça arrive souvent ?

— Non, répondit Stan. Ce n'est pas courant.

Quelque chose de brillant happa alors l'attention de Gabe. Ça brillait parce que c'était mouillé, or la route était sèche. La plaque d'humidité était donc anormale.

— La torche, ordonna-t-il. Dans la boîte à gants.

Te reverrai-je un jour ?

Le ton était nerveux, sec. Cara se précipita dans l'habitacle et revint aussitôt avec la lampe de poche.

— Merci, dit-il en la tournant pour l'allumer.

Il l'introduisit dans le moteur, toucha un morceau de métal, regarda ses doigts, les sentit. Pas de doute possible, c'était le liquide de la boîte automatique.

Enervé, il recula, tendit la lampe à Stan qui, alerté par sa mine sombre, avait cessé de faire les yeux doux à Cara. Imitant Gabe, il disparut sous la voiture et en ressortit quelques secondes plus tard, le visage aussi sombre que celui de Gabe.

— Il n'y a pas de doute, hein ? dit Gabe en le regardant.

— Pas de doute, répéta l'homme.

— Qu'y a-t-il ? s'enquit Cara en regardant Gabe.

Il hésita un quart de seconde et, finalement, lâcha :

— La durite a été sectionnée.

15

— St. John dit qu'elle s'appelle en réalité Linda Spark et qu'elle a vingt-quatre ans. Le reste est conforme à ce que nous a raconté Miriam.
— Navrant, répondit Cara.
— Oui.

Que la vie de Christie ait été navrante ne changeait rien au film. Dix minutes après l'avoir vue des cisailles à la main près de la voiture, ils avaient failli avoir un accident fatal à cause d'une durite sectionnée. C'était troublant.

Le shérif, accouru sur les lieux, n'avait pu que constater et confirmer le dommage. Comme Gabe s'y attendait, il estimait que la présence de Christie-Linda Spark sur les lieux, des cisailles à la main, ne constituait pas une preuve. Encore que, avait-il avoué, cela ne l'aurait pas surpris. Il avait déjà eu maille à partir avec la jeune femme à une ou deux reprises. Il avait promis de creuser l'affaire, mais leur avait dit que cela risquait de prendre un peu de temps.

Stan avait commencé à réparer le moteur. Il semblait compétent et Gabe lui faisait confiance. En attendant, Cara était toujours assise sur un banc à l'extérieur de l'atelier,

Te reverrai-je un jour ?

le visage offert au soleil. Profitant de ce qu'elle avait les yeux fermés, Gabe la regarda tout son soûl.

Les rayons du soleil jouaient dans ses cheveux les éclaboussant de reflets dorés. De profil, elle était telle une médaille, nez droit, menton énergique mais pas trop, longs cils.

Complètement différente de Hope, se dit-il, mais très séduisante elle aussi, dans un autre genre. Hope avait raison de l'affirmer.

Gabe entendit un juron émanant de l'atelier et un bruit de métal. Stan pestait. Sans doute un outil lui était-il tombé des mains ?

Stan, bien sûr, se souvenait de Hope. La belle blonde, avait-il dit. Une charmeuse, avait-il ajouté.

Ce qui était vrai. Hélas, c'était à peu près tout ce que Stan se rappelait.

Elle avait pris de l'essence ici une fois ou deux. Bien qu'elle se soit arrêtée devant la pompe en libre service, Stan, en parfait gentleman, avait fait le plein de son réservoir à sa place.

« Pas possible de laisser une jolie fille comme ça puer l'essence », avait-il dit. De fait, le seul indice qu'il avait pu leur donner était qu'elle avait demandé comment aller à Morton Corner, le village dont Cara et lui venaient justement de parler.

— Je lui ai répondu qu'il n'y avait rien à voir là-bas, mais elle voulait y aller quand même.

Un nouveau grognement sortit de sous le moteur. Se penchant pour voir, Gabe aperçut l'ancienne durite par terre. Stan était en train d'en fixer une neuve. C'était une chance qu'il en ait eu en stock.

Te reverrai-je un jour ?

La prochaine fois qu'il garerait sa voiture, même en lieu apparemment sûr comme devant chez Miriam, il brancherait l'alarme. Et tant pis si elle se déclenchait de manière intempestive ! pensa Gabe. De toute façon, le vendeur l'avait réglée au plus bas, à sa demande, parce que ce hurlement strident l'irritait.

— Tu crois que c'est elle ?

La question de Cara le surprit. Il croyait qu'elle se dorait au soleil sans penser à rien.

— Je ne sais pas.

Ils avaient eu la même pensée en même temps. Cela ne l'étonna pas vraiment. Ce n'était pas la première fois. Avec Cara, ils étaient souvent sur la même longueur d'onde.

Elle ouvrit les yeux et les tourna vers lui.

— Que fait-on, maintenant ?

Il se l'était demandé lui aussi.

— Dès que Stan a fini, on file à Morton Corner. Et on éclaircit l'incident. Ça prendra le temps que ça prendra.

Elle réagit sur-le-champ.

— Quand on a aura retrouvé celui ou celle qui a fait le coup, on retourne chez Miriam ?

— Oui et on attend la réaction de Mlle Lowden-Spark.

Cara hocha la tête.

— Si elle croyait ne pas se faire prendre, c'est raté. C'est Miriam qui va être déçue.

— Oui, et ce sera encore pire si on apprend qu'elle est impliquée dans la disparition de Hope.

*
* *

Te reverrai-je un jour ?

— Ça me dit quelque chose, répondit la femme en rangeant les paquets de pâtes sur les rayons. Mais elle n'est pas d'ici.

— En effet, répliqua Cara. Elle faisait du tourisme dans la région et a écrit qu'elle allait passer par ici.

— On ne voit pas beaucoup de touristes ici, c'est pour ça que je me souviens d'elle. Mais je n'ai pas autre chose à vous dire. Huit ans, vous comprenez… Vous devriez peut-être vous adresser à Charlie Taylor. Il a été l'adjoint du shérif pendant trente-cinq ans. Il habite là-haut, sur la colline. Il faisait tous les jours la route pour descendre dans la vallée. Il dit toujours que l'air est plus pur là-haut. S'il y a bien quelqu'un qui voit tout, c'est lui.

Ils trouvèrent le retraité de la police chez lui, sur sa terrasse, en train de préparer des mouches pour la pêche à la ligne. Il faisait assez jeune, dans les cinquante-cinq ans. Cheveux poivre et sel, à la brosse et, comme Stan, une moustache. « Ils devraient faire un concours ! », se moqua Cara intérieurement.

Il portait des lunettes de style aviateur, mais derrière les verres brillaient des yeux vifs et malins. Il regarda la photo que lui présentait Cara et dit qu'il ne connaissait pas Hope.

— Si je l'avais vue, je m'en souviendrais, commenta-t-il sur le ton du connaisseur. Une femme comme ça, ça ne s'oublie pas !

L'air salace, il observa Gabe.

— Si vous êtes son mari, je parie que vous avez entendu ça souvent.

— C'est vrai qu'elle ne passe pas inaperçue, laissa tomber Gabe.

Te reverrai-je un jour ?

— Vous dites qu'elle venait souvent ici ?
— A Lac aux Pins, répondit Cara. Ici, on ne sait pas trop. Une fois au moins. Elle nous a écrit qu'elle explorait la région.
— Explorait ?

Gabe commença à expliquer cependant que Cara admirait la vue. Les sommets qui se découpaient sur le ciel bleu étaient magnifiques. Cela devait être délicieux de rester là à se prélasser, pensa-t-elle.

Au bout de la terrasse il y avait une cheminée extérieure qui devait permettre, même par temps détestable, de rester dehors à contempler le paysage. Ça aussi devait être merveilleux. Elle adorait la mer et s'était toujours arrangée pour vivre sur la côte, mais habiter dans un endroit aussi calme devait avoir son charme.

— … les routes. Ça arrive sans cesse. Quelquefois on ne les retrouve pas.

Entendant les bribes de la conversation, Cara se retourna. Elle aurait dû écouter.

— Vous ne les retrouvez pas ? interrogea Gabe d'un ton dubitatif.
— Quelquefois, répéta Taylor. On recevait des appels dans la nuit pour nous prévenir d'accidents. En montagne les sons montent, comme vous savez, ils se répercutent d'un versant à l'autre. L'écho, vous connaissez. Et s'il y a du brouillard c'est encore pire. Il y a des fois où on reçoit une demi-douzaine de coups de téléphone pour dire qu'on a entendu un bruit de collision et, chaque fois, ils indiquent un endroit différent. On allait voir partout et parfois, on ne trouvait rien du tout.

Cara le dévisagea.

Te reverrai-je un jour ?

— Si je comprends bien, vous êtes en train de nous dire qu'il y a des gens qu'on n'a jamais retrouvés.

— Je pense que ça arrive.

Il regarda Cara en haussant les épaules, l'air un peu désabusé.

— Généralement, quand il y a un accident, les gens réussissent à continuer tout seuls. On trouve des traces de freinage sur la route, mais rien qui indique qu'ils n'ont pas poursuivi de leur plein gré. Ça ne veut pas dire qu'il n'y a pas des fois où on n'a rien trouvé.

Il dut remarquer l'effroi de Cara car il lui sourit.

— Désolé, de vous dire ça, mademoiselle. J'ai l'air sans cœur, je sais, mais, à force de faire ce métier — j'ai trente-cinq ans dans la police — j'ai fini par m'endurcir. Quand on commence à compter le temps qu'on y a passé, ça veut dire qu'il est temps de passer à autre chose.

— C'est ce que vous avez fait ?

— C'est un métier qui demande de la compassion, dit-il en opinant. Moi, je n'avais plus de pitié pour personne.

— Félicitations, lança Gabe. C'est bien de reconnaître quand il faut arrêter. Ce n'est pas toujours facile.

Cara se tut. Gabe parlait en connaissance de cause.

Le retraité le regarda d'abord de travers et, finalement, fit oui de la tête.

Les deux hommes se comprenaient. Ils avaient beau avoir porté les uniformes de deux corps différents, ils avaient vécu les mêmes tourments en poursuivant le même but : protéger leurs concitoyens.

Au lieu de se sentir exclue de leur complicité nouvelle, Cara éprouva un vrai bonheur. C'était merveilleux de croiser des êtres comme ces deux-là, qui ne songeaient

Te reverrai-je un jour ?

qu'à faire régner l'harmonie quand d'autres ne rêvaient que guerre et chaos.

Ils se saluèrent et Cara et Gabe regagnèrent leur voiture. L'auto amorçait son premier virage quand Gabe, qui avait gardé le silence jusque-là, questionna Cara :

— Je paierais cher pour savoir à quoi tu penses.

Incapable d'avouer, elle rougit.

— Je... Pas à ça. Pas à Hope.

— J'aimerais quand même savoir.

— Heu...

Non, elle ne pouvait pas lui dire, elle allait avoir l'air idiot. D'un autre côté, il lui avait posé la question si gentiment qu'il n'y avait pas de raison qu'elle ne réponde pas.

— Je pensais à toi et à ce Charlie Taylor... et à tous ceux qui vous ressemblent. Aux gens qui se donnent à fond. C'est grâce à vous que le monde ne part pas à la dérive.

Un panneau stop approchant, Gabe ralentit en douceur. Ils étaient arrivés à la bretelle d'autoroute. Il profita de ce qu'il marquait le pas pour la regarder à la hâte. Elle vit son regard. Il avait des yeux très doux. Et, dans la voix, une tendresse qu'elle ne lui connaissait pas.

— Merci.

— Je trouve qu'on ne vous remercie pas assez.

— D'autant qu'on le paie cher, ajouta-t-il.

« Il pense à Hope », comprit Cara. Hope qui n'était pas faite pour la solitude. Aurait-elle eu en elle des richesses intérieures, cela n'aurait rien changé. Elle n'était pas équipée pour le genre de vie que Gabe lui offrait.

Cara remua dans son siège.

Te reverrai-je un jour ?

Elle avait honte de juger son amie aussi sévèrement, d'autant que celle-ci n'était pas là pour se défendre.

— Elle n'aurait jamais dû se marier avec toi, dit-elle, exprimant tout haut ce qu'elle pensait tout bas depuis toujours. Ce n'était pas fair-play.

— Je suis d'accord avec toi sur la première partie, dit Gabe d'un ton redevenu cassant.

Il s'engagea sur l'autoroute.

— Si tu es honnête, tu devrais être d'accord aussi avec la suite. Je te jure, Gabe, que j'ai raison. Tu as été franc avec elle, tu ne lui as rien caché. Tu lui as expliqué que ce ne serait pas rose tous les jours, mais elle a fait la sourde oreille. Ce n'est pas ta faute.

Il lui jeta un regard étonné qu'elle ne lui connaissait pas et qui l'inquiéta. Son cœur se mit à battre trop vite.

— Qu'aurais-tu fait à sa place, Cara ?

A sa place ? Là où, toute sa vie, elle avait rêvé d'être. « Je n'aurais pas agi comme elle. J'aurais été tellement fière de toi que rien d'autre n'aurait compté », pensa-t-elle en rougissant.

— J'aurais été la première à faire la queue devant le bureau du conseiller de la base, dit Cara.

La mimique qu'elle afficha lui fit plisser le front.

— J'aurais sans doute eu des problèmes avec la hiérarchie à force de critiquer les familles de marins, mais…

Elle haussa les épaules. Elle en avait assez dit comme ça ! Si elle continuait, elle allait en dire trop et Gabe risquait de comprendre combien elle aurait aimé être à la place de Hope. Mieux valait garder pour elle que les réactions de son amie l'avaient fait enrager et que, à plusieurs reprises, elle avait dû se retenir pour ne pas se fâcher avec elle.

Pour éviter de se brouiller définitivement, elle avait pris sur elle et n'avait abordé le sujet que lorsqu'elle se sentait capable de ne pas sortir de ses gonds. Dans ces occasions-là, elle répétait sans cesse à Hope qu'elle ne se rendait pas compte de la chance qu'elle avait d'avoir un mari comme Gabe.

— C'est un monde particulier, dit Gabe, qui ralentissait pour négocier une courbe. Hope ne supportait pas la moindre entrave à sa liberté. Par exemple, être obligée de décliner *mon* identité quand elle consultait un médecin pour elle la mettait hors d'elle. Elle disait que, dans ces moments-là, elle se sentait quantité négligeable et avait le sentiment de ne pas être un individu à part entière.

— Je sais. Elle me l'a dit. J'ai essayé de la convaincre qu'ils ne pouvaient pas faire autrement à la base, elle refusait de l'admettre.

Sans doute sa conduite exigeait-elle toute son attention, car il ne répondit pas.

A cet endroit, la route était vertigineuse et, bien qu'elle n'ait pas peur du vide, Cara, brusquement, se sentit mal à l'aise. Ce qu'avait dit le policier lui trottait dans la tête. Elle regarda par la vitre. La forêt, très dense sur ce flanc de la montagne, masquait ce qui devait être un à-pic effrayant. Epouvantée, elle frissonna. C'était facile de basculer dans le vide, à cet endroit-là, surtout avec une petite auto comme celle de Hope. La forêt devait se refermer comme un clapet derrière la voiture après le plongeon.

Quelle chance ils avaient eue que la direction assistée ne les lâche pas à cet endroit !

Te reverrai-je un jour ?

— C'est celle-là que j'aurais choisie ! ironisa Gabe en sortant d'une épingle à cheveux.

Ils avaient eu la même pensée.

— Parfois on ne retrouve rien du tout, dit-elle, répétant tout haut ce qu'avait dit Taylor.

Elle n'ajouta rien. L'expression de Gabe parlait d'elle-même. Ils avaient les mêmes images en tête, des visions horribles qu'elle préférait chasser.

Ils ne dirent plus un mot jusqu'à la bretelle de sortie de l'autoroute que Gabe enjamba en direction de la station-service de Stan.

— Il faut que je passe un coup de fil, dit-il.

Quelques kilomètres plus loin clignotait le panneau « Essence ». Gabe ralentit et entra dans le parking.

— Je n'avais pas de couverture du réseau, expliqua-t-il, une fois arrêté.

Apercevant la voiture, Stan se précipita, mais Gabe le rassura aussitôt.

— Tout va bien. Je veux seulement téléphoner et, là-haut, ça ne passait pas.

Un automobiliste s'arrêta devant la pompe et Stan alla le servir.

— Tu veux que je te laisse ? proposa Cara à Gabe.

Qui pouvait-il appeler avec cette urgence ? Pourquoi n'avait-il pas téléphoné tout à l'heure quand Stan réparait sa voiture ?

A l'idée qu'il puisse avoir une petite amie, elle serra les dents. Ce n'était pas parce qu'il ne s'était pas remarié après Hope qu'il était seul. Néanmoins, Hope n'avait jamais été déclarée officiellement décédée et, autant qu'elle sache, il n'avait pas demandé le divorce.

Te reverrai-je un jour ?

— Pourquoi ? Non, dit-il. J'appelle St. John.

Sentant qu'elle piquait un fard, elle tourna la tête. Cesserait-elle un jour de rougir devant cet homme ? C'était bête, mais incontrôlable.

— Allô, St. John. Taggert.

En moins d'une minute, il avait exposé les faits et raccroché sans même un salut.

— Il m'a dit qu'on allait bientôt avoir quelque chose à se mettre sous la dent. Il me rappelle.

— Il te l'a dit en moins de trois mots, plaisanta Cara.

Gabe la regarda avec ce sourire malicieux qui n'appartenait qu'à lui et qu'elle avait toujours adoré.

— J'ai quelque chose... Je te rappelle. Six mots, rectifia Gabe.

— Etonnant, commenta-t-elle comme il rangeait son portable.

Il empoigna son volant à deux mains.

— Maintenant, dit-il en reprenant son sérieux, allons voir si Christie-Linda est heureuse de nous revoir vivants.

16

Gabe se gara hors de vue, devant un des chalets qui ne devait pas être occupé depuis des années.

— Viens, dit-il à Cara. On va continuer à grimper à pied. Il faut la surprendre.

D'un pas alerte ils gravirent la colline. Gabe nota qu'il n'avait pas besoin de ralentir pour que la jeune femme suive, elle marchait à son pas.

— Il y a une grille sur le côté, dit-elle en arrivant à hauteur de la vieille auberge. L'allée qui part de là fait le tour de la maison et passe près de l'appentis.

La grille en fer forgé était rouillée. « C'est dommage, elle manque d'entretien. Il faudrait la piquer et la repeindre », se dit Gabe. Il était tout à ses pensées quand des éclats de voix le surprirent. Une voix masculine et... celle de Christie.

Pas d'erreur possible, c'était la sienne.

Il vit Cara lui lancer un regard. Et attendre.

Penché sur le côté, il essaya de voir ce qui se passait derrière la vieille auberge. Des gens parlaient, se disputaient plutôt, c'était certain, mais ils n'étaient pas visibles.

Te reverrai-je un jour ?

Peut-être étaient-ils dans l'appentis ? Les voix semblaient provenir de ce côté-là.

Il poussa la grille qui, c'était prévisible, grinça sur ses gonds, mais les voix couvrirent le bruit de ferraille. L'un derrière l'autre, ils avancèrent vers l'endroit d'où sortaient les cris et, après avoir tourné à l'angle de la bâtisse, s'arrêtèrent.

C'était Christie, cela ne faisait aucun doute. Plantée devant un homme, l'homme avec lequel Gabe l'avait vue se disputer, elle hurlait si fort que son visage en était déformé.

« Dans un tel état de rage, pensa Gabe, elle doit être capable du pire. »

Il ne croyait pas si bien dire !

Le râteau à la main, elle menaçait l'homme qui se trouvait devant elle. Gabe vit Cara se raidir.

— Laisse-moi faire, dit-il.

Elle ne discuta pas mais le suivit. Sans doute avait-il décidé de s'occuper lui-même de Christie l'enragée ? Pendant ce temps, elle se chargerait de l'homme qui n'oserait probablement pas s'attaquer à une femme inconnue et qui, de surcroît, ne lui avait rien fait.

Ils avancèrent sans se faire voir puis se montrèrent en pleine lumière. Stupéfaite de les voir, Christie se figea sur place en jurant.

— Bon Dieu ! C'est quoi ça ? Qu'est-ce que vous fichez là ?

Elle les fusillait du regard.

— Décampez !

Il y avait dans sa fureur une part de surprise — était-ce

Te reverrai-je un jour ?

la soudaineté de leur apparition qui la mettait dans cet état ou leur apparition tout court ? — et une part d'effroi.

Oui, d'effroi.

Quand il comprit qu'elle avait peur, Gabe, qui l'avait saisie à bras-le-corps, la lâcha. Il n'avait pas pour habitude de tirer sur une ambulance. Il était comme ça, il n'y pouvait rien.

Profitant de sa mansuétude, elle tourna les talons et déguerpit. Elle dut se réfugier dans un des petits chalets car il entendit une porte claquer derrière l'abri de jardin.

— Nous habitons chez Miriam… Nous sommes ses invités. Nous avons été témoins de la violence de Christie, dit Cara à l'homme.

— Je vous remercie. J'ignorais qu'elle pouvait avoir de tels accès de colère. J'ai été surpris.

Il tendit la main à Gabe.

— Au fait, bonjour. Je suis Lawrence Hammon, le fils de Miriam.

L'homme devait avoir dans les trente-cinq ans, un peu plus peut-être, et ne ressemblait pas à sa mère. Si, un peu peut-être de profil. Il avait le teint blafard des gens qui ne mettent jamais le nez hors de chez eux. « Il doit passer ses journées enfermé dans un bureau », pensa Gabe.

— Maman m'a dit en effet qu'elle avait des invités. Je suis désolé de faire votre connaissance de cette façon.

L'air tracassé, il jeta un coup d'œil du côté où Christie avait disparu.

— Je me fais du souci pour ma mère, poursuivit-il. A force de jouer les bons samaritains, elle se met dans des situations impossibles. Un jour, il lui arrivera des bricoles.

Te reverrai-je un jour ?

— Difficile de lui reprocher sa générosité, déclara Cara.

Lawrence Hammon fronça les sourcils.

— Sauf quand les cas sont désespérés.

Il pointa le menton vers l'appentis.

— Je viens ici le plus souvent possible, mais je ne peux pas y être en permanence. Si seulement maman voulait bien retourner à la civilisation...

— Je comprends qu'elle aime vivre ici, dit Cara.

— Elle pourrait revenir aussi souvent qu'elle veut. Ça m'embête de la savoir seule ici. Si jamais il lui arrive quelque chose, il n'y aura personne pour l'aider.

Gabe était d'accord avec ce point de vue. Aussi saine et en forme que puisse paraître Miriam, tout pouvait arriver.

Et, après la scène dont ils venaient d'être témoins, il comprenait l'inquiétude de Lawrence de savoir Christie sous le toit de sa mère.

— Qu'est-ce que c'était que ce ramdam ? demanda soudain Gabe en regardant du côté des chalets.

De nouveau, Lawrence plissa le front. Il hésita.

— Je crois qu'elle a encore volé. Des montres anciennes appartenant à mon grand-père ont disparu. Evidemment, elle dit qu'elle n'est pas au courant. Et pour se venger de l'avoir soupçonnée, elle m'a menacé. Vous l'avez vue avec son râteau ! Elle était prête à me tabasser.

— Elle a un fichu caractère, dit Gabe.

— C'est peu de le dire, acquiesça Lawrence.

— Vous allez porter plainte ? s'enquit Cara.

Lawrence battit des paupières.

— Quoi ?

Te reverrai-je un jour ?

— Elle vous a agressé. Si vous voulez qu'elle parte de chez votre mère, prévenez le shérif. C'est l'occasion.

— Ah... Oui.

Le coup du râteau avait dû beaucoup le perturber car il tarda à réagir.

— D'autant que j'ai des témoins, dit-il enfin. Mes deux gentils saint-bernard.

Son visage s'éclaira et il sourit.

Cara lui rendit son sourire, qu'il sembla apprécier plus que de raison.

— S'il n'y avait que moi, je le ferais, enchaîna-t-il. Mais j'ai peur de chagriner ma mère. Elle est tellement convaincue qu'elle peut sauver cette pauvre fille !

Il soupira.

— Mais vous me donnez une idée. Je vais y réfléchir.

Le portable de Gabe sonna. Lawrence en profita pour s'excuser.

— Taggert, se présenta Gabe.

— Aéroport. Rive est du lac. Hélico Redstone à Callahan Aviation. Une heure.

Gabe ouvrit la bouche pour demander de plus amples renseignements mais s'arrêta. Avec St. John, on évitait les questions.

— Bien reçu, se contenta-t-il de répondre.

— Autre chose ?

— Pas pour le moment. Enfin, si. La femme qui se fait appeler sous un faux nom a menacé un homme qui l'accusait d'avoir volé sa mère et bienfaitrice.

— Délicat.

— Très.

— Vrai ?
— Je ne sais pas. Mais c'est possible.
— Lui. Qui est-ce ?
— Le fils de la femme que nous sommes venus voir ici.
— Son nom.
— Lawrence Hammon.
— Je te rappelle.

Le dialogue s'arrêta là. Interdit, Gabe hocha la tête.

— Toujours aussi concis ? demanda Cara en lui souriant.

Il lui rendit son sourire.

— Toujours.

— Ça m'amuserait de le rencontrer, dit-elle. Juste pour voir.

— C'est quelqu'un ! répondit-il.

Il ne s'était jamais imaginé présentant Cara à St. John, ni à qui que ce soit de Redstone, mais l'idée lui plut. A peine effleurée cependant, il la rejeta.

— Nous avons une heure devant nous pour aller sur la rive est du lac, dit-il d'un ton qu'il aurait voulu plus dégagé.

Malgré ses efforts, le tour que prenaient ses pensées depuis quelque temps l'en empêchait.

Cara se tourna vers la grande bâtisse dans laquelle Lawrence avait disparu pour parler à sa mère.

— Je crains fort que notre expédition ne nous ait menés nulle part, dit-elle.

— Moi aussi.

Déçue, elle repartit en direction de la voiture. En

Te reverrai-je un jour ?

passant la grille, elle demanda à Gabe pourquoi, dans ces conditions, ils allaient à l'aéroport.

— Parce que l'hélico nous attend, répliqua-t-il.
— Pour faire quoi ?
— Je n'en ai pas la moindre idée.

Le ton de Gabe la fit rire.

— Ça ne t'ennuie pas de ne pas savoir ?
— Et toi ?
— Autrefois ça m'aurait agacée, admit-elle. J'aimais l'ordre et que tout soit programmé à l'avance.

Comme lui, pensa-t-il. Comme lui, avant.

Depuis il avait appris à laisser filer, à lâcher du lest sur ce qui était peu important. Mais sa vraie nature, c'était l'ordre, et il ne se changerait sans doute vraiment jamais.

— Pourquoi as-tu changé alors ?
— A cause de Hope. La vie est trop courte pour ne pas profiter de tout ce qui se présente, même si ce n'est pas prévu au programme.

C'était la vérité. Une vérité toute simple que Hope avait souvent tenté de lui faire admettre sans y parvenir. Il était psychorigide à l'époque, il s'en rendait compte maintenant. Etait-ce parce que sa femme n'était pas là aujourd'hui pour le lui faire entrer de force dans la tête qu'il acceptait d'écouter ? Ou était-ce parce que ça venait de Cara ?

Intrigué, il ressassa son injustice envers sa femme jusqu'à l'aéroport. Vingt-cinq kilomètres de silence entre Cara et lui défilèrent. Mais elle ne sembla pas s'en émouvoir. A l'inverse de Hope, elle ne ressentait pas le besoin de combler les blancs par un bavardage à tout prix. Elle était très différente de sa femme, décidément. Au départ, il avait pensé que c'était Cara qui gravitait autour de

Te reverrai-je un jour ?

Hope et profitait de son aura. Aujourd'hui… aujourd'hui il commençait à se demander si ce n'était pas plutôt le contraire, si ce n'était pas Hope qui avait besoin de Cara. Cara était le type même de la personne sur laquelle on pouvait compter, quelqu'un de solide, d'équilibré, un socle inébranlable autour duquel Hope pouvait virevolter.

Comme ils longeaient la rive nord du lac sur laquelle des trouées dans la forêt offraient des points de vue magnifiques, un petit avion qui décollait attira leur attention. Ils approchaient. Gabe mit son clignotant à gauche et quitta le grand axe. Une piste de décollage unique, dirigée plein nord, traçait un trait dans ce paysage de montagne. C'était surprenant. Au loin brillait la carlingue grise et rouge d'un hélicoptère. Ils étaient sûrement au bon endroit.

Ils roulèrent jusqu'au hangar où les accueillit un homme jovial qui se présenta comme étant Georges Callahan. Il connaissait Joshua, leur dit-il, depuis qu'il était petit.

— Votre chariot élévateur vous attend, plaisanta-t-il en leur montrant l'hélicoptère. Et votre pilote aussi. C'est une femme. Joshua dit qu'elle est bonne. Alors, s'il le dit…

Sur ces mots, il s'éclipsa en s'excusant. Une femme en uniforme Redstone déboucha alors de derrière l'hélicoptère.

— C'est Tess Machado, murmura Gabe.
— Tu la connais ?
— C'est une légende chez Redstone. Elle est la plus ancienne de la maison. C'est la pilote personnelle de Joshua.

Impressionnée, Cara regarda la femme avec admiration. Elle était grande, belle, avenante. Quarante ans environ et un sourire resplendissant. Elle avançait vers eux en leur tendant la main.

— J'ai beaucoup entendu parler de vous, lui dit aussitôt Gabe.

— Moi de même, répondit-elle. Alors, ce nouveau bateau ?

— Un rêve, répondit Gabe.

Il pointa le menton vers l'hélicoptère stationné sur le tarmac.

— Ce n'est pas celui avec lequel vous avez décollé de la jungle sous le feu de la guérilla colombienne, au moins ?

— Rassurez-vous, non, dit-elle en riant. C'est un oiseau tout neuf. Pourquoi ? Vous avez entendu parler de notre aventure ?

— Tout Redstone est au courant. On ne sauve pas le chef de la sécurité et le patron de Redstone d'un feu nourri sans que cela se sache !

Elle haussa les épaules comme s'il s'était agi d'une bricole.

— M. Redstone conçoit aussi des hélicoptères ? s'enquit Cara.

— Non, ça doit être la seule chose qu'il ne dessine pas.

— Et encore ! ajouta Gabe.

— Allons-y, proposa Tess Machado. Ryan Barton est déjà à bord. C'est l'ingénieur en chef de Redstone, expliqua-t-elle.

— St. John nous a envoyé un ingénieur ?

— Oui, pour tester l'oiseau.

Tess vit Cara frissonner et rit.

Te reverrai-je un jour ?

— Vous n'êtes encore jamais montée dans un hélicoptère ?
— Non, dit Cara. Je me suis toujours arrangée pour éviter les engins qui ont l'air de vouloir partir en pièces détachées.

La franchise mêlée de peur de Cara fit rire de nouveau Tess Machado.

— Il n'y a pas de risque, la rassura-t-elle. Je plaisantais. Ryan n'est pas à bord pour tester l'hélico. Il est là pour sonder la forêt avec un détecteur de la dernière génération. Maintenant, êtes-vous sujette au mal de mer ?
— Non, dit Cara.
— Parfait alors, ça va bien se passer. Allez, montez.

Un jeune homme était déjà assis à bord. Il semblait absorbé dans l'examen d'un appareil posé à ses pieds.

— Qu'est-ce que c'est ? ne put s'empêcher de demander Cara.
— Disons que c'est un détecteur de métal qui fonctionne à distance à l'aide d'un G.P.S., répondit Ryan sans même se retourner. Il ne trouvera pas une pièce de vingt centimes, mais il ne passera pas à côté d'un objet de la taille d'une tondeuse à gazon. Une voiture ? Facile.

Le jeune homme semblait très excité par son jouet.

— J'espère que vous serez toujours aussi enthousiaste après en avoir trouvé dix ou douze, sauf celle qui nous intéresse, lança Gabe.
— On va la trouver, affirma le jeune homme.
— S'il faut examiner tous les bouts de métal plus grands qu'une tondeuse disséminés dans la forêt, je n'ai pas fini, se lamenta Gabe.
— *Nous* n'avons pas fini, corrigea Cara.

Te reverrai-je un jour ?

Il la regarda, l'air étonné, et lui fit signe de s'asseoir. Il s'installa à son tour, derrière Ryan et Tess, et aida sa compagne à boucler sa ceinture.

Après une heure de vol agrippée au siège de son fauteuil, Cara commença à se détendre.

— Où avez-vous appris à piloter ? demanda-t-elle à Tess.

— C'est Joshua qui m'a appris. Il y a des endroits où un avion normal ne peut pas se poser, m'a-t-il dit un jour. En conséquence, il faut que tu apprennes à piloter un hélico pour les opérations… délicates. Alors je m'y suis mise.

— Bravo, la félicita Gabe.

Elle haussa les épaules.

— Ce n'est pas bien savant. D'autre part…

Ryan interrompit la conversation pour diriger Tess vers un point que lui indiquait son écran. Elle commença à descendre. Cara sentit son cœur se soulever. Même elle qui ne connaissait rien au pilotage des hélicoptères comprit que la manœuvre était périlleuse. L'engin plongea en piqué et s'arrêta juste au sommet des arbres où il fit du sur-place. Le rotor était si près des cimes qu'il divisait les feuillages de part et d'autre des troncs, laissant voir ce qu'il y avait en dessous. Cette fois, ce n'était plus un tracteur mais une voiture. Mais elle n'était pas rouge.

Ils reprirent de la hauteur.

— Note les coordonnées exactes, dit Tess à Ryan. On les communiquera au shérif de retour à terre pour qu'une équipe aille voir ce que c'est.

Te reverrai-je un jour ?

Cara, admirative, intervint alors :

— Ce que vous faites est formidable. Je ne savais même pas que ça existait.

— C'est la méthode Redstone, répondit Tess.

Quelques minutes plus tard, à la demande de Ryan, l'hélicoptère plongea de nouveau et, brusquement, vira à quarante-cinq degrés.

— Ligne à haute tension, expliqua Tess.

Impossible donc de piquer plus bas. Il faudrait y aller à pied.

L'hélicoptère reprit de l'altitude et survola un ravin. Epouvantée par le vide en dessous d'elle, Cara implora Gabe du regard. Sans doute la marine l'avait-elle habitué à ce genre d'expédition périlleuse, car il était d'un calme olympien. Par chance elle n'avait pas mal au cœur. Il n'aurait plus manqué qu'elle se ridiculise en étant malade ! Brusquement, Tess piqua du nez et Gabe, les yeux rivés vers le bas, se raidit sur son siège. Les arbres soufflés par les pales semblèrent s'aplatir sous eux. Intriguée par l'attitude de Gabe, Cara suivit son regard et vit.

Un flash rouge au fond de la ravine.

— Tess, l'interpella Gabe.

— Vu, répondit-elle.

Incroyable mais vrai, elle descendit encore. « On va toucher les sapins et s'écraser sur le flanc de la montagne », pensa Cara. Mais Tess maîtrisait parfaitement son engin. Gabe prit les jumelles qu'elle avait mises à sa disposition et chercha le flash qu'ils avaient aperçu.

— Elle est oxydée mais je crois que c'est bien la couleur, dit-il. A mon avis, c'est la bonne taille. Vous pouvez vous déporter un peu à droite, s'il vous plaît ?

Te reverrai-je un jour ?

— Un peu, répondit Tess.

L'hélicoptère vira sur la droite et les arbres s'écartèrent davantage, leur offrant une meilleure vue sur le fond du ravin.

Une main plaquée sur le cœur, Cara regarda en dessous d'elle. Le véhicule était écrasé de toutes parts.

— Il n'a pas brûlé, murmura Gabe.

Presque soulagée au départ, Cara retint son souffle. Si la voiture n'avait pas brûlé, Hope était peut-être restée coincée dedans, blessée, agonisante. C'était affreux...

Gabe lui prit la main.

— Calme-toi, la supplia-t-il. On ne sait rien encore.

Chassant les images qui se télescopaient dans sa tête, elle soupira.

— On ne va pas se poser, annonça Tess. Désolée, mais il n'y a pas de place.

— J'ai relevé les coordonnées, déclara Ryan.

L'angoisse de Cara et de Gabe étant presque palpable, Tess reprit de la hauteur et s'éloigna. Ils l'entendirent donner l'information à quelqu'un et lui demander de prévenir le shérif. Elle ajouta que compte tenu de ce qu'ils avaient vu, ils interrompaient pour l'instant les recherches et attendaient confirmation. Elle dit aussi de se servir de l'influence de Redstone pour faire accélérer l'opération.

Les larmes aux yeux, Cara essaya de ne penser à rien. Mais, au fond de son cœur, elle avait compris. C'était sûr.

Ils avaient retrouvé Hope.

Ils ne la reverraient plus jamais, ils le savaient maintenant.

17

Une fois le premier choc passé, Gabe se raisonna. C'était la fin d'une histoire tragique. Le point final au dernier chapitre d'un roman déjà lu. Pas moins triste pour autant, pas moins douloureux, mais inévitable.

Parce qu'il en était sûr, tout comme Cara l'était — cela se lisait dans ses yeux : il s'agissait de la voiture de Hope.

— St. John doit me rappeler, dit Tess en les rejoignant dans le salon de Mme Callahan à l'aéroport. Je lui ai passé le message. Il saura mieux que quiconque exercer une pression sur les autorités, si besoin est.

Le jour commençait à baisser. « S'ils tardent trop, on ne saura rien avant demain », se dit Gabe. Impatient, il rongeait son frein. Il se leva et se mit à arpenter la pièce.

Soucieuse de calmer son énervement, Tess lui fit la conversation.

— A part la mer, qu'avez-vous comme passion, Gabe ?

Passion. Gabe lança un regard vers Cara et détourna vite les yeux. Comment le mot passion pouvait-il lui faire penser à elle quand, selon toute probabilité, il venait de trouver sa femme morte ?

Te reverrai-je un jour ?

— J'ai toujours voulu apprendre à voler, dit-il pour relancer Tess et replonger dans ses pensées.

Mais elle insista.

— Vous savez que voler en montagne, à basse altitude, c'est très différent.

Très concentrée, Cara écoutait.

— J'imagine qu'il y a des courants, dit-il.

Elle acquiesça.

— Il faut faire attention aux vents rabattants qui vous collent contre les parois. Heureusement aujourd'hui il faisait calme et frais. Parce que la densité de l'air est aussi un problème.

— La densité de l'air ? releva Cara.

— Quand il fait chaud, reprit Tess, comme ici en été, la masse d'air se dilate parce que les molécules s'espacent. De ce fait, l'air est plus fin et voler dedans n'est pas inintéressant !

— C'est vrai pour tous les avions, hélicos et autres ?

— C'est différent, évidemment, mais...

La sonnerie de son téléphone arrêta Tess dans sa démonstration. Alors qu'elle décrochait, Cara et Gabe se regardèrent. C'était certain, c'était pour eux.

Angoissée, craignant le pire, Cara se leva et alla à la fenêtre. Le front contre la vitre, elle regarda dehors comme si le fait de tourner le dos aux autres l'éloignait d'une nouvelle qu'elle redoutait d'entendre.

— Machado.

Silence.

— Oui, ils sont là.

Autre pause, plus brève. Gabe en conclut que c'était St. John.

Te reverrai-je un jour ?

— Parfait. Des précisions ?

Après un nouveau silence, Tess raccrocha sans un mot, comme l'avait probablement fait son interlocuteur. A sa mine, avant même qu'elle ait dit un mot, Gabe comprit.

— C'est confirmé, dit-elle doucement. C'est bien son immatriculation et on a retrouvé des restes humains.

Cara laissa échapper un petit cri qui bouleversa Gabe. Il la prit aussitôt dans ses bras. Elle s'y blottit sans résistance.

Tess poursuivit alors, très vite, comme quelqu'un qui tient à se débarrasser au plus vite d'un problème.

— Ils remontent tout ce qu'ils peuvent. Il faudra un peu de temps pour enlever la voiture, mais... le corps est actuellement emmené au centre médico-légal. Ils savent ce qui est arrivé à votre voiture, aussi sont-ils sur leur garde. St. John rappellera dès qu'il y aura du nouveau.

Gabe hocha la tête.

— Je suis désolée, ajouta Tess. Pour vous deux.

— Merci, répondit Cara, la voix brisée.

Sur ces mots, Tess quitta la pièce.

Gabe resta là, Cara dans ses bras. Soudain, il sentit un tremblement, puis un autre et un autre. Des sanglots. Elle pleurait. Il ouvrit la bouche pour la consoler mais, ne sachant que dire, se tut. Il n'y avait rien à dire.

— Je croyais m'être faite à cette idée, dit-elle une fois calmée. Cela fait tellement longtemps... je ne pensais pas que cela me toucherait pareillement.

— Ça reste un choc, dit-il. Je me doutais depuis longtemps que j'apprendrais quelque chose comme ça un jour, n'empêche...

Te reverrai-je un jour ?

— Je pensais que j'avais déjà accepté, dit-elle. Je me trompais.

— Tu finiras par accepter, dit-il.

— Il le faudra bien. Mais c'est trop tôt. Trop dur.

— Oui, dit-il. Trop dur.

Et il continua de la serrer dans ses bras.

Ensemble, ils regardèrent Tess décoller dans la nuit. Ils ne virent d'abord que le clignotant rouge puis le phare les balaya de son faisceau blanc et l'oiseau s'éleva, tourna sur lui-même comme s'il avait été perché sur un axe et repassa au-dessus d'eux dans un rugissement assourdissant.

— Elle me plaît, dit Cara.

— A moi aussi. Je comprends que Joshua ait toute confiance en elle.

Ils gardèrent un moment le silence, puis Cara reprit :

— Et maintenant ? Que fait-on ?

— A moins que l'on nous dise qu'il y a eu malveillance, il ne nous reste qu'à attendre.

— Et prévenir Miriam. Si on y allait tout de suite ?

Elle vit que Gabe n'était pas très enthousiaste, mais il accepta tout de même.

— Débarrassons-nous de cela, dit-il finalement.

En route pour l'auberge, ils parlèrent peu. Arrivée sur place, Cara nota que Gabe prenait soin de mettre l'alarme avant de descendre de voiture et cette précaution l'inquiéta.

Comme elle s'en doutait, la nouvelle bouleversa Miriam. Eux avaient eu huit ans pour se faire à l'idée qu'ils ne reverraient plus Hope. Mais la malheureuse Miriam, elle, apprenait en l'espace de deux jours et sa disparition et sa mort.

Te reverrai-je un jour ?

D'un accord tacite, ils évitèrent d'évoquer Christie. A quoi bon aggraver la peine de Miriam en y ajoutant la suspicion ? Il serait toujours temps…

La première stupeur passée, Miriam déboucha une bouteille de liqueur d'amande, la boisson préférée de Hope après le champagne.

— A Hope, dit-elle levant son verre. Pour qu'on ne l'oublie jamais.

Le bruit des verres qui s'entrechoquaient sonna comme un glas aux oreilles de Cara, encore terrassée. Aussi, quand Miriam suggéra qu'ils restent dormir, la nuit étant tombée et trop noire pour redescendre dans la vallée par la route escarpée, s'empressa-t-elle d'accepter. A trois, ils se sentiraient moins seuls avec leur chagrin.

— Il faut peut-être éviter de se montrer à Christie, dit Gabe, l'air faussement dégagé.

— Elle n'est pas là, de toute manière. Elle est partie cet après-midi et on ne l'a pas revue depuis.

Elle soupira.

— J'ai l'impression qu'entre mon fils et elle, c'est comme chien et chat.

Cara faillit dire qu'elle n'en était pas aussi convaincue, mais elle se tut. Autant ne pas relever, se dit-elle, un sarcasme serait malvenu.

— Je crois que Lawrence se fait du souci pour vous, dit-elle à la place.

— Il est toujours inquiet, se plaignit Miriam. Je suis parfois obligée de lui rappeler que le parent ici, c'est moi.

La remarque fit sourire Cara.

Te reverrai-je un jour ?

— Bien, je vous conduis à vos chambres, décida Miriam.

Elle pouffa de rire.

— Je ne sais pas pourquoi d'ailleurs, elles n'ont pas changé de place depuis hier !

Elle les précéda dans l'escalier.

— Si je comprends bien, on est trois à se méfier de Christie, déclara Gabe, pensif.

— Oui, répondit Cara en ouvrant la porte de la chambre verte.

Quand elle se retourna pour leur dire au revoir, Miriam avait déjà disparu et Gabe se trouvait juste dans son dos. Trop près. Il avait une curieuse expression sur le visage et un drôle de regard. Instinctivement, elle posa les mains sur ses hanches.

— Je suis désolée, Gabe.

Il ne dit rien, ne fit rien et, brusquement, la serra contre lui. Ils restèrent ainsi un moment, dans les bras l'un de l'autre, cherchant réconfort et chaleur.

Et puis, subitement, il pencha la tête pour l'embrasser sur le front.

Vexée, elle serra les dents.

Non, ce n'était pas ce baiser-là qu'elle voulait. Elle n'était pas sa sœur pour être embrassée sur le front !

« Arrête ! lui ordonna-t-elle silencieusement. Arrête ! »

Le menton pointé vers lui, fulminante, elle le fixa droit dans les yeux, certaine d'y lire ce qu'elle avait toujours lu dans le regard de Gabriel Taggert : une franche et sincère amitié.

Elle se trompait.

Te reverrai-je un jour ?

Il la dévisageait, les yeux brillant d'admiration comme si, subitement, la gentille Cara, la bonne amie, fidèle et insignifiante à force d'être réservée, s'était muée en une top model aussi divine qu'inaccessible.

Son cœur se mit à battre très fort. Pas une fois au cours de sa vie elle n'avait imaginé qu'un jour un homme la regarderait avec ces yeux-là.

Le souffle coupé, elle plaqua une main sur sa poitrine. Elle voulut dire quelque chose, mais aucun mot ne vint.

Parler aurait rompu le charme, se dit-elle alors.

Un son bizarre s'échappa de la gorge de Gabe. Rauque, guttural, qui semblait monter du plus profond de son être. Prit-il ses lèvres entrouvertes pour une invite à les embrasser, il abaissa la tête et happa sa bouche.

La pensée qu'il la traitait comme sa sœur s'évanouit dans l'ardeur de son baiser, réduisant en cendres tous les sentiments qu'elle lui avait attribués.

Gabe était le feu. Elle n'avait jamais connu une telle fougue chez aucun homme, pas même chez son fiancé. Ils s'étaient aimés pourtant, mais d'un amour tranquille, sûr, rassurant, qui n'avait rien à voir avec cette passion-là.

Il la serra plus fort encore contre lui et approfondit son baiser. Il semblait adorer sa bouche, apprécier sa douceur. Jamais on ne l'avait embrassée avec cette rage, jamais elle n'avait rien ressenti de pareil. Et puis il y avait ce corps plaqué contre le sien, un corps puissant, nerveux, dont elle aurait pu palper l'évident désir.

Elle gémit, une plainte comme elle ne s'était jamais entendue en pousser. Et elle gémit encore, incapable d'étouffer les cris qui montaient du tréfonds d'elle-même. Qui la débordaient.

Te reverrai-je un jour ?

La réalité était en train de surpasser le rêve. C'était magique. Insoupçonné.

Quand il s'écarta d'elle, elle voulut le retenir, mais il protesta.

— Cara, l'implora-t-il, arrête-moi.

Elle rouvrit les yeux et le fixa, hagarde. Comment pouvait-elle lui dire d'arrêter quand elle avait rêvé toute sa vie de ce moment ?

— Pourquoi ? parvint-elle à articuler.

— Pour tout. Toutes les raisons.

Mais il ne l'avait pas lâchée. Il l'avait saisie par les bras et la serrait de plus belle. Il n'avait pas tort, il y avait mille et une raisons pour qu'ils n'aillent pas plus loin.

— Pour moi, il n'y en a qu'une, dit-elle.

Il se raidit, comme s'il reprenait pied dans la réalité.

— Quoi ?

— Si nous en restions là, je le regretterais le restant de ma vie.

Et c'était vrai. Elle regretterait toujours — dut-elle ne faire qu'une fois l'amour avec lui — de ne pas savoir ce que cet homme représentait vraiment pour elle.

Il grogna, fort, et la reprit dans ses bras. Elle entendit la porte se refermer et comprit que c'était lui qui l'avait poussée. Elle était maintenant debout contre le battant et, plaqué contre elle, il dévorait ses lèvres. Elle ne pensait plus, elle n'était que sensations. Ses mains la parcouraient, la caressaient, la pétrissaient. En même temps qu'il la touchait, elle découvrait les points sensibles et délicieusement douloureux de son corps, qu'elle avait ignorés jusque-là.

Elle se mit à trembler, mais ses frissons n'arrêtèrent

Te reverrai-je un jour ?

pas Gabe. Elle pensa à Hope et une vague de remords l'envahit, très vite remplacée par les reproches qu'elle adressait à son amie. Hope était injuste envers Gabe. Elle avait mille et un griefs contre lui alors que...

Comment osait-elle se plaindre quand Gabe avait ce pouvoir de transporter, de faire vibrer ? De faire croire qu'une seule personne au monde existait pour lui ? Elle, Cara.

Honteuse d'abriter de telles pensées à l'égard de sa meilleure amie, Cara frissonna. Ce n'était pas bien mais...

Gabe tenait ses seins dans ses mains maintenant. Sans même qu'elle s'en rende compte, il l'avait déshabillée, avait ôté son chemisier, dégrafé son soutien-gorge. Sa poitrine était nue maintenant, avec juste, entre les seins, la chaîne en or sur laquelle coulissait un pendentif. Un T en or, pour Thorpe, disait-elle. Même si, au fond, elle pensait Taggert !

Etre nue ne la gênait pas. Au contraire même, elle creusa les reins pour mieux s'offrir à ses mains impatientes.

Gabe jura tout bas puis, brusquement, la prit dans ses bras et la porta jusqu'au lit. Là, avec son aide, il acheva de la dévêtir. Comment osait-elle, décidément ? Elle n'avait jamais fait cela avec aucun homme.

Il enleva ses chaussures, sa chemise. Excitée par son torse magnifique, elle attendit qu'il poursuive. Elle allait bientôt voir, en bas de son ventre, la pointe du V en duvet noir.

La main sur le premier bouton de son jean, il s'arrêta subitement.

Te reverrai-je un jour ?

— Dis-moi d'arrêter, Cara, demanda-t-il une nouvelle fois. Dis-le-moi tout de suite. Après, je ne pourrai plus.

— Je ne veux pas que tu arrêtes, haleta-t-elle.

Encouragé, il enleva les quelques vêtements qu'il portait encore. Elle n'eut qu'une fraction de seconde pour voir qu'il était encore plus sublime nu qu'habillé : il s'était déjà allongé sur elle et l'écrasait de son poids. Avec sa peau contre la sienne, et ce corps dur et plein de désir qui pesait sur le sien, elle crut défaillir de bonheur.

Il était partout, ses mains la caressaient, sa bouche la parcourait, il se frottait sur elle, l'empoignait, la palpait. Incapable de dire un mot, sinon de gémir, incapable de résister au feu qui l'embrasait, elle commença à onduler sous lui en poussant des cris de plaisir. S'enhardissant, il accéléra le rythme, se frotta de plus en plus fort sur son corps à fleur de peau.

— Gabe ! lança-t-elle au bord de l'asphyxie. Gabe ! S'il te plaît !

— J'ai cru que tu ne me le demanderais jamais.

Sa voix, un feulement plutôt, lui donna la chair de poule et elle frissonna de plus belle.

Il s'arrêta brusquement, prit sa main pour qu'elle le guide en elle. Elle pointa les hanches vers lui, s'ouvrit. Que de fois elle avait rêvé de le sentir en elle !

Et il était là maintenant. Il s'était glissé doucement pour ne pas lui faire mal, mais elle était moite et offerte. Cela faisait si longtemps qu'elle était prête !

Elle poussa un cri, souleva les hanches plus haut pour l'accueillir plus profondément encore. La sensation de ce sexe qui entrait en elle fut si intense qu'elle laissa échapper un râle.

Te reverrai-je un jour ?

**
* **

La sonnerie de son téléphone sortit Gabe d'un sommeil de plomb. Cela faisait des lustres qu'il n'avait pas dormi aussi profondément.

Réveillé en sursaut, il regarda autour de lui. Il avait oublié... Il n'était pas seul ! Il était au lit, nu, lové contre une femme exquise de douceur et nue elle aussi, Cara Thorpe.

Estimant qu'il n'aurait pas le temps de répondre au téléphone — qui avait déjà sonné trois fois au moins et se trouvait au fond de la poche de son jean — il n'essaya même pas de l'attraper. Etait-il seulement capable de bouger ? se demanda-t-il. Il était au lit avec la meilleure amie de sa femme.

— Le téléphone, dit Cara d'une voix endormie.

— Il finira bien par s'arrêter, répondit-il, surpris lui-même par le son engourdi de sa voix.

Que Hope soit là ou pas ne comptait plus.

« Mais elle est morte, se rappela-t-il subitement. Cela ne fait plus de doute. »

Pas besoin que les autorités le lui confirment. Il l'avait su tout de suite, dès qu'il avait vu le bout de tôle rouge au fond du ravin.

Comme il l'avait dit, la sonnerie s'arrêta. Il regarda Cara. Il était au lit avec la meilleure amie de sa femme. De sa femme morte. Non content d'être couché, il était excité et avait encore envie d'elle, comme cette nuit. Ils avaient fait l'amour une première fois et, quand il s'était réveillé quelques heures plus tard, toujours aussi fou de désir, il l'avait caressée dans son sommeil et elle n'avait

Te reverrai-je un jour ?

pas protesté. Au contraire. Elle s'était tournée vers lui, collée contre lui, elle avait ouvert les jambes et l'avait accueilli. Et ça avait été encore plus incroyable…

Moins incroyable pourtant que quand Cara, l'ex-timide Cara, l'avait réveillé de ses caresses et lui avait fait comprendre qu'elle avait envie de lui. Aucun aphrodisiaque n'aurait pu lui faire plus d'effet.

Cette fois-là, il en était sûr, il avait crié son nom.

Son téléphone chuinta. Un message vocal, se dit-il. Un filet de lumière venu de l'extérieur lui indiqua qu'il était plus tard qu'il ne pensait. Il avait enlevé sa montre pour éviter de griffer la peau de soie de Cara et il n'y avait pas de réveil sur la table de chevet.

Si, il y en avait un, réalisa-t-il soudain, mais elle l'avait tourné. C'était un geste incompréhensible pour lui. Son premier réflexe, quand il se réveillait la nuit, était de regarder l'heure. C'était si machinal, si naturel chez lui qu'il ne saisissait pas que tout le monde n'ait pas envie d'en faire autant.

— Tu es préoccupé, dit-elle en le voyant plisser le front.

Tiens ! Elle était complètement réveillée maintenant et elle l'observait.

— Ah ? s'exclama-t-il.

Se dégageant légèrement de ses bras, elle soupira.

— Tu regrettes, c'est ça ?

Comme il ne répondait pas, elle vola à son secours.

— Je comprends. C'est à cause de Hope. Elle sera toujours entre nous, n'est-ce pas ?

Le ton avait beau être interrogatif, ce n'était pas une question.

Te reverrai-je un jour ?

— Eh bien, moi, dit-elle, je ne regrette rien. Mais je comprends que tu ne te sentes pas bien.

— Je ne sais pas si je ne me sens pas bien, répliqua-t-il.

Ne le comprenant pas, elle plissa les yeux.

— Ce n'est pas à ça que je réfléchissais, reprit-il. Je me demandais pourquoi le réveil était à l'envers.

Cette fois, elle écarquilla les yeux.

— Le réveil ?

Son visage s'éclaira.

— Ah, le réveil !

C'était clair, il lui fallait un certain temps pour refaire surface le matin ! A l'avenir, il faudrait qu'il en tienne compte, se dit Gabe.

— Je le retourne parce qu'il est phosphorescent, dit-elle. Ça me gêne.

L'explication ne dut pas lui suffire car il descendit brusquement du lit, se jeta sur son jean dans lequel son téléphone venait encore de sonner et le sortit de sa poche. Derrière lui, Cara s'était levée elle aussi, il le sentait. Mais il ne se retourna pas, pour respecter son intimité et de peur que son corps de déesse ne lui inspire encore des gestes... regrettables. Or, il ne voulait pas s'emballer. Il voulait d'abord réfléchir à ce qui s'était passé et aux conséquences de ce coup de folie. Mais était-ce vraiment de la folie ? Venait-il de commettre LA bêtise de sa vie ?

S'agissant d'une autre femme, il ne se serait pas posé de question. Mais il ne s'agissait pas de n'importe quelle femme. C'était Cara.

Il boutonna son jean, étonné de ne pas l'entendre se

Te reverrai-je un jour ?

plaindre, comme Hope l'aurait fait, de devoir porter les mêmes vêtements trois jours de suite.

Hier matin, il avait remarqué qu'elle avait lavé ses petits dessous. Il n'avait pas pu ne pas les voir, elle les avait mis à sécher sur la barre de douche. Ils étaient adorables. Un minislip de soie avec le soutien-gorge en dentelle assorti. Un peu plus tard, quand elle les avait retrouvés sur le rebord du lavabo où il les avait déplacés pour pouvoir prendre sa douche, elle s'était excusée d'avoir fait étalage de sa lingerie.

— Je n'ai pas trouvé de séchoir plus discret, lui avait-elle dit.

Il avait ri.

Comme il s'affairait sur le menu de son portable, elle disparut dans la salle de bains. Bien entendu, il ne lui avait pas dit l'effet que lui avaient fait ces petits bouts d'étoffe !

Il finit par trouver les messages, plaqua son téléphone sur son oreille et écouta. C'était St. John, plus prolixe que d'habitude car il lui lisait un rapport.

Gabe plissa le front. Son visage s'assombrit. Il raccrocha.

Cara sortait de la salle de bains.

— C'est St. John, dit-il. Pour une fois, j'ai eu le droit à des phrases complètes.

Elle resserra le drap de bain sur ses seins.

— Tu sembles préoccupé.

— Il me lisait le rapport préliminaire relatif à la première inspection de la voiture.

Elle ne dit rien, attendit.

— Il est écrit qu'après tant de temps la voiture a,

Te reverrai-je un jour ?

évidemment, subi des dommages sérieux, continua-t-il. Mais qu'elle a atterri de telle sorte que le dessous de caisse était facilement accessible. Il y aurait des marques suspectes d'outil. Au niveau de l'attache du câble de frein. La police scientifique va y regarder de plus près.

Elle bondit sur une conclusion.

— Ce n'était pas un accident, alors !

Il la vit se raidir. Ses yeux clairs virèrent au bleu marine. L'air méchant, elle réfléchissait. Drapée dans sa serviette de bain, les cheveux défaits, elle ressemblait à un ange vengeur. Comme elle avait changé, la femme fiévreuse dont l'ardeur l'avait envoyé au septième ciel cette nuit !

— Christie, dit-elle.

— Et ses cisailles, compléta Gabe.

— Coïncidence ?

— Elle était présente dans les deux cas. Elle avait des cisailles à la main. Elle a manifesté un agacement exagéré…

Cara leva la main pour le faire taire, mais il poursuivit.

— Cela fait trop de coïncidences.

— Je trouve aussi.

— Mais pourquoi aurait-elle fait ça ? Hope était sûrement gentille avec elle. Autant que Miriam. Elle voulait le bonheur de tout le monde.

— C'est Miriam, la clé.

D'abord pensive, Cara hocha la tête.

— J'ai remarqué que Christie, en dépit de son agressivité, la protégeait. Peut-être était-elle jalouse de Hope ? Peut-être craignait-elle qu'elle ne prenne sa place dans le cœur de Miriam ?

Te reverrai-je un jour ?

Il y avait pensé, mais pas aussi clairement.

— Hope et Miriam, enchaîna Cara, avaient des goûts en commun que Christie ne partageait pas.

— L'écriture, dit Gabe.

Cara acquiesça.

— Ce n'est qu'une hypothèse, ajouta-t-il.

— Je sais, mais cela tient debout.

— Si nous en parlions au shérif ?

— Bonne idée. Allons-y tout de suite.

— Où ça au juste ? S'enquit Gabe. Voir le shérif ou trouver Christie ?

— Trouver Christie, dit-elle avec autorité, comme si c'était une évidence.

Gabe lui prit la main.

— Non, Cara. Laisse-moi faire, veux-tu ? Si elle a vraiment fait ça, cette fille est un danger.

Les yeux de Cara se mirent à briller d'un éclat qu'il ne leur avait jamais vu.

— Je suis partie prenante dans cette affaire, Taggert. C'est pour cela que je suis ici. Ne va pas imaginer que parce que...

De la main, elle montra le lit et les couvertures défaites.

— Ne va pas imaginer, reprit-elle, qu'à cause de... ça, tu vas me donner des ordres.

Il ouvrit la bouche pour se justifier mais se ravisa. A quoi bon lui dire que ça n'avait rien à voir, elle n'était pas disposée à comprendre. Ce fut plus fort que lui, il lança tout de même :

— Ça ?

Te reverrai-je un jour ?

L'air exaspéré, elle planta les mains sur ses hanches et le foudroya du regard.

— Commençons par régler le problème de Hope. On verra pour *ça* plus tard.

Sur ces mots, elle lui claqua la porte de la salle de bains au nez.

Décidément, elle était différente des femmes qu'il avait connues, songea-t-il. A peine dégagées de ses bras, toutes sans exception avaient voulu parler avenir. Elle, apparemment, s'en moquait.

Vexé, il ramassa le reste de ses vêtements et, à moitié dévêtu, battit en retraite vers la chambre bleue. Là, il s'étendit sur le lit et, conscient du comique de la situation, sourit en écoutant sa petite voix intérieure qui lui susurrait un message.

« Quelle peste tu es ! se dit Cara. Ce type essaie de te protéger, et c'est comme ça que tu te comportes ? »

C'était sa faute. Il avait voulu l'exclure de l'affaire. Après huit années de doutes et d'interrogations, alors qu'ils étaient à deux doigts de découvrir le fin mot de l'histoire, il était hors de question qu'il la tienne à l'écart.

Elle se retourna et, évitant de regarder le lit défait, prit ses vêtements. Le T-shirt dans lequel elle avait dormi était fripé mais moins que son chemisier vert. Elle le roula en boule dans le sac de courses et passa le T-shirt. Elle n'avait qu'à le lisser un peu pour le défroisser, la chaleur de son corps ferait le reste.

Te reverrai-je un jour ?

Miriam s'affairait dans la cuisine quand ils descendirent. Elle leur sourit mais semblait préoccupée.

— Tenez, dit-elle leur tendant un dossier de feuilles noircies d'une écriture fantasque. Comme je ne dormais pas, j'ai relu les lettres de Hope et quelques-unes des nouvelles qu'elle m'avait adressées. J'ai pensé que ça vous ferait plaisir de les avoir.

— Merci, Miriam.

Cara prit les feuillets et demanda :

— Christie n'est pas là ? J'espère qu'elle viendra vous tenir compagnie après notre départ.

Surpris que Cara attaque d'emblée, Gabe se crispa. Elle ne semblait pas d'humeur à tourner autour du pot. Pour elle, cela ne faisait aucun doute, Christie était impliquée et il fallait le dire à Miriam.

— Je pense qu'elle ne va plus tarder. Elle est allée faire des courses en ville, à la quincaillerie, je crois. Mais Lawrence est là. Il devait partir hier soir mais, quand il a appris la nouvelle, pour Hope, il a décidé de rester. Il savait que je serais sens dessus dessous.

Le pauvre ! Où avait-il dormi ? se demanda Cara. Les deux chambres de la maison principale étaient occupées par eux et c'était les seules, leur avait dit Miriam, qui avaient été préparées.

— Je suis désolée, s'excusa Cara. On l'a chassé.

— Il préfère s'installer dans un des petits chalets, la rassura Miriam. Il dort tard en général. Là-bas, il ne gêne personne.

Cara lança un regard à Gabe.

— Il a raison d'en profiter. S'il peut.

— En ce qui nous concerne, on ne va pas s'attarder,

Te reverrai-je un jour ?

enchaîna Gabe. Je suis partisan de ne jamais remettre au lendemain ce qu'on peut faire le jour même.

— Vous prendrez bien un petit déjeuner, proposa Miriam.

Devant son insistance, ils s'installèrent à table. Muffins, café, marmelade… Miriam, qui semblait avoir perçu leur impatience, s'empressait.

— Elle n'arrive toujours pas, constata Cara.

— Elle a dû être retardée, l'excusa Miriam.

De nouveau, Cara regarda Gabe. Il semblait dubitatif. La même pensée avait dû leur traverser l'esprit. Ayant appris que le cadavre de Hope avait été retrouvé, Christie avait pris la poudre d'escampette.

Le déjeuner terminé, lassés d'attendre, ils firent leurs adieux à Miriam.

— Promettez-moi de donner des nouvelles et de revenir me voir, dit-elle.

— Bien sûr, Miriam. Bien sûr.

Un peu tristes de la laisser, ils se dirigèrent vers la voiture. Méfiant, Gabe en fit le tour puis se glissa dessous.

— Je n'ai rien vu de suspect, déclara-t-il en s'extrayant de sous la carlingue.

Des aiguilles de pin s'étant piquées dans sa veste, Cara s'approcha pour l'aider à s'épousseter.

— Merci, dit-il.

Sa voix était aussi rauque que lorsqu'il lui avait fait l'amour, nota-t-elle.

Sentant une bouffée de chaleur lui monter aux joues, elle chercha quelque chose à dire pour se donner une contenance.

Te reverrai-je un jour ?

— On devrait commencer par la chercher en ville. Officiellement, c'est là qu'elle se trouve.

— Si on ne la trouve pas, j'appelle la police et leur dis qu'elle a filé. Ils se décideront peut-être à sortir de leur léthargie.

D'un signe de tête, Cara approuva.

— Je vais d'abord appeler St. John, reprit Gabe. Il saura peut-être où elle se terre... Si du moins elle se cache. Après tout, elle est peut-être innocente.

Ils montèrent en voiture, d'où Gabe appela St. John. Conversation brève, comme d'habitude. Après trois mots sur Christie, St. John changea de sujet.

— Intéressé par les premières conclusions du médecin légiste, Taggert ?

Le haut-parleur était branché. Entendant la question, Cara se glaça. Gabe lui lança un coup d'œil. Elle était blême.

— Allez-y, répondit-il.

— Fracture de la nuque. Morte sur le coup.

Cara soupira. Au moins Hope n'avait pas souffert, elle n'avait pas agonisé dans le fond de ce ravin maudit, piégée, oubliée, vouée à une mort lente et certaine.

— Merci, dit Gabe presque tout bas.

Fidèle à sa réputation, St. John ne manifesta pas la moindre émotion. Cet homme ne devait pas avoir de cœur, se dit la jeune femme.

— Je vous envoie de l'aide, dit-il froidement.

— Pas besoin, je vais demander au shérif.

— Pas d'homme dispo.

— Pas nouveau.

— Je vais voir qui je trouve de disponible.

Te reverrai-je un jour ?

Le clic indiquant qu'il avait raccroché résonna dans l'habitacle. Comme il l'avait dit, Gabe composa le numéro du shérif qui lui annonça que le dossier était passé de disparition à homicide.

— Ça y est, ils prennent l'affaire au sérieux, dit Gabe à Cara en fermant son appareil. Je craignais qu'il ne me raccroche au nez.

— Il n'aurait plus manqué que ça ! s'insurgea Cara.

Elle soupira.

— C'est terrible ! Penser que Hope a peut-être été victime d'un fou !

— Excuse-moi, Cara. J'aurais dû t'épargner ça.

Elle sentit sa main sur son épaule et ne bougea pas. Elle avait besoin de chaleur, de réconfort.

— Je m'avance peut-être, dit-il. Il s'agit peut-être d'un accident.

— Non, Gabe, et tu le sais bien, ce n'est pas un accident, c'est un meurtre. Hope a été assassinée.

— Je le pense aussi, dit-il à voix basse.

Elle ne répondit pas. Gabriel Taggert, elle le savait, n'aurait de cesse de retrouver celui, celle ou ceux qui avaient pris la vie de sa femme.

Ils poursuivirent en silence. Gabe, agrippé au volant. Cara, tournée vers le vide qui s'ouvrait sur le côté de la route. Ils n'étaient plus qu'à quelques kilomètres de Lac aux Pins quand elle brisa le silence :

— Qu'a voulu dire St. John quand il a annoncé qu'il allait chercher de l'aide ?

— Je suppose qu'il va dépêcher des gens de Redstone pour accélérer le mouvement.

Elle hocha la tête.

— Je commence à comprendre l'intérêt de travailler chez Redstone.

— Intérêt ? Le mot est faible, déclara Gabe. Le bateau que je commande ? Tout le monde y a accès. Du P.-D.G. au balayeur. La semaine dernière j'ai fait une sortie en mer avec l'homme de ménage et sa famille dont le petit dernier qui est atteint d'une leucémie et qui rêvait d'une partie de pêche au gros.

— De pêche au gros ? Sur le fleuron de la société ?

— Ordre de Joshua, répondit Gabe qui négociait la dernière épingle à cheveux de la route. C'est le gosse qui voulait ça.

— C'est formidable, dit-elle, impressionnée par la générosité du grand patron. Ça doit être gratifiant de...

— Nom de D... ! Qu'est-ce qui se passe ? s'écria Gabe.

Un choc d'une violence inouïe contre l'arrière du véhicule les projeta brutalement contre le tableau de bord. Cara entendit un cri étranglé et réalisa que c'était elle qui l'avait poussé. Le souffle court, presque asphyxiée, elle chercha de l'air tandis que la Lexus, livrée à elle-même, glissait vers le vide.

Inexorablement.

18

Agrippé au volant, s'interdisant de freiner, Gabe essaya de corriger la trajectoire. Non, il n'allait pas pouvoir. Pas assez de temps. Pas assez de distance.

Concentré au maximum, il réfléchit une nanoseconde. Sa voiture était la solidité même. C'était leur unique chance. Alors qu'il ne voyait plus la route mais seulement les arbres, il écrasa l'accélérateur. Le moteur, puissant, rugit. Les roues arrière patinèrent et la voiture glissa sur le bas-côté puis les pneus accrochèrent la berme. L'espace d'une seconde, ils crurent que tout s'était arrêté, mais ils repartirent en avant, bondirent vers le ravin, à deux doigts de l'à-pic. Par chance, les deux roues motrices s'étaient comme cramponnées à l'asphalte. Mais ils continuaient de déraper. Animé de la volonté du désespoir, Gabe donna un coup de volant qui les ramena de l'autre côté, sur la berme, heureusement assez large pour accueillir le véhicule qui s'immobilisa contre le flanc de la montagne.

Une fois assuré que la voiture était vraiment arrêtée, Gabe se tourna vers Cara. Elle n'était pas blanche, elle était grise de peur et le regardait, littéralement décomposée.

— Merci, balbutia-t-elle.

Te reverrai-je un jour ?

Il ne s'attendait pas à des remerciements.
— De quoi ?
— De ton sang-froid. Sans lui, on ne s'en sortait pas vivants.

Il voulut sourire mais n'esquissa qu'une moue.
— Ce n'est pas du sang-froid, ça a été un réflexe. Mon entraînement y est pour quelque chose.
— Quoi qu'il en soit, nous sommes là et pas...

Elle fit un signe en direction du ravin.
— ... au fond du trou. Bravo à celui qui nous a poussés.
— Il doit être déçu !

Cara fit une mimique explicite. Elle avait compris qu'il ne s'agissait pas d'une simple collision.
— Tu l'as vu ? s'enquit-elle. Personnellement, je ne faisais pas attention. Je jacassais bêtement au lieu de regarder autour de nous.
— C'était à moi d'être vigilant, c'est moi qui conduisais. J'ai vu le camion trop tard, il était déjà sur nous.
— Le camion ?
— Oui, dit Gabe. Un camion marron. Le timing et le choix de l'endroit étaient parfaits, juste au détour d'une épingle à cheveux et en haut d'une côte pour que je ne le voie pas arriver.

Elle réagit aussitôt.
— Un camion marron ? J'en ai vu un à l'auberge. Quant au chauffeur, c'est quelqu'un qui connaît bien la route.
— Exact.
— Christie, dit-elle.
— C'est ce que je pense, bien que je n'aie pas vu le

Te reverrai-je un jour ?

conducteur. Le camion nous est arrivé dessus tellement vite que je n'ai vu que sa calandre dans la vitre arrière.

— Elle a poursuivi sa route.

— Elle doit penser qu'elle nous a mis au talus. Je veux dire au ravin.

— Il s'en est fallu de peu.

Il la vit trembler et supposa que, comme lui, elle pensait à Hope.

— Ella a dû avoir peur, murmura Cara.

— Je pense que tout est allé très vite. Heureusement. Elle n'aura pas eu le temps de se rendre compte, expliqua Gabe, se rappelant ce que St. John lui avait dit.

— Si tu réalises ce qui se passe, ça doit sembler une éternité.

Il préféra abréger. C'était trop pénible.

— Mais… Si Christie était en ville, comment a-t-elle pu se trouver derrière nous ? s'étonna Cara.

Il réfléchit.

— C'est qu'elle n'était pas en ville. Elle devait nous guetter dans un renfoncement de la route.

— Tu crois ? Elle ne pouvait pas deviner qu'on quitterait Miriam aussi vite. Et pourquoi nous filer sachant que Hope avait été retrouvée ? Elle devait bien se douter qu'on avait prévenu la police.

— N'oublie pas qu'elle ne se doutait pas qu'on la soupçonnait, lui rappela Gabe.

Cara opina.

— Sa bagarre avec Lawrence. Le câble de frein sectionné. On ne lui a posé aucune question. On aurait pu l'interroger.

Te reverrai-je un jour ?

Elle regarda le ravin dans lequel ils avaient failli plonger. Comme Hope.

— Le camion. Il a continué vers la ville ?

Gabe fit la moue.

— Je n'ai pas vraiment fait attention. J'étais un peu occupé.

Elle lui jeta un bref coup d'œil.

— A nous sauver la vie. Je sais. Ma question est absurde.

— En tout cas je te félicite, tu n'as pas crié. Crois-moi, ça m'a aidé.

Elle baissa les yeux et il vit qu'elle souriait. Ce sourire qu'il aimait et lui faisait chaud au cœur.

Brusquement, il se secoua. Il était temps que cette histoire se termine. Il voulait passer à autre chose. Ne plus penser qu'à cette femme qui représentait tant pour lui maintenant. Il voulait parler avec elle, s'expliquer, lui dire… L'ironie, c'est que c'était lui qui désirait aborder le sujet que les hommes en général redoutaient.

Mais rien n'était réglé. Rien n'était fini. Et là, sur le bas-côté de la route, tout près de ce ravin qui avait failli les engloutir, ils n'étaient pas en sécurité. Il était urgent de repartir.

Après être sorti pour apprécier l'étendue des dégâts — Cara l'avait rejoint pour lui prêter main-forte — il tapa affectueusement sur le toit de la Lexus.

— Merci, ma belle. Tu nous as sauvés.

Elle avait souffert, il faudrait la faire vérifier, mais elle était roulante.

— Stan ? dit Cara.

— Bonne idée, approuva Gabe. Je vais lui demander

de la mettre sur le pont par précaution. Pendant ce temps, nous déciderons de la suite.

— Tu n'appelles pas le shérif ?

— Si.

— Elle a peut-être fait demi-tour pendant que tu essayais de redresser et nous ne l'aurons pas vue. Elle est peut-être chez Miriam. Si on téléphonait ?

— A Christie ou à Miriam ? Je ne voudrais pas leur mettre la puce à l'oreille.

— A Miriam. Je vais inventer un prétexte.

— Si Christie apprend que tu as téléphoné, elle comprendra que nous ne sommes pas tombés dans le ravin. Elle risque de s'enfuir.

Cara opina.

— A ton avis, Miriam est-elle en sûreté ?

Gabe hésita.

— Je pense que oui. Si, comme je le suppose, cette affaire est passionnelle, à savoir qui, de Christie ou de Hope, était la plus chère au cœur de Miriam, Christie n'a aucune raison de faire du mal à sa protectrice.

— Logique, acquiesça Cara. Mais Christie est-elle logique ?

Cara, en tout cas, l'était plus que lui. Comment pouvait-il penser qu'une femme qui avait été capable de tuer une fois n'allait pas recommencer ?

— Tu as raison, dit-il finalement. Retournons à l'auberge. Je téléphonerai de là-bas.

Elle lui lança un regard dont il n'aurait su dire ce qu'il signifiait et remonta dans la voiture sans un mot.

*
* *

Te reverrai-je un jour ?

Encore sous le choc après avoir frôlé le pire, Cara se laissa tomber sur son siège. Curieusement, elle se sentait en sécurité dans la voiture. Il est vrai que Gabe était avec elle ; il avait attribué le mérite de leur survie aux qualités de sa voiture, mais elle n'avait pas été dupe de sa modestie, c'était à sa maîtrise qu'ils devaient la vie.

Elle lui lança un regard en coin et constata qu'il était sur ses gardes. Un peu crispé.

Et qu'il avait changé d'avis.

En effet, il avait fait demi-tour et retournait en direction de chez Miriam. Elle qui croyait qu'il ne l'avait pas écoutée ! Pourquoi Hope disait-elle qu'une fois qu'il avait pris une décision, il ne revenait jamais dessus ?

Ils redémarrèrent doucement — sans doute testait-il son véhicule ?

— J'ai l'impression que la direction est faussée. A part ce… détail, c'est un bonheur de conduire cette auto.

Elle n'aurait su dire s'il plaisantait. Elle nota qu'il prenait de la vitesse.

— Merci, dit-elle se tournant vers lui.

Il lui jeta un regard de côté.

— De quoi donc ?

— D'avoir changé d'avis et d'aller voir si tout va bien pour Miriam.

Il fronça les sourcils, comme si elle avait dit une incongruité.

— Pourquoi n'y serais-je pas allé ?

— Hope disait toujours…

Voyant qu'il la regardait bizarrement, elle laissa sa phrase en suspens.

— Hope changeait tout le temps d'avis, dit-il sans

agressivité. Ce n'est pas une critique, c'était comme ça. Je ne compte pas les fois où elle a annulé un projet à la dernière minute sans se soucier de savoir si d'autres personnes nous attendaient. Je l'entends encore... « Ça ne me dit plus rien. » Parfois...

Il s'arrêta. A sa mine, elle comprit qu'il regrettait de l'avoir critiquée.

— On est d'accord là-dessus, elle n'était pas parfaite, répliqua Cara. Qui est parfait, d'abord ? Mais ce n'est pas parce qu'elle n'est plus là qu'on va passer son temps à l'encenser. Ce ne serait pas honnête. Ce serait même humiliant pour elle.

Il ne commenta pas et reprit :

— Parfois, elle me donnait l'impression de faire ça pour me tester. Pour voir si je céderais à ses caprices. J'avais le sentiment qu'elle voulait mesurer le pouvoir qu'elle avait sur moi.

C'était exactement cela, Cara le savait, Hope le lui avait dit. Elle aimait ce jeu.

— Elle en faisait autant avec moi, répondit-elle. Mais je ne lui en ai jamais voulu. Elle était comme ça et je n'y voyais pas de malice.

Il ralentit pour tourner vers chez Miriam et, en attendant qu'un camion de livraison ne leur laisse le passage, se tourna vers elle.

— Je suis convaincu que tu as eu raison de vouloir retourner chez Miriam. Tu sais, changer d'avis ne me pose pas de problème à condition que ce ne soit pas à tout bout de champ.

Il fit les derniers mètres restant et gara sa Lexus hors

Te reverrai-je un jour ?

de vue, en bas du chemin. Cette fois, si Christie était là, elle ne leur échapperait pas.

— Je ne voudrais pas qu'il arrive quelque chose à Miriam, dit Gabe. Si Christie sent qu'elle est piégée, elle est capable de n'importe quoi.

Cara fit oui de la tête et le suivit vers la maison. Méfiant, il regardait autour de lui. Il n'y avait pas de Christie en vue, mais le camion marron était là. Il n'était pas garé à sa place habituelle, le long de l'allée, où d'éventuels dégâts à la carrosserie auraient été trop visibles mais plus loin, près de l'appentis.

Sur le fief de Christie.

Comme ils l'avaient fait la dernière fois, ils empruntèrent le passage fermé par la grille rouillée, qui se trouvait sur le côté, et remontèrent le chemin en évitant de se faire remarquer. A l'angle de la maison principale, ils marquèrent un temps d'arrêt. Le doigt sur l'oreille, Gabe donna un coup sur le bras de Cara pour qu'elle écoute. Il y avait un bruit. Un bruit caractéristique de cisailles.

Gabe s'accroupit et passa la tête au coin de la bâtisse.

— Elle est là, dans les rosiers, chuchota-t-il. Près du premier petit chalet.

— Toute seule ?

Il fit oui de la tête.

— On va se séparer et…

Il s'arrêta.

— Comment ? dit-elle.

— Rien. C'est trop dangereux.

— Quoi ? insista-t-elle. Tu veux que j'aille la trouver, c'est ça ? Et pendant ce temps tu fais le tour pour la surprendre par-derrière.

Te reverrai-je un jour ?

Etonné qu'elle ait deviné, il la regarda avec admiration.

— Bonne idée, ajouta-t-elle. Vas-y. Je te donne deux minutes pour faire le tour de la maison. Pendant ce temps, je vais lui dire bonjour comme si de rien n'était. On verra comment elle réagit.

— Cara...

— Vas-y, je te dis. L'occasion ne se représentera peut-être pas. Je te promets de rester à distance d'elle et de ses cisailles. Ou du râteau. Juré !

Elle dut être persuasive car, après avoir déposé un baiser sur ses lèvres, il partit.

Etourdie par ce baiser auquel elle ne s'attendait pas, elle se ressaisit puis se mit à égrener les secondes.

— Cent vingt, murmura-t-elle.

Et elle partit à son tour.

Sans quitter Christie des yeux, elle se dépêcha d'avancer. La jeune fille taillait les rosiers qui lui montaient presque à la taille. Cara n'était plus qu'à trois mètres d'elle quand, sentant sans doute sa présence, Christie se retourna. Chassant de son esprit la pensée qu'elle avait devant elle la meurtrière de sa meilleure amie, Cara sourit.

— Bonjour ! lança-t-elle.

Cela ne faisait pas de doute, Christie était surprise de la voir.

— Je vous croyais partis, dit-elle, hargneuse.

— Je m'en doute, rétorqua Cara, sarcastique. Alors, ce petit tour en ville ? Ça s'est bien passé ?

La question parut troubler Christie.

— Nul ! Je n'ai pas trouvé ce que je cherchais.

Te reverrai-je un jour ?

Cara faillit se laisser abuser par son apparente sincérité.

— Miriam ne vous attend pas, reprit-elle pour bien lui faire comprendre qu'ils n'étaient pas les bienvenus. Elle m'a demandé d'enlever vos draps et c'est fait.

Elle regarda Cara de travers.

— D'ailleurs, vous n'avez occupé qu'une chambre, cette nuit.

Cara sentit qu'elle piquait un fard. C'était trop bête de rougir devant cette fille, surtout maintenant, alors que Gabe venait d'apparaître de l'autre côté de la plate-bande, dans le dos de Christie !

— C'est pas une critique, lança Christie. Il est canon.

Cara battit des paupières et Christie sourit. Un sourire vrai qui changeait de ses habituelles grimaces et la rajeunissait.

Désarçonnée, Cara resta sans voix.

Mais le sourire s'évanouit très vite et les traits de Christie se durcirent de nouveau. Elle attrapa sa natte et la rejeta sur son dos, prit ses cisailles et poursuivit sa taille.

— C'est vrai, acquiesça enfin Cara. Mais j'ai un peu honte. Hope était ma meilleure amie.

— Ben quoi ? Elle est morte. Désolée quand même.

— Ça vous fait de la peine ?

Christie lui lança un regard en coin.

— Bof, pas vraiment. C'était une frimeuse. Miss *bling bling.*

Cara vit Gabe s'agiter et crut qu'il allait se jeter sur Christie pour lui faire ravaler ce qu'elle venait de dire.

— Vous auriez préféré qu'elle s'en aille.

Te reverrai-je un jour ?

— Ça ne m'aurait pas gênée.

— Parce qu'elle partageait des choses avec Miriam et pas vous.

Christie haussa les épaules pour montrer qu'elle s'en moquait.

— Elles s'entendaient bien.

— Et vous vous sentiez menacée. Exclue.

Christie la nargua.

— Par elle ? Elle n'aurait pas fait le quart du boulot que je fais ici.

— Oui, mais elle accaparait Miriam, elle lui prenait son temps et toute son attention. Vous vous êtes sentie laissée pour compte.

Christie éclata de rire. Elle se moquait ouvertement d'elle.

— Vous croyez quoi ? Que je cherchais une mère ou je sais pas quoi ? Sûrement pas ! C'est des trucs imbéciles. Surfaits. Ici, j'ai un toit et à manger. C'est pas un cadeau qu'elle me fait, Miriam. Je travaille en échange.

La conversation, bien qu'instructive sur les relations entre Christie et Miriam, en resta là. La jeune fille replongea le nez dans les rosiers et Cara, ne sachant plus que dire, regarda Gabe. Il lui faisait signe d'en venir au fait.

— Pourquoi avez-vous pris ce risque puisque vous saviez qu'on partait ? Pourquoi avoir tenté de nous tuer ?

Christie s'arrêta sur-le-champ. Les cisailles en l'air, elle regarda Cara.

— Qu'est-ce que vous racontez ?

— Vous avez essayé de nous tuer comme vous avez tué Hope, lui lança-t-elle au visage.

Te reverrai-je un jour ?

Christie, qui s'était redressée, recula d'un pas. Puis d'un autre.

— On s'en va ? la toisa Gabe.

Poussant un cri de rage, Christie se retourna brusquement pour s'enfuir mais Gabe, qui avait deviné ses intentions, l'attrapa par le bras.

— C'est fini, Linda, lui dit-il.

Cara la vit pâlir en entendant son nom.

— Vous êtes fous ! hurla-t-elle. Vous êtes malades tous les deux ! J'ai jamais tué personne.

— Non ? Vous avez poussé la voiture de Hope dans le ravin. Ce n'est pas tuer quelqu'un, ça, peut-être ?

— Mais ce matin, avec votre camion, vous avez raté votre coup, enchaîna Gabe. Vous auriez dû vous cacher un peu plus loin pour vérifier qu'on avait plongé dans le vide.

Le front plissé et les yeux à moitié clos, Christie semblait ne pas comprendre.

— Le camion ? Ça fait plus d'un mois que j'ai pas conduit cette bécane.

— Quand on ment, il faut avoir de la mémoire. Vous venez de dire que vous êtes allée en ville.

— Ben oui, à pied.

Elle les dévisagea à tour de rôle.

— J'ai même pas de permis.

— C'est ça ! En honnête citoyenne respectueuse des lois, vous ne conduisez pas sans permis ! C'est à moi que vous allez faire gober ça ?

— Ça suffit ! intervint Gabe. Il y a huit ans, vous avez tué ma femme et vous vous en êtes tirée impunie. Maintenant, c'est nous que vous avez tenté de supprimer.

Te reverrai-je un jour ?

Par deux fois. Parce que nous approchions la vérité de trop près et que cela vous a fait peur.

Christie se pencha, attrapa ses cisailles qu'elle avait laissées à terre et se jeta sur Cara.

La lame brilla dans le soleil et Cara comprit qu'elle n'en sortirait pas vivante.

19

Gabe n'eut que le temps de se jeter sur Christie et la plaqua au sol, mais elle se tortilla comme une anguille et réussit à se dégager. Elle leva le bras et, sans qu'il puisse esquiver, frappa. Le coup partit. Droit dans l'épaule. Cachée derrière les rosiers, égratignée par les épines, Cara poussa un cri. Gabe perdait son sang, c'était affreux. Il allait mourir. Il fallait qu'elle fasse quelque chose. La force décuplée par la rage, Christie s'était relevée et avait empoigné le râteau. Les deux mains sur le manche, elle allait lui asséner un nouveau coup. Fatal, peut-être. Le sang de Cara ne fit qu'un tour. Aveuglée par l'inconscience, elle se précipita sur Christie, lui donna un violent coup de genou et lui arracha le râteau des mains.

— Bien joué, dit Gabe en se tenant le bras.

Mais Cara n'avait pas envie de rire.

— Tu saignes, dit-elle, inquiète.

Il tâta son bras, sa main.

— Ça va aller, dit-il.

— Hé!

Le cri venait de derrière eux. Se tournant d'un bloc, ils aperçurent Lawrence Hammon qui accourait, affolé.

Te reverrai-je un jour ?

— Que se passe-t-il ? Qu'est-il arrivé ?

A la vue du sang qui coulait du bras de Gabe, il pâlit.

— Nom d'un chien ! Elle a fini par y arriver ! J'aurais dû me méfier.

Les yeux rivés sur Christie à laquelle Gabe avait tordu le bras dans le dos et qui piaffait pour se dégager, il reprit :

— Je savais.

— Vous saviez quoi, Lawrence ?

— Je savais qu'elle était folle. Folle et dangereuse, répondit-il à Cara.

— Dangereuse ? releva Gabe.

Lawrence le regarda.

— Je ne savais pas qui vous étiez quand on s'est rencontré la première fois, mais, maintenant, je sais que vous êtes le mari de Hope. J'étais là la dernière fois qu'on l'a vue ici.

Gabe s'immobilisa. Christie, qui se tordait les doigts nerveusement, fixa Lawrence et lui cracha à la figure.

— Ça oui, tu étais là, espèce de salaud !

Lawrence fit celui qui n'entendait pas.

— Désolé, au fait. Je ne l'avais pas rencontrée souvent mais elle avait l'air sympa.

La banalité de la remarque les étonna. Cara la trouva même déplacée. Il en fallait sans doute plus à Lawrence pour s'émouvoir.

— J'ai pigé maintenant. Je l'ai surprise...

Il fit un geste en direction de Christie.

— ... en train de rôder autour de la voiture de votre femme, la dernière fois.

Te reverrai-je un jour ?

— T'es qu'un menteur !

Lawrence la prit de haut.

— Moi je croyais qu'elle essayait de voler quelque chose. Comme elle fait toujours. Mais elle avait les cisailles.

Christie lui lança une bordée d'injures.

— Je comprends maintenant ce qu'elle faisait !

Il hocha la tête avec tristesse.

— Je n'ai pas arrêté de dire à maman qu'il fallait se débarrasser d'elle, mais avec son cœur tendre…

— C'est pas possible ! hurla Christie. Mais quel menteur !

Elle gesticulait pour se dégager de l'emprise de Gabe, sans y parvenir.

— Je vais appeler le shérif, dit Cara, sortant son portable de sa poche.

— Vous le croyez ? s'énerva Christie, rouge de rage. Mais vous ne voyez pas qu'il ment ?

Agacé par ses hurlements, Gabe, malgré la douleur qui lui vrillait le bras, serra son poignet de plus belle. Heureusement, son épaule ne saignait plus, la blessure n'était donc que superficielle.

Cara ouvrit son téléphone, regarda Christie et composa le numéro de la police.

— Qu'il ment à quel propos ? interrogea Cara.

— Sur tout !

Elle se calma un peu.

— Ecoutez, je sais ce que vous pensez de moi, je sais ce que tout le monde dit de moi ici. Miriam a toujours été gentille avec moi, je ne connais pas d'autres personnes qui aient été aussi gentilles avec moi. Dans ces conditions,

Te reverrai-je un jour ?

je ne vois pas pourquoi j'aurais fait du mal à quelqu'un qu'elle aimait bien. C'est pas comme lui !

Du menton, elle désigna Lawrence qui recula en la fixant d'un air mauvais.

— Pas mal, dit Gabe. Mais je ne vois pas quelle raison il aurait eue de tuer ma femme.

— Qui plus est une amie de sa mère, ajouta Cara.

— Bien vu, dit Lawrence.

— Je vais vous expliquer, dit Christie. Ça tient en un mot. Lorna.

Gabe écarquilla les yeux. Avant qu'il ait eu le temps de demander à Christie de s'expliquer, Lawrence avança vers eux. Gabe sentit Christie se raidir, prête à riposter à une agression physique. C'est un comble, pensa Gabe en vissant le bras de Christie. Il n'allait quand même pas protéger la fille qui avait tué sa femme...

— Je t'interdis ! lança-t-il à l'adresse de Christie. De quel droit te permets-tu de parler de ma sœur ?

— Vous voyez ! s'époumona Christie. Vous voyez ce que je vous dis !

Gabe fronça les sourcils.

— Non, relança Cara. Non, je ne vois pas.

— Vous ne voyez pas. Il est fou ! Malade ! Il n'a jamais admis la mort de sa sœur.

— Ridicule ! laissa tomber Lawrence. Vous appelez le shérif ou c'est moi qui dois le faire ? Je veux qu'elle me débarrasse le plancher.

Christie le foudroya du regard.

— Tu crois peut-être que je suis aveugle ? Tu crois que je t'ai pas vu ou entendu te bagarrer avec Miriam ?

Elle tourna la tête vers Cara comme si elle était sa

Te reverrai-je un jour ?

providence et un flot de paroles s'échappa de sa bouche. Jamais ils n'en avaient autant entendu de sa part.

— Il croyait que Hope voulait remplacer sa sœur morte. Qu'elle allait prendre la place de Lorna dans le cœur de sa mère. Hope et Miriam étaient devenues très proches. Vous aviez raison de dire qu'elles partageaient beaucoup de choses. C'est vrai que moi je n'aurais jamais rien partagé avec Miriam. Mais ça m'était égal, elle m'avait déjà tellement donné, personne ne m'a jamais donné autant de toute ma vie. Mais lui…

La véhémence avec laquelle elle cracha le mot *lui* saisit Gabe.

— C'est lui qui avait peur d'elle ! Lui ! Il se sentait menacé. Alors il a décidé de se débarrasser d'elle.

— Tu vas bientôt te taire ? s'énerva Lawrence. Vous ne pouvez pas la faire taire ?

Il s'était adressé à Gabe, qui ne bougea pas.

— Elle ne va quand même pas nous obliger à écouter ses sornettes ! C'est des âneries.

— Moi, je l'ai vu rôder autour de la voiture de Hope, dit Christie. Oui, moi je l'ai vu. C'était juste avant qu'elle parte, la dernière fois.

Elle regarda Lawrence droit dans les yeux.

— Et, ce matin, c'est lui qui conduisait le camion. Je l'ai vu revenir.

— Mais elle est grotesque, cette gonzesse ! s'exclama Lawrence.

— Demandez à Miriam. Elle sait que j'ai travaillé ici toute la matinée.

Christie regarda autour d'elle, passa de Gabe à Cara, puis de Cara à Gabe, l'air implorant. C'était une nouvelle

Te reverrai-je un jour ?

Christie, dans un nouveau rôle, totalement différent de celui de la harpie dans lequel elle se complaisait d'habitude. Gabe n'en croyait pas ses yeux. Il se rappela soudain la Christie de la cuisine, celle qui semblait vouloir protéger Miriam.

— Gabe, dit Cara d'une voix douce. La nouvelle. La dernière qu'elle a écrite, avant son dernier séjour ici…

Deux rides creusèrent le front de Gabe. Machinalement, il avait regardé les dates des lettres que Hope avait adressées à Miriam et il se souvenait qu'elle en avait envoyé une juste avant de venir ici. Celle-là les avait intrigués parce que Hope n'annonçait pas de visite imminente. Elle disait à Miriam qu'elle la verrait dans un mois comme prévu.

Des détails lui revinrent alors à la mémoire. Dans cette lettre-là, elle mentionnait Lawrence. Elle disait qu'il l'avait filée en voiture jusqu'à Lac aux Pins. Déplaisant, avait-elle noté. Elle écrivait que rien qu'à sa conduite, on savait qu'il habitait en bas, dans la vallée, parce qu'il se comportait au volant comme un fou furieux tel qu'on en croise en ville, adepte des queues de poisson, nerveux et peu courtois, ce qui contrastait avec le calme et la galanterie des montagnards résidant ici. C'était une exception dans cette station où l'amitié régnait, soulignait-elle. C'était la seule personne agressive qu'elle avait croisée ici. Elle ajoutait, et c'était tout Hope, ça, qu'elle lui avait pardonné parce que c'était un écorché vif, un pauvre malheureux qui ne se consolait pas du décès de sa sœur jumelle.

Queue de poisson.
Agressif.
Inconsolable.

Te reverrai-je un jour ?

Les mots étaient toujours inscrits dans sa mémoire. Il s'en souvenait très bien.

— Le chagrin fait parfois faire de drôles de choses, dit-il très bas.

— Oui, dit Cara.

— Je ne sais pas pourquoi vous perdez votre temps comme ça ! s'exclama Lawrence.

Ils se retournèrent vers lui.

— Appelez le shérif, ordonna-t-il. Ou c'est moi qui le vais le faire. Il faut qu'elle paie pour tout le mal qu'elle a semé.

— Avez-vous essayé de faire sortir Hope de la route comme vous l'avez fait pour nous ? lui demanda Gabe sans y croire.

Lawrence resta de marbre.

— Et voyant que ça ne marchait pas, avez-vous cisaillé ses freins ? C'est vrai ou c'est faux ?

Ils virent Lawrence changer de couleur, reculer.

— Vous dites n'importe quoi !

— Vous vous êtes servi de Christie, c'était commode, vous l'aviez sous la main et vous saviez que personne ne la croirait. Le bouc émissaire idéal, quoi !

Les yeux rivés sur Cara, Lawrence s'insurgea.

— Vous n'allez pas me faire croire que vous pipez un mot de ce qu'elle raconte. Regardez-la ! C'est une moins que rien, une épave, un parasite, une S.D.F. toujours à deux doigts de la prison.

— C'est pour cela que vous n'avez pas essayé de la tuer ? interrogea Gabe. Parce qu'elle ne représentait pas une menace, pas comme Hope qui partageait un talent et son amour des mots avec votre mère.

Te reverrai-je un jour ?

— C'est pas faute d'avoir essayé !

Gabe regarda Christie. Dès qu'ils l'avaient écoutée, elle avait cessé de se débattre, mais il la tenait toujours fermement. Méfiance, méfiance...

N'empêche, il dirigeait maintenant son interrogatoire sur Lawrence.

— Il a d'abord voulu m'acheter. Il m'a offert du fric contre mon départ et, comme je ne partais pas, il a tout fait pour me dégoûter. Méchanceté, coups tordus. Tout. Il a même essayé de m'empoisonner avec des pesticides qu'il avait piqués dans l'abri de jardin de sa mère.

— Elle ment ! gronda Lawrence.

Elle mentait peut-être, mais c'était lui qui battait en retraite, et vite, songea Gabe. Il avait les yeux partout, il était aux abois.

— Je sais ce que ta sainte de sœur penserait de toi, Lawrence ! le nargua Christie.

— Elle comprendrait, aboya le garçon. Elle, elle comprenait toujours. C'était la seule.

Brusquement, comme Gabe le craignait, il leur faussa compagnie. Aussitôt, Gabe lâcha Christie et le poursuivit. Réagissant aussi vite que Gabe, Cara attrapa la paire de cisailles et s'élança, le forçant à faire demi-tour. C'était la fraction de seconde dont Gabe avait besoin pour lui placer un coup de genou expéditif qui allait le mettre à terre.

Une lutte s'ensuivit. Fort comme un Turc, Lawrence se releva. Son poing s'abattit violemment sur la pommette de Gabe. Et puis, soudainement, il se plia en deux, les bras sur le ventre et supplia.

— Arrête ! Arrête !

Gabe lâcha Lawrence et regarda qui le frappait. C'était

Te reverrai-je un jour ?

Christie. Armée du râteau, elle tabassait le fils de Miriam de toutes ses forces. Il la laissa lui asséner encore deux coups et l'arrêta avant qu'elle ne lui brise le dos.

— Ça va comme ça, Christie. Ça va.

Elle lui administra un dernier coup, pour faire bonne mesure, dit-elle, et lâcha l'outil. Cara s'approcha alors d'elle et posa la main sur son bras.

— C'est bon, maintenant j'appelle le shérif, déclara Cara.

— Vous m'avez crue ? s'étonna Christie.

— Oui, répondit Gabe.

Christie dévisagea Cara puis Gabe.

— J'étais embêtée, dit-elle. J'étais sûre que c'était lui, mais je n'avais pas de preuve. Et je savais que personne ne me croirait.

— Je vous comprends, répondit Gabe.

Cara, qui avait commencé à composer le numéro de la police, s'arrêta.

— Quand il a tenté de vous empoisonner, vous êtes restée. Pourquoi ?

— Miriam, dit Christie. Il est tellement fou qu'il aurait été capable de la tuer rien que pour la punir d'avoir voulu remplacer sa sœur.

— C'est fou. Personne ne remplace jamais quelqu'un qu'on a aimé.

Cara finit de composer son numéro.

— Je n'ai jamais aimé quelqu'un comme ça, déclara Christie.

Elle jeta un coup d'œil à l'épaule de Gabe.

— Je suis embêtée pour ça aussi.

Te reverrai-je un jour ?

Tant d'amabilités en si peu de temps, c'était nouveau. Gabe sourit.

— Ce n'est pas grave.

Coup d'œil de Christie à Lawrence roulé en boule dans l'herbe.

— Il a de la veine d'être lâche ! Il n'a pas eu le courage de vous rentrer dedans directement. Vous en auriez fait du pâté en moins de deux.

Elle lui sourit. Son premier vrai sourire. Il lut alors sur son visage la jeune femme qu'elle aurait pu être si les bonnes fées s'étaient penchées sur son berceau à sa naissance.

Une idée germa alors dans son esprit, qu'il se jura de ne pas oublier.

— Ça ne m'était pas venu à l'esprit, dit Cara brusquement.

— Quoi ? s'enquit Gabe.

— Qu'il englobait Hope quand il parlait des chiens crevés et des parasites que récupère sa mère !

— Moi non plus, grinça Gabe. Si j'y avais pensé, je l'aurais peut-être soupçonné plus tôt.

Les événements se précipitèrent ensuite.

A peine arrivé sur les lieux, l'adjoint du shérif — sûrement frais émoulu de l'école de police car il était aussi peu opérationnel qu'il était jeune — demanda du renfort. Il tenait un meurtrier présumé auquel il avait passé les menottes, un certain Lawrence Hammon. Il fallait le mettre en garde à vue.

Pendant ce temps, Christie se rendit chez Miriam. Elle tenait à lui annoncer elle-même la terrible nouvelle. C'était une mission douloureuse, mais elle s'en sentait le cran.

Te reverrai-je un jour ?

— Et si elle doit me détester parce que je l'ai dénoncé, j'aime autant le savoir tout de suite.
— Doucement, Christie, la pria Cara. C'est son fils.
— Ce n'est pas une excuse.
— Peut-être. Il n'empêche...
— Je serai gentille, promis.
Coup d'œil à tous les deux.
— Je peux être sympa quand je veux.
— Je pense que vous êtes capable de plein de bonnes choses quand vous le décidez, répliqua Gabe.

La remarque l'étonna, tellement qu'à deux reprises, alors qu'elle se dirigeait vers la grande maison, elle se retourna pour les observer.

Gabe regarda alors Cara. Un sourire magnifique illuminait son visage. Attendri par sa beauté, il hocha doucement la tête. Comment avait-il pu être aveugle à ce point ?

Le shérif poussa Lawrence dans le fourgon de la police et ferma les deux portes derrière lui. Grâce au ciel, Miriam ne s'était pas encore manifestée. Ce qui lui tombait sur la tête était terrible, mais ils ne pouvaient lui épargner cette épreuve. Ils le devaient à Hope.

Alors que le policier enregistrait leurs déclarations, une fourgonnette aux armes de Callahan Aviation Service surgit des grilles de la propriété et pila devant eux. Deux hommes en descendirent et s'avancèrent vers Gabe et Cara. Celui qui les avait accueillis à l'aéroport, George Callahan, n'en faisait pas partie. Qui étaient ces deux inconnus ?

Le premier était grand, à peu près comme Gabe, avec une coupe militaire. L'autre, dont le visage lui disait vaguement quelque chose, était encore plus grand, avec

Te reverrai-je un jour ?

des cheveux plus longs, noirs, gris sur les tempes. Le premier avait quelque chose de Gabe dans la démarche, souple, élastique. Le plus grand, un peu efflanqué à son goût, se dit-elle, donnait l'impression de musarder comme s'ils avaient tout leur temps devant eux.

— Je ne sais pas qui est le plus petit, murmura Gabe, mais j'ai l'honneur de t'annoncer que tu vas faire la connaissance de Joshua Redstone.

Cara laissa échapper un *Oh !* de stupeur qu'elle aurait préféré éviter. C'était pour cela que son visage ne lui était pas inconnu, elle avait vu sa photo dans des journaux d'entreprises. Les articles disaient volontiers de lui qu'il était humble, simple, facile d'accès, mais les photos le montraient plutôt raide et guindé. Maintenant qu'il était là, devant elle, en chair et en os, elle pouvait juger par elle-même. En fait, il était conforme à ce que ses détracteurs, des rivaux bouffis de jalousie, disaient de lui, qu'il était un cow-boy à la chance insolente.

« Depuis quand construit-on un empire avec seulement une chance insolente ! », avait toujours pensé Cara.

— Gabe, dit Joshua en lui serrant la main.

Il leva l'autre main comme pour lui donner une tape sur l'épaule et remarqua qu'elle saignait.

— C'est quoi, ça ? dit-il. St. John ne m'a pas dit que tu étais blessé.

Il tourna ses yeux gris vers Cara qui comprit alors pourquoi ses détracteurs s'acharnaient sur lui. Cet homme était trop bon, trop à l'écoute et cela les dérangeait.

— Il ne pouvait pas le savoir, je ne le lui ai pas dit. Ce n'est rien, je vais nettoyer la plaie et tout ira bien.

Te reverrai-je un jour ?

Joshua sembla d'abord douter de la réponse puis il l'accepta. Il montra l'homme qui l'accompagnait.

— Gabe Taggert. Noah Rider.

Gabe parut surpris.

— Rider ? Le fer de lance de Redstone ? Que faites-vous ici ?

L'homme sourit à Cara. Tout comme le visage de Joshua Redstone lui avait dit quelque chose, ce nom-là ne lui était pas inconnu.

— Le hasard a fait que je me trouvais dans le bureau de Joshua quand il a appris que vous auriez peut-être besoin d'aide. Alors je me suis proposé, histoire de tromper mon ennui.

— Paige va me maudire quand elle saura que je t'ai embringué dans une balade qui débouche sur un meurtre, plaisanta Joshua.

Rider s'esclaffa.

— N'oublie pas que ma femme et moi nous nous sommes connus à l'occasion d'une prise d'otages par des terroristes.

Cara retint son souffle. Elle se souvenait d'une affaire qui avait défrayé la chronique. L'attentat avait eu lieu sur une île des Caraïbes voisine d'un des villages de vacances de Redstone. Les terroristes avaient abordé sur l'île aux Coraux et pris toute une école en otage. C'était cet homme qui avait libéré les enfants et leurs maîtres. L'épopée avait fait la une des journaux à l'époque.

Avec un peu de retard, elle réalisa qu'il était sûrement le tireur d'élite auquel Gabe avait fait allusion tout à l'heure, celui qui avait permis l'évasion de Tess de la jungle sous le feu des guérilleros.

Te reverrai-je un jour ?

— Vous êtes Cara, j'imagine, dit Joshua en lui tendant la main.

Cara sourit. Tout ce qui lui arrivait depuis trois jours était surréaliste. En moins d'une semaine, sa vie avait changé du tout au tout et elle se retrouvait à serrer la main du multimilliardaire Joshua Redstone. Qui l'eût cru il y a une semaine encore ?

— Je me présente, Joshua Redstone. Et voilà Rider qui, contrairement à ce qu'il raconte, ne s'ennuie pas chez lui. Ce serait un comble avec la femme qu'il a et des jumeaux en route…

— Félicitations, dit Cara à Rider.

Puis, se tournant vers Joshua :

— Je suis impressionnée que vous soyez venu en personne.

Il haussa les épaules.

— Gabe avait besoin d'aide et je n'avais rien d'important à faire.

Pas dupe, Cara sourit.

— Et tu oublies que tu pilotes ! ajouta Rider.

— C'est vrai, convint Joshua avec modestie. Justement, j'ai atterri dans cet aéroport il y a peu de temps.

— J'espère que tu as été plus aimable avec Reeve qu'avec moi, ironisa Rider.

Le sourire qu'il affichait contredisait le reproche.

— Assez parlé de nous, coupa Joshua. J'ai l'impression qu'on arrive comme les carabiniers. Trop tard pour être utiles.

— Pas du tout. Vous pouvez peut-être nous rendre service, leur demander d'abréger. Cela fait une heure qu'on répète la même déposition, se plaignit Gabe.

Te reverrai-je un jour ?

— Je pense qu'on peut faire ça, dit Rider.

Cara hocha la tête. Elle tenait là la confirmation de ce qu'elle avait toujours soupçonné, qu'il y avait des accommodements avec le ciel quand on était puissant.

— Je peux te parler une minute, Gabe ? demanda subitement Joshua. Seul à seul.

Ils s'éloignèrent. Cara vit le patron poser la main sur le dos de Gabe qui écoutait avec attention et, brusquement, Gabe s'immobiliser. Son estomac se noua. Elle ignorait la confidence que lui faisait Joshua, mais ça devait être grave et elle avait envie de savoir. En même temps, elle redoutait ce « secret ».

« Tu es idiote », se dit-elle.

Le *secret* n'avait peut-être rien à voir avec l'affaire Hope. Il s'agissait sans doute de la société, d'un mauvais résultat de la division marine. De toute manière, il ne pouvait pas y avoir pire nouvelle que l'assassinat de son amie.

Quelques minutes plus tard, Gabe revenait avec Joshua.

— Nous n'allons pas nous attarder davantage, annonça-t-il.

Les deux hommes saluèrent et Gabe les raccompagna. Il vint ensuite rejoindre Cara.

— Je vais aller voir Miriam, déclara-t-elle. Elle doit avoir besoin d'un peu d'amitié. A sa place, j'aimerais bien qu'on m'entoure.

— Je te suis, dit Gabe.

Ils remontèrent l'allée, gravirent les marches du perron et marquaient le pas sur le palier quand Miriam sortit sur la terrasse.

Te reverrai-je un jour ?

— J'ai quelque chose à vous annoncer, Miriam, laissa-t-il tomber, la voix blanche.

Cara le regarda. Elle ne lui avait jamais entendu cette voix-là. Que s'était-il encore passé ?

— St. John m'a fait une dernière révélation.

— Quoi donc, Seigneur ? s'exclama Cara au comble de l'angoisse.

— Hope était enceinte.

Saisie, Cara plaqua une main sur sa poitrine, tandis que Miriam, défaite, s'exclamait :

— Mon Dieu ! C'est ma faute.

20

— C'est ma faute ! Tout est de ma faute !

— Mais non, Miriam, ce n'est pas votre faute.

Debout dans la cuisine, consternés, Cara et Gabe regardaient Christie consoler sa protectrice.

— Christie a raison, déclara doucement Cara. Lawrence est un adulte, il a pris sa décision tout seul. Vous n'y êtes pour rien.

— Je ne parlais pas de Lawrence, hoqueta Miriam. Lui, je refuse d'en parler pour l'instant. Je voulais parler de Hope.

Cara lança un coup d'œil à Gabe qui, visiblement, ne comprenait pas mieux qu'elle ce que Miriam voulait dire.

— Je ne vois pas comment ce qui est arrivé à Hope peut être de votre faute, se hasarda Cara.

— Vous avez bien dit qu'elle était enceinte ?

C'était donc ça le deuxième miracle, pensa Cara qui n'osait plus regarder Gabe. Il devait être dévasté. Hope, sa Hope chérie, portait son enfant, un enfant dont elle ne lui avait pas encore révélé l'existence, un enfant qui était mort avec elle.

Te reverrai-je un jour ?

— Cela n'a rien à voir avec ce qui est arrivé, dit-il d'une voix qu'il voulait calme mais qui cachait mal son désarroi.

— Si. Je lui avais fait promettre que si ça arrivait, je serais la deuxième à le savoir. Après vous.

Gabe soupira.

— J'étais en mer à cette époque. On ne se serait pas parlé pendant des semaines.

Miriam se frotta les yeux, rougis par les larmes.

— Pourquoi ne m'en a-t-elle rien dit ? Elle pouvait me téléphoner.

— Elle devait vouloir vous l'annoncer de vive voix, dit Cara.

— Je n'aurais jamais dû lui faire promettre une chose pareille. Je lui avais avoué qu'après avoir perdu Lorna, partager ce bonheur avec elle serait, pour moi, un peu comme la résurrection de ma fille. Alors elle m'avait promis. Et elle est morte en voulant honorer sa promesse.

Sur ces mots, Miriam s'effondra. Se précipitant à son côté, Christie la supplia d'aller se reposer dans sa chambre.

— C'est trop, déclara Cara. D'abord son fils, ensuite ça.

Sortant de son silence, Gabe la rassura.

— Redstone fera tout pour l'aider. Je le sais.

— Pour commencer, il faudra trouver un bon avocat pour Lawrence ! ironisa Cara.

Gabe, blême, ne réagit pas.

— Je suis désolée, Gabe. J'imagine ce que tu dois ressentir. D'abord Hope puis cette nouvelle. Je me mets à ta place, ça doit être terrible.

Te reverrai-je un jour ?

Comme il se taisait toujours, elle posa la main sur son bras malade, mais il ne réagit pas davantage.

— Gabe ?

Il ne la regarda pas.

— Gabe ? répéta-t-elle.

Aucune réaction. Le cœur de Cara se serra. En quelques minutes, leur relation avait basculé.

« Il fallait t'y attendre, ma belle. Il vient d'apprendre qu'il allait être père. Qu'elle attendait un enfant de lui. Un enfant de la femme qu'il avait aimée et aimait encore », pensa-t-elle.

Ce qu'il avait dit à Miriam lui traversa alors la tête.

« Personne ne remplace jamais quelqu'un qu'on a aimé. »

Elle n'eut pas le temps de lui poser d'autres questions. Joshua Redstone et Rider revenaient. Efficaces comme eux seuls savaient l'être, ils avaient tout organisé. En ce qui concernait les dépositions, on en resterait là pour l'instant. Le shérif reprendrait contact avec eux ultérieurement. La Lexus de Gabe allait être remorquée jusqu'au garage le plus proche et réparée. Pour l'heure, ils allaient repartir avec Joshua à bord de son avion privé, le *Hawk III*.

— Veux-tu que j'appelle la famille de Hope ? demanda Joshua à Gabe.

Ils avaient pris place dans un minibus et se dirigeaient vers l'aéroport. Joshua et Rider devant, Cara et Gabe assis à l'arrière.

— Non.

Elle savait qu'il refuserait. Qu'il ne laisserait jamais personne s'acquitter d'une mission qui lui revenait.

Compréhensif, Joshua opina.

Te reverrai-je un jour ?

— On va vous ramener chez vous, dit Rider comme ils roulaient vers le hangar de Callahan Aviation. Une fois rentrés, si vous avez besoin d'aide, ou qu'on organise quelque chose, vous n'aurez qu'à demander. Compris, Gabe ?

Quand elle réalisa qu'il faisait allusion aux obsèques de Hope, Cara, bouleversée, éclata en sanglots et se blottit contre Gabe. Elle ne voulait pas qu'il la voie pleurer mais tant pis ! C'était l'homme auprès duquel elle avait connu tant de joie même si, pour l'heure, il l'ignorait.

« Jamais, pensa-t-elle. C'est trop. La mort de Hope, l'enfant qu'elle attendait. Il ne surmontera jamais... »

Elle se redressa brusquement et, tournée vers la portière du minibus, essaya d'étouffer les sanglots qui la faisaient hoqueter.

Le front collé à la vitre, perdue dans son chagrin, elle regardait défiler le macadam quand elle sentit une vague de chaleur la parcourir. Il s'était approché et l'avait prise par le cou. C'était bon de le sentir là, tout près, proche physiquement et par la pensée. Ils restèrent ainsi un moment, en silence, Cara en pleurs, Gabe serré contre elle.

— Tout ce que Hope a enduré..., dit-il soudainement.

Etranglé par la douleur, il se tut.

— Je sais, dit Cara. Mais, au moins, maintenant nous savons. Nous savons pourquoi elle était ici et ce qu'était ce deuxième miracle.

— Oui, dit Gabe.

De nouveau il se tut. Trois minutes passèrent et il reprit :

Te reverrai-je un jour ?

— Je ne n'aurais pas fait un bon père, il y a huit ans. J'étais trop jeune et obsédé par ma carrière.

— Hope, elle, aurait peut-être été plus heureuse.

— Peut-être.

Ils se turent. Du fond de son fauteuil, Cara regarda Joshua parler avec George Callahan. Non loin de là, une équipe s'affairait autour d'un petit jet rouge et gris.

— Je n'en reviens toujours pas que Joshua Redstone en personne soit venu.

— Je t'avais dit qu'il était comme ça. C'est Rider qui m'a le plus étonné.

— Vous êtes tous comme ça chez Redstone ? Comme Tess, Ryan, Joshua et Rider ?

— Pour la plupart, oui. C'est Joshua qui donne le ton.

Le *Hawk III* était un jet de luxe, équipé comme un pied-à-terre confortable. Placard à vêtements, à pharmacie...

En plein vol, Joshua passa un moment les commandes à Rider pour désinfecter lui-même la plaie de Gabe. Il lui tendit ensuite une chemise propre. Penchée au hublot, Cara écarquillait les yeux. C'était beau, la vie était merveilleuse, malgré tout.

Arrivés à destination, ils descendirent du jet pour monter dans un car qui les attendait sur le tarmac. Rider prit le volant et les raccompagna à la marina où Gabe lui fit faire le tour de son voilier amiral. Le fleuron de la flottille Redstone, lui dit-il avec fierté.

Puis ils se séparèrent.

— Si vous avez besoin de quelque chose, appelez-moi, insista-t-il avant de repartir.

Restés seuls, Cara et lui, ils s'installèrent dans le salon

Te reverrai-je un jour ?

du voilier. Après un moment de répit, sans un mot, Gabe brisa le silence.

— Cara…

— Oui, Gabe…

Il s'approcha d'elle et la prit par les épaules.

— Cara, je ne suis plus le gamin que j'étais avec Hope. Si je vous rencontrais toutes les deux aujourd'hui, je ne suis pas sûr que ce serait Hope que je regarderais.

Cara retint son souffle.

— Je veux te revoir, Cara. Je voudrais que tu sois dans ma vie. Tous les jours, toutes…

Sa voix se fêla.

— … les nuits.

Ces mots, dans la bouche de cet homme, c'était un rêve qui devenait réalité. C'était trop beau pour être vrai.

Elle soupira. Même certaine, maintenant, que Hope ne reviendrait plus, elle n'était pas sûre de vouloir prendre sa place. Elle ne voulait pas être une usurpatrice. Une voleuse de veuf.

De veuf.

C'était ça ! Gabe avait *besoin* d'elle, de sa tendresse consolatrice. Il ne la voulait auprès de lui que pour ça.

Il dut lire dans ses pensées car il précisa :

— Non, Cara, ce n'est pas pour que tu me consoles, c'est parce que je t'…

Elle l'arrêta tout de suite.

— Non, Gabe, pas maintenant.

Elle faillit fondre en larmes. Pourquoi ? Bon sang, pourquoi lui avait-elle répondu ça ? Cela faisait des années qu'elle rêvait de lui, fantasmait sur lui et, maintenant que la voie était libre, elle le repoussait sans raison ! Elle devait

Te reverrai-je un jour ?

être folle ? Ou névrosée ? Ou masochiste ? Ou vouloir se punir ? Mais de quoi ?

— Non, Gabriel, je refuse d'être le lot de consolation. Je ne remplacerai jamais Hope, je ne veux même pas essayer.

Il la lâcha, recula, ne dit d'abord rien puis :

— Je comprends.

La discussion en resta là.

Après des adieux froids, ils se séparèrent. Elle grimpa dans sa voiture, qu'elle avait garée non loin du bateau — dire que ça ne faisait que trois jours ! — et disparut dans un nuage de gaz d'échappement. Les larmes aux yeux, mais s'interdisant de regarder dans son rétroviseur, elle vit le voilier puis la marina s'éloigner. Ce qui les avait rapprochés, leur amour pour Hope, se dressait maintenant en travers de leur chemin comme un barrage infranchissable.

21

— Que se passe-t-il, commandant ?
Gabe se retourna vers le mousse.
— Aucune idée. Joshua a dit de maintenir ce cap et d'attendre. J'obéis.
Il avait eu du mal, au début, à devoir expliquer. Dans la Royale, le commandant donnait des ordres et on les exécutait sans poser de questions. Aucun matelot ne s'y serait d'ailleurs risqué. Ici, c'était un autre monde. Très différent mais séduisant malgré tout. Peut-être même plus.
— Bizarre, commenta Mark, plus pensif que critique. Faire des ronds dans l'eau à deux cents milles des côtes, c'est original. Mais si c'est ce qu'il veut...
— Absolument.
Mark fit la moue.
— De toute façon, je ne vais pas discuter même si j'aimerais bien !
— Absolument, répéta Gabe essayant de sourire.
Il n'était pas d'humeur aimable. Cela faisait cinq semaines que Cara l'avait planté là, aussi soudainement qu'elle avait réapparu dans sa vie. Il l'avait revue une

Te reverrai-je un jour ?

fois, au tribunal, lors du procès de Lawrence Hammon. Et c'était tout. C'était à peine s'ils s'étaient salués.

— Monsieur ?

Et voilà ! Une fois de plus il était dans la lune. Debout à l'avant du bateau, il contemplait la mer sans la voir, perdu dans ses pensées. Fallait-il qu'il ait sombré ! Lui qui aurait guetté la moindre vaguelette, senti venir une risée, aperçu un courant, voilà qu'il s'abîmait dans ses songes.

— Le foc faseye ! lança-t-il.

Mark donna un tour de poulie winch.

— Pour votre femme, dit-il à voix basse, comme s'il s'excusait, je suis désolé.

— Merci, dit Gabe, se forçant à répondre.

Notant lui-même qu'il avait parlé d'un ton sec, il se crut obligé d'ajouter que cela faisait longtemps maintenant et que la blessure n'était plus aussi vive.

— Merci tout de même, conclut-il.

Craignant de s'être mêlé de ce qui ne le regardait pas, Mark, gêné, baissa les yeux. Gabe, qui s'était ressaisi, eut pitié de lui.

— Ecoute la météo, s'il te plaît. Je veux savoir si le front que j'aperçois là-bas ne se dirige pas sur nous.

— Oui, monsieur.

Mark s'empressa de disparaître.

Gabe menait son équipage à la baguette depuis cinq semaines. Les quinze premiers jours, désireux de tester son voilier, il l'avait poussé à l'extrême limite de ses performances. Comme il fallait s'y attendre, il s'était magnifiquement comporté. Les trois semaines suivantes, il avait maté l'équipage. Cela n'avait pas empêché l'atmosphère de rester harmonieuse à bord.

Te reverrai-je un jour ?

Exigent avec ses hommes, il l'était aussi envers lui-même. Il avait tout supervisé, contrôlé, surveillé. Les hommes avaient dû le trouver pointilleux, mais cela lui était égal. La bonne marche du bateau passait par là. Peut-être, se dit-il, l'équipage avait-il mis ses maniaqueries au compte de son chagrin d'avoir perdu sa femme ?

Lui seul savait que ce n'était pas ça. Bien sûr, l'assassinat de Hope était une horreur mais, après huit ans d'absence, son travail de deuil était terminé. Son chagrin aujourd'hui, c'était Cara. Cara qui lui avait tourné le dos et dont une des dernières phrases hantait son esprit.

« Non, Gabriel, je refuse d'être le lot de consolation. »

Avait-elle compris qu'il cherchait une femme pour remplacer Hope ? Avait-il induit cette idée par ses propos ? Par son attitude ? Avait-elle mal interprété une remarque qu'il avait faite ?

Cela faisait cinq semaines maintenant qu'il retournait ces questions dans tous les sens. Sans réponse. Que de fois il avait failli l'appeler rien que pour entendre le son de sa voix ! Mais chaque fois, à la dernière minute, il s'était retenu. Si elle avait souhaité lui parler, elle lui aurait téléphoné. C'était logique.

— Monsieur ?

Mark était remonté sur le pont.

— Oui, Mark.

— On vous demande à la radio. M. Redstone.

Oubliant l'horizon, Gabe se dirigea vers le carré.

— On va peut-être enfin savoir ce qu'on attend ici, grogna-t-il.

Quelques minutes plus tard, il tenait un début de réponse

Te reverrai-je un jour ?

et ordonnait à Mark de rassembler l'équipe chargée de préparer la plate-forme d'atterrissage de l'hélicoptère.

— Vous avez une heure devant vous, dit Joshua.

— O.K.

— Comment vas-tu, Gabe ?

— Bien.

Il faillit ajouter, monsieur, mais se retint.

— Nous serons prêts, dit-il à la place.

— Parfait. Et ne t'inquiète pas pour Cara. Si elle a besoin de quelque chose, nous l'aiderons.

Gabe s'immobilisa.

— Cara ?

— Ça ira, mais si elle a besoin de soins particuliers nous veillerons à ce qu'elle...

— Que se passe-t-il ? l'interrompit Gabe, le cœur battant comme un fou.

— Tu ne lui as pas parlé ?

— Non, pas depuis le procès de Hammon. Que se passe-t-il ? Qu'est-ce qui ne va pas ?

— Je n'ai pas tous les détails, mais il semble qu'elle ait un problème.

Brusquement en nage, les mains moites, l'estomac noué, Gabe interpella son patron.

— Joshua, je...

— Il faut que je te laisse, Gabe. Dès que j'ai du nouveau, je t'appelle.

Sur ces mots, Joshua Redstone raccrocha aussi brutalement que le faisait son bras droit, St. John. Médusé, Gabe resta là, debout, serrant dans sa main le micro qui les reliait au système de communication par satellite de Redstone.

Te reverrai-je un jour ?

Sans force, il se laissa tomber dans le fauteuil du commandant. Cara, pensa-t-il. Quelle catastrophe était-il arrivé ? Les pires hypothèses lui traversèrent l'esprit.

— Monsieur ?

C'était encore Mark.

— Monsieur ? Ça va ?

Non, se dit-il. Non, ça n'allait pas du tout.

Asphyxié par l'inquiétude, il plaqua la main sur sa poitrine en quête d'air.

Il n'allait pas rester assis là à attendre. Il ne pouvait pas. Mais Joshua lui avait ordonné de ne pas bouger. Sans lui il aurait déjà viré de bord et hissé le spinnaker pour regagner plus vite le port.

— Oui, Mark, ça va.

Le mousse s'en alla. Gabe prit son portable. Il allait appeler Cara. Il ne fonctionnait pas en mer, mais son numéro était mémorisé. Il empoigna la radio de bord, composa le numéro en tremblant. Tomba sur la boîte vocale de Cara. Sa voix, c'était sa voix qui avait enregistré le message d'accueil. Cette voix merveilleuse et qui lui manquait tant. Il laissa un message, le bafouilla plutôt tant il était perturbé.

Elle allait bien, elle ne pouvait pas aller mal, il ne voulait pas la perdre elle aussi.

L'évidence lui sauta alors aux yeux. A la tête. Au cœur. Cara Thorpe n'était pas un lot de consolation en remplacement de Hope. C'était la femme qu'il attendait, qu'il cherchait depuis toujours. Une femme solide, articulée, à mille lieues de l'épouse charmante mais futile et frivole qu'était Hope. Une femme avec suffisamment de ressources

Te reverrai-je un jour ?

intérieures pour accepter la vie avec ses déconvenues et ses joies, aussi.

Il sortit sur le pont qu'il se mit à arpenter comme un lion en cage. Faillit rappeler Joshua pour lui dire qu'il refusait d'attendre ici, mais réfléchit qu'il rentrerait beaucoup plus vite au port en hélicoptère qu'en voilier. Aussi important que soit le V.I.P. qui allait débarquer de l'hélico, son équipage serait là, attentif à satisfaire ses moindres besoins. Et, si sa désertion du navire déplaisait à Joshua, il démissionnerait.

Pendant la demi-heure qui suivit, il dut composer le numéro de Cara toutes les deux minutes. Puis il abandonna. Après avoir confié le gouvernail à Mark qui devait garder le voilier à la cape, il alla à l'arrière du bateau près de la plate-forme d'atterrissage que l'équipage avait fait remonter des entrailles du bateau. Il chaussa le casque pour guider le pilote remarquant à peine les regards en coulisse des deux hommes chargés de l'assister dans la manœuvre.

— Phase d'approche !

Les deux hommes scrutèrent l'horizon. Patty montra un point dans le ciel, qui volait vers eux.

Gabe reconnut bientôt l'hélicoptère qui les avait transportés dans les montagnes et se dit, à la douceur du pilotage, qu'il ne pouvait y avoir que Tess Machado aux commandes.

— Bel atterrissage ! la félicita-t-il dans son casque.

A travers le hublot, il crut deviner son sourire. Le rotor ralentit et elle sauta à terre laissant le moteur tourner.

— Je vais redécoller très vite, annonça-t-elle à Gabe en le rejoignant un peu à l'écart de la plate-forme.

Te reverrai-je un jour ?

Il hésita. Fallait-il lui dire tout de suite qu'elle allait avoir un passager clandestin pour le retour ?

— J'ai un cadeau pour vous, dit-elle.

Elle s'avança vers la porte du compartiment passagers dans lequel quelqu'un se battait avec son harnais. Une femme, qui sauta de l'hélicoptère avec une précipitation évidente.

Cara.

Ebahi, il la regarda. Elle le vit et se figea.

Pétrifié, interloqué, incrédule, il resta sur place. Elle était là, devant lui, apparemment en excellente santé. Le rotor qui tournait toujours faisait voler ses cheveux défaits que le soleil inondait de reflets cuivrés. La main sur la bouche, aussi stupéfaite que lui, elle le fixait.

— Cara, dit-il.

Mais le bruit du moteur couvrait sa voix. Alors il fit un pas vers elle et elle, un pas vers lui. Et ils recommencèrent jusqu'à se retrouver dans les bras l'un de l'autre. Il la souleva de terre et la fit tourner dans ses bras puis il la reposa et s'agenouilla à ses pieds.

— Cara, mon amour, je te croyais malade !
— Joshua m'a dit que tu étais blessé !
— Je vais bien.
— Moi aussi.
— Non, vous n'allez pas bien, s'époumona Tess. Vous êtes deux ânes bâtés, deux sots qui laissent le passé entraver le présent. Tous ceux qui vous ont vus ensemble le disent, vous êtes faits l'un pour l'autre.

Interdits, ils la regardèrent. Ils venaient de se faire piéger de la plus belle manière, dans le plus pur style Redstone.

Te reverrai-je un jour ?

— Vous êtes libre de rentrer au port maintenant, Gabe. Cela va vous prendre huit heures environ car Joshua interdit que vous mettiez les moteurs. Voilà. Cela vous laisse le temps de mettre les choses à plat.

Sans leur laisser le temps de répondre, elle remonta dans son bel oiseau rouge et gris. Le rotor s'emballa de nouveau, changea d'angle et elle décolla avec la même douceur qu'elle s'était posée.

Dans le silence qui suivit, Gabe remarqua soudain que le pont s'était vidé. Plus d'équipage en vue, le désert. Il se demanda alors si cela, aussi, avait été manigancé par Joshua ou Tess.

Mais peu importait. La seule chose qui comptait était que Cara soit en bonne santé et… dans ses bras, enlacée.

— Je m'apprêtais à repartir avec Tess, dit-il dans ses cheveux. Mon métier, le bateau, tout ça… plus rien ne comptait que te retrouver.

— Je suis montée dans cet oiseau stupide, répondit-elle. J'avais pourtant juré que je n'y mettrais plus les pieds, mais j'avais trop peur d'arriver trop tard.

— Ils nous ont bien eus, dit Gabe.
— Oui.

Il la repoussa légèrement pour mieux la voir.

— Mais avec les meilleures intentions du monde.
— Oui, répéta-t-elle.

Il hésita un moment puis se lança.

— Tu as tort, Cara. Pour moi, tu n'as jamais été un ersatz de Hope. Comment aurais-je pu te considérer comme tel quand tu occupes une place énorme dans mon cœur, une place qu'elle n'a jamais remplie.

Il l'entendit inspirer profondément, la vit écarquiller

Te reverrai-je un jour ?

les yeux et comprit, alors, qu'il avait su trouver les mots justes.

— Comment peux-tu parler de lot de consolation, Cara, quand tu es... le gros lot. Un gros lot que je ferai tout pour gagner.

— Trop tard, dit-elle.

Ravagé, détruit, Gabe ravala une envie de hurler. Avait-elle attendu trop longtemps ? L'avait-il fait attendre trop longtemps ?

A cet instant, elle lui sourit, de ce sourire à donner le vertige.

— Le concours est terminé, Gabe, dit-elle.

Il la reprit dans ses bras et la serra contre lui. Affamé d'amour, il prit sa bouche et la dévora avec la voracité que cinq semaines de jeûne et de fantasmes avaient exacerbée.

Plus tard, quand après l'avoir présentée à son équipage ébahi, il referma la porte du carré derrière eux, il n'entendit plus un mot, plus un bruit. Discrets, ses hommes étaient retournés sur le pont.

Épilogue

Cara regarda le petit livre relié qu'elle tenait dans les mains. Le titre et le nom de l'auteur, gravés en lettres d'or sur la couverture de cuir prune, brillaient dans le soleil de Californie.

Un caillou aux multiples facettes étincela à son tour, la faisant cligner des yeux. Emue, elle leva la main gauche à hauteur de son visage et sourit. Demain, le superbe solitaire qui ornait son annulaire ne serait plus tout seul sur son doigt.

Elle lança un regard à Gabe qui conduisait sa Lexus magnifiquement réparée et pensa à la dernière des trois fois qu'ils avaient fait cette route ensemble. Dieu qu'ils avaient tremblé !

La première fois, c'était à l'occasion d'un voyage en Oregon, pour présenter son chéri à ses parents. Faisant d'une pierre deux coups, Gabe avait précipité les choses et leur avait demandé la main de leur fille, démarche que sa famille, son père surtout, avait beaucoup appréciée.

Leur deuxième voyage les avait conduits chez l'amiral de la flotte auquel Gabe, qui lui vouait un véritable culte, tenait à présenter Cara.

Te reverrai-je un jour ?

Le vénérable militaire avait approuvé le choix de Gabe d'un « Bonne pioche, Taggert », bourru mais presque paternel. Et il avait ajouté : « Ça le fera ! »

Gabe avait rassuré Cara. Dans sa bouche, c'était un compliment.

La troisième destination avait été plus délicate. Pour cette raison, ils l'avaient entreprise en dernier. Mais ils étaient d'accord tous les deux, ils se devaient de leur dire.

Ils s'étaient donc rendus chez Gwen et Earl Waldron, dans la maison cossue de leur banlieue résidentielle où, quelques mois plus tôt, ils étaient venus leur apporter la terrible nouvelle qui ne les avait, finalement, pas vraiment surpris. Leur douleur n'en avait pas été moins grande.

L'annonce des fiançailles de leur gendre avec la meilleure amie de leur fille, le premier choc passé, avait, curieusement, semblé adoucir leur peine.

— C'est bien, avait dit Gwen. Vous êtes les deux personnes les plus proches de notre chère enfant et nous savons que vous ne l'oublierez jamais.

— Non, jamais, avait répété Cara.

Un jour, s'était-elle dit, si un petit bébé fille entrait dans leur vie, peut-être l'appelleraient-ils Hope ?

Et voilà qu'ils étaient de retour chez les Waldron. C'est Earl qui ouvrit la porte. Derrière lui, aussi surprise que son mari, Gwen écarquillait les yeux.

— Ça alors ! On ne pensait pas vous voir la veille de votre mariage ! Vous devez avoir mille choses à régler. Je m'apprêtais d'ailleurs à vous téléphoner pour vous proposer mes services.

— C'est gentil, la remercia Cara, mais ce ne sera pas la peine. Moi-même je ne fais rien.

Te reverrai-je un jour ?

— Redstone a tout pris en main, expliqua Gabe. Apparemment, ils ont l'habitude de ça aussi.

— Mais nous avons un cadeau pour vous, reprit Cara.

Elle lança un coup d'œil à celui qui, demain à la même heure, serait son mari.

Gabe lui fit *oui* de la tête et tendit à Gwen un petit livre enrubanné d'un bolduc violine.

Intriguée, elle le prit, lut le titre et le nom sur le cuir prune et resta bouche bée. Bouleversée.

— Nous avons pensé que vous seriez heureux de l'avoir, dit Gabe. C'est tout Hope, son caractère, son âme... Tout y est.

— Nous en avons un exemplaire, enchaîna Cara. Sachez que nous l'emporterons partout où nous irons.

D'un index tremblant, Gwen caressa les lettres d'or de la couverture. Hope Waldron-Taggert.

Broyée par l'émotion de Gwen et d'Earl, Cara écrasa une larme furtive. Au même instant, association d'idées sûrement, l'image de Christie passa devant ses yeux. Comment gérait-elle sa nouvelle vie ? Un mot de Gabe à son patron avait suffi pour que s'ouvre devant elle un nouvel avenir. Elle avait hésité à quitter Miriam. Mais une occasion aussi exceptionnelle — travailler dans le groupe Redstone — ne se présentait pas deux fois dans une vie.

Sentant Gabe la prendre par la taille, Cara se lova contre lui, pensive. Quand elle lui avait fait lire le portrait que Hope avait brossé de lui, il avait réagi entre peine et soulagement. Cara l'avait aussitôt rassuré. Ce que Hope

Te reverrai-je un jour ?

qualifiait de défauts insupportables, elle y voyait des motifs de fierté et de respect.

Pour la énième fois, elle se demanda alors ce que lui ferait le fait d'être — comme l'avait dit Joshua — mariée avec Redstone.

Mariée avec Gabriel Taggert, l'homme de ses rêves.

Brûlant d'impatience de le savoir, elle l'embrassa.

Evénement exceptionnel dans la collection Black Rose

Le mois prochain, **Nora Roberts** vous invite à faire un voyage dans le temps à travers deux romans inédits :

La passagère du temps et L'homme du futur.

Deux histoires fascinantes qui ont remporté un grand succès aux Etats-Unis.

Ne manquez pas ce volume double exceptionnel (Black Rose n°87).

A noter également que la collection Black Rose vous proposera dès le 1er mai, 3 volumes doubles inédits.

---

www.harlequin.fr

Le 1er mai

Black Rose n°85

Une ombre dans la nuit - Suzanne Brockmann
Lorsque Caroline Brooks rencontre par hasard le voleur qui, six mois plus tôt, s'est introduit sur son lieu de travail, elle est bouleversée. Car elle rêve de lui toutes les nuits. Mais alors qu'elle est sur le point d'appeler la police, l'homme l'enlève... et lui révèle bientôt qu'il est un agent de la CIA infiltré...

L'enfant témoin - Leona Karr
Quand Scotty, l'un des orphelins hébergé dans le centre de vacances qu'elle dirige, lui dit avoir découvert un cadavre dans la forêt, Marian Richards sent la peur la gagner. Car le tueur l'a peut-être aperçu... Terrifiée pour l'enfant, elle appelle aussitôt la police, et accepte que Ryan Darnell, l'inspecteur en charge de l'affaire, reste plusieurs jours avec eux pour assurer la sécurité de Scotty...

Black Rose n°86

Mystère à Whitehorse - B.J. Daniels
Un avion écrasé au fond d'un ravin depuis plus de trente ans. Quand Eve Bailey fait cette étrange découverte, elle est désemparée. Car non seulement elle y trouve des ossements, mais également des éléments venant étayer une conviction qu'elle a depuis des années – elle a été adoptée. Dès lors, elle n'a d'autre choix que d'en informer Carter Jackson, le shérif de la ville. Carter, à qui elle n'a jamais pu pardonner sa trahison passée...

Protection privée - Julie Miller
Alors qu'il doit surveiller la demeure de Cassandra Maynard, Mitch Taylor est prodigieusement agacé. Car sa protégée se montre hautaine à son égard, et refuse de lui dire pourquoi elle se barricade derrière les hauts murs de sa propriété. Pourtant, il ne peut s'empêcher d'être troublé par cette femme élégante et mystérieuse...

Black Rose n°87

La passagère du temps - Nora Roberts
Tandis qu'elle observe les étoiles par une claire nuit d'été, Libby Stone remarque un avion sur le point de s'écraser non loin de son chalet. Arrivée sur les lieux de l'accident, elle découvre un blessé. Un homme qu'elle n'hésite pas à amener chez elle pour le soigner. Mais quand il revient à lui, il semble si désorienté que Libby se demande s'il ne vient pas d'une autre planète...

L'homme du futur - Nora Roberts
Alors qu'il vient de voyager dans le temps pour retrouver Caleb, son frère, Jacob Hornblower est très contrarié de constater qu'il a fait une erreur de calcul et a atterri à la mauvaise date. Au lieu de son frère, il tombe en effet sur une jeune femme étonnante, qui semble le prendre pour un fou. Malgré l'attirance qu'il sent immédiatement naître en lui, il va alors devoir s'appliquer à lui cacher son incroyable secret...

www.harlequin.fr

BestSellers

A paraître le 1er mai

Best-Sellers n°375 • roman

L'héritière australienne - Lynne Wilding

A la mort de son père, Carla Stenmark hérite d'un domaine viticole dans la Barossa Valley, en Australie. Une propriété dont son père ne lui a jamais parlé. Pas plus que de son passé secret, qu'elle découvre à la lecture de son journal intime : accusé à tort d'avoir séduit la fiancée de son frère, Rolfe a été renié et banni par son propre père. En s'installant à Sundown Crossing avec son fils, c'est donc un double défi que Carla s'apprête à relever : remettre en état un vignoble en friche depuis des années, et renouer avec le clan Stenmark, bien qu'héritière d'un fils maudit…

Best-Sellers n°376 • roman

Les filles du capitaine - Benita Brown

Depuis la mort de leur mère, Josie et Flora Walton sont choyées par leur père et leurs grands-parents maternels. Mais le capitaine a un faible pour Flora, portrait vivant de sa défunte épouse qu'il adorait. Et si Flora est capricieuse et instable, comment lui en vouloir quand on sait que leur mère est morte en la mettant au monde ? Une tragédie que nul n'ose évoquer et dont Josie ne garde qu'un souvenir confus. Pourtant, elle sent qu'on lui cache quelque chose. Un secret de famille qu'elle est bien décidée à découvrir pour exorciser enfin les ombres du passé et permettre à tous les siens de s'ouvrir enfin à l'avenir — et à l'amour…

BestSellers

Best-Sellers n°377 • thriller
Le lien maudit - P.D. Martin
A l'âge de 8 ans, Sophie Andersen a brutalement eu la vision de la scène du meurtre de son frère. Ce drame l'a marquée à jamais. Devenue flic, elle exerce ses talents de *profiler* au FBI tout en essayant d'occulter ce don terrifiant. Cependant une enquête, la plus perturbante de sa carrière, l'oblige à faire appel à ses visions : plusieurs meurtres particulièrement brutaux, d'abord imputés au même tueur en série, semblent avoir été perpétrés non pas par un, mais par plusieurs assassins, qui tuent à l'unisson...

Best-Sellers n°378 • suspense
Sombre présage - Heather Graham
Lorsque Genevieve O'Brien engage Joe Connolly pour enquêter sur la mort d'un membre éminent des « Corbeaux », un club d'amateurs d'Edgar Poe dont fait partie sa mère, celui-ci n'accepte qu'à contrecœur. Pourtant, Geneviève le sent, la mort rôde autour des Corbeaux. Et Joe, qui possède le don de communiquer avec les défunts, comprend rapidement qu'un tueur obsédé par Edgar Poe rôde dans la ville...

Best-Sellers n°379 • thriller
Jusqu'au dernier souffle - Rita Herron
Survivante d'un *serial killer* qui enterrait ses victimes vivantes, Lisa Langley a vécu l'enfer. Elle tente de se reconstruire lorsque, quatre ans plus tard, des meurtres identiques sont perpétrés. Terrorisée, elle se tourne vers Brad Booker, l'agent du FBI qui l'a déjà arrachée à la mort. Car un autre tueur semble vouloir continuer « l'œuvre » du psychopathe dont Lisa a été cible, et la poursuivre jusqu'à ce qu'elle rende son dernier souffle...

BestSellers

Best-Sellers n°380 • historique

Un parfum d'Irlande - Erin Yorke

Irlande, 1588

Un soir de tempête, alors qu'Alanna O'Donnell cherche un moyen de fuir un mariage forcé, les gardes du château de son oncle capturent l'équipage d'un galion espagnol suspecté d'appartenir à la flotte envoyée par le roi d'Espagne pour envahir l'Angleterre. Nus et entravés, les prisonniers sont déférés devant le seigneur des lieux, et Alanna, est chargée de jouer les interprètes. Troublée, elle ne peut détacher son regard de leur chef, Lucas del Fuentes, un homme insolent qui, en dépit de la situation, ne se gêne pas pour la courtiser. L'oncle d'Alanna, agacé par la tournure des événements, rend son verdict: Lucas et ses hommes seront pendus à l'aube…

Best-Sellers n°381 • roman

Le fruit défendu - Erica Spindler

Issue d'un milieu qu'elle a rejeté et qui lui fait honte, Hope est prête à tout pour échapper à un destin qu'elle hait. La chance se présente à elle sous les traits de Philip St. Germaine, un homme de la haute société qu'elle parvient à tromper sur ses origines et à épouser. Mais la naissance d'une petite fille réveille les démons d'un passé qu'elle croyait avoir laissé derrière elle à tout jamais. Un passé sulfureux dont la petite Glory risque d'hériter… à moins que Hope, qui a pour sa fille les plus grandes ambitions, ne parvienne à lui mentir à son tour sur ses origines…

www.harlequin.fr

Composé et édité par les
*éditions*Harlequin

Achevé d'imprimer en France (Malesherbes)
par Maury-Imprimeur
en mars 2009

Dépôt légal en avril 2009
N° d'imprimeur : 144311 — N° d'éditeur : 14205

ABONNEMENT...ABONNEMENT...ABONNEMENT...

Découvrez GRATUITEMENT la collection

Jade

Oui, je souhaite recevoir directement chez moi la collection JADE. J'ai bien noté que je recevrai 2 livres grand format tous les mois, au prix unitaire exceptionnel de 10,93 € (+ 2,70 € de frais de port par colis). Je suis libre d'interrompre les envois à tout moment, par simple courrier ou appel téléphonique au Service Lectrices. Je ne paie rien aujourd'hui, la facture sera jointe à mon colis.

JD9FØ1

À noter : certains romans sont INÉDITS en France.
D'autres sont des RÉÉDITIONS de la collection Best-Sellers et la collection Les Historiques.

Renvoyez ce bon à :
Service Lectrices HARLEQUIN
BP 20008
59718 LILLE CEDEX 9

N° abonnée (si vous en avez un) ⌑ ⌑⌑⌑⌑⌑⌑⌑⌑

Mme ❑   Mlle ❑   NOM _____

Prénom _____

Adresse _____

Code Postal ⌑⌑⌑⌑⌑   Ville _____

Tél. : ⌑⌑⌑⌑⌑⌑⌑⌑⌑⌑ Date d'anniversaire ⌑⌑⌑⌑⌑⌑⌑⌑

Le Service Lectrices est à votre écoute au 01.45.82.47.47
du lundi au jeudi de 9h à 17h et le vendredi de 9h à 15h.

Retrouvez plus de romans sur **www.harlequin.fr**

Conformément à la loi Informatique et Libertés du 6 janvier 1978, vous disposez d'un droit d'accès et de rectification aux données personnelles vous concernant. Vos réponses sont indispensables pour mieux vous servir. Par notre intermédiaire, vous pouvez être amené à recevoir des propositions d'autres entreprises. Si vous ne le souhaitez pas, il vous suffit de nous écrire en nous indiquant vos nom, prénom, adresse et si possible votre référence client. Vous recevrez votre commande environ 20 jours après réception de ce bon. Date limite : 31 octobre 2009.

Offre réservée aux personnes de 18 ans et plus résidant en France métropolitaine,
limitée à 2 collections par foyer et soumise à acceptation.